Fc

28. März 2019

Für Petra

danke für
das unverwüst-
liche Interesse.

Herzlich und
immer in Kumpanei
verbunden
Tanja

2019

Forumsbuch
Nr. 2

Tanja Schwarz

WELTROMAN

Textem Verlag
2019

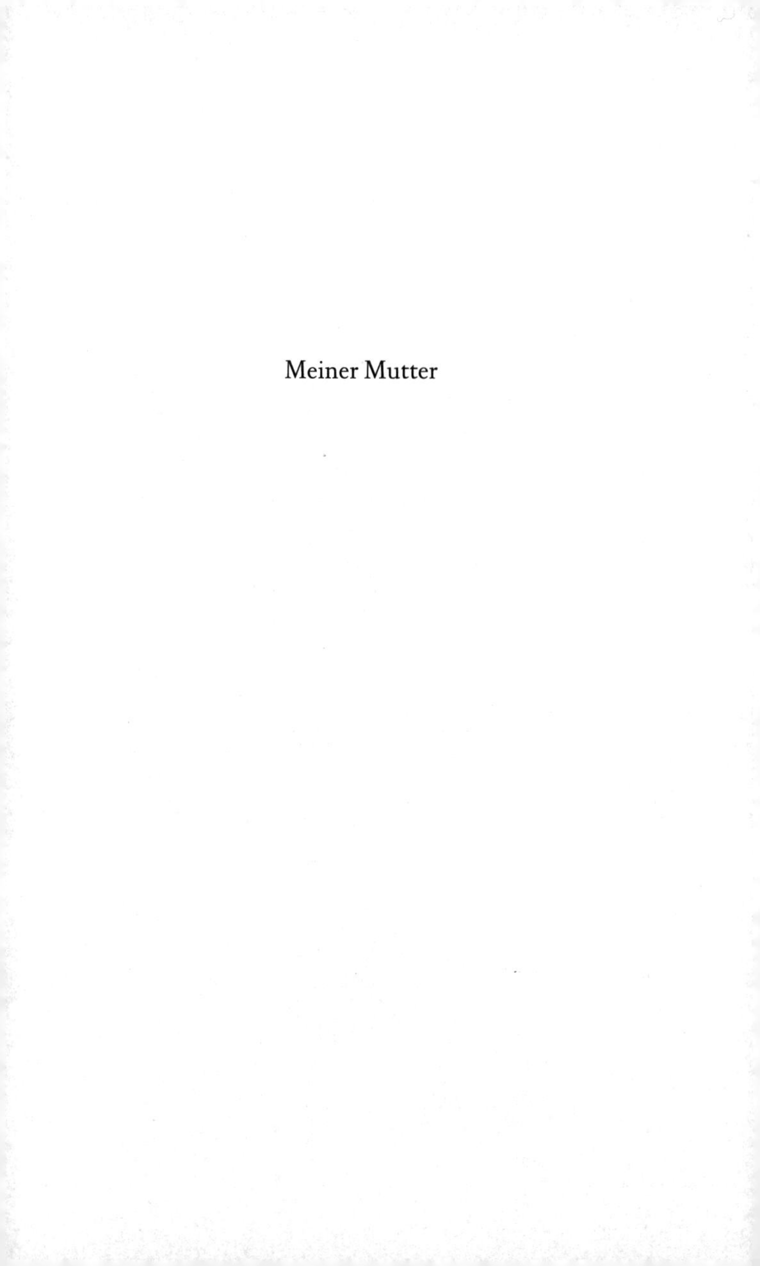

Meiner Mutter

Inhalt

DEUTSCHLAND

Frank [DEUTSCHLAND]
Die Kröte hockt auf dem feinen Asphalt der Skaterbahn, als Frank am Sonntagnachmittag auf Inlineskates über die Felder rollt.

Teltow-Fläming, Brandenburg. Vom Junihimmel wirft die Sonne profanes Licht auf die Nutzflächen, sauber abgegrenzt stehen die Gewächse auf ihren Segmenten, hier knallig grün der hüfthohe Mais, dort matter das Getreide, in Erdfurchen reihenweise ein Kraut, das aussieht wie Spinat. Der Kiefernwald wächst heran bis an die Kanten, auch er abgezirkelt, angeschnitten. Aus dem schwarzen Boden ragen rote Stämme, schlank und gleich, nach oben ins Gezweig verrenkt, überzogen mit blaugrünen Nadeln. Bestimmt gibt es einen Schimmelpilz, der unter dem Mikroskop exakt aussieht wie diese Plantage. Ihm gefällt das Künstliche der Landschaft, ebenso das saubere glatte Band der Skaterbahn, das sie durchschneidet. Er sieht andere Skater unter dem Himmel dahingleiten, ihre Silhouetten bewegen sich lautlos und ohne sichtbares Fortbewegungsmittel über einen Horizont aus Raps.

Der Weg hat leichtes Gefälle, das man mit bloßem Auge kaum erkennt, auf den leichtlaufenden Rollen jedoch ist es deutlich zu spüren, gleichzeitig beschreibt der Weg eine Kurve. Frank gewinnt mehr an Fahrt, als ihm lieb ist, er sieht die Kurve auf sich zurasen und fährt, wie der Freiherr, der geschmeidig vorwegfährt, es ihm gezeigt hat, ins Gras am Wegrand, um abzubremsen. Er kommt im Seitenstreifen zum Stehen, sein Atem geht schnell, er spürt die Hitze und die ungewohnte Bewegung, auch kommt ihm das Bremsen gefährlich vor, er sieht in seiner Vorstellung die Skates vorwärts davonrollen und glaubt den Aufprall am Hinterkopf zu spüren.

Die Kröte sitzt mit aufgerissenem Maul reglos in der Sonne, auf dem trockenen Asphalt vor einem Maisfeld, direkt neben der Stelle, wo Frank zum Stehen kam. Ihr Unterkiefer steht weiter offen, als gut sein kann, die Sonne bescheint die Konstruktion ihres Knochenbaus, der zerbrechlich wirkt wie ein Eisschirmchen, sie brennt auf das Hellrosa in ihrem Schlund, das Geriffelte des Gaumens, das Weiße der Verhärtungen am Kiefer, die sie anstelle von Zähnen hat, auf ihre dunkler rosa gefärbte Zunge. Frank betrachtet die Kröte, die mit erstarrten gelben Augen dasitzt, ihre Haut voll bräunlicher Buckel und Warzen, er sieht den verdickten Nacken, die gespreizten Schenkel, das Hocken; er ist berührt von der Schönheit in ihrem Inneren, die im Gegensatz dazu steht. Er bemerkt jetzt auch, dass an ihrem Maul hellrotes Blut klebt, ein feines Rinnsal, ihr Kiefer muss durch einen derben Aufprall so stehen geblieben, das Gelenk zerstört, die Kröte infolgedessen an Austrocknung oder inneren Verletzungen gestorben sein, äußerlich ist sie jedoch fast unversehrt. Ein Auto von der Forstverwaltung mag ihr diesen Stoß versetzt haben, denkt Frank, vielleicht aber auch ein Radfahrer oder Skater. Er spürt die wunden Stellen an seinen Füßen, an Fersen und Fußinnenseiten, wo die starren Skateschuhe reiben und drücken. Die Sonne wärmt die Körperstellen, die das T-Shirt freilässt, ätzt ihm Unterarme, Nacken und Nasenrücken. In diesem Moment gleitet der Freiherr, kaum älter als er, blond, mit Popperfrisur, um die Kurve des Maisfelds, er ist schon vor einer Weile mit dem leisen, trockenen Geräusch der Kunststoffrollen vorbeigeschossen. Im Unterschied zu Frank nutzt er das Gefälle für noch längere und schärfere Schwünge, wobei er hinter dem Rücken mit der linken Hand sein rechtes Handgelenk umfasst, lässig sieht das aus. Frank ist durch das Bremsen und das Betrachten der Kröte zurückgeblieben, also ist der Freiherr, der hier in der Nähe bald ein Skaterhotel aufmachen wird, auch ein Maislabyrinth und vielleicht ein Holzschnitzelkraftwerk, nach einer Weile umgekehrt, wahrscheinlich, weil er annimmt, Frank sei gestürzt.

»Alles in Ordnung?« fragt er, bremst, indem er den Schwung des Vorwärtsfahrens mit nach außen gestellten Schuhspitzen in einen Kreis umlenkt. Frank nickt und setzt die Rollen an seinen Füßen wieder vorsichtig auf den Asphalt. Die Kröte erwähnt er nicht, und dem Freiherrn scheint sie nicht aufgefallen.

Sie fahren weiter, der Weg ist mit Obstbäumen gesäumt, in einem Sportrollstuhl kommt ihnen ein älterer Mann entgegen, gebräunt, prall vor Lebenskraft, wie es scheint, weiß gekleidet wie die gleichaltrige Frau neben ihm auf dem Fahrrad, das glänzt, als hätte sie es heute früh gekauft. Die beiden lächeln mit perfekten Gebissen, als wäre es der reinste Spaß, durch abwechselndes Schieben und Ziehen zweier Stangen einen Rollstuhl anzutreiben, in dessen Speichen sich ein Sonnenstrahl bricht. Der Freiherr erzählt von Nullenergiesanierung, Frank kann sich das alles ohne Notizen gar nicht merken.

Einige hundert Meter weiter, in einem Waldstück (sein Rücken schmerzt, ebenso die Muskeln seiner Oberschenkel), fühlt er sich von den Blicken zweier Paare belästigt, die, ihre beräderten Klumpfüße ausgestreckt, auf Rastbänken mit bunten, klobig gezimmerten Dächern sitzen. Sie tragen Spezialkleidung und trinken aus grotesk geformten Saugflaschen.

Der Rückweg scheint Frank viel länger, er ist erschöpft, es ist deutlich, dass er sich zu stark verausgabt, wie ihm der Freiherr erklärt, allein das Rudern mit den Armen, das Frank wegen des Gleichgewichts nicht lassen kann, sei die reinste Energieverschwendung. Der Freiherr redet und redet, erzählt von Enteignung und Rückübereignung und zelebriert dabei seinen überlegenen Stil, tief in den Knien, mit Schwüngen nach den Seiten, er bewegt sich wie im Sog und ohne die geringsten Verluste. Frank gelingen kaum ein paar Schwünge, ohne dass er sich mit herumfuchtelnden Armen vor Stürzen retten muss, er landet mehrmals hintereinander auf dem Hintern, bleibt an einem Kiefernstamm hängen, weil er die Kurve nicht kriegt, rast einfach auf den Baum zu und umarmt ihn notgedrungen. Es tut weh und sieht bestimmt lächerlich aus, zusätzlich zu seiner Aufmachung mit Gelenkschützern und dem idiotischen Helm.

Frank hat die Kröte fast vergessen, er erinnert sich erst wieder an sie, als er zum zweiten Mal an ihr vorübergefahren ist. Etwas Ungeheuerliches ist geschehen, er begreift nicht gleich, erschrickt dann dermaßen, dass er hinfällt. Alle Schutzpanzer gelangen zum Einsatz, er landet auf

Knien und Handballen, kommt zusätzlich mit beiden Ellbogen auf dem Belag auf. Der Freiherr läuft weiter, bemerkt gar nicht, dass Frank am Boden liegt, auf allen Vieren den Weg zurückkrabbelt, dorthin, wo die Kröte sitzt, und dabei die Skateschuhe nachzieht.

Die Kröte sei tot, hatte er geglaubt, an Hitze, Wassermangel und wegen des zerschmetterten Kiefers vor dem Maisfeld hockend gestorben. Doch der Eindruck täuschte, und in dieser Erkenntnis besteht das Ungeheuerliche: Die Kröte sitzt nicht mehr am selben Fleck; Frank befällt eine Ahnung ihrer Qual. Die für tot Gehaltene hat sich in der Zwischenzeit vielleicht zwei Meter weiterbewegt, hat zu entkommen, sich zu retten versucht, wie auch immer ihr dies gelungen sein mag, nun hockt sie genauso starr, mit weit offenem Maul und leerem Blick, auf der dem Maisfeld gegenüberliegenden Seite des Wegs.

Ruben [DEUTSCHLAND]

Nach dem Chinesischkurs tritt Ruben mit einem Bier in der Hand auf den Balkon. Die Sonne steht tief, behält die Häuser der anderen Straßenseite im Gegenlicht, lässt den zart bewölkten Himmel, die Dächer, die Köpfe der Leute unten glänzen. Er hört die Geräusche ein- und ausparkender Autos, Türenschlagen, Türkisch, Zurufe, die Hunden gelten, Bässe aus mächtigen Boxen. Ruben lauscht, trinkt in kleinen, langsamen Schlucken und verfolgt dabei die Flugbahnen der Mauersegler, die in irrem Tempo, ihre schrillen Schreie ausstoßend, die Luft durchschneiden. Er sieht ihren Kurven und Schwüngen nach, wie sie Zeichen in den Himmel schreiben, auf die Dachkante zurasen, sie knapp verfehlen, im letzten Augenblick hochschnellen und dabei schreien, triumphierend, wie er zu hören glaubt, und denkt, dass ein Mauersegler unmöglich kein Rauschgefühl beim Fliegen empfinden kann, dass er mehr noch als den Mücken dieser haltlosen Freude nachjagt.

Er tritt vom Balkon ins Arbeitszimmer, bleibt vor seinem Schreibtisch stehen, weit genug entfernt, um die Dinge aus einem Abstand zu betrachten. Das Modell steht auf seiner grünlichen Glasplatte, winzig, perfekt, die glatten Kanten der Hochhäuser, die Linienführung der Fluchten, das Forum mit den vier Ebenen, im Längs- wie im Querschnitt aufgerissen, sein Entwurf für Pudong, er kann sich wie ein Verliebter nicht von dem Anblick losreißen. Er trinkt in regelmäßigen Abständen kleine Schlucke, sinniert in losen Schwüngen weiter, den Mauerseglern nach, dem Modell; die Fluglinien, der beginnende Alkoholrausch, alles mischt sich äußerst angenehm.

In seine Gedanken platzt jäh Gekreisch, ein Knall, erst in der einen, dann in der anderen Ecke des Raums, Sachen fallen von den Regalen, Geflatter, etwas Schwarzes, Ruben schreit auf, ohne es selbst richtig zu hören, duckt sich, ein Angriff, etwas fliegt ihm in seiner Wohnung im fünften Stock um die Ohren. Es wird still, als das Geschoss an der Wand heruntertaumelt und am Boden liegen bleibt. Alles spielt sich in Sekundenbruchteilen ab, Ruben, der vor Aufregung heftig atmet, begreift, was passiert ist. Einer der Mauersegler ist in vollem Tempo in sein Arbeitszimmer geraten, hat sich, wie Ruben vermutet, in seinem rasenden Flug vertan. Die Anwesenheit des Vogels in seinem Zimmer, wo auf den Regalen weitere Modelle stehen, lässt eine Panik in ihm aufsteigen, die über bloßes Erschrecken oder die Furcht um die Sachen hinausgeht. Er bekommt eine Stelle im Inneren seines Kopfes zu spüren, die zu reizen ihm nicht ratsam scheint, ein Sirren. Er will fliehen, fürchtet aber, vom Balkon zu stürzen, wenn er erst losrennt. Schließlich zwingt er sich, dort, wo er ist, in der Ecke bei der Tür, am Boden gekauert abzuwarten, bis die Welle abgeklungen ist.

Einmal, zweimal, dreimal unternimmt der Mauersegler einen Versuch, vom Boden hochzukommen, flattert mit ausgebreiteten Flügeln ein Stück über den Dielenfußboden, prallt dabei gegen verschiedene Möbel, was eher zur Verschlimmerung seiner Lage beiträgt, es scheint nämlich, als müssten sämtliche seiner feinen Knochen bersten.

Es dämmert bereits, das Zimmer ist fast dunkel, als Ruben vom Boden aufsteht, seine Knie schmerzen und fühlen sich gleichzeitig auf eine unangenehme Art weich an. Er wirft ein herumliegendes Kleidungsstück über den Mauersegler, der immer noch hilflos am Boden liegt und in einem aufgepeitschten Herzschlagrhythmus bebt. Seine Flügel haben beim näheren Hinsehen eine erstaunliche Spannweite. Ruben überwindet sich, ergreift den Vogelkörper durch den Stoff, sein Interesse an der Konstruktion siegt über die Panik, er klappt die gebogenen Flügel ein und aus, sicher hat die Form dieser Flügel, die des Rumpfes, des breitgezogenen, aber spitzen Schnabels optimale aerodynamische Werte, Ruben sieht die irritierend großen Augen des Tieres, schwarz, rund und vorgewölbt, Augen einer anderen Spezies, einem anderen Element zugehörig, nicht dazu gemacht, aus dieser Nähe betrachtet zu werden. Ruben ist seltsam berührt von der Angst, die in diesen Augen zu sehen ist, er fragt sich, ob der Vogel seine, Rubens, Angst ebenfalls wahrnimmt. Er steht eine Weile unschlüssig herum, beide Hände um die eingefalteten Flügel und den Körper des Tieres gelegt, trägt ihn schließlich hinaus und schickt ihn wie einen Papierflieger in die Luft.

Der Mauersegler, wie erstaunt darüber, dass er sich wieder im vertrauten Element befindet, fällt einen Moment lang in die Tiefe, ehe er begreift und in der gehabten Geschmeidigkeit davonfliegt, als Letzter des Tages seine Schwünge in den dunkler werdenden Himmel schreibt, ehe auch er verschwunden ist.

Ruben beschließt, die Episode mit dem verirrten Mauersegler als günstiges Vorzeichen für die Präsentation aufzufassen, die am nächsten Morgen bevorsteht. Zwar ist die Chinasache längst festgemacht; der Professor hat ihn schon vor einem Jahr angesprochen, ihn für den Richtigen gehalten, um als Juniorpartner in das Pudongprojekt einzusteigen, das Büro, an dem der Professor beteiligt war, hatte beste Aussichten, den Zuschlag zu bekommen, er, der Professor, hat schon länger ein Auge auf ihn, Ruben, geworfen, Hoffnungen in ihn gesetzt, will ihn aufbauen, sich einen Nachfolger heranziehen vielleicht, hat ihm diese Aufgabe gestellt, viel zu anspruchsvoll, ein Vorhaben, an dem ein Neuling nur scheitern kann, aber auch eine Auszeichnung, die ihm, Ruben, immer wieder einen Schub von Hochgefühl verschafft, ein mögliches Scheitern, an dem er wachsen wird. Und die Möglichkeit bleibt doch, dass er, Ruben, mit Pudong emporsteigt aus dem Nichts.

Am nächsten Morgen, dem Tag der Präsentation, erwacht er um kurz nach sechs, ist sofort wach, nicht eigentlich nervös, nur die Selbstwahrnehmung ist gesteigert. Im Bett liegend masturbiert er, aufgedeckt, sein Körper im Morgenlicht, das sich in den Fenstern der gegenüberliegenden Straßenseite spiegelt und seine Haut, seine Schamhaare, sein aufragendes Glied bescheint. Er verströmt sich in seine Hand, bleibt, die Hand auf seinem atmenden Bauch, noch etwas liegen, riecht sich, sieht durch den Durchbruch zum Arbeitszimmer auf dem Schreibtisch das schimmernde Modell.

Es geschieht, als er sich ans Kaffeekochen macht, er gerade Wasser in die Kanne gefüllt hat und nach der Kaffeedose greift, die in Sichthöhe auf dem Bord steht. Mit der Dose fällt ihm etwas Dunkles entgegen, etwas, das flattert, flatternd auf seiner nackten Brust aufkommt und flatternd zu Boden geht. Blind schlägt er nach dem Mauersegler, der ihn, wie er es auffasst, aus dem Hinterhalt anfällt, in die Stille des frühen Morgens, in die vertrauten Verrichtungen hineinplatzt, er vermutet die Wohnung voll von diesen scheußlichen Tieren, schon während der ganzen Nacht.

Er kann nicht anders, als Absicht, den Versuch gezielter Demontage seiner Person darin auszumachen, es drängt sich ihm der Gedanke an Ricarda, seine leibliche Mutter, auf, die schon immer wusste, wie sie ihm die Luft ablassen konnte, die ihm kein Leben ohne sie gestattet, noch im Tod seine volle Aufmerksamkeit fordert.

Den Boten des mütterlichen Fluchs, den zweiten Mauersegler, bekommt er, nachdem er sich einigermaßen gefasst hat, wesentlich unsanfter als den ersten mit Handfeger und Schaufel zu fassen und wirft ihn über die Brüstung des Balkons, wo er ihm bebend vor Wut und Aufregung nachsieht.

Der Mauersegler fällt, ebenso wie der vom Abend zuvor, ein Stück im freien Fall und setzt erst dann seine Flügel ein. Anders als der erste fliegt aber dieser nicht davon; ob er bereits die ganze Nacht verletzt auf dem Regal gelegen hat oder ob einer seiner Flügel von Ruben beschädigt worden ist, der Vogel trudelt in einer Spiralbewegung fast ungebremst abwärts auf die Straße.

Im selben Augenblick, noch ehe es zum Aufprall kommt, biegt wie jeden Morgen in schnellem Tempo ein Lastwagen um die Ecke, der Zulieferer für den Plusmarkt. Der Lastwagen erfasst den herabfallenden Vogel, vielleicht unbemerkt durch den Fahrer, und gibt ihm, indem er ihn überfährt, unzweifelhaft den Rest.

Entsetzen bei Ruben: Ricarda ist es, die ihn zwingt, nach einem solchen Spektakel die Präsentation durchzustehen. Er weiß es. Sie hält ihren Sohn fest umklammert, offenbar ist sie entschlossen, ihren Tribut dafür zu fordern, dass Ruben existiert, dass sie alles für ihn geopfert hat, und nun lebt er ohne sie.

Er wird sie nie loswerden, nicht in Pudong, nicht auf der Höhe des Erfolgs (falls er, Ruben, jemals dort ankommt). Sie wird immer zu verhindern versuchen, dass er jemand Anderen anblickt als sie. Ganz gleich was er jemals getan hat, auch früher schon, muss er Zugeständnisse machen, sie anhören, ihre Wünsche erfüllen, vorher steht ihm die Welt nicht offen. Daran hat sich nichts geändert. Sie ist tot, und er schlägt sich hier herum.

Ruben fühlt sich elend. Sein Mut, sein Elan sind abgelöscht, er schleicht bedrückt zu seinem Modell, das nun viel matter im Schatten steht.

Frank [DEUTSCHLAND]

Frank fährt im Smart durch den Landkreis. Da ist wenig, das ihn wachhält, nur tote Fenster in leeren Kasernen und der nächtliche Wald. In sirrender Fahrt frisst der Smart die Mittellinie in sich hinein, die weißen Streifenstücke rasen näher und wölben sich; besser als in die Reflektoren der Seitenpfosten starren und hinausschießen gegen die Bäume.

Eine stumpfe Müdigkeit füllt seinen Kopf aus, ihr Ende steckt in seinem Magen. Seit Monaten geht es so. Für ein lächerliches Zeilengeld die Gegend durchkämmen, jenseits des Speckgürtels, wo nichts sich bewegt. Reglos daliegende Ortschaften, verschlossene Fronten längs der Straßen, selten ein Imbiss oder Laden. Die verbliebenen Bewohner scheinen wie alles übrige Leben erstarrt. Dazwischen verkehrt in rundlichen Kleinwagen die Hauskrankenpflege.

Oder er sitzt in der Redaktion (vergilbte Computergehäuse und fettige Tastaturen, Zeitungsstapel, an die Wand gepinnte, vergilbte Witze) und telefoniert mit vor Nervosität feuchten Händen. Nicht abwimmeln lassen, hartnäckig sein. Dankbar für jeden Termin, jedes Fax, egal wie nichtig der Anlass.

Zurück bleibt die Entmutigung, die weit greift und alles zu sich hereinzieht. Sie nährt sich zum Beispiel davon, dass er auf einer Rathaussitzung Seite um Seite vollschreibt und mit einem Mal die Anwesenden und verhandelten Gegenstände für wichtig hält. In diesem Moment Lokalreporter *ist*. Wenn er sich hinterher wieder in die gewohnten Widerparts aufspaltet, fühlt er sich vergiftet. Er kann weder diese Rolle ausfüllen noch das Gegenteil, die Strapazen dieser Tage in ihrer ganzen, eingestandenen Sinn- und Trostlosigkeit aushalten.

Zuhause wird ihm sein Bett kein zureichendes Versteck sein. Die Anspannung wird sich zu langsam und kaum vollständig aus seinem Körper lösen; gleichzeitig wird sich die Nervosität vor dem Morgen aufbauen, ihn von unten beginnend aufdrehen zu einem harten Strang. An Schlaf und Erholung ist dann nicht zu denken.

Heute Vormittag in der Redaktion: Die Kollegen sitzen an den Bildschirmen, unterhalten sich und lesen die Konkurrenz (diese Wortwahl beschönigt die Tatsache, dass die andere Zeitung in Wahrheit konkurrenzlos ist. Das bedeutet, hier wird ein Blatt gemacht, das keiner liest, dessen Redakteure man regelmäßig einzuladen vergisst, von Leserzuschriften ganz zu schweigen). Beim Telefonieren hängen sie dicht über ihren Schreibtischplatten, wegen der klumpig verwickelten Kabel. Frank starrt auf seinen Satzanfang, der sich nach den umherschwirrenden Gesprächen verdreht, auf der Suche nach Anschluss.

Seine eigenen Telefonate hätte er lieber außerhalb der allgemeinen Hörweite geführt, zu unbeholfen hört er sich stammeln, zu schnell haben sich seine wenig forschen Nachfragen erschöpft. Vor jedem Telefonat regt er sich auf, schiebt es hinaus, versucht es überhaupt zu vermeiden. Ein peinliches Eingeständnis für einen Reporter, was aber vorerst niemand wissen soll.

Die Anzeigenfrau kommt herein und unterhält sich mit Ulf, auch ein paar andere stehen dabei. Die Anzeigenfrau ist ziemlich jung, dabei nicht besonders hübsch und trägt eine Brille, die ihre Augen stark vergrößert. Frank sieht unter ihrem Oberteil die Achselhaare, das Aufliegen ihrer bleichen Brüste am Körper. Vielleicht hat sie seine Blicke bemerkt. Mit einer schnellen Bewegung wirft sie ihm ein Päckchen zu, das sie zuvor in der Hand gehalten hat.

Das warme, schwere Ding landet in seinem Schoß, er stößt ein blödes Geräusch aus.

»Für dich«, sagt die Anzeigenfrau. Es ist ein halbes Hähnchen, noch heiß in einer fettdichten Tüte. Er hört Monique oder Marion kichern.

»Hat mein Verehrer vorbeigebracht. Ist noch ganz frisch.«

»Dein Verehrer?« fragt Marion oder Monique.

»Er kommt jede Woche und gibt eine Anzeige auf, ich helfe beim Formulieren. Neuerdings bringt er mir jedes

Mal etwas zu essen mit. Wie mein Kater. Der legt mir auch angebissene Mäuse vors Bett.«

Jetzt lachen alle, außer Frank. Er legt das Hähnchen, vor dem er sich ekelt, zur Seite. Er fühlt sich kompromittiert, weiß nicht, ob und wie er das Missverständnis aufklären soll. Am besten für ihn wäre es sicher mitzulachen.

»Falls du auf meine Fleischeslust anspielst«, sagt er zu Conny, so heißt die Anzeigenfrau, während er seinen Unterkörper auf dem Drehstuhl wieder dem Bildschirm zuwendet, »bist du bei mir in jeder Hinsicht falsch.«

Das war ein Fehler, er weiß es bereits, während er es sagt. Ohne dass er hinsieht ist klar, die Anwesenden, besonders die Frauen, verdrehen die Augen.

»Na dann«, sagt Conny in seinem Rücken und kündigt damit ihr Gehen an. Er kriegt nicht mehr mit, was aus dem Hähnchen wird.

Er ist plötzlich geblendet, gleißendes Licht aus den Rückspiegeln, die bislang schwarz sahen, »Arschloch!« hört er sich rufen. Sein Herz pocht, er setzt sich aufrecht in der viel zu schnellen Kapsel, deren hintere Begrenzung direkt hinter seinem Rücken verläuft, keine Rückbank ist dazwischen, kein nennenswerter Kofferraum. Er hat nicht bemerkt, wie der auffahrende Wagen sich näherte. Er muss mit hoher Geschwindigkeit herangeschossen sein, jetzt fährt er dicht in Franks Rücken. Die grimmig blickenden Lichter, die überbreite, kampfbereite Stoßstange sind weniger als zwei Meter von seinem Körper entfernt. Insassen sind keine zu erkennen. Frank lenkt nach rechts, obwohl die Straße ganz frei ist und nichts leichter, als einen Smart zu überholen. Der Wagen, schwarz oder jedenfalls dunkel, zieht mit, bleibt kleben, Frank kriegt es mit der Angst, die Straße führt durch den Wald, er fährt zu schnell und damit auch sein Verfolger. Als seine Angst sich steigert, ihm auch nicht einfallen will, wer es sein könnte, der ihn so bedrängt und weswegen, sieht er im Rückspiegel den schwarzen Wagen, der tief auf der Straße liegt, nach links ziehen. Einen Moment lang fährt er auf der Gegenspur gleichauf neben ihm her, beschleunigt dann und rast davon, seine Rücklichter sind schnell außer Sicht.

Frank fährt weiter, durchquert Ortschaften im orangegelben Licht von Straßenlaternen, ausfransend in grasüberwachsene Bauhöfe und Stallungen, dazwischen in ordinärer Buntheit die üblichen Super-, Bau- und Schuhmärkte. Es ist nicht mehr weit bis zur Stadtgrenze. Einige Minuten später ist er nicht mehr sicher, wie er den Zwischenfall mit dem auffahrenden Wagen einordnen soll: War es ein gezielter Angriff oder nur eine, wenn auch unangenehme, Zufallsbegegnung? Wahrscheinlich, denkt Frank, sollte er seine heftige Reaktion als Anzeichen seiner eigenen Ruhebedürftigkeit nehmen.

Wenige Stunden zuvor, vor dem Termin im Rathaus. Kopf an Kopf mit der Sonne, die genau gleich hoch stand, blickte er über die Felder. Ein Traktor zog eine Erntemaschine und mit ihr eine Wolke von Staub über den riesigen, von parallelen Furchen durchzogenen Acker. Schwer vorstellbar, dass in diesem Boden etwas gewachsen sein sollte, das jetzt zu ernten wäre. Die Farbe der zu Puder getrockneten Erde war Braunviolett, Grünorange die des Gesträuchs entlang der Böschung. Aus einem Baum am Feldrand blickte ruhig ein Raubvogel. Im Gegenlicht rotierten die Windräder, standen in unregelmäßigen Gruppen über den Horizont verteilt, befestigt an Ständern aus Schatten. Je nach Ausrichtung ihrer Rotoren erfasste sie der Wind, der warm um Franks Wangen strich, bewegte sie schneller, langsam, kaum, gar nicht.

Bevor die Windräder ihren Rhythmus in die Landschaft brachten, überlegte Frank, muss die Leere, das Brüten auch an einem so zart gefärbten Abend als Druck in den Ohren und auf der Lunge gelastet haben.

Er hatte das Headset noch nicht abgenommen, als Ulf anrief. »Frank«, begann er, in der ihm eigenen Sprechweise hörte man die Unterstreichungen und fetten Lettern heraus. Frank erstarrte am Feldrand; Ulfs Stimme, die er im Inneren seines Schädels zu empfangen schien, erteilte ihm Anweisungen.

Kaum einen Steinwurf entfernt waren aus dem Wald kommend Rehe aufgetaucht. Ihre Rücken leuchteten gelbgrau, im Gefühl vorläufiger Sicherheit sammelten sie sich auf dem Feld, um zu äsen. Frank meinte dennoch, ein ständiges Zittern und Zusammenschrecken an ihnen wahrzunehmen. In den Formen ihrer Köpfe, Hälse und Körper sah er mit einem Mal bedeutungsvolle Zeichen, als seien die Tiere hingestellt worden, um ihm etwas mitzuteilen. Er durfte sie nicht aufschrecken. Er hörte Ulfs Reden an, antwortete aber nicht, behielt, ohne zu blinzeln, die Rehe im Blick, hörte Ulf schließlich ein paar Mal nachfragen: »Frank? Bist du noch dran?«, ehe er endlich aufgab.

Ulf telefoniert den halben Tag mit dem Haupthaus, wohin er nur zu gern wechseln würde. Diesen Aufstieg vor Augen, hat er beim Lokalboten, dessen Agonie man beenden, den man komplett einsparen müsste, seine persönliche Despotie errichtet. Vermutlich wird er wegen seines rosigen Kindergesichts beständig unterschätzt. Er will daher unbedingt denen im Haupthaus beweisen – und ebenso allen anderen –, dass er mehr ist und kann. Gern liest er in der Konferenz mit triumphierender Stimme Artikelanfänge vor, die aus seinem Mund unrettbar schlecht klingen, missraten und ohne Talent; von ihm, Frank, Geschriebenes ist regelmäßig darunter.

Wenn man in der Redaktion herumsitzt, weil nichts geschieht, ist man kein echter Reporter; Ulfs Genörgel durch zielloses Herumfahren im Landkreis zu entkommen, ist wegen seiner ständigen Handyanrufe unmöglich, so dass man versucht ist, ein paar Trinker oder Pflegefälle auf eine Bank zu zerren und von Spätsommerstimmung zu faseln. Was tatsächlich der Fall ist, soll nicht im Blatt stehen: dass es für Landstriche wie diesen keine Zukunft gibt, dass diejenigen, die noch nicht das Weite gesucht haben, ihren Lebensrest hier aufzehren, dass Leere und Trostlosigkeit bleiben, für kurze Zeit überdeckt von eilig in Gang gesetzten und wieder abebbenden Maßnahmen.

Ein Thema, worüber er nicht berichten kann, sind die Angler. Sichtbarster Teil des Dorflebens in einem Ort, den Frank regelmäßig durchquerte, war eine Gruppe alter

Männer, die aus Gründen, die Frank anfangs nicht verstand, auf einem parkähnlichen Gelände im zur Straße offenen Viereck auf Bänken saßen. In ihren Händen hielten sie Stöcke in verschiedener Länge, von ihrem Schoß aus aufragend in die Luft. Stundenlang schienen die Männer so zu verharren; wenn Frank auf dem Rückweg an ihnen vorbeifuhr, saßen sie immer noch unverändert auf den drei Bänken, noch immer hielten sie ihre langen, dünnen, vom eigenen Gewicht leicht zur Erde geneigten Stöcke empor. Dieser Anblick bot sich Frank in Abständen mehrere Male, bis er feststellte, dass es auch Tageszeiten gab, zu denen die Männer nicht zu sehen waren, um die Mittagszeit und ab dem frühen Abend. Einmal, es muss nach der mittäglichen Pause gewesen sein, fuhr Frank an dem Parkstück vorbei, als die alten Männer gerade von zwei runden, kurzhaarigen Frauen mittleren Alters in hellgrünen Kitteln zu den Bänken geführt wurden; er fuhr mit dem Smart so langsam, dass er die Situation endlich durchschaute: Das großzügige, lang nicht gestrichene Gebäude, ein ehemaliger Gutshof vielleicht, durch den Park getrennt ein Stück abseits der Straße, war ein Altersheim, die Männer auf den Bänken ein Teil der Bewohner. Frank glaubte auf der Veranda des Hauses weitere Alte auszumachen, mehrheitlich Frauen, in Gartensesseln sitzend und beim gebückten Schieben von Gehhilfen. Die jüngeren Frauen in den Kitteln waren Schwestern, sie platzierten die alten Männer auf den Bänken und verteilten dann die Stöcke an sie.

Da ging es Frank auf: Die Männer glaubten zu angeln; die Bänke waren um ein steinernes Geviert aufgestellt, ein lange trockenes Bassin. Die nutzlosen Stöcke genügten ihnen, um sie als Angeln in die Luft zu halten, und das leere, bemooste Becken als Fischteich. Offenbar waren sie zufrieden mit den Attrappen; aus früherer Gewohnheit war ihnen das Halten der Angelruten, das ruhige Beieinandersitzen eine angenehme Beschäftigung. Jetzt, auf der letzten Etappe ihres Lebens, riefen die Stöcke immer noch die schöne Erinnerung hervor. Was für ein Unterschied, tatenlos auf einer Bank sitzen und die Tage verdämmern, oder zusammen fischen! Frank stellte sich die Schwester, die eines Tages auf die Idee mit den Stöcken gekommen war, als großherzigen Menschen vor.

Er winkte den Anglern, einer der Greise winkte zurück.

Zuhause fällt Frank in den Schlaf wie in einen Schacht; kein Weckerklingeln dringt dort am Morgen hinunter. Er kommt zwar rechtzeitig in die Redaktion, befindet sich aber noch zu knapp am Abgrund dieses Schlafs, dessen Tiefe ihn mehr erschreckt als erfrischt hat. Der Abgang zur S-Bahnstation, die Zugfahrt entlang der Startbahn des Tempelhofer Flughafens, das Aussteigen, Heraustreten auf den Damm im Strom der Passanten: die Verläufe sind abgehackt, sein Panzer noch weich.

In der Redaktion hat er sich heute still an einen Arbeitsplatz setzen wollen (damit den Freien ihr Freisein bewusst bleibt, gibt es für drei Reporter nur zwei Computer) und still für sich über die Sitzung vom Vorabend schreiben; vielleicht wären noch zwei, drei Kurzmeldungen für ihn abgefallen und er hätte heute über Durchschnitt verdient. Stattdessen herrscht eine ganz unübliche Aufregung.

Ulf, als knallharter Blattmacher, steht mit stark durchblutetem Gesicht in der Raummitte und macht hämmernde Gesten, die Frauen, eine heißt Marion, eine Monique (eine ist fest, eine frei, beide mit baumelnden Ohrgehängen), außerdem Hanno, der zweite Redakteur (der ganz ohne Ambition, in angeschmutzten Flanellhemden sein Pensum erledigt), Sven, ebenfalls frei, und René, der Fotograf, lehnen sich gegen die Tische. Als Frank hereinkommt, verstummt Ulf und alle schauen ihm, der noch in der Tür steht, entgegen.

»Es ist sein Revier«, sagt eine der Frauen. »Wieso soll er es nicht machen?«

Sie lächelt ihm aufmunternd zu, es muss Monique sein, die etwas Ältere, Hagere mit der Festanstellung.

»Worum geht es überhaupt?«, fragt Frank.

Frank [DEUTSCHLAND]

Ein kalter, aber sonniger Morgen, der einunddreißigste August. Frank steht neben dem Smart, den er am Rand des Waldwegs geparkt hat, nach Ulfs Beschreibung nicht weit vom Flecken Alt-Zietow. Die gleichen, gleichmäßigen Stämme der Kiefern bilden gegen die Sonne betrachtet ein Raster aus schwarzen Balken, ihre Schatten liegen mit weicheren Konturen in den sich bauschenden Gräsern, deren feine, trockene Rispen im Wind rascheln, ein kaum hörbares Geräusch in der Stille. Die Morgensonne legt eine warme Hand auf Franks Wange; taubehangene Spinnweben zwischen den härteren, dunklen Halmen einer anderen Grasart spannen zarteste, glitzernde Matten.

Er wartet auf einen Herrn Matthäi, der ihm eine Führung durchs Gelände geben soll. Er geht noch einmal seine Notizen durch: geheime Bunker der Sowjetarmee, hier im Süden des Landkreises, der kaum besiedelt ist, altes, ausgedehntes Jagdgebiet, fast ausschließlich Wälder. In dieser abgeschotteten kleinen Kasernenstadt mitten im Wald war angeblich bis in die Achtziger eine Eliteeinheit stationiert. Man könne dort noch heute das Kasino, die Turnhalle, die Sauna besichtigen, hatte Frank gehört. Die Zugänge, Waldwege seien bewacht gewesen, unzugänglich, ein entwaldeter Sicherheitsstreifen um das Gelände, Wachtürme, elektrische Zäune. Lagerten in den Bunkeranlagen vormals wirklich Atomsprengköpfe? War da eine Abschussrampe für die Raketen? Als die Russen über Nacht abzogen, ließen sie nichts Bewegliches zurück. Möglicherweise lagerten hier im Brandenburgischen die Mittel, um weite Teile Europas zu verwüsten. Bislang jedermann zugänglich, wenn auch im Wald versteckt, zeigten die zuständigen Stellen kein Interesse, die verlassenen Militäranlagen für die Nachwelt zu bewahren. Waffensammler und Andenkenhändler durchstöberten Schießplätze und Kasernen. Ein Pächter häufle dort seit Jahren Dung und Aushub.

Jetzt gebe es Pläne, dort eine Art militärischen Abenteuerpark zu errichten, mit Panzerfahrten, Geländespielen und Übernachten im Bunker. Leute wie dieser Matthäi versuchten dies zu verhindern. Von Matthäi ist allerdings nichts zu sehen. Der verabredete Zeitpunkt, zehn Uhr, ist längst verstrichen.

In seiner Vorstellung hört Frank (ohne den genauen Wortlaut) den Anfang seines Artikels, Sätze, die Atmosphäre aufbauen, dabei zugleich die Information bringen, Sätze, die Ulf begeistern werden, die er den anderen als Beispiel vorhalten wird.

Matthäi wird, falls er noch kommt, Franks Wagen sehen. Es ist schließlich nicht verboten, hier herumzulaufen.

Er geht zur Kaserne, dem Häuserblock, vor dessen Vorderfront bis zur Höhe der untersten Fensterreihe Erdhaufen aufgeschüttet sind, teils schon mit Grünzeug bewachsen, dazwischen Spuren großer Schiebefahrzeuge: die Deponie oder das Kompostlager. Die Fassade des langgestreckten, dreistöckigen Gebäudes ist graufleckig, dabei nicht eigentlich unansehnlich, die Putzfarbe vermutlich seit jeher dieses Grau. Nur fehlen sämtlichen Fenstern die Scheiben.

Frank betritt das Gebäude durch den ebenfalls türlosen Eingang, der kurz zuvor noch von stumpfbrauner Erde verschüttet gewesen sein muss; er geht über die Reste des jetzt abgetragenen Erdbergs. Im Inneren der Kaserne hat die mehr als zehnjährige Verwitterung, bei freiem Einlass für Frost, Nässe und Getier, mehr angerichtet. Dürres, teils schon zerfallenes Laub liegt auf den aufgemalten Treppenläufern mit blaugelber Bordüre. Von den Wänden blättert in großen, sich aufrollenden Placken hellbraune Lackfarbe und mischt sich unter das Laub. Frank ist überrascht von der Farbigkeit im Inneren des Gebäudes. Eine für den Standort verantwortliche Instanz muss entschieden haben: Schön sollen sie's haben! Etwas Farbe und Gemütlichkeit, wenn sie schon als Geheimnisträger abgeschottet im Wald sitzen. Deshalb imitiert die Tapete auf den Fluren, einen Sockel bis auf Brusthöhe bildend, die Maserung von Marmor (auch sie hängt in Fetzen herunter), deshalb sind die Wohneinheiten, in die Frank rechts und links des Flures hineinblickt, je anders tapeziert: Rosen, als Prägemuster wie in weißen Satin eingewebt, dann wieder sattes Grün, Kükengelb, Türkis (eine Tapete mit Kachelmuster); all diese Farben als Reste, herunterhängende Bahnen und Geknüll auf dem Fußboden. Dazwischen herausragende Leitungen, rostige Lichtleisten, beim Tapezieren ausgesparte Stellen, die einst hinter Spiegeln oder Heizkörpern verborgen waren.

Das Beste, Seltsamste sind die Fenster, ihre leeren Rahmen, liegende Rechtecke, durch eine senkrechte Zwischenstrebe unterteilt in ein schmales Fenster (zum Lüften?) und ein breites (für den Blick hinaus); dieses einmal unterteilte Rechteck-Raster umrahmt in jedem der verwitterten Räume ein Bild des umgebenden Waldes, hell und scharf, nah und hereindrängend: bläulich (die Kronen) und rötlich (Geäst und Stämme) die Kiefern, daruntergemischt kleinere Tannen, ebenso einzelne, sanft windbewegte Laubarme von Birken. In einem Fensterrechteck sieht man in der Mitte ein Stück Birkenstamm, das Weiß-Schlank-Gescheckte als Vordergrund zu den gerade aufgeschossenen, manchmal schief umgesunkenen Kiefern der Pflanzung.

Die Fensterbilder vom Wald wirken so stark durch die Rahmung und durch den Kontrast: hier drinnen das verrottende Menschen-, draußen das sich fortwährend erneuernde Pflanzenwerk, im immer neuen Licht. Ohne das trennende Glas tritt der Wald als Bild in den Fenstern noch wirklicher hervor.

In die Räume am Ende des Flurs ist durch die Fenster Erde eingedrungen, von den nah ans Gebäude herangeschobenen, meterhohen Haufen. Im Inneren des Gebäudes sieht es aus, als hätte eine Lawine die Scheiben eingedrückt, und als wäre es Erdreich von einem abgerutschten Berghang, das den Fensterrahmen und den größten Teil des Zimmers füllt.

Frank steht in einem halb mit Erde zugeschütteten Zimmer, steht und atmet den Erd-, Wurm- und Pilzgeruch, betrachtet das zu den noch freien Fensterecken hereinfallende, gleichmäßig stehende Vormittagslicht.

Was draußen passiert, plötzlich und schnell: Autos, mindestens zwei, nähern sich und halten vor dem Haus, kein knirschendes Heranrollen, sondern donnernd mit spritzenden Kieseln. Bremsen. Mehrere Paar Füße springen in den Kies und laufen los, vielleicht ins Gebäude. Dass keine Stimmen zu hören sind, macht es noch schlimmer.

Nazis!, durchfährt es Frank. Sofort fällt ihm der auffahrende Wagen auf der nächtlichen Landstraße ein. Er hat doch noch gar nichts geschrieben! Keine Zeit, darüber nachzudenken. Sicher ist, dass er nicht sechs, acht oder mehr von ihnen in die Hände fallen will. Er hört sie schon im Treppenhaus. Frank macht ein paar lautlose Sätze zurück in den Raum, in dem er zuletzt gestanden hat. Der Raum ist fast voll mit Erde, der zum Fenster hereingeschüttete Haufen lässt kaum Licht ein. Ohne nachzudenken springt Frank in die dunkelste Ecke. Sprung. Die Erwartung, auf Erde zu landen, zu versinken, möglichst tief. Stattdessen: eine Hand, die sich fest auf seinen Mund presst. Ein Knie, ein Arm, ein übermächtiger Körper. Sein Blick rollt hintenüber, er sackt weg.

Als er zu sich kommt, scheint die Nachmittagssonne durch den Fensterspalt über dem Haufen, sie beleuchtet einen schwarzen Mann, kräftig und nicht mehr ganz jung, der mit angezogenen Beinen gegen die Wand gelehnt am Boden sitzt und grinst. Frank registriert innerlich, wie wenig ihn dies verwundert. Er fühlt sich leicht benommen, aber eigentlich gut, belebt sogar. Stückweise kehrt seine Erinnerung an die Ereignisse zurück, die ja glimpflich ausgegangen scheinen. Er lächelt zurück.

»Hallo«, sagt der Mann. »Ich muss mich bei dir entschuldigen. Vorgestellt habe ich mich auch nicht. Vorhin war die Zeit knapp.«

Er lacht, seine Stimme wohlklingend satt, harzig. Frank fragt sich, ob er vor Schreck bewusstlos geworden ist oder durch einen gezielten Handgriff des Schwarzen. Dessen Äußeres verrät nichts darüber. Ein weiter, kragenloser Kittel fällt über breite Schultern und einen vorgewölbten Bauch. Seine Hände mit breiten Fingern sehen nicht brutal aus, eher, als seien sie das Hantieren mit feinen Dingen gewohnt. Er sieht Frank an, amüsiert, freundlich.

»Mein Name ist Gabriel. Wahrscheinlich hätte ich nicht hierher kommen sollen. Aber es überrascht doch, wo sie einen überall aufstöbern.«

Er spricht Englisch mit rollendem Akzent. Wieder lacht er, dass sein Bauch bebt.

»Stimmt«, sagt Frank und lacht ebenfalls. Er überlegt, ob es beleidigend klänge zu sagen, wenn ich schwarz wäre, würde ich nirgendwo im Landkreis alleine herumlaufen.

»Still!«

Gabriel ist aufgesprungen, seine Gesichtsfarbe (ergraut) und Körperhaltung (äußerst angespannt) deuten auf Alarm. Offenbar sind doch noch Verfolger im Gebäude, heimlich zurückgelassen von den übrigen, die nur zum Schein vollzählig in die Wagen gestiegen und abgefahren sind. Womöglich hat ihr kurzes Gespräch sie beide verraten. Gabriel hat sich bis an die Tür der Wohneinheit vorgetastet und wirft einen schnellen Blick hinaus, auf den Flur und ins Treppenhaus.

»Raus, schnell!« formt Gabriel mit den Lippen und deutet mit dem Kopf Richtung Wald, doch ist das Fenster in diesem Zimmer fast ganz verschüttet. Frank kämpft sich hinaus in eine erdige Dunkelheit, die nach Wurzelwerk und Pilzen riecht, die ihm Augen, Nase, Mund verstopft, durch die er sich mit ganzer Kraft, mit Armen und Beinen wühlen muss. Trotzdem kommt er kaum von der Stelle, schafft es schließlich, sich durch den Fensterrahmen zu zwängen, davon abzudrücken, gelangt durch klebrige Humusbrocken ins Freie. Er bekommt Gabriels Arm zu fassen und versucht ihn zu sich hinauszuziehen.

Gabriel hängt fest, bedeutet ihm loszulassen, sinkt jedoch wieder tiefer und droht in das Fensterloch zurückzufallen. Frank ergreift seine Handgelenke, zieht (kaum je hat er sich so angestrengt), bis Gabriel an seiner breitesten Stelle, um die Hüften herum, durch den verschütteten Fensterrahmen hindurchrutscht, sich vollends selbst hochziehen kann, dann überraschend schnell vorausrennt, über den Vorplatz, am Smart vorbei, auf den Wald zu.

Frank hört nur sich, seinen stoßweisen Atem und den Kies unter seinen Sohlen beim Laufen, er kann nicht sagen, ob die Nazis ihnen auf den Fersen sind.

Auf der dem Wohntrakt gegenüberliegenden Seite des Platzes steht ein Bau mit flach ansteigendem Giebel. Darauf zurennend (Gabriel ist nicht mehr zu sehen) bemerkt er die hohen Masten schlanker, vorgebeugter Laternen, außerdem ein Wandgemälde an der Stirnseite des Flachbaus (russische Heimat, Kathedrale, Türme mit Mützen aus Schnee oder Gold). Bevor er weiterdenken (und -laufen) kann, im Wald nach Gabriel ausschauen, sich verstecken, fischt ihn ein Arm aus dem Lauf heraus ab, in den Eingang des Baus, besser in einen Flur, der unter ein Vordach zur zurückgesetzten Eingangstür führt. Ein auf die Wand gemalter, mit kyrillischen Buchstaben beschrifteter Pfeil ist schon fast abgebröckelt. Gabriel. Lacht schon wieder, steht unter einem weiteren Wandgemälde: drei nach vorn blickende, fröhliche Bubengesichter, Soldaten, mit den Mützen und Abzeichen von Artillerie, Luftwaffe und Marine. In ihrem Rücken, bunt und exakt wie aus einem Kinderbuch, ein Panzer mit aufgestelltem

Kanonenrohr, die spitzen Schnauzen von Kampfjet und Rakete, in einträchtiger Aufstellung hinter den Soldaten, in eine glorreiche Zukunft zielend, im Hintergrund rote Sterne, gespießt auf die Turmspitzen des Kreml.

Auch dieses Bild bröselt, blättert zusammen mit dem Putz hinter dem feixenden Gabriel. Was er nur immer zu lachen hat? Frank stellt fest (was seine Verwirrung noch steigert), dass es ihn verstimmt, ja beinahe kränkt, wenn einer wie Gabriel die hiesigen Missgestalten (Nazis) nicht ernst nimmt. Schon wieder packt ihn der Mann und zieht ihn zu sich hinüber, schon wieder unsanft, Frank kommt mit dem Rücken an der Wand unter den Sowjetsoldaten auf. Zwei großgewachsene Männer rennen vorbei. Jäh geht es ihm auf: Ihre Verfolger sind schwarz! Durchtrainierte Kerle, beide in Anzügen, beide mit durchgängig über die Nasenwurzel verlaufenden Sonnenbrillen. Kurze Zeit später folgen zwei weitere Männer, ebenfalls rennend, sie ähneln den ersten beiden zum Verwechseln. Frank erstarrt. Unter anderen Umständen hätte ihn die Aufmachung dieser Typen belustigt. Es scheint kein weiterer vorbeizukommen. Frank will schon um die Ecke lugen, da kommt einer der Vierlinge zurück; diesmal ist es Frank, der Gabriel ein Stück weiter in den Gang stößt. Nein, er täuscht sich nicht: Der Vierling hat eine stumpfnasige Waffe in der Hand, seine Jackettschöße wippen, er rennt Richtung Kaserne, es ertönt ein abgedämpfter Schuss, noch einer, zwei, dann rennt er wieder zurück.

»Wer sind diese Leute?« fragt er flüsternd.

»Vom Geheimdienst meines Landes, nehme ich an.

Ich muss wohl ziemlich wichtig sein, oder?«

Frank fühlt sich plötzlich erschöpft, vom Nacken ausgehend legt sich eine Klammer um seinen Kopf. Er versteht kein Wort. Nach Hause, denkt alles, was er noch spürt.

»Hiergeblieben«, sagt Gabriel und zieht ihn nach drinnen.

Sie kauern in einem großen, hellblau gekachelten Raum, der ehemaligen Küche des Kasernenkomplexes, hinter einer am Boden stehenden Kiste, deren Beschläge vom vielfachen Druck junger Farnspiralen aufgesprengt wurden. Birkenkeimlinge und palmfächergroße Farnwedel wachsen heraus und geben ihnen Deckung. Durch glaslose Luken über Kopfhöhe fällt goldenes Licht herein. Gabriels Arm umgreift Franks Brustkorb, keineswegs grob, eher so, wie man ein kleines Kind davon abhält, auf die Straße zu laufen. Durch die Gewächse aus der Kiste hindurch sieht Frank, wie einer der afrikanischen Geheimdienstler mit gezückter Waffe in die Küche tritt, sie rasch mit den Augen absucht: die Durchreiche in einen weiteren, kleineren Kachelraum, die herausgerissene Elektrik, die Rohre ohne Anschluss, den hin zu einem Ablauf leicht abgeschrägten Fußboden, das auf einem Sims liegende, großformatige Buch (in dem der Koch die Mengen der Zutaten berechnet haben mag, der schwarze Pappdeckel hebt sich von den gekräuselten, längst unlesbaren Seiten). Frank sieht von seinem Versteck aus die Schuhe des Geheimdienstlers, poliert, aber beschmutzt vom Gelände, das Heben und Senken seines Brustkorbs, die Suchbewegung der Augen; alles spielt sich binnen

Sekunden ab. Der Mann muss doch ihre Anwesenheit spüren, denkt Frank, der kaum zu atmen wagt. Seine Augen streifen auch die bewachsene Kiste. Als nächstes wird er nachsehen, ob sich dahinter jemand verbirgt. Und was dann? In diesem Moment ist ein Ruf zu hören, und der Mann wendet sich um, rennt nach draußen.

»Sie sind es«, wispert Gabriel (der den Ruf offenbar verstanden hat), und wieder: »Raus!«

Sie laufen Richtung Wald, die Geheimdienstler vermutet Frank in ihrem Rücken. Frank stolpert über Baumstümpfe und Geäst, es kostet ihn Mühe, Gabriel zu folgen. Zwischen dem Braun und Blaugrün der Kiefern und des Waldbodens leuchten (überdreht, künstlich) Fliegenpilze. Kurz darauf stehen sie vor einem Zaun von gut drei Metern Höhe, mit Betonstreben, deren oberer Teil zur anderen Seite hin abknickt. Die Streben sind in handbreiten Abständen mit Stacheldraht bespannt, dieser ist rostig und verwittert, dennoch im Moment unüberwindlich. Sie müssen am Zaun entlang weiter, auf die Gefahr hin, dass sie den Geheimdienstleuten in die Arme laufen. Gabriel rennt nach rechts.

Frank liegt zusammengezogen auf festgestampfter Erde, in einem kolbenförmigen Stollen, im Dunkeln. Seine Därme winden sich wie Raupen, seine Rückenwirbel sträuben sich in lächerlicher Abwehr. Rechte Wange und rechtes Ohr sind heiß und aufgeschürft. Was ist passiert?

Gabriel und er, am Zaun entlang rennend (zwischen den Betonstreben sind zusätzlich Drähte gespannt, die an den Abzweigungen über Isolatoren laufen – dieser

Teil des Zauns hat einmal unter Strom gestanden). Jetzt stehen sie vor einem Tor: die Flügel zwei große, grünlich angelaufene Metallrahmen, gleichfalls mit Stacheldraht zugewoben; in ihrer Mitte prangt, metallumringt und von Streben gehalten, je ein großer fünfzackiger Stern. Auf das Tor zu läuft die baumfreie, mit bleichen Gräsern bewachsene Zufahrt, die wohl weiter ins Innere (also in ehedem umso strenger geschützte Bereiche) des Geländes führt. Ein Ausweg aus ihrer jetzigen Lage oder der Weg in noch tiefere Verstrickung? Gabriel vor ihm zögert, den Schutz der Bäume zu verlassen. Zögert er zu lange? Von hinten nähern sich (Laufschritte, krachende Äste, abgedämpft vom schwingenden Waldboden) die afrikanischen Geheimdienstmänner, mindestens zwei, die ihnen am Zaun entlang gefolgt sind. Gabriel hat offenbar vor, durch das Sternentor, das ein Stück offen steht, auf die andere Seite des Zauns zu flüchten. Dort gibt es mehr Möglichkeiten, sich zu verstecken und die Verfolger abzuschütteln: ein teils noch von Wellblech bedecktes Stangengerüst, das einen gewölbten Unterstand bildet. Dieser mündet am einen Ende in einen Shelter oder Bunker: ein künstlicher, bewaldeter Hügel mit überdachter Einfahrt für größere Gerätschaften und Fahrzeuge. Von den verbliebenen Wellblechbahnen hängen zerfetzte Reste schwärzlicher Tarnnetze; die Moose und Gräser, die aus den Rissen des betonierten Untergrunds wachsen, bilden dort Kontinente und Landschaften. Der befestigte Weg führt vom Sternentor zum Unterstand und von dort aus weiter in ein Waldstück aus jungen Birken und Kiefern.

Gabriel. Die Geheimdienstmänner sind exzellente Läufer. Kaum bemerkt, sind sie schon da, jeder von ihnen hält eine Waffe. Gabriel passiert, seine Verfolger nicht aus den Augen lassend, das Sternentor mit einer tänzerischen Wendung, und taxiert gleichzeitig das Gelände zwischen Unterstand und Bunkereingang nach dem besten Fluchtweg. In diesem Augenblick löst sich aus dem Unterholz dies- und jenseits des Tores, auf ihrer Seite (wo Frank vorläufigen Schutz hinter einem gesplitterten Kiefernstumpf gefunden hat) und hinter der Ruine des Unterstands, aus dem Gehölz rund um den künstlichen Hügel des Bunkers, eine weitere, dieses Mal vielköpfige Truppe, schwer bewaffnete Maskierte in Tarnuniformen.

Ein albtraumhafter Moment, das Hervortreten einer ungewissen Zahl von Feinden aus einem zuvor unbelebt geglaubten Hintergrund: Als ob sich ein Bild oder Gegenstand während des Betrachtens in Insektengewimmel auflöste.

Jetzt also doch noch Nazis! schießt es Frank durch den Kopf. Im selben Moment fällt Gabriel, von einem Schuss getroffen, ins dürre Gras vor dem Sternentor. Sackt aus der Bewegung heraus zusammen und bleibt liegen wie ein hingeworfener Lumpen. Zeitgleich tritt Frank in einen Ameisenhaufen, Alarm bei den rötlichen Riesentieren. Fast wäre er in ein Loch gestolpert, das sich unvermittelt unweit des Kiefernstumpfs im Boden auftut. Und beinahe hätte er die eigenartigste Wendung im Geschehen rund um das Sternentor verpasst: Einer der Maskierten reißt sich die Maske herunter, steht abseits jeder Deckung, wirft sein Maschinengewehr weg und brüllt. Er sieht nicht aus wie ein Nazi. Sehr jung, mit gelbblond gebleichten, von der Maske zerrauften Haaren. Frank glaubt das Gebrüll zu verstehen:

»Ihr seid ...« – weiter kommt er nicht. Ein Geheimdienstler schießt ihn nieder, der blonde Junge bleibt reglos liegen. Ebenso ergeht es einem, zwei, drei der übrigen Maskierten. Ihre Körper liegen leblos auf der Betonfläche des Unterstands. Die übrigen Männer wirken perplex, eingeschüchtert trotz ihrer schweren Gewehre. Ein paar von ihnen besitzen die Geistesgegenwart, sich wieder ins Gebüsch zu ducken. Ein einziger nur kämpft, derjenige, der dem erschossenen Blonden am nächsten stand. Kauert in voller Tarnmontur und Maske hinter einem eingesunkenen Gebäudeteil an der dem Bunkereingang entgegengesetzten Seite des Unterstands (Überreste eines Wachhäuschens möglicherweise), legt sein Maschinengewehr an und feuert auf die Afrikaner. Diese haben sich (zu viert) aus ihrer Deckung herausbewegt, da sie bisher nicht auf Gegenwehr stießen. Schüsse des Maskierten. Einer der bebrillten Vierlinge wird voll getroffen, in Brust und Bauch. Erwartung, dass er tot zusammenbricht, das geschieht aber nicht. Der Getroffene zuckt, wendet sich um und schaut (erstaunt?) zu seinen Gefährten. Er ist überströmt mit Hellrotem, aber offenbar nicht ernstlich verletzt. »Ahh!« Schrei eines anderen Vierlings, gleichzeitiges Zücken der Waffe und Zielen auf die Stelle, an der Gabriel niedergegangen ist. Der aber liegt dort nicht mehr.

Der nicht getroffene, zweite Vierling rennt unvermittelt los, genau in Franks Richtung, die gezückte Waffe zielt mitten in sein Gesicht. Frank fällt (einzige Möglichkeit, dem auf ihn zu rennenden Geheimdienstler zu entgehen, der ihn hoffentlich noch nicht gesehen hat), tritt in das Loch im Erdreich zu seinen Füßen, das Loch bricht auf zu seiner vollen Größe, Frank fällt hinein. Aufratschen der linken Seite seines Gesichts. Einigermaßen glimpfliche Landung, bäuchlings, eingerollt. Nachrieseln von allem Möglichen, Erde, Steinen, Baumteilen, oben: Schüsse. Pause. Schüsse.

Frank krümmt sich in seinem Erdstollen auf noch kleinerer Fläche. Er hasst es. Soll aufhören. Bei ihm wird nichts wach, kein Kampfinstinkt und desto hellerer Lebenswille. Er ist ein Feigling, kann nichts anderes sein, will sich verkriechen und wenn das nicht geht, sollen sie ihn in Gottes Namen zerreißen.

Der Stollen stürzt ein. So wirkt es jedenfalls im ersten Moment. Sand, Steine und Waldboden rieseln ihm in den Nacken, auf seinen Kopf, seinen Rücken. Ein schwerer Brocken plumpst herunter, verfehlt ihn nur knapp, das mitgerissene Erdreich verdrängt die Atemluft. Nach dem Auftreffen des Schutts auf dem Stollenboden ist es stiller als vorher.

»Schitt«, sagt der Haufen. Junge Stimme. Rascheln und Spucken, dann leuchtet ein schmaler, heller Lichtkegel auf. »Ein Glück geht'se noch«, sagt eine junge Stimme. Und zu Frank, als er ihn im Schein seiner Miniaturstablampe entdeckt: »Oh. Hallo.«

Ein spilleriger Junge, wahrscheinlich genauso blondiert wie der Erschossene, nur völlig verdreckt, kaum sichtbar mit seinem Tarnanzug, das Hellste die weit geöffneten Augen. Seine Lampe beleuchtet schwankende Ausschnitte eines Raumes, von Betonwänden umgrenzt, außerdem einen niedrigen Gang, der von diesem Raum abgeht, dessen Tiefe der Schein der Lampe jedoch nicht erreicht. Am Anfang des Ganges ist eine metallene Sprossenleiter in die Betonwand eingelassen, die durch eine Art Schacht vermutlich ins Freie führt. Die Decke des Stollens senkt sich zu einer Seite hin besorgniserregend herab. An einigen Stellen schaut rostiges Stahlgeflecht aus dem geborstenen Beton; vereinzelt hängen dort eine Art Tropfsteine. Hinuntergestolpert sind sie beide am entgegengesetzten Ende des Raums, der jetzt mit Erdreich verschüttet ist. Auf dem Stollenboden steht etwas, Frank erkennt es nicht gleich: ein Paar graugrüne Gummistiefel, der eine aufrecht stehend, der andere am Schaft abgeknickt, bereit für den Soldaten, der vor zwölf Jahren überstürzt von hier abkommandiert wurde.

»… 'n Bunker. Hatten wir gar nicht auf'm Schirm. Oder 'n Tunnel, unterm Zaun durch? Na egal. Mann. Das ist doch voll krank, diese Schwarzen. Okay, wir hatten keine, Gotcha brauchste normal ne Genehmigung, aber das ist doch ganz normal, ich mein, ganz normaler Sport!«

Der blondierte Junge wirft Frank einen flehentlichen Blick zu.

Er zittert, nein, schlottert am ganzen Körper, mit ihm schwankt das Licht der Lampe. Sein Schlottern löst plötzlich Franks Starre. Der Junge, soviel ist klar, muss nach dieser Geschichte einen Schaden haben.

»Sie sind hinter einem Freund von mir her«, sagt Frank. »Vom Geheimdienst. Die kennen kein Gotcha.« Ob er zu dem Jungen durchdringt, bleibt unklar. Der Junge schlottert so sehr, dass seine Zähne aufeinander schlagen. Frank versucht sich ihm vorsichtig zu nähern.

»Ich heiße Frank. Ich bin hier auch nur so hineingeraten.«

Er will weiter auf ihn zugehen, streckt seine Hand nach ihm aus, kommt aber nicht dazu, ihn zu berühren.

»Mein Markierer, der war nagelneu. Weißt du, was der kostet? Mehr als 'ne echte Emmpie. Ist eben Sport.«

Frank sieht die Zähne des Gotcha-Jungen aufblitzen, ein Lächeln, das zum Blecken gerät, dann macht er sich daran, die Sprossenleiter emporzusteigen. Hält inne, scheint einen Augenblick lang nachzudenken.

»Ick heiß' Dennis«, sagt er, ehe er verschwindet.

Wahrscheinlich müsste er ihn sofort festhalten, am Hochklettern hindern, überlegt Frank. Und dass er Situationen hasst, in denen er keine Wahl hat, handeln und sich zwangsläufig in den Vordergrund spielen muss. Natürlich ist der Junge längst weg, als Frank einen Entschluss fasst. Er klopft sich die Erde aus den Kleidern und klettert den Schacht hinauf.

Kein Mensch ist zu sehen, als Frank hinauslugt, durch eine offenstehende Eisenklappe aus einer mit Gräsern und Gestrüpp überwachsenen, zwischen Bäumen versteckten Betonkuppel. Der Bunker befindet sich auf der anderen Seite des Zauns mit dem Sternentor, könnte

Schutzraum samt Fluchttunnel für die Wachmannschaft gewesen sein. Nicht weit entfernt, rund um den Unterstand für die Raketen, müssen die Leichen der Gotcha-Spieler liegen.

Er sieht eine Gestalt in Tarnkleidung, ohne Maske, aber dunkel vor Dreck, zwischen seinem Versteck am Ausgang der Bunkerkuppel und dem Unterstand herumschleichen. Die Gestalt macht sich am Boden zu schaffen und blickt sich dabei in alle Richtungen um. »Schitt!«

Es ist Dennis. Frank hat seine Deckung aufgegeben, schleicht geduckt durchs Gras, im Bogen auf den Jungen zu, hält sich im Schutz der Birkenschösslinge und jungen Kiefern. Mut ist es nicht, was ihn antreibt (möglicherweise hat sein Denken ganz ausgesetzt). Er sieht, wie Dennis an einem liegenden Körper zerrt, geradewegs mit ihm zu ringen scheint.

»Mann, is dit eklig!«, hört er ihn rufen. Bis zu Frank hinüber ist ein Krachen zu hören: Dennis entreißt leichenstarren Fingern eine Gewehrattrappe.

»Dennis!« Er versucht den Namen so zu rufen, dass der Junge nicht ausflippt. Beschwichtigen will er ihn, sein Vertrauen gewinnen. Dennis fährt herum, vollführt eine Rolle, die militärisches Training verrät, kommt blitzschnell auf dem Bauch zum Liegen, die Waffe auf Frank gerichtet.

»Ich bin es doch«, sagt Frank. Dennis zielt unverändert auf sein Gesicht, im Gewehrlauf ein Zittern.

»Weg!« blafft er, und sein ganz weiß gekniffener Mund, sein eisstarrer Blick lassen Frank zurückweichen, zweifeln, ob diese Waffe wirklich nur mit Farbbeuteln schießt.

Dennis hantiert mit schnellen Griffen an dem Gewehr, ohne ihn, Frank, aus den Augen zu lassen. Nimmt etwas zwischen die Zähne, lässt etwas anderes (das Magazin?) einrasten; der Lauf bleibt auf ihn, Frank, gerichtet. Frank kehrt seine Handflächen nach vorn und geht langsam auf den Jungen zu.

»BLEIB-DU-HÄNDE-HINTERN-KOPF-RUNTER!« Dennis' Stimme überschlägt sich. Schwer zu sagen, wie gefährlich er ist. Hier so herumzuschreien ist es auf jeden Fall. Frank duckt sich, die Hände im Nacken, tief ins Gras.

Das nächste Bild ist Gabriels rundes Gesicht, Dennis schlaff, wie schlafend am Boden, Gabriel über ihm, mit verständnisheischendem Lächeln, deutet auf den Bewusstlosen: »Ging nicht anders.«

Er scheint Übung darin zu haben, Leute niederzuschlagen. Frank kann ihm einfach nichts krumm nehmen. Allerdings will Gabriel den Jungen hier liegen lassen.

»Komm weg hier.«

»Der Junge.«

»Ich bin wegen dir gekommen.«

»Er kann hier nicht bleiben.«

»Willst du dich erschießen lassen wie diese Idioten?«

Gabriel rollt vor Zorn mit den Augen, lädt sich aber Dennis über die Schulter wie einen Sack.

Frank hat Mühe, Gabriel über die unebene Grasnarbe zu folgen. Sein Denken lahmt, sein Blickfeld wird immer enger, jetzt weiß er schon nicht mehr, in welche Richtung sie gerade laufen. Es ist ihm peinlich, Gabriel danach zu fragen, also stolpert er weiter hinter ihm drein.

»Da ist noch ein anderer Durchgang als das Sternentor«, bringt Gabriel schnaufend heraus, »dann kommt der Wald.«

Geduckt schleichen sie am Unterstand vorbei. Aus dem Augenwinkel sieht Frank auf der Betonfläche einen toten Gotcha-Jungen liegen. Und kurz darauf weiß er, wie es ist, wenn eine Kugel einen um eine Handbreit verfehlt. Er hört den Knall des Schusses, bringt ihn aber nicht gleich mit dem sirrenden Geschoss in Verbindung, dessen Flugwind er an seiner Wange spürt und das in dieselbe Richtung fliegt, in die er und Gabriel rennen. Gabriel wirft sich mitsamt dem geschulterten Jungen auf den Boden, Frank tut es ihm nach.

»Bist du getroffen?«

»Nein.«

Dennis neben ihm stöhnt.

»Scht«, macht Gabriel. Einen Moment lang ist es auch still, Frank spürt die trockenen Gräser an seiner Wange, riecht Sand und Beton. Empfindet den Augenblick stärker, länger, in alle Richtungen ausgedehnt, kann nicht fertig werden, allem, was um ihn ist, nachzuspüren.

»Kommen Sie herüber!«, ertönt ein gedämpfter Ruf ganz aus der Nähe.

»Hier, der Bunkereingang. Ist offen.«

Die Stimme klingt gut, vertrauenerweckend. Frank wagt dennoch nicht den Kopf zu heben.

»Au Schitt, nee!«

Dennis, wieder bei Bewusstsein, hat Gabriel bemerkt, den er für einen der bewaffneten Afrikaner hält, rappelt sich hoch und rennt. Prompt wird er abgeschossen wie eine aufflatternde Ente. So jedenfalls reimt es sich Frank zusammen, sehen kann er nichts, weil er mit dem Gesicht in einer Betonritze liegt und gegen den Drang ankämpft, ebenso kopflos wegzurennen.

»Frank, schnell, jetzt!«, raunt Gabriel. Frank kann sich gar nicht erinnern, dass er sich ihm mit Namen vorgestellt hat. Er kriecht in die Richtung, aus der die Stimme kam. Dann: Laufschritte auf dem Beton, sie kommen. Im letzten Augenblick schließt Matthäi die riesige, fast einen Meter dicke, außen grüne, innen schwarzgelbe Panzertür, die er für sie beide aufgehalten hat, mit einem nachhallenden metallischen Klappen.

Mit der Panzertür wird die eine Gesamtheit weg- und eine ganz andere aufgeklappt. Das Licht: Aus dem abgestandenen, dennoch hellen Nachmittagslicht wird unterirdische Tagundnachtgleiche, der rasche Wechsel macht Frank für den Augenblick blind. Aus dem trockenen Nadelbaum- und Steingeruch wird ein modriger, gemischt mit Gerüchen nach altem Schmieröl und Kabeln; die Luft, draußen über den Sommer und im Lauf des Tages angewärmt, ist hier drinnen empfindlich kühl. Geräusche: fast keine, die Ahnung von Hall (der Raum muss groß sein, setzt sich nach hinten fort), außerdem ein feines Pfeifen, das von Matthäis Atem und, wie Frank vermutet, dichten Nasenhaaren stammt.

Wie kann er so sicher sein, dass es sich bei diesem Mann (stumpfes, gescheiteltes Haar, kummervoller Blick, Pullunder) um Matthäi handelt, den Vorsitzenden des örtlichen Geschichtsvereins? Nun, er weiß es eben.

Er dankt Matthäi, nennt seinen Namen. Sie stehen (was angesichts der Umstände eigenartig ist) beieinander und tauschen Höflichkeiten aus.

Gabriel stellt sich vor: »Ich bin Dichter, das muss man sich in meinem Land so vorstellen: Man sieht mich in meinem Viertel in der Hauptstadt die Straße entlanggehen, einer erkennt mich (es erkennt einen immer jemand), und sofort bin ich (der ich eine Autorität sein muss, schließlich fliege ich regelmäßig ins Ausland) von Menschen umringt, die mich in jeder denkbaren Angelegenheit um Rat fragen: Einer hat Streit mit dem Nachbarn, der andere Schmerzen beim Wasserlassen, bei einer dritten will die Tochter nicht mehr sprechen oder die Schwiegermutter fordert ständig Geld. Von meinen Büchern machen sich die meisten nur vage Vorstellungen. Kaum jemand liest, wenn er nicht muss; Bücher sind teuer. Wird man lesend angetroffen (sofern es nicht gerade ein Gebetbüchlein ist), fragt jeder, der des Wegs kommt: ›Hast du eine Prüfung?‹«

Seine Zähne leuchten im Dunkeln, er lächelt.

»Und was, wenn ich fragen darf, verschlägt Sie in diese Gegend?«

Gabriel lacht auf seine Art laut heraus. »Ich wurde eingeladen, da staunen Sie, was? Ich lebe hier in der Nähe auf einem Schloss. Ein Jahr lang. Ihr Land schmückt sich mit einem schwarzen Dichter.«

Sie stehen auf einer Art Balkon; mit der Gewöhnung an das Schummerlicht (umgitterte Notleuchten an den fleischfarben lackierten Wänden geben schwachen Schein ab; die in zwei parallelen Reihen von der Decke herabhängenden Lampen in der Form übergroßer Polizeiblaulichter mögen den großen, sich nach hinten wie unten fortsetzenden Raum einmal taghell ausgeleuchtet haben) sieht Frank mehr und mehr Einzelheiten: ein Gewirr von Rohren verschiedener Dicke und büschelweise Kabel, die an den Wänden entlanglaufen, sich verlierend in einer Tiefe, in die das Licht nicht reicht; Frank bemerkt Anlageteile, wie ein dickes, gebogenes, von einem Gitter verschlossenes Rohr, das etwas höher als ihre Köpfe in den Raum mündet, oder eine Art Hebekran, der zwischen dem Niveau des Eingangs, auf dem sie wie auf einer Galerie stehen, größere Lasten ins drei oder vier Meter tiefer gelegene Hauptgeschoss transportiert haben mag – aber was?

»Das Herzstück der Anlage, wenn man so will …«, sagt Matthäi. – »Atomwaffen!«, unterbricht ihn Frank, der sich an Ulfs Reden erinnert.

»Nur die Sprengköpfe, um genau zu sein. Die Trägerraketen lagerten etwas entfernt in schweren geschützten Sheltern. Ob es hier auf dem Gelände mobile Abschussrampen gab, ist strittig, ebenso die genaue Zuordnung zu den in der Umgebung stationierten Truppenteilen der Sowjets. Sicher ist: Es handelte sich um ein technisch hochentwickeltes Spezialdepot, das aufwändig belüftet und klimatisiert wurde. In den vier Kammern lagerten Container mit insgesamt hundertvierzig Atomsprengköpfen, von denen jeder einzelne eine Zerstörungskraft barg, die ausreichte, um ganze Landstriche zu verwüsten. Und dies war nicht die einzige Lagerstätte dieser Art. Der schiere Wahnsinn.«

Sie blicken die Brüstung hinunter auf das untere Niveau des Bunkers; der Zweck des Lastenaufzugs, der die beiden Etagen verbindet, ist damit erklärt. Die Sauberkeit eines Laboratoriums glänzt ihnen trotz des Dämmerlichts von Wänden und silbrigen Lüftungsrohren entgegen, auch die Fußböden des Untergeschosses, von denen reflektierende Wegmarkierungen leuchten, wirken wie frisch gebohnert. Schwarzgelbe Warnstreifen, erklärt Matthäi, markieren den Rand der oberen Etage nach unten hin, außerdem Türstürze und die Eingänge zu den Kammern, in denen die Container mit den Sprengköpfen lagerten: viereckige, vielleicht zwei Meter fünfzig hohe und breite Öffnungen in der Wand zur Linken; hinter der gegenüberliegenden Wand befinde sich der von den Russen so genannte technisch-soziale Trakt.

»Wollen Sie sich umsehen?«

Matthäi scheint bereit, die am Morgen geplatzte Führung nachzuholen. Warum eigentlich nicht? Frank schaut sich nach Gabriel um. Der macht eine Geste, die dasselbe bedeuten mag wie Achselzucken.

»Gern«, antwortet Frank. Sie steigen eine Stahltreppe hinab in die Haupthalle.

Die Räume wirken wie gestern verlassen, sie sind bunt und voller Zutrauen in den Fortschritt, trotz ihrer tödlichen Bestimmung. An den Wandstücken zwischen zwei Lagerkammern stehen jeweils als Dreiergruppe Stühle mit blauen Plastikbezügen, die nie aufgehört haben, auf profane, dennoch freundliche Art zum Ausruhen einzuladen; dieses Detail lässt die Szenerie noch gegenwärtiger scheinen.

Frank dreht in seiner Vorstellung die Zeit fünfzehn Jahre zurück: Das Depot, Tag und Nacht belüftet und beleuchtet, leise summend, dazwischen hin und wieder das Schrillen eines Telefons oder ein Warnton, Gummisohlengequietsche, sowjetische, wissenschaftlich-militärische Strenge in Schritten und Stimmen. Hätte irgendein Manöver angestanden, etwa einer der heiklen Behälter mit dem Lastenaufzug hinunter- und in eine Kammer befördert werden müssen, wäre dies, so stellt sich Frank vor, unter gemeinschaftlichem Anpacken geschehen, begleitet vom Hall der Befehle, sechs, acht, zehn Armpaare von Soldaten, die sich der herabschwebenden Bombenlast entgegengestreckt, Hände, die sich auf den Behälter gelegt hätten, um ihn entlang des vorgezeichneten Wegs über den Flur zu schieben, sechs, acht, zehn Jungmännerkörper, die sich vorwärts stemmen unter den Blicken eines Obersts mit eisiger Miene und schrägen Augen.

Die Kammern für die Sprengkopfcontainer selbst sind leer. Auf dem glänzend gelackten Fußboden sind Winkelzeichen aufgemalt, Markierungen für die Behälter. Darüber verlaufen Rohre; an diesen wiederum sieht man Hähne, kleinere Regler und Anzeigen.

»Hier wurde alles weggeschafft, schon ehe die DDR ins Wanken kam«, erklärt Matthäi. »Kommen Sie, ich zeige Ihnen jetzt den technisch-sozialen Trakt.«

Sie sehen Räume, ausgehend von einem schmaleren Gang, zweimal rechts von der Haupthalle und dem Eingang aus gesehen, zu dem sie hereingekommen sind. Es gibt zwei der dicken Panzertüren, einander gegenüber gelegen, diejenige am anderen Ende der Haupthalle war von ihrer Seite aus im Dämmerlicht nicht zu erahnen. Sie sehen Schaltschränke, groß, grau, von peinlicher Übersichtlichkeit, glänzend sauber, mit dem Umlegen eines Schalters wieder in Betrieb zu setzen, wie Matthäi erklärt; in einem anderen Raum einen großen Stromgenerator: ein Monstrum, wieder ein Gewirr von Rohren, Kabeln, Antriebsrädern, ein großer, vergitterter Ventilator, mittig die Kammer für die Verbrennung. Das Heizhaus: ein Nebeneinander von fünf über mannshohen Kohleöfen mit schwarz-schmutzigen Eisenklappen und Kaminen. Und schließlich das Labor: Im abgeschlossenen, zur Decke hin belüfteten Glaskasten, der Forscher-Soldaten vor Substanzen schützt, stecken fest installierte Schutzhandschuhe. Ihnen entgegen schaut der Hohlraum für die Hände, in den Kasten hinein hängen schlaffe Gummifinger. Frank glaubt in diesem Augenblick zu spüren, wie die Vergangenheit ihn mit diesen Fingerzitzen körperlich anfasst.

Dann trägt die Wirklichkeit wieder dick auf. Matthäi ergeht sich halb scherzhaft, halb geheimnistuerisch in der Ankündigung des nächsten Raumes, so dass Frank schon errät: Gleich kommt das Klo. Schon öffnet Matthäi die Tür (Franks Vermutung war richtig). Von der sockelartigen Erhöhung, auf der die Toilettenschüssel steht, kippt ihnen ein Toter entgegen.

Ein Junge wie die anderen Gotcha-Spieler, blass mit einzelnen krummen Härchen zwischen Oberlippe und Nase, ebenso auf den Wangen, das farblose Kopfhaar mit einer Schermaschine gestutzt, dabei Pickel aufgerissen. Armeehemd und -hose, Mischung aus Pummeligkeit und schwellenden Muskeln. Neugierige, zu rote Lippen, Augen offen. Auf der Haut Tätowierungen in ungeschickter Runenschrift. Kind, Idiot, Nazibaby. Und dann das hier. Ein dunkles Löchlein vorn im Hemd, das durch und durch geht. Die ganze Rückseite verklebt von Blut, Geruch nach Eisen und süßlicher Nässe. Gabriel tut, was man vermutlich im Krieg tut, durchsucht dem Toten die Taschen. Findet etwas, das er selbst einsteckt. War es eine Waffe?

»Das Licht aus, schnell!« Die sauberen Flure erscheinen plötzlich als Falle. Das Bild ihrer Fluchten als der Moment, der nach dem Hochschrecken von einem Angsttraum hängen bleibt. Wenn er hier herauskommt, so Franks Gedanke, wird er keinen Schritt mehr in die Redaktion setzen.

Dicht an die Wand gedrückt der Weg zum Elektrikraum. Mit zitternden Händen, nach endlosem Suchen und Probieren (zwei Minuten? Drei?), dreht Matthäi der Notbeleuchtung den Saft ab.

Der Hinausweg als eindrücklichster Teil der Führung: Tastend die Wände entlang durch die ölige Schwärze des Depots, auf die Eisentreppe. Durch die Ohren einzuatmen, so kommt es Frank vor, lässt ihn den Feind besser spüren. Hochwallende Angst in dem Augenblick, als Matthäi die Panzertür öffnet.

Draußen ein sanfter Abend, auf den Waldboden sinkt erste Kühle. Frank stolpert/eilt, ohne sich noch viel umzublicken, zwischen Baumstämmen hindurch, in die

Richtung, die Matthäis Armzeiger angegeben hat, im Mund einen schlechten Geschmack.

Doch wieder dort, in der Redaktion. Der ihn sonst demonstrativ nicht beachtet, Ulf, heute überfreundlich.

»Wie war der Termin?«

»Welcher Termin?«

»Welcher Termin. Der Kernwaffenbunker.«

»Hat nicht stattgefunden.«

»Wie. Warst du nicht dort?«

»Doch. Ist ein Irrtum. Es gibt und gab keine Kernwaffen. Dort ist nichts.«

»Und Matthäi?«

»Ist ein lieber alter Kerl, aber schon reichlich durcheinander.«

Er lässt Ulf zum ersten Mal stehen. Er schreibt eine Kolonne Polizeimeldungen herunter, die er, anders als sonst, hinterher nicht einmal durchliest, murmelt eine unverständliche Erklärung und geht ohne seine Jacke anzuziehen auf die Straße hinaus.

Frank [DEUTSCHLAND]

Im Smart am Freitagnachmittag: Fahrt in den Süden des Landkreises, der sein Revier als Reporter ist. Autobahn bis Treuenbrietzen, Hinausfahren aus der Zeit, Eintritt ins unbelebte Terrain, über ein sanft geneigtes Kurvenstück der ganz neuen, überdimensionierten Bundesstraße. Wald und unspezifische Landschaft, Siedlungen, die möglicherweise noch existieren, vielleicht aber nur Schemen sind.

Tieferes Eindringen ins Gewebe, ab von der Bundesstraße, durch grüngold gesprenkelte Alleetunnel aus Kastanien oder Linden. An der Wetterseite der Stämme Moos und Flechten, am Ende der grünen Röhre Ortschaften mit spärlichen Lebenszeichen ihrer Bewohner: Hinter einem grün gestrichenen Lattenzaun ein winziges bepflanztes Gartenstück mit Malven, Fuchsien, Sonnenhut. Anderswo ein angeketteter Hofhund hinter metallenem Schiebetor. An Masten entlang der Straße hängen Plakate: Ü-30-Party am Samstag, 1. Getränk für Frauen gratis. Unter dem Augusthimmel (brütend ins Violette) liegen verteilt über die weiten LPG-Flächen Strohrollen, gepresst und rhythmisch hingespuckt von den Erntemaschinen.

Letztes Teilstück Allee-Kapillare, jahrhundertealte Kopfsteinbuckel, gesäumt von schwarzknotigem Geäst, Obst-Hochstämme, die gelben Tupfen im Laub sind Mirabellen, noch ununterscheidbar grün Steinbirnen und winzige Äpfel, bis auf Brusthöhe wachsen dazwischen Sanddorn und Schlehen. Von einem Strauch aus schaut ihn, Frank, ein Habicht an.

Kurz vor dem Ortseingang Zietow stoppt er vor einem verblichenen Warndreieck, Rauch kriecht über die Fahrbahn, vom Stoppelfeld rechts der Straße her, glimmende, schwarze Flecken breiten sich auf dem Acker aus: ein Flächenbrand. Von hinten nähert sich ein heiseres Martinshorn. Ein Feuerwehrauto wie aus einer fernen Blechspielzeugzeit, mindestens 50 Jahre alt, passiert den Smart, überfährt die niedrige Böschung, kommt mit einem Zittern zum Halten. Herab klettert ein einzelner, o-beiniger

Mann, in normaler Arbeitskleidung, ohne Helm oder Uniform. Die einzige Gerätschaft, die zum Einsatz kommt, trägt er an den Füßen: Zusammen mit dem Bauern, mit dem er sich kurz am Feldrand bespricht, erstickt der Feuerwehrmann die Glutherde auf dem schwelenden Feld durch Trampeln mit seinen Stiefeln.

Die sanfte Frauenstimme des Navigationsgeräts lotst ihn in den hintersten Winkel, über eine weitere, noch schmalere Allee, auf deren nach oben gewölbter Fahrbahn in der Breite kein Raum ist für den Gegenverkehr. Er ist unterwegs nach Schloss Zietow, einem einst adeligen Landsitz, der jetzt eine Herberge für Kunststipendiaten ist, darunter der Dichter Gabriel O. Frank darf Stipendiat sein auf Probe, wird für drei Tage eine Künstlerzelle bewohnen und teilhaben am Programm. Zum Wochenende wird er ein längeres Stück in der Lokalausgabe haben, und vielleicht kriegt Ulf ihn mit dieser Sache ins Hauptblatt.

Das erste Bild vom Schloss: Verhältnismäßig klein und schmucklos, dem Eindruck nach eher ein Gutshaus, weiß gestrichen, mit einem hohen, wie eine Mütze übergestülpten Dach. Es sind von der Straße das Haupthaus mit einer im Halbrund gestaffelten Treppe und der Wirtschaftstrakt zu sehen. Gegenüber dem Haupthaus befindet sich ein langgezogenes ehemaliges Stallgebäude. An das Haupthaus grenzend, zum Parkplatz hin, die kleine Kapelle mit dazugehörigem Friedhof. Die mächtigste Erscheinung in dem Teil des Schlossparks, der zur Straße hin liegt, ist die Kastanie, ausladend und dickästig, schon schwer mit Früchten beladen, eine Baumkathedrale.

Während Frank vom Parkplatz über den Kiesweg zum Schloss geht, sieht er zunächst niemanden, dann eine huschende, dunkel gekleidete Gestalt, die ohne sich einmal umzublicken vom Wirtschaftstrakt zum Stallgebäude strebt, aufschließt und eilig darin verschwindet, und die wahrscheinlich, denkt Frank, dafür lieber einen unterirdischen Tunnel benutzt hätte. Keine geeignete Auskunftsperson.

Frank geht zwischen Wirtschaftstrakt und Stallgebäude hindurch, um das Schloss herum. Auf dieser Seite öffnet sich die Ansicht auf das Schloss als Schloss: Terrasse auf der ganzen Breite, darüber ein von Säulen gehaltener Balkon, gewundene Geländer, Kugeln und Amphoren aus Sandstein, Teich mit Schwanenpaar. Zentralperspektivisch angelegt der Schlosspark, abgezirkelt mit Rabatten, Kieswegen, Statuen und Amphoren. In der Mitte eine rechteckige Rasenfläche, zum dahinterliegenden Wald hin dann wieder Baummajestäten: mehrere solitäre Eichen, eine riesige Hängebuche, die Abwärtsrichtung ihrer Zweige (sie ummanteln einen Raum für mindestens hundert Personen) ist ganz lotgerecht, ihr Wuchs dicht und dunkelgrün.

Für Frank das Erfreulichste an Schloss und Park: Der schwere Mann im Sonnenstuhl auf dem getrimmten Rasen. Der Stipendiat. Gabriel.

Gabriels Bewegung vom ersten geöffneten Auge bis zum Hochhieven aus dem Gestell sieht Frank in nachklappenden Bildern, Daumenkino. Gabriel trägt einen afrikanischen Kittel, unterseeische Gewächse in lila und kürbisgelb, lächelt breit und rundwangig, voller Freude, ihn, Frank, zu sehen. Er legt ihm einen Arm um die Schultern und führt ihn über die Stufen zur Terrasse hinauf ins Schloss, seine Schlappen mit Zehenschlaufen flappen bei jedem Schritt gegen die nackten Fußsohlen.

Am Abend, im Schloss, an damastgedeckten Tischen, zwischen Ahnenportraits und schweren Vitrinen: Die Stipendiaten essen. Ihm gegenüber sitzt auf minimaler Fläche eine elfenhafte Frau mit verwundetem Blick, daneben ein älterer Österreicher, rotgesichtig-feist, der in verschiedene Richtungen Gespräche in Gang hält, immer wieder lachend und bebend gemeinsam mit einem auf seinem Bauchvorsprung prangenden Soßenfleck.

Ein hagerer, schwarzhaariger Russe, das Gesicht durchzogen von tiefen Schatten und Riefen (Überfluss an Pigmenten? Ergebnis eines bedenklichen Lebensstils?), mehrere jüngere Leute, die neben dem Russen rosig und uninteressant wirken (dem Anschein nach Halter frischer Diplome, die ihnen ausgestellt wurden von Professoren an spielwiesenhaften Hochschulen).

Dann ein Mann, der auf die 50 geht, ein ländlicher Mensch, schwer und weißblond, wie Deichschäfer auf einer Hallig. Ein andererer mit einem komplizierten Ost-Alkoholikerblick. Eine Lyrikerin, die dunkellila Lippenstift und grob gewobene Capes trägt. Und so weiter, die Stipendiaten an den entfernteren Tischen entgehen seiner näheren Beobachtung. Der Raum heizt sich auf, die Kugelschreiberstriche auf dem Block, der neben dem Getränkekühlschrank ausliegt, vermehren sich.

Unter einem schummrigen Portrait (Vorfahr mit Unterbiss in Öl) sitzt der Chinese, in seinem Rücken steht eine riesige, bauchige Anrichte. Vor sich auf dem Tisch hat der Chinese zwei Teller platziert, einer vollgehäuft mit dem Nudelgericht, das heute beim Abendbuffet zur Wahl steht, auf dem zweiten Teller liegt ein Berg Grünzeug, am Überquellen gehindert von einer Haube aus Kartoffelsalat, daneben mehrere Partybrötchen. Seine Stimme hat einen warmen Holzbläserklang, er spricht mehr zu Frank als mit ihm und den übrigen Tischgenossen und verschlingt dabei planvoll seinen Nahrungsberg. Als er zwischendurch aufsteht, wird seine imposante Größe (mindestens eins neunzig) und seine Gleichgültigkeit gegenüber Äußerlichkeiten offenbar: Jogginganzug aus dem Discounter, jahrelang getragen, Plastikbadeschlappen.

Der Chinese sinngemäß: Europa tritt ab von der Weltbühne. Die Menschen versinken in Lethargie und einer kraftlosen Selbstbezogenheit. Sie haben wichtige Tugenden ihrer Zivilisation vergessen: Hartnäckigkeit, Triebverzicht, Fleiß. Der Staat hält sie in einer unerwachsenen Erwartungshaltung, jede Geldunterstützung durch den Staat müsste abgeschafft werden, denn nur auf diese Weise, so der Chinese, könnten die Leute ihre Würde zurückerlangen, die man als Mensch aus einem selbstverantworteten Dasein zieht, und wenn es denn so sei, auch aus dem selbst verschuldeten Untergang. So die Thesen des Chinesen, vorgetragen, während derselbe ein geschenktes Mittagessen in sich hineinarbeitet, das ihm helfen wird (wie Frank sich später überzeugen kann), weitere sechs Stunden ohne Pause Ölfarbe auf großformatige Leinwand aufzutragen: beunruhigende, kosmische Wirbel sind dort zu sehen, düstere Ballungen von unorganisierter Materie, das Nichts, nachdem es sich das Etwas einverleibt hat.

»Wenn du kannst, fahr nach China, und warte nicht lange. In Kürze wird der Drei-Schluchten-Staudamm geflutet. Ein Gebiet, größer als du es dir vorstellen kannst, die alte, traumschöne Drei-Schluchten-Landschaft am Yangtse, wird zu großen Teilen in einem künstlichen Binnenmeer untergehen. Die größte Stadt der Welt, von der, das wette ich, keiner von euch je gehört hat, Chongqing, Zahl der Einwohner einschließlich ihres Umlands zweiunddreißig Millionen, wird dann einen hochseetauglichen Hafen bekommen, obwohl sie siebenhundert Kilometer westlich der Küste im Binnenland liegt. Chongqing wird seine Vormachtstellung weiter ausbauen. Chinesische Autos, Maschinen und technische Neuerungen, von denen wir Heutigen noch nichts ahnen, werden von dort aus den Weltmarkt erobern. Wir sind anderthalb Milliarden, wir lernen, wir arbeiten und wir beklagen uns nicht. Wenn du dir einen Begriff von Größe und der Kraft menschlichen Willens machen willst, sieh es dir an. Ihr werdet euch noch wundern. Es ist zu komisch …« Er lacht, bis ihm die Tränen kommen, die sinnlose Aufschrift auf seinem Sweatshirt bebt unter dem Gelächter, das bei allem, was er soeben gesagt hat, gutmütig wirkt.

Der düstere Russe ist Schriftsteller, aber meist mit einer Videokamera unterwegs, sein fast bis auf die Schultern herab gewachsenes Haar ist von weißen Fäden durchzogen, seine Gesichtshaut ungesund; beim Anblick seiner langen, immer schwarz gekleideten Gestalt könnte man annehmen, dass er die Jahrhunderte zu durchwandern imstande ist, aus einer ländlichen Szenerie (Gutsverwalterhaus in der Einöde, Schnee und Pferde) hinübergleiten kann in das Moskau der Milliardärskonvois und Aidskinder in den Metroschächten.

Frank sieht den Russen am Mittag vom Kutscherhaus aus im Ledermantel vom Hof eilen, die Videokamera sitzt ihm klein und hochtechnisch auf dem Handballen. Seine weit ausholenden Schritte sind von einer inneren Anspannung beschleunigt, als wäre er auf der Flucht oder zumindest bestrebt nicht gesehen zu werden. Dass einer wie er nach Stunden an der Luft belebt oder etwas gesünder aussehen könnte, kann man sich schwer vorstellen. Es heißt, er nehme mit seiner Kamera verfallende Militäranlagen in der Gegend auf, verlassene LPG-Ställe, Gehöfte, und dass er für seine Aufnahmen auch vor Einbrüchen nicht zurückschrecke.

Frank geht mit dem Schweden (flächiges Gesicht, wässrig graue Augen) den Weg zu den Ateliers, der vom Schloss wegführt, durch den ehemaligen Nutzgarten, auf den Wald zu; es ist Nachmittag, der Himmel hängt tief, alle bodennahen Geräusche sind verstärkt hörbar, das Knacken ihrer Schritte, die Beklommenheit, die sich zwischen ihnen breitmacht, weil sie einander nicht kennen, und weil keiner von ihnen beiden zu einem einfachen Gespräch imstande ist.

Der Schwede trägt Pullover und Trainingshosen, dazu Korksandalen. Er war gestern Abend im Schloss der einzige, der vor einem Teegedeck saß, während die übrigen Stipendiaten Bier und Wein tranken.

Reifende Dolden am Holunderstrauch, Hagebutten leuchten mit ihren harten, länglichen Körpern brandrot im vergilbenden Laub, strecken schwarze Blütenschnauzen vor.

Weiter geht es durch den verwilderten Nutzgarten des Schlosses: Noch vage sind die Beetgrenzen zu erkennen, die Holzrahmen an den flachen, zur Sonne hin schrägen Treibhäusern sind aufgeplatzt, ihr Glas schon vor Jahren gesplittert, die Scherben eingewachsen in die wuchernden Wildpflanzen. Das Atelierhaus steht am Rand des Gartens, ein Zaun markiert die Grenze des Schlossgeländes zum Wald hin. Es ist ein einfacher, weißgetünchter Zweckbau, innen grauer Estrich und Heizungsrohre, vier hohe Räume mit Deckenlicht wollte man haben, für die im Schloss beherbergten Künstler.

Die Ateliers in Schloss Zietow: Eintreten in eine je andere innere Bildwelt, die materiell und für andere sichtbar in einem solchen Arbeitsraum Gestalt annimmt.

Bei dem Schweden sind es großformatige Tafelbilder, helle, wie überbelichtete Farben, durch die die Holzmaserung des Untergrunds zu sehen ist, und die Gemälde von Personen, Blumen, menschenleeren Innenräumen entrückt in ihrer überscharfen Gegenständlichkeit, in die Perspektive eines Träumenden, Melancholikers. Er ist ein Augenwesen, dieser Schwede, denkt Frank, den die Oberflächen, die Physiognomien und Gesten überstark reizen.

Frank stellt sich den Schweden als Kind vor, die Lehrerin hat ihn etwas gefragt und er bringt kein Wort heraus, sondern irrt mit Blicken in der rätselhaften Landschaft ihres Gesichts herum, das erst erwartungsvoll, dann mit wachsender Ungeduld zurückblickt; ein schwedisches Kind, das man für stumpfsinnig hält, weil es endlos auf eine Gardine oder den Waldboden starren kann und damit nicht fertig wird.

Frank betrachtet das Tafelbild eines Schlafenden. Lebensgroß, liegend, gespiegelt und verdoppelt an einer horizontalen, hell strahlenden Neonröhre, die die Erdoberfläche markiert; in Öl auf Holz sieht man einen vielleicht dreißigjährigen Mann, gedrungen und eher dunkel, den zurückweichenden Haaransatz eingeebnet durch eine Dreimillimeterrasur, auf die gleiche Länge getrimmt wie der Stoppelbart an Kinn und Wangen. Er liegt auf der Erde, das Grün mag Teppichboden sein oder Rasen, und schläft, dieser Mensch, der du oder ich oder ein Freund sein könnte, gekleidet wie alle, in Stiefeln, die für lange Märsche oder die Fremdenlegion gemacht sind, und die man jetzt, analog zum Geländewagen, in den Großstädten trägt; dazu Khakihosen und dunkelblauer Ripppullover. So daliegend fröstelt ihn vielleicht, und zum Schlafen ist der nackte Boden hart, der Schläfer erweckt das Zartgefühl des Betrachters, Franks, umso mehr er seine behaarte Hand statt eines Kissens unter die Wange geschoben hat, und, dies macht Franks Bestürzung oder Rührung zuallererst aus, in seiner unterirdischen Doppplung, also der Spiegelung des Bildes an der neonleuchtenden Achse, hält der Schlafende die Augen weit geöffnet, blickt, sein Körper noch schlafend-unbewusst-flüssig, erschreckt oder doch aufs Äußerste befremdet in eine ihm plötzlich sich offenbarende Szene.

Woher rührt seine Ergriffenheit, überlegt Frank. Von unserer Schutzlosigkeit, insbesondere in Schlaf und Traum. Von der Objektwahl des Porträtisten: Kein Kind, keine hingegossene Schöne. Auch der Stoppelbärtige hat sie, diese verletzliche, allem ausgesetzte Außenseite, hinter der eine unbegrenzte Empfindungswelt lebt, und über die Frank bereit steht sich darüberzuwerfen, wenn irgendein Harm droht. Das Ungeheure unserer Sterblichkeit. Notwendigkeit der Liebe.

Der Schlafende hat noch ein Pendant, und dieses steigert Franks ästhetische Aufregung in etwas, das sonst nur eine wirkliche Begegnung auslösen kann. Oder etwa nicht?

Ein weiterer über der Erdoberfläche schlafender, unterhalb der Leuchtachse gedoppelter, wachender junger Mann liegt dort, eins sechzig lang sind die Tafeln, sechzig hoch, und in eine solche mit Ölfarben lasierte Fläche verliebt sich Frank.

Polohemd, sagt das Bild, einseitig geknickter Kragen, weiße, wenig muskulöse Arme, Jeans und Turnschuhe. Eine Hand zwischen die Knie geklemmt (Versuch sie zu wärmen?), der unten liegende Arm wird angewinkelt zum Kopfkissen, zarte Haut überspannt den kaum ausgeprägten Bizeps, nächst dem Hals, der ebenfalls zart ist, unter dünner Haut zeichnet sich die Luftröhre ab, der Kehlkopf, atmendes, pochendes Röhrenwerk, Knorpel, Geäder.

Und das Gesicht: Trotz der Dopplung, über- und unterirdisch, schlafend und wachend (Augen: am ehesten grau), trotz des Eingefrorenseins als Bild, entgleitet es Frank immer wieder, wenn er es schauend festlegen will.

Bei der Umrahmung gelingt es noch: Haar dunkel, lockig oder gewellt oder mindestens durcheinander. Über das Gesicht selbst lässt sich nur sagen: kein spezieller Zug, im Ganzen fein, in der Wirkung angenehm. Frank verliebt sich soeben in einen, dessen Gesicht er nicht mit Sicherheit wiedererkennen würde. Nicht zu reden davon, dass der Begehrte zweidimensional ist, realistisch gepinselt, und durch seine lasierte Farbschicht die Maserung der Sperrholzplatte durchscheint (die Neonröhre macht das Lebenslicht, den Spot auf einen einzelnen, heutigen Menschen, gleichzeitig beleuchtet sie nichts weiter als eine Oberfläche, lädt diese mit Bedeutsamkeit auf – Leuchtreklame in der Stadtlandschaft, Affekt beim Betrachten des Models).

Der Schwede kratzt mit einem Spachtel am Boden, während in der Ecke ein Wasserkocher zum Sieden kommt. Zwei verschiedene Tassen mit Teerändern stehen bereit. Frank hat die Anwesenheit des Schweden für Momente vergessen und fühlt sich beklommen, als er sich zu ihm hinhockt, im Augenwinkel den schönen, sich fortwährend entziehenden Schlafenden auf dem Tafelbild, das ihn aufregt, mit dem er gern allein wäre, mit dem er dann natürlich auch nichts weiter anzufangen wüsste, außer sein Gefühls-Pulsschlag-und-Schweiß-Gewerke in Gang zu setzen. Er bringt ein paar Sätze zu den Bildern hervor, die, kaum ausgesprochen, zu gar nichts zerfallen, und klopft an die Tür des Nachbarateliers.

Der andere Afrikaner, Chikke. Stammt von der entgegengesetzten Küste des Kontinents, Nigeria, Lagos. Sein Atelier befindet sich ebenfalls in dem Neubau am Wald. Durch Südbrandenburg geht er in knöchellangen Gewändern. Während das Atelier des Schweden mehr eine Ausstellung ist, die fertigen Bilder aufgehängt oder an der Wand lehnend, und von seiner aktuellen Arbeit kaum Spuren zu sehen sind, hat der Nigerianer im Lauf seines Aufenthalts einen wilden Haufen Material angesammelt. Der Fußboden des hohen Raumes ist mit Lehmbatzen, Öldosen, Plastikflaschen, großen eckigen Gewebetaschen voll, vor der Tür zum Wald hin ist eine versengte Stelle im Gras, als wäre ein Meteor hier aufgeschlagen, wo er Metall bearbeitet, schneidet und schweißt. Seine Arbeitstemperatur ist die Hitze, er quält sein Material.

Eine Gruppe von grob gekneteten und noch vor der Fertigstellung malträtierten Lehmfiguren, ihre Gliedmaßen sind mit rostigen Drähten abgeschnürt, verstümmelt, Nägel hineingetrieben. Von den geahnten Figuren sind fingergliedgroße Stummel geblieben, hier und da aneinandergedrahtet, sich recht und schlecht stützende Rümpfe, aus Lehm geformte, halb zerstoßene Kreaturen, die sich, so sie noch können, aneinander klammern, und deren dauerhafteste Reste ihre geschienten Brüche und Prothesen, die Drahtschlingen der Strangulierten sind.

Beim Hinausgehen aus dem Atelier des Nigerianers bemerkt Frank eine Fotografie: Die Panoramaansicht einer städtischen Szene, aufgenommen von einem erhöhten Punkt aus. Eine Reihe von gelben, abgerundeten

Rechtecken ist darauf zu sehen, die sich beim näheren Hinsehen als Busse entpuppen. Die weiß-schwarz-bunt gesprenkelte Masse auf dem fast ganz ausgefüllten bräunlichen Grund sind Menschen, jeder Rasterpunkt ein Gesicht. Die lose Reihe der Busse verläuft in vier Spuren, ihre Reihung entspricht nicht genau dem regelmäßigen Heck-an-Schnauze, die gelben Vierecke stehen schräg versetzt hintereinander. Die treibende Kraft des Bildes ist die Flut der Menschen, sie umspült die Fahrzeuge, drückt sie nach oben, vorn, links oder rechts. Er sieht jetzt auch kleinere, verschiedenfarbige Vierecke, die sich vereinzelt in die Busreihen mischen, Autodächer. Frank glaubt eine brodelnde Bewegung auf der Bildoberfläche zu sehen, das Drücken, die plötzliche Verflüssigung an einer Stelle, die Verdichtungen und Wirbel der Massepünktchen. Die starke Wirkung des Bildes (Frank steht gebannt, die Fotografie ist kaum größer als A4) rührt von der Ausfüllung des gesamten Blickfelds mit dichtgedrängten Menschen, ein Horizont aus Stau.

»Eine Hauptstraße«, erklärt Chikke, der hinter Frank getreten ist. »Lagos, zur Hauptverkehrszeit.« Chikke lacht, Frank begreift, dass es sich bei der Fotografie um eine Alltagsszene handelt, ein Horrorbild für einen wie ihn, Vorschein des großen Kollaps, Ersticken des Planeten an uns. Für andere ist es tägliches Erleben. Wieder der Stich einer Einsicht: Er, Frank, hat ja keine Ahnung.

Auf dem Rückweg zum Schloss, bemerkt er den Birnbaum. Der Wolkenvorhang ist aufgerissen, gelbgrün leuchten die Birnen in der späten Sonne, jede verschieden geformt, gebeult, gebogen, hier und da gezeichnet mit schwarzen Schrunden. Schwarzbraunes Astwerk. Auf dem Birnbaumstamm wachsen Flechten, aufgeworfene, gewellte Stückchen von türkisgrau gesprenkeltem Pergament. Seine Blätter baumeln im Wind, der sie in Wellen aufwirbelt, dreht, auf ihnen leise klappernde Klangkaskaden spielt; die Bewegung ist natürlich, die Blätter jedoch sind starr und hängen an dünnen Fäden. Der Künstler hat den Baum entlaubt, an den kahlen Ästen nur die (beinahe reifen) Früchte gelassen. Die grünschwarzen, ledrigen Blätter hat er in flüssiges Paraffin getaucht, woraufhin sie mattgrau erstarrt sind. An jedes einzelne gewachste Birnbaumblatt hat er eine Fadenschlaufe gebunden und sie zurück an die knotigen Äste gehängt. Eine Woche hat er gearbeitet, mit verschiedenen Helfern, viele Stunden am Tag, und nun baumelt und schillert das Laub unterm Himmelsblau, in der späten Sonne, im verwilderten Garten, unweit des Waldes, die gelben Birnen leuchten hervor, die Bewegungsmuster sind die der Natur, ihr Wellen- und Lichtspiel, und erst beim näheren Hinsehen wird der Eingriff, die Gewalttat offenbar.

Alle seine atmenden Blätter sind dem Baum abgerissen worden, dienen nur noch als toter Schmuck. Muss er jetzt ersticken, oder kann er sich vor der Zeit zur Winterruhe setzen, in den blattlosen Ästen Säfte für seine Knospen sammeln, fürs nächste Frühjahr, während noch die Birnen dieses Sommers reifen?

Kein Birnbaum könnte schöner, ergreifender sein, denkt Frank, ob er nun daran sterben wird oder nicht. Zauber, der von ihm ausgeht, Gefühl der Erinnerung an einen Baum, der genau so war, und die sich dadurch als Traum erweist, augenöffnende Verschiebung des Gewohnten.

Ein Waldlauf. Trockener, schwingender Boden, Geräusch des eigenen Atems, Gefühl seiner Sprünge, der Geruch des Waldes, den er mit Mund und Nase aufnimmt, ist trocken, darin Harz und die ätherischen Ausdünstungen der Kiefern. Am Wegrand im weißen Staub wachsen Gräser mit feinsten Rispen, von der Trockenheit und Kargheit des Sandbodens ausgebleicht, Frank wünscht, er könnte ihr unhörbares, luftiges Rascheln und Wogen in sich hinein nehmen, als seine neue, oh-so-zarte Grasseele. Sprung, Sprung, Sprung, Luftholen, die Ereignisse heißen Lichteinfall durch gleichaltrige, als Plantage gepflanzte Kiefern, ihre rötlichen, bis in große Höhe astlosen Stämme, einzelner Vogelschrei in der Stille.

Er bleibt stehen, so viel Raum umgibt hier ihn allein, er hört sein eigenes Pulsen und Rauschen, ein Knistern mischt sich hinein, er schaut sich um, am Weg unter den Bäumen sieht er einen fast hüfthohen Ameisenhaufen, das Geräusch stammt von diesem Krafthügel aus Geschäftigkeit und Gemeinsinn, dem millionenfachen Trippeln winziger Füße.

Frank dehnt schwitzend Rumpf und Arme, der Waldgeruch und der Dunst seines Körpers mischen sich, ein herabgestürzter Ast lehnt mit noch frisch abgesplitterter Bruchstelle an einer Eiche, die aufragt wie ein Urweltriese, die machtvolle Präsenz des Baumwesens greift auf ihn über, er hört auf, mit angestelltem Sportschuh am bodennächsten Abschnitt des Stammes seine Wadenmuskeln zu dehnen, und blickt in das Laub des alten Baumes, das verglichen mit dem trutzigen Geäst so kleinblättrig, lichtgetüpfelt und zart ist.

Das hier müsste er auch haben, nach einem solchen Lauf müsste er in eine dieser Kutscherhauszellen verschwinden und schreiben können, etwas ganz anderes müsste so möglich sein, zwingend und echt wie der Blutgeschmack, den er nach einem Hustenanfall (Städterlunge, ungewohnter Sauerstoffgehalt) im Mund behalten hat. Es würde vielleicht etwas entstehen, er würde es sich abringen, aus sich herausschneiden, etwas, das in einem tieferen Sinn wahr wäre, ein einziger Augenblick vielleicht nur, ein Hervorleuchten aus einer Bruchstelle, ein Faserende von etwas, das er als göttlich oder der reinen Poesie zugehörig und also der Vergänglichkeit entrissen empfinden könnte, aber eigentlich trifft keine dieser Bezeichnungen zu und er kann das von ihm so Empfundene und Ersehnte nicht benennen.

Das ist es, denkt er, deshalb ist sein Streben nach den üblichen Marken so gebremst, kriegt er trotz erwiesener Talente in gewissen Bereichen nichts zustande und ist außerdem ein miserabler Reporter. Seine Wahrnehmungsorgane sind zu reizbar, zu schnell erschöpft, sein Aufnahmevermögen begrenzt. Bei der ersten Berührung von vorn zieht er die Fühler ein und verkriecht sich.

Der Bedeutungslosigkeit seiner Person ist er sich vollkommen bewusst: Ohne Geschichte, ohne Richtung und

Auftrag. Nicht für sich: Er will hinunter, hinauf, ins Innerste, wohin auch immer vordringen, nicht um irgendeine Art Geltung zu erlangen, nur für das eine, und sei es noch so flüchtige, auf diese Weise hervorgebrachte Gebilde.

Er muss in der Welt nichts werden. Hier in Alt-Zietow nimmt er die Fährte auf. Allein diese vage Ahnung ist es wert, dass er es versucht, dass er seine bisherige Bahn verlässt.

Es ist sein Eintritt in schlecht beleuchtetes Neuland, der Ausgang seiner Unternehmungen vollkommen ungewiss. Er zittert. Der trocknende Schweiß auf Armen und Schultern kühlt ihn aus. Er geht weiter, die Sportkleidung fühlt sich falsch an, zu weich für sein plötzlich kleinherziges, wie gehetztes Gehen. Der Waldraum steht da in einer Art Parkgaragenlicht, keine Beseelung ist in den soldatisch stehenden Fichten, ihre braunen Nadeln liegen als Abfall herum, die vereinzelten Pilze strahlen.

Er wird über die Stipendiaten keine Reportage beginnen.

Der zweite Abend im Schloss: Der Russe (der als düsterer Typ unleugbar eine Anziehung auf Frank ausübt) zeigt ein Video.

Das Video stamme von einem Freund, erklärt er. Als Einführung liest er, kaum verständlich wegen seines schweren Akzents, und weil sein Gesicht nicht gewohnt ist zu sprechen, ein paar Sätze von einem Zettel:

»ANTIBUTYA. Ein Video von Ziyakan Zhaigeldinov, geboren 1948, gestorben 2000 in Almaty, Kasachstan. Starb durch Selbstmord, einen Zettel hinterlassend, auf dem stand: *Verzeiht. Ich konnte mit mir nicht klarkommen.*

Der Künstler streifte, in einen alten Militärmantel gekleidet, mit seiner Videokamera durch die Randgebiete von Almaty und filmte dort Alltagsszenen.«

Die stellvertretende Leiterin des Künstlerhauses bedient den Videorekorder. Die Stipendiaten sitzen in samtbezogenen Sesseln, im Kaminzimmer des Schlosses, das mit kostbaren Teppichen ausgelegt ist, goldbelegter Stuck, löwenbeinige Möbel; eine Auswahl an Zeitungen liegt auf dem Spinett. Die Zusammensetzung der Anwesenden, verschiedenen Geschlechts und Alters, die sichtbar ferne Herkunft einiger von ihnen, dazu der private Kleidungsstil, die Abwesenheit von Straßenschuhen oder Handtaschen, der Urlaub in den Gesichtern, das alles macht eine eigentümliche Atmosphäre aus, die an Sanatoriumsgäste erinnert. Frank sitzt hinter dem Nigerianer, betrachtet die Hautfalten in dessen Nacken und Haaransatz, während jener dem Film folgt.

Das Video: Ein kleiner Junge beobachtet, wie bei einer Wohltätigkeitsveranstaltung einer Firma namens *Butya* zu Neujahr Geschenktüten an Kinder ausgegeben werden. Die Tüten, verheißungsvoll mit einem roten Herzen und der Aufschrift »I Love BUTYA« bedruckt, werden an einem Tresen denjenigen Kindern überreicht, die eine bestimmte Einladungskarte vorweisen können. Die Karten werden von den die Tüten ausgebenden Frauen genau überprüft, die Kinder müssen den Empfang auf der Karte mit ihrer Unterschrift quittieren. Zusätzlich zu den Geschenktüten erhalten die Kinder Klarsichtbeutel mit je einer Orange und Süßigkeiten. Die beschenkten Kinder wirken äußerst zufrieden.

Ein vielleicht achtjähriger Junge hat eine solche Karte offenbar nicht vorzuweisen. Er steht ganz vorn am Tresen und beobachtet überwach, mit riesigen Augen, die jeder Bewegung folgen, das Verteilen der Tüten, deren Wert unter seinen Blicken unermesslich steigt: welche Schätze sich darin verbergen mögen, wie glücklich die Prinzessinnen und Prinzen sein müssen, die mit ihren Karten allesamt goldene Schlüsselchen in Händen halten, womit sich die Schatzkammer für sie öffnet. Seine Augen quellen über vor Anspannung und Sehnsucht. Eine auf Beute lauernde Katze im letzten Moment vor dem Sprung könnte ihre Sinnesorgane nicht intensiver auf jede Einzelheit des Tütenverschenkens richten: das Vorzeigen der Karte, die Tüte in der Hand der Wohltätigkeitsdame, das Abzeichnen der Karte durch den zufrieden angeschwollenen Schuljungen, die bogenförmige Bahn, die das von Hand zu Hand wandernde rote Tütenherz über den Tresen beschreibt. Je länger der benachteiligte Junge dem Geschehen zusehen muss, ohne selbst zum Zug zu kommen, desto intensiver arbeitet er an Möglichkeiten, wie er selbst in den Besitz einer solchen Tüte kommen könnte. Ihm muss klar sein, dass seine Chancen rapide schwinden, seine Kapazität sich anzuspannen und Lösungen zu ersinnen, scheint erschöpft, er wird immer nervöser, bald muss er die Besinnung verlieren. Über sein Gesicht ziehen aus Hoffnung und Verzweiflung Strategien, eine Wetterkarte im Zeitraffer auf dem Kindergesicht. Er macht Ansätze, durch freundliches Zunicken die Aufmerksamkeit einer der Damen auf sich zu ziehen. Er hält irgendeinen Prospekt hoch, um damit vielleicht über das Fehlen einer Einladungskarte hinwegzutäuschen. Zwischendurch zeigt sich der Widerschein seines sinkenden Herzens offen im Gesicht. Ihm mögen die roten Tütenherzen vor Augen tanzen, keine seiner Mimiken bringt er zu Ende, die Zeit läuft ab, der Misserfolg scheint auf. Ein braver asiatischer Schuljunge mit Pullunder und Brille, ein behindertes europäisches Mädchen, dem zum Quittieren die Hand gehalten wird; sie alle ziehen befriedigt ab, die Aktion geht ihrem Ende zu. Dem schmachtenden Kind, dem heißgelaufenen Armejungenkopf fliegt kein rettender Gedanke zu.

Der Untergang kommt von hinten, tippt ihm auf die Schulter: Ob er eine solche Karte habe, fragt eine Butya-Dame mit grauen, trocken aussehenden Haaren. Der Junge muss verneinen. Die Dame fasst ihn an der Schulter und schiebt ihn an noch wartenden, kartenschwenkenden Kindern vorbei nach draußen.

Franks Pausenbeschäftigung: Mit den Nichtrauchern drinnen bleiben. Dem Hantieren mit Technik zusehen. Inwendig heulen.

Es folgt ein weiterer Videofilm, Innenansicht eines Jugendstraflagers in der Steppe Kasachstans. Deformierte Kindergesichter, vernarbt, schief geschwollen, verschlagen, krank, kahlgeschorene zwölf, vierzehn Jahre alte Sträflinge, die in Kolonne auf dem Boden rutschend putzen, nackt durch den Schnee zur Duschbaracke laufen, aus Blechnäpfen essen, sich selbst absichtlich verstümmeln. Der Anblick ist nicht auszuhalten.

Frank verlässt den Raum, das Schloss zum Kutscherhaus, zur Straßenseite hin und steht draußen, in der spätsommerlichen Dämmerung, Kies unter den Schuhen: Innerer Aufruhr lässt seinen Kopf dröhnen, während er wie ein Idiot hinunterschaut auf seine Beine. Er ist überwältigt vom Maß des Leids, Trauer und Hoffnungslosigkeit füllen ihn aus, umgeben ihn nach allen Seiten, weiter als er sehen und denken kann.

Was hätte er, Frank, zu erzählen? Lächerliche Kindheit, ein Haufen Systemspielzeug in einer Etagenwohnung, die ausgeklebt war mit elektrisch aufgeladenem Teppichboden. Eines seiner tiefsten Erlebnisse: Entdeckung des Kanarienvogelkükens in der Zimmervoliere, Heranwachsen desselben zu einer Art graugrünem Spatz. Mit sechzehn ein paar südeuropäische Bahnhöfe während eines Lokführerstreiks. Ein erwähnenswerter Alkoholrausch auf der Abiturfeier, in den Folgejahren höchstens fünf weitere. Einmal Urbankrankenhaus wegen Depressionen, das Kiffen nach einem Anflug von Wahnvorstellungen wieder aufgegeben. Das Thema Mädchen eine Serie von Fehlschlägen. Tiefstes künstlerisches Erlebnis der *Messias* mit dem Schulchor, ein anderes Mal in einer Tonne hockend Beckett, und das wars. Gitarrenstunden, Neid auf ein paar Waldorfschüler, und das alles in der Endphase der Kohl-Ära: So wachsen verzwergte Charaktere heran, Waschlappen.

Am nächsten Abend die Feier der Schlossbewohner auf der Terrasse: Die merkliche Kühle vor Sonnenuntergang ist Vorbotin einer sternenklaren Nacht. Die Stipendiaten haben einen derartigen Gleichklang untereinander hergestellt, dass schon das gemeinsame Beiseiterücken der weißmetallenen, geschwungenen Untergestelle der Terrassentische für die Tanzfläche einen reminiszenten Nachhall erzeugt. Der Chinese stellt zusammen mit dem Deichschäfer und dem Schweden eine großflächige Leinwand am Rand der Treppe zum Park auf. Eine der jungen bildenden Künstlerinnen, eine eher kleine Person mit rundem Gesicht und Lackrock, platziert auf dem steinernen Geländer und der Treppe zum Park hinunter Windlichter. Ein hagerer, schon angegrauter Mensch, der, wie Frank gehört zu haben glaubt, Lyriker ist, mit einer Physiognomie wie aus einem anderen Jahrhundert, zeigt sich verfrüht auf der Terrasse und reibt sich verlegen lächelnd die Hände.

Er erinnert Frank an eine lebendig gewordene Daguerreotypie: scharfe Kontraste zwischen hellen Augen und dunklen Brauen, tiefe, deutliche Furchen, Lächeln mit langen Zahnhälsen, dünnes, oben gelichtetes Haar, dazu ein Begräbnisanzug mit gestärktem Hemdkragen.

Die Stellvertretende baut die Musik auf. Eine Komponistin spielt, als alles bereit ist, auf einer winzigen Flöte, die Melodie ist karg an Tönen, entfaltet jedoch die Macht und Weite eines Hirtenlieds aus der (mongolischen? kasachischen?) Steppe. Dunkelheit hat sich über das Dorf gesenkt, das Schloss und den Park, die mit vollen Laubarmen im Hintergrund wartenden Bäume.

Auf der Leinwand sieht man eine Meeresansicht, so groß und nah durch das Leuchten, dass man sich darin verlieren kann, vielleicht der Indische Ozean, aufschäumende Wellen unter dem Himmel, zart abgestufte Farben von Grünblau bis Violett. Über dem Leuchtbild tut sich das nächtliche All auf, gibt den Blick in die Gestirne frei, desto klarer und tiefer, je weiter er von der Terrasse weg in die Nacht tritt. Von den Stipendiaten hört er leise, von Gelächter unterbrochene Unterhaltungen. Sprechende, lachende Münder, die Unterschiedlichkeit im Alter, in der Aufmachung, der Herkunft der Gesichter, die Mehrzahl der Frauen einmal nicht so, dass er, Frank, vor ihnen das Weite sucht, Hände, die Gläser halten oder sprechen, angedeutete Tanzbewegungen, aus den Lautsprecherboxen tönt Musik. Aus dem Wald sind, je weiter die Dämmerung fortschreitet, die Brunftschreie der Hirsche zu hören.

Der Schwede tritt auf die Terrasse, als das Fest schon einige Zeit in Gang ist. Er scheint verlegen, trägt seine übliche Kleidung mit abgetretenen Apothekerschuhen, sein Lächeln und die hin- und herspringenden Augen verraten dennoch, dass auch auf ihn der Zauber des Terrassenfests übergreift.

Er ist mit einem gekommen, der, soweit Frank es beurteilen kann, nicht zu den Stipendiaten gehört, den er, Frank, trotzdem schon einmal gesehen hat, jedoch erinnert er sich an die Begegnung nicht. Dunkelhaarig, ziemlich schmal, kleiner als in seiner Erinnerung. Mit ihm gesprochen, nein. Ihn beobachtet, ja. Gründlich und aus relativer Nähe, vielleicht am Nebentisch im Café oder auf einer Bahnfahrt. Nein, sympathisch ist er ihm nicht unbedingt, nicht in dem Sinne, dass er es für möglich hielte, sich mit ihm anzufreunden. Es ist etwas anderes. Warum erinnert er sich nicht an eine erste Begegnung, wenn er, Frank, jetzt beim Anblick dieses Fremden seine Temperatur steigen fühlt, mitsamt seinem heizenden und pochenden Körper auf der Terrasse steht, wo die Polen und Russen gerade zu wilder Blechmusik tanzen, und seine gesamte Wahrnehmung (die mehr ist als Sehen und Hören, ein ganzkörperliches Scharfstellen und Hinbeschleunigen all seiner umherfliegenden Teilchen auf den anderen zu) sich auf einen Hänfling richtet, der einen blasierten und insgesamt angespannten Ausdruck aufgesetzt hat, dem womöglich die Ansammlung der vielen Künstler oder die Stimmung auf der Terrasse zu schaffen macht (die Stellvertretende, die keineswegs ganz jung ist, ist in einen raumgreifenden Tanz mit einer Polin verfallen, in deren Haarputz schwarze Federn stecken, wie eine gerupfte Krähe sieht sie aus, der Lyriker im schwarzen Anzug dreht sich lächelnd auf der Stelle), am unteren Ende der Treppe stehen sich unterhaltende Grüppchen im mondweißen Kies, irgendwann wird die Musik abgestellt und die Feier setzt sich als angeregtes Summen fort, die Gespräche, das Lachen sind einen Ton höher gestimmt als gewöhnlich, niemand verwundert sich, als der Chinese mit dem Rücken zu dem projizierten Meeresbild zu singen beginnt, mit ungeschulter, aber schöner Baritonstimme: In einem kühlen Grunde. / Mein Liebchen ist verschwunden, das dort gewohnet hat. / Der Knab, der war vom Blut so rot, als sie ihn fand, war er schon tot.

Die nachfolgenden Ereignisse liegen eng beieinander, so dass Frank sie in seiner Erinnerung nicht mehr eindeutig zeitlich sortieren kann, ganz unwahrscheinliche Koinzidenzen, angefangen mit dem Chinesen, der sich angespornt durch seinen Erfolg als Tamino versucht: Dies Bildnis ist bezaubernd schön, / wie noch kein Auge je geseh'n.

Natürlich scheitert er, verliert bei den Haltetönen die Spannung, seine Koloraturen sind voller falscher Töne und Registerbrüche, aber das stört niemanden, ist Karaoke.

Frank findet sich in der Nähe des Schweden und seines Besuchers wieder, er, Frank, rätselt immer noch darüber nach, wann er diesen Typen zuvor schon einmal beobachtet und, ja, so war es wohl, angehimmelt hat. Gesang des Chinesen: Ich fühl es, wie dies Götterbild / Mein Herz mit neuer Regung füllt.

Ein tiefes Knirschen und Grollen, dessen Herkunft im Augenblick nicht zu lokalisieren ist, gleichsam unter dem Terrassenboden hervordringt, unterbricht das Fest, sämtliche Gedankengänge und Gespräche. Nach kurzer Zeit ist das Rätsel zwar nicht gelöst, aber die Erscheinung fürs Erste vergessen. Die Stimmen setzen wieder ein, so auch der Chinese mit seiner Arie, die Meeresansicht ist sein Bühnenbild. Dies Etwas kann ich zwar nicht nennen, / Doch fühl ich's hier wie Feuer brennen.

Frank muss über sich selbst und die plötzliche Einsicht hörbar lachen. Das Bildnis! Natürlich, der Besucher des Schweden ist der Schlafende auf dem Gemälde! Er hat den Freund, der ihm Modell gestanden oder vielmehr gelegen hat, für heute Abend aufs Schloss eingeladen.

Welche Umstände für diese Entdeckung, das Schloss unterm Sternenhimmel, die zusammengewürfelte Gesellschaft, das Meeresbild unter Eichen, der Chinese mit seinem Gesang.

Jetzt sieht er ihn, Frank, sogar an, verwundert über dessen Ausbruch, püfend, ob dieser mit ihm zu tun habe, etwas verärgert vielleicht, er, der Besucher, das Modell des Schweden.

Soll die Empfindung Liebe sein? / Ja, ja – und da ist es wieder, das Bersten, die Erschütterung unter dem Terrassenboden, diesmal härter und konkreter, aus der Dunkelheit kommend, ein Krachen und Riss in der Luft, das Ende ein Donnerschlag, Aufprall mit nachschwingenden Wellen, die sich durch die Bodenplatten in Franks Knochen übertragen. Alle, die in dem Moment Blicke tauschen, sehen das Erschrecken in den Augen der anderen. Was ist passiert, stürzen die Kapitelle von den Säulen herunter, ist es ein Erdbeben, ein Einschlag, ein Anschlag?

Es dauert eine Zeitlang, bis sich das Ereignis aufklärt, die Stellvertretende macht sich gemeinsam mit ein paar Stipendiaten auf (eine Autorin, die früher Polizistin war, ist darunter), den Park abzugehen, mit einer Lampe leuchten sie in die nähere Umgebung, während sich die Übrigen (plötzlich still, die allgemeine Euphorie ist verflogen) ans Aufräumen machen.

Frank fasst zusammen mit dem Schweden das eine um das andere Tischgestell, zu zweit tragen sie es an seine übliche Stelle, legen die Tischplatten darauf, tragen die Lautsprecherboxen nach drinnen. Seine Bewegungen führt er automatisch aus, wie im Traum, sein persönliches Raum-Zeit-Kontinuum, die Gewissheit, was innen ist und was außen, ist verdreht, es stellt sich nämlich alsbald heraus, dass im Moment des Einsichts- und auch Liebesblitzes, der während der Arie des Chinesen in ihn fuhr, einer der größten Bäume des Schlossparks umgestürzt ist, die zweihundertjährige Hängebuche mit ihren dichten, einen ganzen Saalraum ummantelnden, senkrecht zu Boden weisenden Ästen.

Der Besucher des Schweden macht unterdessen keine Anstalten, sich an den Arbeiten zu beteiligen, er steht etwas abseits auf der Terrasse und richtet seinen Blick mit dem Frank schon bekannten, angespannten Ausdruck in den Park, der jetzt im Sternenlicht sichtbar geworden ist, seit die Leinwand mit dem Meeresbild abgebaut wurde.

Die Hängebuche, Frank kann es nach der Gewöhnung seiner Augen selbst sehen: Dort, wo der Baum gestanden hat, in der Dunkelheit als gewaltiger schwarzer Schildkrötenrücken-Schemen, ist der Durchblick in den Wald frei geworden. Frank geht die Treppe hinunter, der Mond scheint jetzt fast blendend, dennoch sieht er keine Farben, er bewegt sich durch den Park wie durch einen bläulich getönten 3D-Schwarzweißfilm, vorbei an den hell schimmernden Statuen am Kiesweg (der ebenfalls das Mondlicht grell reflektiert), steht vor einem schwarzen Meer aus den frischen Zweigen des umgestürzten Baumes, sein Laub mit den für eine Buche übergroßen Blättern bedeckt eine unüberschaubar große Fläche auf dem Rasen, die Bruchstelle des Stammes ist über Kopfhöhe, abgesplittert steht noch der Stumpf da, er ist gespalten bis hinunter ins Wurzelwerk. Zur linken Seite hin (das Schloss im Rücken) ist der Baum mit seiner durch den hängenden Wuchs wie umgekehrten Krone in den Wald gestürzt, hat ein Stück vom Holzzaun niedergerissen, der den Schlosspark umgrenzt.

Frank steht, schaut und sieht nichts, noch immer ist sein Kopf vom Allgeräusch erfüllt, sein Herz schlägt hart und schnell, es scheint, als wäre die plötzliche Einsicht, der Liebesstich in seinem Inneren, im selben Moment in diesen Baumgiganten gefahren und hätte ihn gefällt.

Er kann eine Minute oder stundenlang da gestanden und seinem inwendigen Dröhnen gelauscht haben, erst jetzt bemerkt Frank, dass der Besucher, der dem Ölbild entstiegene Schläfer, nun wach und lebendig neben ihm steht.

»Was muss geschehen, damit wir die Zeichen sehen?«, flüstert oder schreit der Besucher.

»Er ruft uns, aber wir schlafen«.

Beide stehen sie und blicken in das gewellte, glänzende Laubmeer. Das Mondlicht bildet darauf eine reflektierende Straße.

»Wir meinen zu arbeiten, aber wir schlafen. Wir öffnen den Mund, um zu sprechen, aber es kommt in Wirklichkeit nichts heraus, wir laufen und rennen und bewegen uns in Wirklichkeit nicht von der Stelle, wir stellen Pläne auf, als wären wir Götter, aber all das ist in Wirklichkeit nichts. Wir wissen nichts und vermögen rein gar nichts. Wir glauben Schätze in Händen zu halten, dabei sind unsere Hände leer. Ich habe verstanden, Vater. Halleluja.«

Frank steht und steht, wagt an seinem Stehen, seiner Blickrichtung nichts zu verändern, wieder ist ganz unklar, ob diese Szene wenige Augenblicke oder eher eine Stunde dauert, und Franks wie durch ein Rohr rasende Gedanken sind ebensowenig festzuhalten. Nichts an der Szenerie, in der er sich befindet, lässt sich in Verbindung zu vorher Erlebtem bringen, er kann keinerlei Relationen herstellen. Er steht und schwingt als resonierende Stange mit dem auf- und abpulsenden Dröhnen mit.

Später findet er sich mit den letzten Wachgebliebenen an einem der Tische im Schloss, unverändert die Gemälde und Antiquitäten, die Stellvertretende ist dabei, noch erhitzt und euphorisiert, ihre gefiederte Polin, der Schwede und sein Besucher, der Chinese, ein deutschstämmiger Namibier, der Lyriker und noch ein paar andere.

Frank sagt gar nichts, bewegt weder seine Augäpfel noch Hörknöchelchen, nur mit Rücken und Nacken kann er aufzeichnen, was gesprochen wird, und es für sich noch einmal abspielen, später.

Der Schlafende auf dem Bild, hält Frank für die spätere Auswertung fest, ist in Wirklichkeit Architekt und im Begriff, nach China zu reisen. Er wird in Shanghai arbeiten, irgendetwas Aberwitziges planen, einen ganzen Stadtkomplex oder so. Ein Senkrechtstarter kurz vor der Zündung, Ende zwanzig, seinen Namen erfährt er nicht. Der Schwede kennt ihn von der Universität, wo er (der Schwede) manchmal Kurse abhält.

Kurz vor seinem Abgang ins Kutscherhaus, durch die aufziehende Morgendämmerung, in seine Kammer, die

Tiefe der Matratze, Minuten vor dem Hineinbohren in Schlaf und Vergessen, richtet dieser Ruben noch einmal das Wort an ihn (und wieder fallen die Sätze ganz heraus aus Franks Raster des schon zuvor Erlebten):

»Ich kann dich nur warnen, und gleichzeitig bin ich dafür der Falsche. Wenn du dich einlässt auf das, was heute Nacht gewesen ist, bist du für dein bisheriges Leben verloren. Wäge ab, was es dir wert ist. Aber der Grund, auf dem du bis jetzt gestanden hast, ist reine Fiktion. In Wirklichkeit ist unter dir nichts.«

(Einwand Franks, unausgesprochen: Das ist mir nicht neu. Eine feste Basis hatte ich nie.)

»Also ist meine Warnung gleichzeitig gegenstandslos. Ich selbst bin ebenso gespalten. Meine Karriere ist vor Gott nichts. Das ist die Wahrheit. Du und ich, wer immer wir sein mögen, zwei vielleicht zufällige und ganz ungeeignete Kandidaten, gehören jetzt zusammen, denn wir haben heute Nacht vor Ihm gestanden, in unseren Händen war nichts, und Er hat sich uns offenbart, als reine Macht, als Licht und Klang.«

Er hält inne, Frank ist nicht sicher, ob er beim Sprechen überhaupt die Lippen bewegt. Ehe Ruben sich abwendet, zurück in seine Anspannung und sein blasiertes Desinteresse, sagt er noch, und über sein Gesicht flackern Kostproben ernsthaft irrer Fratzen: »Vergiss nicht, wir gehören zusammen.«

Und: »Halt dich von mir fern, ich habe eine psychische Krankheit«

CHINA

Meimei [SHANGHAI]

Meimei. Wach auf, mein Zeisig. Zeit aus dem Nest zu kommen. Großmutters schabende Stimme hat Meimei längst aus ihren Träumen gehoben. Noch gehorchen die Augäpfel nicht. Unter den geschlossenen Lidern rollen sie hin und her, versuchen die Tagstellung zu finden. Das Bett schaukelt sachte, Großmutter wiegt wie üblich ihren Oberkörper vor und zurück. Fasrige Wolke am Morgenhimmel, steig auf, steig auf. Meimei versucht, die Lider zu heben. Umsonst. Sie setzt sich im Bett auf. Es scheint, als müsse sie den Tag mit geschlossenen Augen verbringen.

Meimeis Haut und Ohren teilen mit, dass es fast Mittag sein muss, ein staubiger Tag, an dem die Blusen am Fenster still auf ihren Bügeln hängen und das Quecksilber steigt und steigt. Ein Tag, an dem die Bauarbeiter in der Grube vor dem Haus der nächsten Pause entgegenschmachten. Ist es soweit, mischt sich der erste Schluck aus ihren verschlammten Teegefäßen mit dem Staub auf den Zähnen zu Zement, der ihre Körper langsam von innen versteinert. Sie können ihre Wut darüber nur schwer verbergen und bewerfen sich gegenseitig mit Steinen, Stangen und schweren Eisenteilen. Abends liegen etliche von ihnen mit zertrümmertem Brustkorb im Aushub. Meimei denkt an die gelben Helme der Bauarbeiter, und dass jede Nacht neue junge Männer vom Fluss heraufziehen, mit nichts als Hose, Hemd und Teegefäß von den Booten abgesetzt. In ihren Augen ist wenig Weiß, das leuchtet, wenn sie die Helme der Erschlagenen aufsetzen und im Flutlicht zu schuften beginnen. So wachsen aus den Gruben die Türme.

Die Stadt sieht mit Befriedigung die Flussdampfer in den Hafen einlaufen. Die Dampfer bringen die jungen Männer, sie stehen schon an Deck, bereit zum Aussteigen. Beim Anblick ihrer blauschwarz glänzenden Köpfe beginnt die Stadt in Vorfreude zu triefen. Einen einzelnen Landjungen, den sein Hunger, die Enge, die bitteren Eltern hierher getrieben haben, schluckt die Süchtige ohne Kauen hinunter. Meimei liebt die Bauarbeiter, sie schickt ihnen jeden Tag Botschaften, opfert Teile von sich, Geschenke ihres verschwenderischen Herzens.

Meimei weiß, dass Großmutter um sie fürchtet. Seit es Yang Jun nicht mehr gibt, ist sie noch skeptischer geworden. Trotzdem besteht sie darauf, jeden einzelnen von Meimeis Schritten zu verfolgen. Sie will überall dabei sein. Und nicht nur das: Sie mischt sich in Meimeis Angelegenheiten. »Wie kannst du diesen Jungen so blamieren! Er kann dir alles bieten, was du dir träumst.« Meimei hatte nur ein bitteres Lachen ausgestoßen. Was weiß die alte Frau von ihren Träumen. Meimei träumt vom Platzen, Ertrinken, Verbluten. Und vom Abhauen, von Australien oder New York.

Wäre es nach Großmutter gegangen, hätte sie Yang Jun umgarnen, ihn um jeden Preis festhalten müssen. Dann säße sie jetzt in Brautgeschäften herum und blätterte in Katalogen voller Schleier und Frisuren. Für Yang Jun, diesen Langweiler, braucht es kein Garn. Er ist selbstklebend, eine richtige Klette. Es brauchte diese aus dem Augenblick entstandene Szene, um ihn loszuwerden.

»Ist dir klar, dass du öfter an den Tod als ans Essen denkst, oder ans Arbeiten, oder an die Liebe«, hatte Yang

Jun eines Abends gesagt. Sie hatten im Restaurant Krebse gegessen, die leeren Scheren und Schalen türmten sich auf dem Tisch. Meimei, die damals ihre Augen noch weit aufreißen konnte, hatte erwidert: »Das ist mir ebenso klar wie die Tatsache, dass du mich entsetzlich langweilst.« Sie war aufgestanden, hatte ihr Kleid Richtung Knie gezogen und das Restaurant verlassen, um ihn nie wiederzusehen. Nach einem solchen Abgang war daran nicht zu denken.

Im Rückblick scheint ihr der Ausgang des Abends vermeidbar, ja zufällig. Manchmal bedauert sie die Mechanik dessen, was geschah. Yang Jun ist ein Langweiler. Er besitzt keinen Funken Fantasie und hat immer feuchte Hände. Einfach lächerlich, wie er immer vom Sessel aufspringt, um Meimei zu begrüßen. Aber sind das Gründe, nicht mit ihm leben zu wollen?

Die Wahrheit ist, dass sie Yang Jun schrecklich vermisst. Die Hunde vermissen ihn auch. Sie schnüffeln in die Luft und suchen seinen Geruch nach festem, glattem Holz.

Großmutter hatte bereits alles gewusst, als Meimei nach Hause kam. Sie riss die Augen auf, dass fast die ganzen Kugeln zu sehen waren. Die Falten wichen aus der Mitte ihres Gesichts. Ihre Worte trafen Meimei ins Knochenmark. Großmutter öffnete ihre wie Baumrinde gefurchten Lippen und sagte: »Unsere Familie bringt regelmäßig eine besonders törichte Frau hervor, von deren Unbeherrschtheit das Haus wankt. Du hast nur noch mich, der du schaden kannst. Ich zähle nicht mehr, aber es ist eine Qual dir zuzusehen. Dir ist wirklich nicht zu helfen.«

Daraufhin hatte sich Großmutter auf ihrer Matte zur Wand gerollt, wie erstarrt, damit der Tod sie, die sich schon wie eine Leiche benahm, mit einsammelte.

Es hatte zwei Wochen gedauert, bis Großmutter sich wieder ab und zu aufsetzte, ihre Lilienfüße in den winzigen Hausschuhen an ihren Körper zog und etwas Suppe aß. Weitere Wochen lang sprach sie praktisch gar nicht, schickte nur gelegentlich Blicke in Meimeis Richtung, die alles zerfallen ließen, was sie gerade anfasste.

Von Großmutters Schmollen gezwungen, war Meimei zu dem Schluss gekommen, sie hätte keineswegs das Restaurant und damit Yang Jun auf diese Weise verlassen dürfen. Andererseits ist es undenkbar, ihn anzurufen und um Verzeihung zu bitten. Meimei ist durch eine Tür gegangen, die sich plötzlich auftat. Längst wandelt sie in anderen Gängen, einen Lidschlag und doch sehr weit entfernt. Sie kann nicht mehr anders. Oder doch? Man hat einen Verlobten, heiratet ihn, gründet eine Familie und stirbt. Oder man steht einfach auf und geht ohne Schirm hinaus auf die Straße. Ist der Unterschied breiter als ein Fliegenschiss?

Großmutter, die schon neunhundert Jahre alt ist, wird auch diese lächerliche Episode überdauern, das Leben ihrer Enkelin. Eine Zeit lang wird der Kummer über ihr Gesicht wachsen, bis er sich dort ablagert.

Heute klappt alles bis auf die Sache mit den Augenlidern. Meimei ist wach, alle Körperteile sind beieinander, bewacht von Großmutters winzigen feuchten Augen. Sie wird heute Abend wie immer im Kupfernen Berg erscheinen. Deshalb muss sie sich jetzt schon an die geschlossenen Augen gewöhnen.

Schon als Kind war Meimei gesprenkelt von blauen Flecken. Ihre Arme und Beine führen ein unkontrollierbares Eigenleben, weichen ständig von der Bahn ab und stoßen gegen Wände, Geländer und Knochen anderer Leute. Was macht es schon, sich ein paar Mal am Waschbecken und den Wänden zu stoßen, das verfluchte Bad ist eng wie ein Wandschrank.

Sie lässt den Pyjama fallen, ihr nackter Körper zieht sich zusammen und geht neben der Toilettenschüssel auf dem Kachelboden in die Hocke. Vom heißen Dampf aus dem Schlauch muss sie japsen. Atemnot nach dem Aufwachen findet Meimei belebend. Sie glaubt zu fühlen, wie das Wasser in der Lunge aufsteigt, den Hals hinauf bis zur Unterlippe, wie ihr Körper, eine lustige Blase, platzt und den Ausguss hinunterwirbelt.

Immer wieder der Gedankenstrudel, der sagt, dies und das hätte ganz anders sein können. Meimei muss nicht sein, wie sie ist! Sie kann die Frau des Chefs Kamelarsch nennen. Oder die Tochter guter Leute spielen und sich ein Plätzchen sichern, wo es sich bequem auf den Prinzen warten lässt. Ist nicht das eine so leicht wie das andere? Sie fönt einen von Wolken umrahmten Kreis in den Spiegel. Über ihre immer noch geschlossenen Augen malt sie die Brauen als schmale, erstaunte Bögen.

Der Wasserstrahl auf ihrem Gesicht ist zu heiß. Vom Dampf wird ihr schwindlig. Sie muss sich am Waschbecken festhalten und ein paar Atemzüge abwarten, bis es ihr gelingt, das heiße Wasser abzudrehen. Sie sieht sich durch eine beschlagene Linse über der Tür gefilmt, nackt im weißen Dampf, auf das Waschbecken gestützt, bräunlich ihre Arme und Beine, schwarz die Stangen ihrer nassen Haare. Das Bad wirkt in dieser Aufnahme viel größer, Meimei selbst klein und verloren.

Gerade hat sie entschieden, wie sie sich heute anziehen wird (zwei Vierecke aus Jeans, Wind, den Haarzopf am Himmel aufgehängt, die Füße mit Gewichten auf der Erde gehalten) und will aus dem Flur ins Zimmer treten, da kommen wie verrückt gewordene Bälle die Hunde auf sie zu gestürmt und rennen alle Ordnung über den Haufen. »Yi Yi, Duffle, Shirley und Nan Dao«, ruft Meimei, »hört sofort auf!« Duffle, Nan Daos Sohn, holt sich durch seine Ungeschicktheit selbst einen Tritt ab, weil er ihr zwischen die Füße läuft. Winselnd rennt er ins Zimmer und krümmt sich, während er mit seiner platten Nase sein Hinterteil untersucht. Der dumme kleine Duffle, ein dreckiges Bündel Baumwolle, an dem die Vögel herumgezupft haben. Nan Dao kümmert sich nicht um ihn und schnuppert in der Hoffnung auf Futter in die Luft. YiYi, der auf seinen kurzen Beinen den steifen Gang des Alters angenommen hat, bewegt sich langsam hinter ihnen her. Er hinterlässt eine Spur von Tropfen auf dem Fußboden. Shirley ist nicht zu sehen und taucht wenig später wieder auf, einen von Großmutters Stoffschuhen zwischen den Zähnen. Die Flusen an ihrem gedrehten Schwanz wippen ebenso wie das lange Bauchfell mit ihren Trippelschritten mit. Meimei kommen die Tränen. Wie soll sie einen klaren Gedanken fassen, wenn sämtliche Kreaturen um sie herum alles durcheinander bringen. Verzweiflung steigt ihr in den Hals. »Stopp!«, schreit sie. »Stopp!«

Sie zieht sich dreimal um und verlässt die Wohnung, schließlich gekleidet in eine hauchdünne Schicht Metall, das im Weltraum hergestellt worden ist. Sie wirft Großmutter eine Kusshand zu. Sie sitzt auf dem Bett, winzig wie sie ist, hat die Decke über Kopf und Schultern gelegt und tut so, als hätte sie nichts bemerkt. Sie benimmt sich immer komisch, wenn Meimei ohne sie aus der Wohnung geht. »Wiedersehen, Großmutter«, ruft Meimei. Geziert stöckelt ihr roter Regenschirm neben ihren Füßen her zum Fahrstuhl.

Meimei ist abergläubisch. Wenn heute Eselnase im Fahrstuhl sitzt, denkt sie, muss ich den ganzen Abend am Empfang stehen. Der Fahrstuhl kommt mit dem üblichen Seufzen und Beben. Statt Eselnase sitzt die Tote auf ihrer Holzbank. Meimei nennt sie so, weil die Tote, sobald sie den Knopf für die entsprechende Etage gedrückt hat, den Kopf nach vorn auf das Tischchen fallen lässt, das Eselnase zum Lösen von Kreuzworträtseln benutzt, und den Rest der Fahrt keinerlei Lebenszeichen von sich gibt. Auf einer Abwärtsfahrt, wo in verschiedenen Etagen Leute einsteigen, die alle zum Ausgang wollen, hebt sie nicht wegen jedem Einsteigenden den Kopf. Wenn Meimei die Tote gelegentlich so dahängen sieht, die Stirn auf dem Holz, die Arme schlaff am Baumeln, glaubt sie eine Lache schwarzen Bluts aus ihrem Kopf austreten, sich über das Tischchen ausbreiten und auf den Boden des Fahrstuhls fließen zu sehen. Meimei ist die Tote ihre liebste Fahrstuhlführerin, weil sie sich einen Dreck für die Angelegenheiten der Hausbewohner interessiert. Eselnase dagegen merkt sich jede Bewegung und jeden Besucher. Wenn man sich in ihren Augen verdächtig benimmt, erzählt sie es allen Bewohnern mit ihrer leiernden Stimme und lauert auf deren Reaktion.

Heraus aus der Tür, bemüht sich Meimei, über den Boden zu schweben, über die Spuckeflecken, geplatzten Mülltüten, Gemüsereste und blutige Watte hinweg. In der Grube klettern die Bauarbeiter im Stäbchengewirr der Gerüste herum, sie haben seit gestern eine ganze Etage aufgesetzt. Meimei schickt ihnen allen durch den Äther eine Kapsel voll Liebe. Sie gleitet ohne einen Schritt vor an die Straße und in das nächste Taxi. Bei der Kälte, die im Wagen herrscht, öffnen sich plötzlich ihre Augen. Sie sieht jetzt, dass Shirley, das kleinste der Hündchen, im zugeklappten Regenschirm sitzt und lachend herausschaut. »Nicht schon wieder, dummes Tier!«, schreit sie. Angewidert schaut der Fahrer durch die Trennscheibe zu ihr herüber. Sie versucht Shirley tiefer in den Schirm zu stopfen, aber das Hündchen missversteht und versucht herauszuspringen. Mit seinen grabenden Pfoten reißt es ihr Löcher in die Strumpfhose. Sofort rinnen die Maschen bis zum Knöchel herunter. »Verflucht! Halten Sie an!«, schreit Meimei. Sie öffnet die Tür und wirft das Tier im hohen Bogen über den Rand der Hochstraße. Sich um die eigene Achse drehend, fliegt Shirley davon, in die staubige Silhouette der Hochhaustürme, das Gesicht des

Hündchens zeigt, immer kleiner, in Meimeis Richtung, die Zunge hängt heraus, es wirbelt um seine Längsachse, bis es außer Sichtweite ist. Meimei lehnt sich beim Weiterfahren zufrieden ins Polster.

Frank [CHONGQING]

Der Mann ist nicht loszuwerden. *»Hello, hello«,* wiederholt er wie ein Automat. Fast bringt er Frank zum Stolpern. Er will unbedingt seinen Koffer an sich reißen. Frank hält den Koffer, den er hier am Kai nicht rollen kann, mit eisernem Griff fest. Der Chinese ist stark, Frank kann ihn riechen, sein Schweiß riecht stumpf und holzig, er hat geschwollene Augen. Um beide herum ist Gedränge, Leute strömen auf die Boote und von den Booten herunter. Sie tragen Körbe, Tüten, Schachteln, Koffer, lebendes Geflügel, an Krallen oder Schwimmfüßen zusammengebunden. *»No! No!«,* ruft Frank immer wieder, doch der Chinese lässt den Koffer nicht los.

Er ist einer der zahllosen Träger, die Frank in Chongqing gesehen hat, die an jeder Ecke auf Kundschaft warten, ihre Tragestange aus Bambus vor sich aufgestellt, mit Schwielen an den Schultern und im Nacken, mit sehnigen Waden, die sich gegen erdrückende Gewichte stemmen.

Franks Hand am Koffergriff berührt die Hand des Mannes, der sich in den Kopf gesetzt hat, diesen Koffer an den Kais entlang auf das Flussboot zu schleppen, der so verbissen darum kämpft, als hinge für ihn alles davon ab. Seine harte Brust hebt und senkt sich unter einem fadenscheinigen Hemd. Er ist viel kleiner als Frank, aber beängstigend stark. *»Hello«,* sagt er immer wieder, bevor er am Koffergriff reißt, ein Automatismus, *»hello«.*

Frank hat die Lastenträger Sand und Steine zu den Baustellen tragen sehen. Einen einzelnen Mann mit zwei Körben an den Stangenenden, die bei jedem Schritt wippten. Oder zu zweit, einen großen Korb voller Erdaushub in der Mitte, an einer Stange, die sich so tief durchbog, dass der Anblick der gespannten Muskeln Frank schmerzte. Die Lastenträger sind überall, ihre eckigen Waden, ihre harte Brust, die zusammengepressten Lippen, der Perlenteppich aus Schweiß auf ihrem Nacken sind an jeder Ecke zu haben und kosten fast nichts.

Sie tragen Reissäcke, grüne Pfirsiche, Autoreifen, Melonen, vor Angst wahnsinnige Enten, die sie an den Füßen zu Bündeln schnüren, Kohlebriketts für die Garküchen am Straßenrand. Sie tragen die schwarzen Trümmer der niedergerissenen Wohnhöfe, auf denen leuchtend hellgrün Moos und Farne wachsen. Ihre Füße krallen sich in billige Schuhe, wenn sie sich unter dem Gewicht eines Betonteils beugen. Sie schleppen mit vom Schweiß blau glänzenden Köpfen den Zement für die Hochhäuser herbei. Sie schleppen aus den Baugruben für dieselben Hochhäuser die Erde hinaus. Ihre Tragestangen schnalzen bei jedem Schritt auf und ab, wenn große Bündel von Ziegelsteinen daran hängen. Ihre Körper strecken sich in die stauchende Last hinein, die sie, je schwerer sie ist, mit desto eiligeren Schritten bewegen. Ihr stoßweiser Atem und ihre kurzen Rufe treiben Passanten auseinander, wenn sie unter braunen Kartons mit neuen Kühlschränken oder riesenhaften Fernsehern rennen. An den Ecken der gewundenen Straßen, am Fuß der Treppen, die auf Chongqings Hügel führen, hat Frank sie warten sehen, ausruhen, sich Suppenschalen vors Kinn halten, Essen in den Mund schippen. Er hat ihre Teegefäße am Handgelenk baumeln sehen, hohe Schraubgläser gefüllt mit schwappendem, gelblichem Grüntee, in dem sich die Blätter wirbelnd vom Grund hoben und wieder absetzten. Er hat sie ihr einziges Hemd, ihre einzige Hose am Körper tragen sehen; denn die Bündel, die sie an ihren Tragestangen aus den Booten am Jangtsehafen trugen, waren lächerlich klein.

Frank hat sich ihre Gesichter angesehen und sie leer und ausdruckslos gefunden, manchmal stießen sie ihn auch ab. Schlechte Haut, gerötete Augen, schiefe, fleckige Gebisse, ein Gesichtsausdruck, der nur das Zähnezusammenbeißen und Verdauen der mühsam verdienten Mahlzeiten zu kennen schien, ansonsten lauerndes Warten.

Er sah ganz junge Männer, soeben angelandet, von ihren Dörfern aufgebrochen, dann vom Flusshafen heraufgestiegen in die Stadt, die gerade erst damit anfingen, sich zu verschleißen. Auf der anderen Seite gab es die Alten, die auch eines Tages so vom Fluss heraufgekommen waren und jetzt immer noch, mit grauem Haar, lückenhaften Gebissen und ohne das geringste bisschen Fett unter der Haut, unter Gewichten, von denen die Bambusstangen vibrierten, die endlosen Treppenstufen von den Kais in die Oberstadt erklommen.

Frank sah, als er sich beim Gang durch die Stadt den Schweiß aus den Augen wischte, Träger mit dem Rücken zu einem Lastwagen stehen, nach vorn gebeugt, bereit, dass der Fahrer ihnen von der Ladefläche herab pralle Säcke auflade. Er sah Männer, die viel kleiner waren als er, doppelt, dreifach so viel tragen, wie er selbst es vermocht hätte.

Oft sah er die Lastenträger rennen: unter drückenden, reißenden Lasten, um diese schnell am Ziel absetzen zu können, oder unter ganz leichten, die sie zu beflügeln schienen, mit eiligen Lieferungen, alten Leuten auf Sitzgestellen, Eisenteilen, Fischbottichen, Kübeln mit schwappendem Zement. Die Lastenträger bestreiten den Stoffwechsel dieser Stadt, treiben Blut und Lymphe durch ihre Gefäße. Außer den Taxis, die nur saubere Fahrgäste und Gegenstände befördern, gibt es kaum Autos; Fahrräder sind selten wegen der Hügel. Chongqing ist eine Stadt der Fußgänger und Träger.

»Hello, hello«, macht der Kofferträger wieder mit gequetschter Stimme und versucht mit ruckartigem Wegreißen des Koffergriffs den Moment abzupassen, in dem Frank lockerlässt. Frank kann kaum glauben, dass dieser Zwerg so stark ist. Sie kämpfen beide mit aller Kraft. Für Frank ist es inzwischen ebenfalls eine Sache von unbedingter Wichtigkeit geworden, er will seinen Koffer auf keinen Fall dem Mann überlassen. An Frank und dem Kofferträger vorbei fließen Reisende, arme mit Körben und Bündeln, wohlhabendere mit Schalenkoffern, Sporttaschen, Kartons mit Elektrogeräten, lärmende Reisegruppen mit einheitlichen Mützen.

Auch auf die Flussschiffe streben die Brüder der Lastenträger, weiter nach Osten, unterwegs mit Hemd, Hose und Teegefäß. Es sind so unvorstellbar viele, wie Frank einmal hörte, hundert Millionen und mehr, hundert Millionen überzählige Söhne, ein Meer von Köpfen mit blauschwarzem Haar, von Schultern, Armen und Beinen. Sie sind jeden Tag unterwegs, vom Gewicht ihrer Körper, die auf den Pritschen der Boote kauern, steigt der Jangtse-Fluss. Ihre Sehnsucht und Unruhe treiben sie von den Bergen, die schiere Not auf den Fluss, bis hierher oder nach Shanghai.

Frank sieht im Gesicht des Kofferträgers, unmittelbar bevor es geschieht, dass dieser gleich loslassen wird. So gewarnt, kann er sich halten und fällt nicht rückwärts in den Menschenstrom, der sich der Anlegestelle entgegenschiebt. *»Hello«,* sagt der Mann verärgert und reibt sich die Hand. Frank wischt ihn weg wie einen lästigen Gedanken. Er tastet nach seinem Ticket und schleppt den Koffer zu den Booten, was ihm weniger mühelos gelingt, als er dem Kofferträger zeigen will, das Ding ist unhandlich und furchtbar schwer.

Die Flussschiffe am Kai sind in mehreren Reihen nebeneinander am Ufer festgemacht. Frank zerrt den Koffer zuerst über einen schwankenden Steg, dann überquert er zwei ebenfalls durch schmale Stege verbundene Dampfer, dem Menschenstrom hinterher, bis er auf dem richtigen anlangt. Ein Stewart begrüßt ihn, prüft sein Ticket und führt ihn über eine enge Treppe ins zweite Oberdeck, einen Flur entlang, der beißend nach

Exkrementen riecht, in eine Kabine mit drei Doppelstockbetten, einem Waschbecken und einem Fernseher. Frank bedankt sich und sucht sich eines der Betten aus, das obere in der linken Ecke, als er bemerkt, dass ihm der Lastenträger, den er abgehängt glaubte, bis in die Kabine gefolgt ist. Der Stewart ignoriert seine hilfesuchenden Blicke und lässt ihn mit dem Mann allein.

»Go!«, stößt Frank hervor. *»Out!«* Er spürt, wie die Wut in ihm aufsteigt. Er will dieses Insekt mit seinem Metallkoffer an der Kabinenwand breitschlagen. Der Lastenträger lächelt, ein läppischer Ausdruck umspielt seinen Mund mit den vom Tee verfärbten Zähnen.

»Thirty Yuan«, sagt er und hält eine Hand auf, in die Frank nicht einmal spucken möchte.

»Out!«, schreit Frank, seine Stimme schlägt nach oben durch. *»Twenty Yuan«,* sagt der Lastenträger, er macht einen Schritt auf Frank zu. Er kommt so nah, dass Frank in seinem Gesicht die Poren zählen kann, aus denen einzelne Haare wachsen, trotzdem gibt es nicht die kleinste Chance, dass sie irgendetwas voneinander begreifen. Der Mann streckt die Hand aus, er will ihn, Frank, anfassen, Frank ist sicher, dass er dann explodiert. Er wird zupacken und ihn zu Boden drücken, ausdrücken. Er merkt, dass ihn dieser Gedanke erregt.

»Ten«, murmelt der Mann, aber er scheint das Interesse zu verlieren und dreht sich zum Waschbecken.

Während Frank mit Herzklopfen und schwerem Atem in der Kabine steht, schindet der Lastenträger ein paar unverschämte Sekunden, in denen er zum Fenster hinausschaut, den Fernseher in Augenschein nimmt, die Hand ausstreckt und das weiße Laken auf Franks Schlafpritsche berührt. Dann dreht er den Wasserhahn auf und wäscht sich gemächlich die Hände. Der Lastenträger lächelt in den Spiegel, der alt und angestoßen ist wie das Waschbecken und alles in dieser Kabine, ein läppisches Lächeln mit einem Blick auf Frank, ihm über den Spiegel nach hinten zugeworfen, dann schüttelt er das Wasser von den Händen und richtet sich auf. Ein paar Spritzer treffen Frank am Arm. Der Mann geht an ihm vorbei zur Tür hinaus.

Heftig atmend steht Frank in der Mitte der Kabine. Das Boot schwankt. Er schaut auf sein Bett, den Koffer, das Laken, ein schweres, unangenehmes Gefühl bleibt zurück.

Schon am ersten Tag der Flussfahrt erkrankt er, auf zitternden Beinen muss er wieder und wieder vom oberen Bett herunter, hinaus auf die Herrentoilette, eine im Oval geführte Rinne ohne abgetrennte Kabinen, die schwallweise vom Flusswasser durchspült wird, in der Fäkalien und halb aufgelöstes Papier im Rhythmus der Strömung auf- und absinken, und in der er, geschüttelt von Durchfall und Schweißausbrüchen, qualvolle Momente zubringt. Während sich sein Körperinneres nach außen stülpt, findet er über der scheußlichen Rinne stehend kaum einen Halt und weiß nicht, was er mehr fürchten soll, dass er ohnmächtig werden oder dass jemand hereinkommen könnte. Die Flussfahrt bleibt ihm nur undeutlich in Erinnerung. Der Jangtse selbst, als mal grüne, mal bräunliche, sanft kurvige oder gerade Wasserstraße, mal schneller in schmalerem Bett, durch beidseitig aufragende, in Terrassenfelder gelegte Berge fließend, deren Grün fett und nahrhaft scheint, mal mit kaum merklicher Strömung, die Bebauung und Landschaft am jeweiligen Ufer so weit entfernt, dass sie mit bloßem Auge kaum zu erkennen ist.

Auf dem Schiff ist er der einzige Ausländer. Die Mitreisenden in seiner Kabine lassen ihn die meiste Zeit in Ruhe, nachdem sie ihn anfangs ausgefragt und begriffen haben, dass er allein reist (eine Auskunft, die bei den meisten Chinesen, die er getroffen hat, mitleidige Reaktionen auslöst, sie stellen sich Alleinsein, zumal auf einer so weiten Reise, als Zustand vor, den man sich nicht wünschen kann, auch Misstrauen ist zu spüren, gegenüber ihm als Einzelnem, Außenseiter, mit irgendeinem Makel muss er behaftet sein, so ihre Vorstellung, entweder er ist krank oder keiner hält es mit ihm aus. Es gelingt Frank nicht, diese Verdächtigungen ganz auszuräumen, vielleicht haben sie Recht). Sie zeigen sich bei aller Missbilligung seiner Entscheidungen (die er ja möglicherweise nur in ihre Blicke hineininterpretiert) freundlich und rücksichtsvoll, kriegen genau mit, wie elend er ist, und versorgen ihn mit frischen Laken und Tee.

Die Mitreisenden in seiner Kabine sind ein junges Ehepaar (er: ein Dickwanst mit babyhaften Proportionen, der die meiste Zeit mit Essen verbringt, seine dünne, dauergewellte und mit unangenehmer Stimme krähende Frau damit, ihn vollzustopfen), eine Frau mit unzähligen Paketen, die die meiste Zeit dösend auf der Pritsche liegt; dann ist da noch der Mann, den Frank sich als Lehrer denkt und der mit seinem halbwüchsigen, Brille tragenden

Sohn reist. Für den Lehrer hegt Frank zärtliche Gefühle, auch wenn er ihm nicht fremder sein könnte, weil er chinesisch denkt und auf seinem Kopf dichtes, weich stoppelndes Haar wächst. Frank lutscht auf Details seines Äußeren herum wie auf einem Pflaumenkern, er fühlt sich dem Mann körperlich nah, während dieser ruhig, beinahe wortkarg wirkt, so als müsste er sich anstrengen, im Zusammensein mit dem Jungen in der Gegenwart präsent zu bleiben und sich nicht hinter eine Zeitung oder sonstwohin zu flüchten. Frank sieht von seiner Pritsche aus oft nur den Rücken des Lehrers und die knappen, aber liebevollen Gesten gegenüber dem Jungen.

In der Kabine rauscht ab dem frühen Morgen der Fernseher, ein kleines, tragbares Schwarzweißgerät, dessen Bildstörungen direkt mit dem Auf und Ab der Wellen zusammenhängen, manchmal ist für kurze Zeit etwas zu sehen, zum Beispiel ein Nachrichtensprecher, dann zerreißt das Bild Zeile für Zeile, zuerst wird die Frisur des Mannes nach rechts gezerrt, dann weht die Brille aus seinem Gesicht, der Mund driftet weg, die Krawatte, und schließlich löst sich das Bild ganz auf, zerfällt in grießige Wolken und Störgeräusche. Alle paar Stunden bemüht sich ein Mitpassagier um den Empfang, dreht an ein paar Knöpfen, richtet die Antenne aus, haut mit der flachen Hand auf das Gehäuse, ohne nennenswerte Änderung. Den Fernseher einfach auszuschalten kommt scheinbar nicht in Frage.

Auch das grelle Deckenlicht in der Kabine brennt rund um die Uhr. Es scheint von der Schiffsleitung aus keine klare Vorgabe zu existieren, wann das Licht zu brennen und wann es ausgeschaltet zu sein hat. Also rühren die Passagiere nicht daran, arrangieren sich mit der grell leuchtenden und dabei auch noch sirrenden Leuchtstoffröhre. Wer eine Pritsche in der unteren Etage hat, versucht vielleicht, ein Handtuch so aufzuhängen, dass es auf das Kopfende des Bettes Schatten wirft.

In der ersten Nacht, als Frank sowieso keinen Schlaf findet, sich abwechselnd im Fieber wälzt und auf zitternden Beinen zur Toilette tastet, kommt ihm das angeschaltete Licht gelegen.

In der folgenden Nacht aber presst ihn eine solche Erschöpfung in die Matratze, dass er heulen möchte. Die Krankheit hat ihm alles ausgesaugt, auch das Schmiermittel zwischen seinen Knochen aufgezehrt, jeder einzelne reibt schmerzhaft gegen seinen Nachbarn. Schwitzend liegt Frank kaum weiter als einen Meter entfernt von der Neonleuchte, es mag zwei Uhr nachts sein, und zu den Knochenschmerzen, der Entkräftung und dem Fieber kommt noch das Licht und das Sirren.

Jedes einzelne seiner Symptome beunruhigt ihn hier viel stärker als zu Hause. Sein Körper ist ihm fremd, das Fieber fühlt sich ungewöhnlich an, die Krankheit ist unter ganz anderen Umständen, aus fremden Keimen entstanden. Er fürchtet sich auch vor seiner eigenen Schwäche, schließlich ist er allein und kennt in ganz Asien keinen Menschen.

Von seinem Beschluss, hinunterzuklettern von seiner Pritsche, den altmodischen Kippschalter neben der Kabinentür zu betätigen und im Dunkeln wieder hinaufzusteigen, bis zur tatsächlichen Ausführung vergeht eine unbestimmbare Zeitspanne, während der er mehrmals halb eindämmert.

Er sieht von oben seine Mitreisenden schlafend in ihren Kojen, in Schutzhaltung weggedreht vom Licht, oder, wie die junge Ehefrau, wie eine Tote auf dem Seziertisch ganz gerade liegend, dem Licht preisgegeben. Unter dem Lehrer (unter Laken verborgen, zur Wand gedreht) liegt der Junge, ohne die Brille wirkt sein Gesicht unter dem Allerweltshaarschnitt ganz unausgeprägt, sein Mund steht halb offen, die oberen Schneidezähne schauen hervor, das leicht fliehende Kinn verstärkt den Eindruck der Formlosigkeit. Ein noch ganz unfertiger Mann-Mensch, vielleicht tölpelhaft, schnell errötend, mit einer offenen Vorliebe für Milchspeisen und einer heimlichen für Egoshooter. Sein Vater hat die unförmigen Kunstlederhalbschuhe des Jungen ordentlich neben seine eigenen gestellt (die Größen sind kaum zu unterscheiden).

Mit dieser Reise will er dem Jungen vielleicht sein Heimatland unter diesem oder jenem Aspekt zeigen, ein letztes Mal die drei Schluchten, die Staudammbaustelle oder die Städte im Osten. Vielleicht holt er ihn auch nur aus den Ferien ab. Er könnte versuchen, mit dem Lehrer ins Gespräch zu kommen.

Schließlich führt Frank sein Vorhaben aus, das Licht in der Kabine auszuschalten. Nach dem Zurückklettern, auf seiner Pritsche liegend, im Dunkeln, auf dem Jangtsekiang oder Changjiang (so wird der Name des »Großen

Flusses«, wie er im Chinesischen heißt, korrekt wiedergegeben), erfüllt ihn ein Triumphgefühl: Lichtausknipsen als kleiner Sieg des autonomen Individuums über den Kollektivgeist.

Wahrscheinlich wird diese Reise, so sehr sie ihn auf seine eigenen Unzulänglichkeiten, seine Ängste, seine Verweichlichung, Bedeutungslosigkeit als Künstler und so weiter zurückwirft, ihn doch als Person schärfer zeichnen, im Kontrast zu seiner Umgebung bestimmte Facetten seines Charakters erst sichtbar machen und klarer ausformen. Je länger er daliegt und in die Dunkelheit starrt, desto stärker wird sein Drang, diesen Gedanken schreibend nachzugehen, so dass er gern das Licht wieder angeschaltet und sein Notizbuch hervorgeholt hätte.

Er lächelt in die Schwärze, bleibt liegen, hört das gedrosselte Dröhnen des Schiffsmotors, Atemgeräusche der Schlafenden, ahnt das umgebende Wasser und spürt der Euphorie nach, hinein in seinen leichter gewordenen, nach Krankheit stinkenden Körper (der vermutlich gerade den tiefsten Punkt durchschritten hat und ab jetzt auf seine Genesung zukriecht), sein Selbstgefühl ist klarer, stärker als je zuvor, und er nimmt sich für den nächsten Tag vor, diese Gedanken aufzuschreiben, alle neu gewonnenen Kräfte darauf zu verwenden. Schließlich kommt es ihm nicht darauf an, Material für eine Reportage anzuhäufen.

Sein Projekt könnte viel eher heißen (ins Unreine formuliert, ohne die Möglichkeit, am Schriftbild zu manipulieren, und wahrscheinlich erinnert er sich morgen nicht mehr an seine in die Dunkelheit formulierten Sätze): Die Reise an verschiedene Schauplätze der Jetztzeit als Selbstversuch.

Einer Testreihe unterzogen werden am Beispiel seiner Person, unter (zwangsläufiger) Berücksichtigung seiner Herkunft und Geschichte, biografischen Situation und so weiter: 1. die Konsistenz bzw. Fragilität des Ich, 2. die Wahrnehmung oder das Auffassungsvermögen bzw. deren Grenzen, immer gedacht im Kontrast zu seiner gewöhnlichen Umgebung, Berlin. Möglichkeit, all das Gleichzeitige zu erfassen, wenn sein Werkzeug doch nur begrenzt tauglich und störanfällig ist.

Erschöpft sieht er diesen Gedanken zu, wie sie noch eine Weile weiterwalzen, sich selbst antreibend, und dann ausrollen. Der Schlaf, in den er jetzt sinkt, verspricht zum ersten Mal seit Beginn der Flussfahrt Erholung.

Der Tag beginnt wie der vorige mit Lautsprecherdurchsagen in allen Kabinen. Das Gesagte versteht Frank natürlich nicht, aber es bringt die Mitreisenden in der Kabine dazu, aufzustehen und ein Morgenprogramm mit Ankleiden, Bettenmachen, Wühlen im Gepäck etc. anzufangen. Jede einzelne Tätigkeit wird von allen mehr oder weniger gleichzeitig ausgeführt, also stoßen sich die Mitreisenden gegenseitig beim Geradeziehen der Laken, stauen sich mit Waschbeuteln und Zahnbürsten um das einzige kleine Waschbecken, die Besitzer oder oberen Pritschen treten beim Versuch, hinaufzuklettern und ihre eigenen Reiseutensilien zu sortieren, auf das ausgebreitete Gepäck derjenigen auf den unteren Pritschen.

Ganz wie zuvor mit der Neonbeleuchtung arrangieren sie sich nun mit dem spärlichen Licht von draußen, das als Braungrün von der Flussoberfläche reflektiert wird, und setzen sich wenig später alle gleichzeitig angezogen und gekämmt auf die unteren Pritschen zum Frühstück, das sie aus ihren Taschen holen.

Frank wartet den Morgenbetrieb auf seiner Pritsche ab, an die Wand gelehnt, mit seinem Notizbuch auf den Knien. Mit dem Aufwachen fand er sich in der Hochstimmung wieder, die er scheinbar in der Nacht mit dem Ausschalten des Kabinenlichts anknipste. Wie eine Wöchnerin, denkt er, fühlt er sich, geschrumpft, ausgeleert, stinkend nach dem überstandenen Kraftakt, unter den verklebten Haarsträhnen ein helles, echtes, ungepudertes Leuchten. Er kostet die Dehnung dieser Momente ganz aus, seine Sinne, sein Denken sind neu geschärft, so nimmt er es wahr, und jedes Detail in der Kabine, jeder Gedankenschweif sind es ihm wert, sie aufzuschreiben.

Nachdem die Mitreisenden die Kabine verlassen haben (der Lehrer gefällt ihm, Frank, heute immer noch, aber sein Liebesgefühl richtet sich nun auf das Ganze, unterscheidet nicht zwischen Vorder- und Hintergrund, so dass der Lehrer sich als einzelnes Objekt in die geliebte Welt einfügt, ohne herauszustechen), steigt auch er von seiner Pritsche herunter, stellt sich auf nachgebende Beine, wäscht sich am Waschbecken.

Als er zum ersten Mal seit zwei Tagen über eine schmale Treppe, oder eher eine Leiter mit metallenen Stufen, aufs Oberdeck steigt und ins Freie hinaustritt, ist der Tag noch frisch, die Berge liegen schwarzgrün, Rücken an Rücken im Dunst.

Quer über den blassblauen Himmel führt eine schnurgerade, orangerosa leuchtende Bahn, zu ihrem Ausgangspunkt über den Wäldern hin franst sie aus, bis zur Auflösung an ihrem Ursprung: Die schönste aller Wolken der Morgenröte ist der Kondensstreifen eines Flugzeugs. Frank lehnt sich gegen die Reling und schaut auf das sedimentsatte, rotbraune Wasser, in der Kühle des Morgens spürt er noch deutlich die Schauer der Krankheit. Er lässt sich auf eine mit abplatzendem Weißlack überzogene Bank sinken. In die saubere, feuchte Flussluft mischt sich Dieselgestank.

»Die zweite der drei Schluchten«, sagt jemand in seinem Rücken, auf Englisch mit starkem Akzent, irritierenderweise sieht er aus wie der Kofferträger aus Chongqing. Lächelnd zeigt er seine verfärbten, kreuz und quer stehenden Zähne. Seine Hände verbirgt er in den Taschen eines unsagbar hässlichen Lederblousons, die Bundfaltenhosen aus schlechtem Stoff bauschen sich über dem Schambein. Frank missfällt alles an dem Mann. Es mag einen Zusammenhang geben oder nicht, aber die Art, wie ihm der Chinese im Lederblouson seinen unerbetenen Vortrag hält, gespickt mit Fakten über Länge Breite Höhe von Flussbiegungen, Felswänden undsoweiter, mit Geschichten über Stein gewordene Hexen, Kriegsherren oder Wandermönche – seine Stimme, die Frequenz, in der er ihn, Frank, mit diesem Touristenobst bewirft, verbindet sich mit dem Dieselgestank aus dem Schornstein, gleichzeitig schlägt das Wetter um, der Himmel zieht sich zu, schwere Wolken senken sich über die Schlucht, deren Felswände zu beiden Uferseiten steil aufragen. Frank spürt, wie ihn die Kräfte verlassen.

»Entschuldigung«, murmelt er mehrmals, auf seiner Stirn steht kalter Schweiß, und als ob der Blousonmann, der trotz deutlichster Hinweise weiterredet, nicht reichen würde, kommt ein Pärchen von Schuhputzern an, die beiden entdecken Franks tatsächlich dreckige Wanderstiefel, wollen sich daran zu schaffen machen, ohne ihre Blicke weiter aufwärts zu richten als bis an seine Knie.

»No! No!«, ruft er, das Schuhputzerpaar tauscht Blicke, wieder steigt hilflose Wut in ihm auf, warum tun alle so, als sei er, Frank, zum Kauf ihrer Dienste verpflichtet? Eine Welle von Übelkeit schwappt in ihm hoch, mehr fällt er, als dass er geht, die Treppe hinunter, halb blind und tot, wie es ihm vorkommt, erreicht er seine Bettstatt, und liegt dort zitternd unter den Laken, bis ihn der Schlaf überwältigt.

Das Flussschiff hält mehrmals am Tag an einem Hafen oder einer Sehenswürdigkeit, an der Anlegestelle warten Schwärme von Händlerinnen, die den Reisenden warmes Essen entgegenhalten, Reisgerichte in Körbchen aus Blättern, Fleischspieße, gegrillten Fisch, noch im Plastiktopf verschweißte oder dampfend aufgegossene Instantsuppen, gedämpfte weißliche Klöße, Hühnerkrallen.

Der Blousonmann ist tatsächlich Reiseleiter, er versucht regelmäßig, die (chinesischen) Touristen auf dem Flussschiff zu Ausflügen anzuregen, wieder und wieder schallt seine Stimme durch ein Megafon. Mit seiner Rede als verzerrtes, überlautes Begleitgeräusch entfernt sich eine kleine Gruppe von Mitreisenden zu einer Bootsfahrt durch die kleinen drei Schluchten, einer Wanderung oder der Besichtigung eines Tempels mit quadratischem Grundriss und wie lächelnd zum Himmel hin hochgezogenen Enden der Dachtraufe.

Manchmal scheint es Frank, als habe man sich des Pavillons hier, der Hängebrücke dort (die über den in den Jangtse mündenden, schäumenden Bergbach führt und von der es heißt, dass auch die Affen sie seit Generationen benutzen) allein aus dem Grund erinnert, weil sie unterhalb der künftigen Wasserstandslinie liegen, nach dem Schließen der Staumauer und dem Auflaufen des Jangste zu einem gigantischen, Hunderte Kilometer langen Binnensee versinken werden. Die Wasserstandslinie: Es dauert lange, bis in den zweiten oder dritten Tag der Flussreise hinein, bis Frank begreift, was die Zeichen bedeuten, die er regelmäßig vor dem eingetrübten Fenster des Schiffes sieht. Sie sind an Felswänden zu sehen, als Schrift in großen, brennend roten Zeichen, daneben ist ein ebenso roter, waagerechter Markierungsstrich.

Städte, die an den Uferhang gebaut sind, durchtrennt die Markierung des künftigen Wasserstandes in ein Darüber und Darunter. Darunter, dieses Urteil ist über unzählige Städte, Dörfer und Ackerflächen am Jangtseufer gesprochen worden; aus leeren Fensterhöhlen starren Wohnblocks und Fabriken, Schulen, Läden und Lagerhäuser; sie sind schon verlassen, abgebaut, eingerissen. Übrig blieb nur, was wertlos und nicht mehr zu gebrauchen ist und den künftigen schweren Schiffsverkehr nicht stört.

Die Silhouetten der ausgeweideten Städte werden bald vom bräunlichen Sediment umspült, von den Stahlkörpern der Frachtschiffe geschrammt werden, von unterhalb der Wasseroberfläche werden die Ersäuften versuchen, sich weiterhin bemerkbar zu machen, denn wie sollen sie hinnehmen, dass sie, die sich seit jeher zur Erdoberfläche zählten, plötzlich dem Wasser zugeschlagen werden? Der Abschied wird schäbig ausfallen, die Ingenieure schließen einfach stromabwärts die Staumauer.

Was bleibt den Städten, die wie zerbombt dastehen und auf die Flutung warten, als schon jetzt die Gesänge für ihren dünnen Unterwasserchor einzuüben? Das Wasser und die Mahlgeräusche der Turbinen, die sich unter der Oberfläche über weite Distanzen fortpflanzen, werden alle Unmutsbekundungen schlucken.

Frank verschläft lange Stunden des Tages, erwacht erst wieder in der Abenddämmerung. Er ist allein in der Kabine. Das Schiff verliert an Fahrt, und der Länge und Aufgeregtheit der Lautsprecherdurchsage nach zu urteilen geschieht etwas Wichtiges.

Frank steigt von seinem Bett herunter, aus dem Fenster sieht er in voller Größe und Beleuchtung die Staudammbaustelle.

Bildfüllend verstellt die Staumauer, eine hellgraue, in senkrechten Lamellen geriffelte Wand, die gesamte Breite des Flusses, der hier breit ist, schwer zu schätzen, wie breit genau, und reicht seitlich noch ein Stück darüber hinaus.

Glatt und ebenmäßig, ganz Wille und Zweck ist das riesige Ding, das natürlich nicht größer ist als die Berge der Umgebung, aber dennoch mit ihnen um die Macht zu wetteifern scheint. Es liegt eine Ungehörigkeit und Anmaßung darin, von der Frank glaubt, sie noch nie an einem Bauwerk gesehen zu haben. Im taghellen Arbeitslicht geht von der Präsenz dieses Dings eine Kraft aus, zu der die winzigen Arbeitsmenschen, die von fern auf dem Grat zu sehen sind, wie sie die oben aufgestellten, ebenfalls lächerlich kleinen Kräne und Baumaschinen bedienen, ununterbrochen noch mehr hinzusetzen.

Das Flussschiff dümpelt auf der Stelle, Auge in Auge mit der Staumauer, die sich anstaunen lässt von dem abgenutzten, von seiner Menschenlast tief ins Wasser gedrückten Kahn, und fädelt sich nach einem Signal links daran vorbei in die Schleusenrinne. Noch gibt es kein Gefälle auszugleichen, ist der Jangtse nicht aufgestaut, an den rechts und links der Rinne senkrecht aufragenden Betonwänden, zwischen denen das Flussschiff hindurchfährt, ist jedoch mit roten Strichen die Skala der künftigen Pegelstände markiert, wie ein Countdown machen sich die Ziffern aus, oder wie sozialistische Parolen, und ganz oben, für Frank nur mit an die Scheibe gedrücktem Gesicht zu erkennen, die Zielmarke, signalrot auf grau, 175 Meter.

Ruben [UNTERWEGS]

Im Flugzeug nach Amsterdam, wo er den Anschluss nach Shanghai nehmen muss, sitzt Ruben ganz gerade.

Er spürt übergenau alles, was ihm widerfährt: in den Sitz gepresst, über holprige Luft hinweggetragen, zum Vibrieren gebracht. Er atmet, macht sich durchlässig, hat den Maschinen, den Fachleuten sein Leben anvertraut, er strengt sich an, seine Hingabe fordert ihn ganz. Hätte er noch Kapazitäten, könnte er sich über seine Mitpassagiere aufregen, die zu der notwendigen Glaubensspannung, die sie alle durch die Luft tragen soll, herzlich wenig beitragen. Erschlafft, gelangweilt, schlafend, in Zeitungszelten verschwunden, als säßen sie in einem Pendlerzug.

Ruben bemerkt, dass jemand ihn angesprochen hat. Von rechts neben ihm auf dem Fensterplatz, wo eben noch eine aufgeschlagene Zeitung zu sitzen schien, sitzt ein Mann um die fünfzig mit braunen Augen.

»Guten Morgen«, sagt der Sitznachbar. Ruben erwidert den Gruß. Der Mann hat feste Haut und feines, grauschwarzes Haar.

Ruben stellt sich vor, wie er nach dem Ausfall der Triebwerke seine Schwimmweste überzieht, die Sauerstoffmaske, die ihm in den Schoß gefallen ist, vor Nase und Mund befestigt (Ruben ist der einzige in der Kabine, der das Sicherheitsvideo wirklich angesehen hat). Dann schaut er sich nach seinem Nachbarn um (die Maschine befindet sich bereits im freien Fall) und sieht ihn ebenfalls in Weste und Maske neben sich sitzen, seine Augen blicken noch trauriger. Ruben und der Mann fassen sich an den Händen, die Hand des Mannes fühlt sich angenehm an. Über ihre Masken hinweg sehen sie erst einander an, dann jeder seinem Tod entgegen. Ruben ist froh, dass er eine Hand halten kann, und er ist froh, dass es die Hand dieses Mannes ist (den er außerdem gern zum Vater hätte).

Der Mann ist Niederländer, Wirtschaftshistoriker, wie er sagt, und hat verschiedene Male in China geforscht. Er ist auch in Pudong gewesen. Er erzählt: »Ich bin kein Stadtmensch. Ich lebe auf dem Land, oder was man bei uns in den Niederlanden so nennt. Viele Menschen auf einem Fleck wecken in mir ein Gefühl der Bedrängnis. Ich liebe die Massen nicht. Ich habe auf dem Jin-Mao-Building gestanden und in alle Himmelsrichtungen nur Hochhäuser gesehen. Ein Turm neben dem anderen, so weit das Auge reicht. Alle sind in den letzten fünf bis sieben Jahren entstanden. Auf den Baustellen wird rund um die Uhr gearbeitet, nachts sind sie taghell erleuchtet. Die Gerüste sind aus Bambus. Filigrane Kokons aus Stäbchen, auf denen in schwindelnder Höhe barfüßige Arbeiter hangeln. Nach ein paar Wochen schält sich aus dem Kokon ein weiterer der immer gleichen, verspiegelten Türme. Man scheint große Eile zu haben; an Arbeitern herrscht indessen kein Mangel. Wenn nach ein paar Monaten auf den Hochhausbaustellen ihre Kräfte verbraucht sind und die Staatsführung noch eine Brücke, einen Staudamm, einen Flughafen braucht, kommen eine Woche später die Bagger und Raupen, wird eine weitere Dose mit zehntausend Arbeitern geöffnet; ihr Vorrat ist unerschöpflich. Man sagt sich: Jetzt haben wir hier einen Flughafen, aber kein Hotel; wie sieht das aus? Ein halbes Jahr später kommen Sie wieder an diesen Ort, und es stehen dort drei, vier Luxushotels.

Niemand muss bei einem solchen Vorgehen gefragt werden. Befindet sich ein Dorf, ein Wohnviertel auf dem fraglichen Stück Land, bekommen die Menschen einen Schrieb von der Behörde. Sie sprechen vor und man sagt ihnen: Dein Haus wird nächsten Monat abgerissen. Du wirst im vierundvierzigsten Stock wohnen, in der und der Straße, in dem und dem Block. Wenig später rollen die Planierwalzen an.

In meinem Heimatland dauert das Verfahren, das man anstrengen muss, ehe ein neuer Flughafen gebaut werden kann, zwanzig Jahre. Und selbst dann kann das Vorhaben scheitern, an einem Bauern, der sein Feld nicht hergibt. Ganz zu schweigen von anderen Gruppen, Umweltschützern, Vereinigungen, Parteien.

Die Diktatur hat ganz andere Möglichkeiten. China ist eine gigantische Macht, und diese Macht liegt bei einer Handvoll Funktionären der kommunistischen Partei. Sie schulden niemandem Rechenschaft. Sie sind entschlossen, China zu einer Weltmacht zu entwickeln, einer Weltmacht ohne Demokratie. Der einzelne Mensch bedeutet ihnen nichts. Sie werden selbst sehen.«

Ruben hört dem Niederländer zu, speichert die Worte sorgfältig in sich ab, um sie sich später noch einmal zu vergegenwärtigen. Der Niederländer fährt fort.

»Keiner weiß, ob die Demokratie in China überhaupt einzurichten wäre. Das Land wird seit dreitausend Jahren autoritär regiert. Das Wissen, wie man ein solch riesiges Reich organisiert, wie man die nunmehr eineinhalb Milliarden Menschen ernährt, ist über viele Jahrhunderte angesammelt worden. Jede Destabilisierung kann sofort zu Hungersnöten, zu Unruhen führen, deren Folgen unabsehbar sind.

China ist für uns Europäer schwer zu verstehen; unsere Vorstellung vom Einzelnen, der Totalität seiner Welt, seiner unverwechselbaren Erfahrung und Wahrnehmung, der wir Raum und Schutz zubilligen, lässt sich nicht übertragen. Das wird Ihnen klar, wenn Sie in den Städten herumgehen. Immer sind viel mehr Menschen unterwegs als bei uns. Immer halten sich in jedem Haus, in jedem Raum ein Vielfaches an Personen auf, verglichen mit unseren Häusern und Zimmern. Auch kleinere Städte haben Bevölkerungszahlen, die in die Millionen gehen. Mich verstört der Gedanke, unter den allzu Vielen verloren zu gehen. Ich fühle mich gekränkt, demontiert, degradiert zu einem Niemand, im Innersten angefochten. Gern wüsste ich, ob Chinesen diese Empfindung überhaupt kennen. Oder ob sie nicht aus der Masse im Gegenteil ein Gefühl der Stärke und Bestätigung ziehen.

Wenn ich in China zu tun habe, gibt es jedes Mal den Zeitpunkt, an dem ich keine Chinesen mehr ertragen kann. Wo es mir zusetzt, dass jeden Augenblick so viele von ihnen da sind. Dass ich ihnen, verzeihen Sie den lächerlichen Ausdruck, rein gar nichts bedeute. Ich gehe dann in mein Hotelzimmer, ziehe die Vorhänge zu und liege so lange still, bis ihre Gesichter aufhören, an mir vorüberzuziehen. Manchmal weine ich. Ich kann mich nicht daran gewöhnen.«

Eine Weile sitzen sie schweigend, die Motoren arbeiten noch immer; das Muster aus Rechtecken, das am Boden auftaucht, muss schon zu den Niederlanden gehören. Die Stewardessen räumen hinter dem Sichtschutz an den Enden des Kabinenflurs herum, unter ihrem Wirtschaften bauscht sich der Stoff der Gardinen. Ruben nickt ein.

Ruben träumt von einem Strom voller Körper von jungen chinesischen Männern. Sie werden von einer Masse von Körpern, die unablässig von hinten nachschieben, um- und durcheinandergewirbelt und in einem Flussbett voranbewegt. »Sehen Sie, so etwas ist nur in einer Diktatur möglich!« ruft ihm der Niederländer über den Maschinenlärm, der die Luft erfüllt, hinweg zu. Es liegt Triumph in seiner Stimme, Ruben sieht ihn mit einem roten Schutzhelm auf dem Kopf auf einer Brücke stehen, die sich über den Menschenfluss spannt. Neben dem Niederländer auf der Brücke, kleiner und ebenfalls mit Helm, steht Brändle, zusammen mit einigen chinesischen Funktionären, die aussehen wie Jiang Zemin und der junge Mao. Sie alle lachen und scheinen sich im schönsten Einverständnis zu befinden, als Brändle, Begeisterung in der Stimme, ruft: »Die größte Diktatur der Welt!« Einer der Funktionäre gibt einem chinesischen Techniker oder Ingenieur ein Zeichen, und dieser betätigt eine Apparatur in der Brücke, bei der es sich, wie sich zeigt, um eine Art Staudamm handelt. Ein Fanggitter, das sich auf voller Breite des Flussbetts schließt, fängt die herbeigeschobenen Körper (die übrigens leben) auf. Durch den Druck der nachrutschenden Körper häufen sie sich schnell zu einem Berg aus blanken Brustkörben, Gliedmaßen und festen, blauschwarzen Haaren.

»Ruben, pass auf!«, ruft Brändle, der in der Führerkabine eines Ladekrans sitzt und diesen mittels einer Greifvorrichtung über die angestauten Körper schwenkt. Er lässt den Greifer hinab, dessen Zähne gehen auf und fassen ein Bündel aus Armen, Beinen, Köpfen, Rümpfen heraus. Brändle betätigt den Kran, schwingt ihn zur Seite und lässt die jungen Männer, die er herausgegriffen hat, über einer ovalen, flachen Dose mit aufgerolltem Deckel fallen, wie bei einer Fischkonserve. Die jungen Männer zappeln und versuchen sich zu wehren.

»Ruben«, ruft Brändle, während er den Kran wieder über den gestauten Menschenstrom schwenkt, »vier Dosen für Pudong!«, und Ruben begreift, dass er die Arbeiter für das Pudongprojekt abfüllt.

»Sir«, die Stimme der Stewardess reißt Ruben aus dem Traum heraus, *»we have arrived.«*

Er sieht sich um, der Niederländer ist bereits verschwunden. Ein paar letzte Passagiere ordnen ihre Kleidung und strecken sich nach dem Handgepäck. Ruben balanciert seinen Kopf, der sich oben offen anfühlt, mit einer trägen Flüssigkeit gefüllt, vorsichtig aus dem Flugzeug und über die Gangway.

Ruben [SHANGHAI]

Ruben rennt durch die Chinesenstadt, betäubt, fühllos, dieses Durcheinander, das Gehupe und Geschiebe, das Herumschleppen von Sachen, das Brutzeln, Mampfen, Rotzhochziehen, das am Boden kauernde Gebastel, an

Zwiebelstängeln, Plastiksäcken, Gummischläuchen, das Herauslugen aus unbewegten Gesichtern, das Verdauen, Zusammenhocken, am Boden vor der Ware Sitzen, auch das Überlegene an China, das ihm im Augenblick verhasst ist: gesunde Ernährung, biegsame Körper, die Selbstgewissheit von Tausenden Jahren, all das regt ihn auf. Er will kleine Brutzelstände packen und aus dem Weg schleudern, gegen Haufen von Pfirsichen kicken, er ist es leid, das Gewimmel, diese gleichen, gleichgültigen Chinesen, die keine Ahnung von seinen Problemen haben, in Schlafanzügen herumlaufen, Kräuter hacken, Klötzchen spielen, Hühner ausweiden, Eimer auskippen, hämmern, schrubben, grinsen, brüten, und bei alledem ihn, Ruben, angaffen.

Genauso verachtet er das Gejammer der Europäer, darüber, dass die Hochhäuser die Chinesenstadt einkreisen, dass hinter den schiefen dreckschwarzen Dächern der Altstadt das Neue aufschießt, täglich unaufhaltsam näher rückt, dass das Durcheinander von Shanghai, die Gassen und Untergassen, dass der Lärm und Gestank, die vergammelten Häuser der Chinesenstadt oder des Hafenviertels niedergewalzt, aus dem Weg geräumt werden, dass die ganze Stadt mit einem Wald aus verspiegelten Türmen zuwuchert. Die Europäer stehen an den Bauzäunen und lamentieren; böse neue Häuser, böse Elektrizitätsanschlüsse, böse Küchen und Fahrstühle, böse Sanitäreinrichtungen. Gute faulige Bruchbuden, gute Babys, die in den Rinnstein seichen, gutes Hausen zu acht in einem Raum, gutes Kochen, Haare-, Füße-, Tellerwaschen in einer Schüssel auf der Straße, guter Kloakengestank. Schön ist immer der Mangel der anderen. Die sollen, bitteschön, in ihrer authentischen Agonie verbleiben.

Mittags auf der Dachterrasse des Cathay das Treffen mit Brändle. Er, Ruben, hatte sich im Fahrstuhl erwartungsvoll angespannt, hatte, während er aufwärts getragen wurde, die Fußsohlen über den üppigen Veloursteppich gerollt. Gleich würden sie von oben auf Pudong blicken, den Stadtteil am anderen Flussufer, mit seinen kühnen Neubauten und grandiosen Scheußlichkeiten, dem Fernsehturm auf seinen pinkfarbenen Stelzen, das Jin-Mao-Hochhaus, die Kuppeln des Convention Centre, bis hinüber zu den Brachflächen entlang der Flughafenautobahn: lockere Bebauung, die wegkommen wird für Brändles und seine, Rubens, Pläne. Sie würden über erhobenen Gläsern die Augen zusammenkneifen und das Modell, Rubens Pudongmodell, hineinfantasieren. Mit dem Anstoßen der Gläser würde die Sache ihren Anfang genommen haben.

Ruben straffte sich, fühlte sich gut. Mit einer Brise Fahrtwind um sich durchschritt er die Flure; die Schwingtüren, dunklen Hölzer, Pflanzen und gedämpften Geräusche, die Ventilatoren, das mit Zierrat Überladene aus der Kolonialzeit störten ihn nicht im geringsten. Er war hier, um sich in die Silhouette dieser Stadt einzuschreiben. Andere entwarfen Carport-Überdachungen in brandenburgischen Schlafstädten; er, Ruben, baute mit an Shanghai. Es war angemessen, dass man den Vorhang für ihn beiseite raffte.

Wie er Brändle schließlich vorfand, passte mit seiner Hochstimmung überhaupt nicht zusammen. Brändle saß zusammengesunken an einem der letzten Tische auf der Dachterrasse, ein Glas vor sich, in das er starrte, fast hätte Ruben ihn nicht erkannt. Sein Körpergewebe schien aus der Form gelaufen; anders als noch vor kurzem wölbte sich unter seinem Hemd ein herabgesackter Bauch, hing schwer im Stoff und riss an den Knöpfen. Entlang der Furchen in seinem Gesicht lagen gelblichgraue Schatten. Er sah kaum auf, als Ruben sich ihm näherte, nur ein kurzer, gequälter Blick, mit dem er ihn aufforderte, Platz zu nehmen. Vom Bund, der Uferpromenade mit den historischen Prachtbauten am Huangpu-Fluss, brandete der Straßenlärm herauf, Motoren, Hupen, Rufe, Megafonstimmen, elektronische Signale. Brändle winkte die Bedienung heran.

»Bestellen Sie, was Sie wollen«, sagte er zu Ruben, seine Stimme klang ebenso abgesackt wie der Rest seiner Erscheinung, »der Tag ist sowieso gelaufen.«

Brändle bestellte Gin, wahrscheinlich nicht den ersten, Ruben ein Bier. Seine Beunruhigung wuchs. Brändle rieb sich endlos und, wie Ruben schien, viel zu kräftig die Augen, man hörte es glibschen. Er sprach bereits etwas schwer.

»Pudong ist tot«, stieß er hervor, wie gegen einen Widerwillen ankämpfend, überhaupt ein Wort an ihn zu richten. Ruben begriff nicht. Sein Gesichtsausdruck schien Brändle zu reizen.

»Vorbei. Aus. Futsch. Over.«

Mit den Armen die Luft hackend traf er die Bierflasche, Ruben fing sie gerade noch auf. Er hörte Brändles Stimme wie aus der Entfernung.

»Wir sind verarscht worden. Ja. Hört man doch nicht zum ersten Mal. Die Parteifritzen und Delegationen, die Experten und Gesandten, sie lächelten, standen herum und verbeugten sich, ließen sich alles zeigen, luden zu üppigen Gastmahlen. Wir trugen ihnen die Pläne vor. Wir redeten, präsentierten, rechneten vor, wir warfen Bilder an die Wand. Die Übersetzer übersetzten, die Experten umkreisten die Modelle. Sicca und ich wurden fast verrückt. Wochenlang zog sich das hin. Wir dachten, alles sei klar, im Prinzip, nur noch eine Frage der Mentalität. Das Asiatische, ja, alles zigmal hin- und herwenden, von allen Seiten betrachten. Wir dachten, man ziert sich und gelangt irgendwann einvernehmlich zu einer Entscheidung. Dass das zur Kultur gehört. Wir mahnten uns zur Geduld. Tatsache ist, die Chinesen haben uns verarscht. Ver-arscht. Ja.«

Brändle griff sein Glas, als wollte er ihm eine Lektion erteilen. Eines seiner Augen stand weiter vor als das andere.

»Ich denke jetzt, sie hatten von vornherein nicht vor, uns irgendetwas bauen zu lassen. Sie haben sich von den besten internationalen Büros Entwürfe vorlegen lassen, dabei aber zu keinem Zeitpunkt im Sinn gehabt, auch nur einen einzigen Yuan oder ein Fünkchen Prestige auf uns zu verschwenden. Sie haben sich alles zeigen lassen, genickt und gelächelt. Sie haben unsere Pläne genommen, kopiert, auswendig gelernt. Sie werden aus jedem Gesamtkonzept, das die einzelnen Starbüros für sie entworfen haben, das herausgreifen, was ihrer Sucht nach dem Höchsten, Größten, Teuersten entspricht. Sie werden ein unzusammenpassendes Zeug bauen, eine Geschmacklosigkeit neben die andere setzen, und wir sind dabei ihre Clowns! Sie lassen uns Faxen machen. Sie lachen sich krank. Am Ende haben sie eine Fantasiestadt mit vielen bunten Scheußlichkeiten, eine Magnetschwebebahn auf Stelzen, keinerlei Raumplanung. Ein futuristisches Mega-Entenhausen. Aber, und nur das zählt für sie: das größte der Welt. Wir Trottel aus dem Westen hocken da, haben Recht, Geschmack, Anspruch, Gewissen. Genau damit landen wir im Off. Vorher dürfen wir unsere Pläne rüberreichen, gratis, versteht sich. Dann Arschlecken. Verfickt. Ihr könnt mich alle.«

Ruben fühlte sich unwohl mit Brändle in diesem Zustand, was tun, wenn der sich hier weiter betrank und pöbelte? Gleichzeitig konnte er noch nicht ganz ermessen, was Brändle da sagte. Wenn es stimmte; wie konnte so etwas passieren? Sicca und Brändle hatten schon überall gebaut, in den Emiraten, in Seoul, in Kapstadt. Wahrscheinlich hatte Brändle einfach einen harten Tag gehabt, sagte sich Ruben, zu viele Geschäftsessen und zu wenig Fortschritt. Das war es. Brändle musste sich abreagieren, und dafür hatte Ruben Verständnis.

Er wollte gerade ansetzen, ein paar Worte der Beschwichtigung zu verlieren, bevor er seine Gedanken zum Shanghai World Financial Center vorbrachte, dessen Baustelle von hier oben zu sehen war, über den Hang der Chinesen zu Zahlenmystik und blumigen Symbolen. Brändle jedoch warf ihm einen, wenn auch alkoholumnebelten, Blick zu, als ob er, Ruben, gar nichts begriffen hätte, nichts von der aktuellen Katastrophe und auch sonst nichts im Leben, und brachte ihn so dazu, den Mund erst gar nicht aufzumachen. Stattdessen beobachtete er Brändle dabei, wie er in aller Ruhe, als säße er allein auf der Bettkante, sich hinunterbeugte, erst zur einen bleichen Wade, die zwischen Socke und Hosenbein hervorleuchtete, dann zur anderen, dabei die Schnürbänder seiner teuren Schuhe löste und erst einen, dann den anderen Schuh auszog (ihnen entströmte eine feine, warme Fahne von Fuß- und Ledergeruch) und auf Socken, seine Schuhe an zwei Fingern der linken Hand baumelnd, die Füße mit langen, seltsam spitzen großen Zehen beim Gehen vorsichtig abrollend, an den Tischen aus schwarzem Holz, den Ledersesseln, den geschnitzten Säulen und Skulpturen, den Blumenarrangements vorbei zu den Fahrstühlen ging, ohne ein Wort der Erklärung oder des Abschieds.

Am nächsten Morgen wartete Ruben vergeblich im Frühstückssaal auf Brändle. Wer auch bis Mittag nicht auftauchte, war Brändle. Ruben versuchte viele Male, ihn in seinem Zimmer anzurufen. Er ließ ihm Nachrichten hinterlegen, auf die er nicht reagierte. Schließlich schickte er ein Zimmermädchen zu ihm, weil er sich die schlimmsten Szenen auszumalen begann. Brändles Zimmer, wie sich zeigte, war leer.

Es dämmert. Ruben rennt und rennt, durch die alten Gassen am Hafen. Es ist immer noch heiß, die Luft beißend von Abgasen. Dampfwolken stehen über Woks, die groß wie Traktorreifen sind. Mopeds rasen vorbei, Radfahrer, einige mit Lasten: Melonen, Blechkübeln, Schachteln. Neben der Wolke, die aus einem Wok aufsteigt, steht eine schmale junge Frau, ihr Haar liegt zusammengebunden als schwarze Stange, die den Körper aufrecht hält, auf ihrem Rücken. Sie hält ein Hackmesser in der Hand, in der Form eines Beils, und blickt ruhig auf das große Büschel Grünes, das noch zu zerkleinern ist.

An Kühltruhen gelehnt fläzen die Besitzer kleinster Läden, deren Sortimente aus den verrotteten Garagen heraus auf die Straße quellen. Die Ladenbesitzer tragen, um sich abzukühlen, ihre Hemden über dem Bauch hochgerollt und verdrehen die Köpfe nach laufenden Fernsehern. Überall Gesichter, von sitzenden, stehenden, liegenden Menschen, in verschiedenen Höhen auf und über dem Boden. Ständig fällt aus ihren kauenden Mündern etwas heraus, Hülsen von Sonnenblumen- oder Melonenkernen, Knorpel. An einem Tischbein ist mit einem Bindfaden ein verdrecktes weißes Kätzchen angebunden. Stinkende Brühe tropft aus einem Rohr, das aus der Wand eines größeren Hauses ragt. Unmittelbar davor verkauft jemand Fleischspießchen vom Grill. Ein nacktes Baby torkelt zwischen mit Pfützenwasser getränkten Kartons.

Ruben gerät ins Schauen, er geht ruhiger.

Er sieht ein Paar, sie kochen an der Straße in einem Topf im Umfang von zwei Armspannen. Es scheint in diesem Moment um die richtige Temperatur dessen zu gehen, was gerade gekocht wird. So einig wirken der

Mann und die zarte Frau, dass sie beim abwechselnden prüfenden Pusten auf die dampfüberzogene Oberfläche des Wassers im Topf vogelartig einen langsamen Liebestanz vollführen. Sie streicht das Haar beiseite, beugt den Hals hinab und pustet, er schaut zu und setzt seinerseits an, sich niederzubeugen. Sie taucht auf an die Luft außerhalb des Dampfs, sieht ihn an, er beugt sich hinab, pustet. So geht es anmutig auf und nieder im Wechsel; das so Gekochte, denkt Ruben, muss wunderbar schmecken.

Er geht kreuz und quer durch die Gassen und Straßen, die Rückseiten der Speicherhäuser am Huangpu-Fluss. Gelbes Licht, Schmutz und Abfälle, Maschinengedröhn, die Stimmung lauernd. Lieber zurück in die Enge der Gassenkapillaren, in deren Lebensdichte Ruben sich unerwartet geborgen fühlt.

Punktförmige Lichter setzen Spots, bilden erhellte Schneisen. Waschwasser wird ausgeschüttet. Hälse neigen sich über Reisschalen, aus denen Hände mit Stäbchen das Essen in die Münder klöppeln.

Ruben überkommt der Wunsch, einer der Esser auf den Plastikschemeln zu sein, die im Kreis sitzen, lachen, sich durch die Stoppelhaare fahren. Sich danach auf eine Pritsche legen und morgen bei Sonnenaufgang auf einem Lastenrad voller Melonen losziehen. Oder das Kohlenfeuer unter dem Wok entfachen. Etwas Einfaches, und nach Möglichkeit etwas, das man nicht alleine machen muss.

Er fühlt sich mit einem Mal auf bedrückende Art abweichend, abgetrennt. Sein Hiersein ist vollkommen künstlich und womöglich falsch, er bedient sich am Leben dieser

Leute, ohne selbst gebraucht zu werden. Er ist kaum mehr als ein Parasit. Sein Wohlgefühl hat sich verflüchtigt, er schaut in die Ödnis in seinem Innern. Zwar beachtet ihn scheinbar niemand, dennoch fühlt er sich plötzlich gehetzt. Die Bewohner des Hafenviertels sind sich selbst genug, er, Ruben, ist ihnen völlig gleichgültig. Es ist auf Tausende Meilen niemand, der zu ihm gehörte, schlimmer noch, es gibt für ihn buchstäblich niemanden auf dieser Welt. Möglicherweise existiert er in Wirklichkeit überhaupt nicht. Oder er ist derartig unbedeutend, dass selbst die Frage, ob es ihn gibt oder nicht, völlig belanglos ist. Das einzige, was er gegen diese alles zuschnürende Befürchtung setzen kann, ist seine eigene, entschiedene Wahrnehmung. Und diese steht im Augenblick von allen Seiten unter Beschuss.

Er schlüpft durch den Zwischenraum zwischen zwei Häusern, so eng, dass er schon keine Gasse mehr ist. Sein Herz klopft. Über seinem Kopf hängen nasse Hemden, ihre drohend ausgebreiteten Ärmel sind auf Bambusstangen gezogen. Die Wände der Häuser sind schwarz. Er hat keine Angst, dass man ihm etwas antun könnte; er fühlt sich vielmehr Kräften ausgesetzt, die sein Ich, das, was ihn unverwechselbar ausmacht, auflösen. Diese Drohung, denkt Ruben, birgt eine Gefahr, die schlimmer ist als jeder Überfall. Er rutscht auf schwarzen Gemüseresten aus, fängt sich gerade noch ab, blickt in die Augen eines Greises, der in einem dunklen Eingang hockt. Der Greis verströmt einen Geruch wie nasses Reisig. Mit seinem dünnen Bart sieht er aus, als säße er hier seit der Zeit der Streitenden Reiche.

Es ist jetzt ganz dunkel. Ruben geht weiter. Er kommt an den Zaun einer Baugrube. Nur eine Handbreit von den eingesunkenen Dächern der Altstadthäuser entfernt rückt die Maschinerie näher und näher. Flutlichter markieren das Feld und die riesige Grube, die sich der Fortschritt einverleibt. Im Aushub liegen Vorhänge, zerknickte Möbel, Schüsseln, Teppiche, Teile von Dächern und Wänden; die Baufahrzeuge haben ein Viertel wie dasjenige, durch das er soeben gegangen ist, zermalmt. Im Schatten des Flutlichts, erschüttert vom Gedröhn und tiefen Vibrieren der Baumaschinen, beschallt von Eisensägen, fallenden Stangen, dem Schüttgeräusch von Kies, der von der Ladefläche eines Kippers rutscht, wirken die zusammengeduckten geschwärzten Bruchbuden, mit all ihren Wäschestangen, Antennen und was sonst aus ihnen herausragt, so verletzlich, als bestünden sie aus Seidenpapier und Zahnstochern.

Die Hochhausbaustelle ist erfüllt von der Wichtigkeit einer militärischen Operation, es mag fast Mitternacht sein, Hunderte von gelb behelmten Köpfen bewegen Maschinen, Erde, Eisenteile, stellen eine düstere befestigte Stellung auf, den Turm, der in größter Eile hochgetrieben wird; sicher wächst er heute Nacht um mehrere Etagen. Ruben steht und schaut; an den Essensständen vor dem Bauzaun, offene Kochstellen mit ein paar Hockern und niederen Tischen davor, sitzen Bauarbeiter, erschöpft vor sich hinstarrend, die Helme neben sich, vor ihnen steht abgegessenes Geschirr, sie sehen verbraucht aus, nur wenige unterhalten sich. Vielleicht sind sie soeben von denen, die tags schliefen, abgelöst worden, denkt Ruben. Er geht zurück in die Altstadt, für heute sein schützendes Dickicht. Die Präsenz der wachsenden, alles zertretenden Türme spürt er trotzdem. Ein leises Grauen arbeitet in seinen Knochen. Obwohl es noch immer warm ist, frieren sie langsam von innen zu Eis.

Ruben [SHANGHAI]
Brändle wird nicht mehr auftauchen. Zu diesem Schluss ist Ruben gekommen. Auch in Deutschland haben sie nichts von ihm gehört. Ruben hat versucht, mit Sicca zu sprechen; der sei nach São Paulo geflogen, habe aber versprochen, sich bald bei Ruben zu melden. Das Wichtigste, die Frage, was er, Ruben, jetzt tun soll, abreisen, warten, etwas unternehmen, mehr noch, die Frage, ob er noch der Projektgruppe angehört (falls es sie noch gibt), und damit dem Büro, kann ihm ohnehin keiner beantworten.

Er liegt auf dem Bett in seinem Zimmer im Cathay, sein Puls im Dauerlauf, er fühlt sich gequält und unter Spannung gesetzt. Er schläft nicht, die ganze Nacht, scheint ihm, hat er so dagelegen, und kann sich dennoch vor Müdigkeit kaum rühren. Erst viel später, der Vormittag ist schon fortgeschritten, steht er auf. Er fühlt sich benommen und ausgehöhlt, seinen Gliedern sind die Kräfte entzogen, seine Augen schmerzen. Er duscht und zieht sich an. Seine Hände springen mit dem eigenen Körper um wie mit einem teilnahmslosen Kranken.

Genug, sagt er sich und strafft sich vor dem Spiegel. Er muss weg aus diesem Hotel. Er packt, plötzlich in Eile, seine Sachen zusammen. Es hilft ihm, dass er als Reisender so korrekte Sachen hat: den Schalenkoffer mit satt einschnappenden Riegeln, die Nylon-Umhängetasche; zusammen mit seiner Kleidung, die er sorgfältig ausgewählt hat, mit Hemd und Jackett, kommt ein gutes Spiegelbild heraus. Wer trägt wen, denkt er und meint sich, seine Kleider und sein Gepäck, und beschließt, beim heutigen Herumlaufen daran zu denken, dass es sich bei dem Menschen, den er im Spiegel gesehen hat, um ihn selbst handelt. Er muss nur wieder Herr in seinem Kopf- und Körperhaus werden. Dann wird er wieder der Alte sein. Er lässt sein Gepäck an der Rezeption verwahren und erfragt Nachrichten, die es nicht gibt.

Er macht ein paar Schritte hinaus auf die Beijing Lu. Seine Entschiedenheit reicht genau so lange, bis er auf dem Weg die Beijing Lu hinunter, weg vom Bund Richtung Platz des Volkes eingespurt ist. Jetzt greifen seine Schuhe von selbst aus und er darf sie nur nicht stören, dann ziehen sie ihn mit. Es geht nicht anders, er muss jetzt die Dinge entscheiden lassen.

Am Platz des Volkes steigt er hinunter in die Metro. Die Station ist ganz sauber, Wände, Fußboden und Bahnsteige sind mit spiegelnden, hellen Platten bedeckt. Werbeplakate zeigen europäische Frauengesichter mit schräg geschminkten Augen. Am Bahnsteig stehen ausnahmslos sorgfältig und sauber gekleidete Menschen, ganz anders als in Deutschland, niemand geht mit seinem

Äußeren ins Extreme, keine Penner, keine Verrückten. Es werden mehr und mehr, der Bahnsteig füllt sich. Ein stetiger Strom von Menschen fließt in diese unterirdische Blase, das Bild vor Rubens Augen flimmert. Was passiert, wenn die Station mit Menschen vollgelaufen ist? Gibt es jemanden, der den Zustrom notfalls stoppen kann? Ruben spürt die Angst in seinem Bauch aufseufzen und sich im Schlaf umdrehen. Noch sinkt sie zurück in ihr Sediment, schläft weiter. Ruben spürt, wie ihm kalter Schweiß auf die Stirn tritt, als der Zug einfährt, ein flacher, weiß glänzender Wurm. Es wird Zeit, dass der Zug kommt, bedenklich voll ist es hier unten, die erste Reihe Wartender wäre, von den Nachrückenden geschoben, bald hinunter auf die Gleise gekippt.

Der Zug steht an der Station. Er ist ganz glatt, auch ohne Knöpfe oder Hebel zum Öffnen der Türen. Es ertönen Pfiffe aus einer Trillerpfeife, die Menschenmenge spannt sich an und fokussiert den reglosen Zug. Ein langer Moment, in dem die ganze Station wie eingefroren ist. Dann passiert innerhalb kürzester Zeit Unglaubliches. Alle Türen des Zuges öffnen sich gleichzeitig, dazu ertönt ein Pfiff. Es beginnt das härteste, rücksichtsloseste Gedrängel, ein Kampf aller gegen alle, bei dem jeder einzelne der bis dahin so ruhig wartenden Fahrgäste verzweifelt kämpft. Beinahe lautlos, aber drückend und knuffend, unter Einsatz von Ellbogen und der gesamten Körperkraft, zwängen sich die Wartenden durch die offenen Türen in den Zug. Gleichzeitig keilen sich aus dem Zuginneren diejenigen, die aussteigen wollen, ebenso verzweifelt mit aller Kraft nach draußen, was bei dem Ansturm der Einsteigenden nahezu unmöglich scheint.

Ruben wird mitgerissen, es bleibt ihm keine Möglichkeit, sich anders zu entscheiden. In der Tür selbst herrscht knochenbrechende Enge, Ruben wird zwischen Hinein- und Hinausdrückenden zerrieben, er glaubt buchstäblich zerquetscht zu werden, es schmerzt, er sieht keinen Ausweg, steckt fest, da ist es schon wieder vorbei. Er ist durch die tödlich enge Pforte hindurch, eine Art Geburtserlebnis. Doch im Zug geht es weiter. Nachdem sie die engste Stelle durchdrungen haben, stürzen sich die Menschen von Shanghai auf die freien Sitzplätze, die nach der Dauer eines Wimpernschlags alle besetzt sind. Die leer Ausgegangenen gruppieren sich an den Haltestangen. Einen weiteren Moment später hat sich die rücksichtslos rangelnde Meute wieder in die moderate Kundschaft zurückverwandelt, die zuvor am Bahnsteig stand.

Gemessen an der Prozedur des Ein- und Aussteigens, die, denkt Ruben, ein gebrechlicher Mensch oder ein Kind gar nicht überstehen würde, müsste es Kampfspuren, zerraufte Frisuren oder verrutschte Kleidung geben. Man würde auch Streitereien erwarten, Anschuldigungen, Wutausbrüche. Den Leuten hier aber ist nach dieser Aufwallung nicht das Geringste anzumerken, alle blicken ruhig vor sich hin. Der Zug ist so voll, dass nicht alle gleichzeitig einatmen können, der Zug müsste sich mit den Brustkörben dehnen. Mit einem Ruck fährt der Zug an, gewinnt erst allmählich an Fahrt, woran sich das Gewicht der vielen Körper ermessen lässt.

Die Fahrt wird von ununterbrochenen Durchsagen begleitet. Ruben hängt eingezwängt im Griff seiner Hand an der Haltestange, schwitzt, sieht seine Knöchel weiß werden. China ist ein einziger Angriff auf seine Nerven.

Jetzt fürchtet er zu stinken, denn er hat gelesen, dass die Chinesen Europäer für stark behaarte, übelriechende Barbaren halten. Immer, wenn er schwitzt, was in Shanghai praktisch ununterbrochen der Fall ist, denkt er daran. Den Einheimischen scheint dies nie zu passieren. Tatsache ist, in der berstend vollen U-Bahn schwebt ein Geruch, der keinem ihm bekannten gleicht. Zunächst wahrnehmbar, ist die Ausdünstung der Chinesen fast neutral, wie pflanzlich, an den Rändern leicht stumpf. Reis, denkt Ruben, sie riechen wie warmer Reis in einem Graskörbchen. Verglichen mit ihnen fühlt er sich wie ein Tier mit stinkenden, harzigen Drüsen.

Trotz der Ansagen hat er die Orientierung verloren, er glaubte auf der Pudong-Linie nach Süden zu fahren, der Zug bewegt sich jedoch nach Norden. An der nächsten Station, Zhongshan Park, steigt er aus, eine willkürliche Entscheidung. Was er vorfindet, als er die Treppe hinaufgestiegen ist, sind die gleiche abgasverseuchte Hitze, der gleiche Verkehrslärm, die gleichen Baustellen wie im Zentrum der Stadt. Eine Tafel zeigt den Bau des Zhongshan Hyper Castle mit 40 Stockwerken an. Das Fundament, das dafür ausgehoben wird, ist eine Grube, so groß, dass sich die Bagger darin ausnehmen wie wühlende Käfer. Eine unüberschaubare Zahl von Arbeitern schreit, hämmert, schleppt Träger herum.

Der Park, den er vorzufinden hoffte, stellt sich als weitere Pleite heraus: ein Geviert mit ein paar gestutzten Sträuchern, eingeklemmt zwischen Hochhäusern und Ausfallstraße. Die wenigen Bänke stehen in der stechenden Sonne; sie werden aus Lautsprechern, an hohen Stangen hängend, mit scheppernder Musik beschallt. Die Kette der Zumutungen, die Rubens Sinne, seine nervliche Ausrüstung anfallen, reißt nicht ab.

Er treibt umher, gerät in ein Wohngebiet. Die Häuser sind jüngeren Datums als die der Chinesenstadt oder des Hafenviertels, doch auch an ihnen frisst die Vorhut des Neuen. Abrissmaschinen walzen, hämmern, reißen Stücke aus Wänden, kaum stärker als Karton, an deren Innenseiten noch Bilder, Wandteppiche, Waschbecken hängen. Dies geschieht hinter einem Zaun, der ein Wohngebiet mitten durchteilt. Diesseits des Zauns stehen sie noch, fünf- oder sechsstöckige Wohnblocks in gleichförmigen Reihen. Dazwischen wohnen, waschen, kochen, sitzen, schwatzen die Bewohner. Wie können sie so ungerührt ihren Alltagsgeschäften nachgehen, fragt sich Ruben, wenn zur selben Zeit die Häuser ihrer Nachbarn unter dem Abrissbagger einknicken.

Eine Markthalle. Ruben geht hinein, scharfer Fischgeruch schlägt ihm entgegen. An Tischen, aus Bottichen heraus werden verschiedenste lebende Tiere angeboten. Rote Langusten. Große, traurige Krebse mit zusammengebundenen Scheren. In einem Bassin regt sich mit allen Armen gleichzeitig ein mächtiger Oktopus. In einem anderen wimmeln durchsichtige Wasserwürmer mit schwarzen Punkten an den Enden. Fische, flunderartig flache, kleine, große mit prallen, schimmernden Leibern. Ruben geht mit aufgerissenen Augen umher. Überall liegen Abfälle vom Ausnehmen der Tiere, schleimiges Papier, verendete Schalentiere, Zeug, auf dem er fürchtet auszurutschen. Die Gänge entlang der Verkaufsstände sind mit Kundinnen voll, die prüfen, diskutieren, die Ware betasten.

In Wannen sieht er große, dickleibige Frösche oder Kröten beieinandersitzen und in den Hals atmen, stumpfsinnig vor Angst, wahrscheinlich dabei auszutrocknen. Schlangen, sich weiterwindend wie ein aufgerolltes Tau, an dessen Ende jemand zieht. Starr bleibt Ruben am Stand mit den Schildkröten stehen: Die Verkäuferin streift sich einen durchsichtigen Handschuh über. Sie hat einem der Tiere, vom Durchmesser einer Kuchenplatte, das noch in höchster Not mit den Flossen-Füßen rudert, an der flachen Unterseite den Panzer geöffnet und schabt mit den Fingern das Fleisch, die Eingeweide, alles Empfindliche, das der Panzer schützen soll, heraus, hebt die blutige Masse in eine Tüte, wiegt diese ab und reicht sie der Kundin über den Tisch. Ruben ist entsetzt, unter dem Druck der Scheußlichkeiten quellen seine Augen über. Er sieht weiter, wie ein junger Verkäufer lange, hin- und herschlagende aalartige Fische aus einem Wasserbecken greift. Ihre lebenden Körper zieht er über einen Dorn, der am Verkaufstisch befestigt ist, und schlitzt sie damit in voller Länge auf. Dann fährt der Verkäufer mit einem Finger hinein und schabt die pulsierenden Innereien heraus.

Halb betäubt bewegt Ruben sich weiter. Nackte, schwarze Hühner, schon tot, noch mit Kamm und Krallen, deren Schnäbel offenstehen und deren Augen ins Leere blicken. Eine große Schütte voller weißer Entenköpfe mit vollkommen intakten Augen. Hoch aufgehäuft Berge weißlicher Hühnerkrallen. Daneben eine Landschaft aus Magengewebe von Rindern, graue, sich wellende, großporige Matten. Haufen von Schweineohren, deren durchscheinende Zartheit und rötliches Geäder Ruben um etwas anflehen, und Schweineschwänzen, changierend zwischen Rosa und Gelb. In enge Käfige gepferchte Kaninchen, ebenso erstarrt und in Todesangst irre geworden wie die Enten und halbwüchsigen, flaumigen Hühner, die sich unablässig, doch vergebens, mit langen Hälsen nach einem Ausweg umsehen. Am Geflügelstand schauen die Tiere in den Käfigen einäugig, trübäugig zu, wie einzelne von ihnen auf den Fingerzeig einer Kundin herausgegriffen, an den Flügeln festgehalten und auf den Hackstock gelegt werden, bis das Beil ihnen den Kopf abschlägt.

Ruben glaubt an den Menschen in dieser Halle eine solche Abstumpfung und Grausamkeit zu erkennen, eine Gewöhnung an das Morden und Schlachten, dass sich sein Magen zusammenkrampft. Die gequälten und sterbenden Tiere scheinen zu spüren, dass er als Einziger ihre Leiden wahrnimmt, er fühlt die Blicke sämtlicher Enten-, Frosch-, Krebs-, Oktopus-, Schildkröten-, Wurm-, Schnecken-, Fisch- und Hummeraugen auf sich gerichtet.

Er kann das nicht aushalten. Über die schleimige Bodenschicht schlitternd, entkommt er zunächst in die

Nachbarhalle, wo der friedlichere Anblick von Gemüse, Obst und Gewürzen ihn jedoch nicht beruhigen kann, dann durch eine Seitentür ins Freie. Er bebt und beginnt zu frieren, weiß nicht, ob er nur heftig atmen oder auch würgen muss, durch einen Schleier von Übelkeit sieht er Leute um einen fahrbaren Grill herum beisammensitzen und essen, Brocken mit Stäbchen aufnehmen, Schalen zum Mund heben, er kann das nicht länger ertragen, angeglotzt von den schwarzen Augen der Glaswürmer erbricht er sich neben der Markthalle über einen Haufen nasser Pappen.

Frank [SHANGHAI]

Am Ende der Flussfahrt: Shanghai.

Frank sitzt auf seinem Bett, es ist das am weitesten von der Tür entfernte, eines von zwölfen im Schlafsaal des Pujiang Hotels, einem Kasten von vergangener Pracht, nur wenige Schritte entfernt von der Uferpromenade am Huangpu. Alle anderen Bewohner des Zimmers sind unterwegs. Von draußen herein dringen Verkehrsgeräusche und Hitze, Hupen, eine scheppernde Lautsprecherstimme, die wieder und wieder dieselbe Phrase abspult. An der Decke dreht sich ein großer, langsam eingestellter Ventilator.

Er betrachtet die verblichenen grünen Überdecken auf den Betten, seinen Rucksack auf dem Fußboden, den China-Reiseführer, den er zusammen mit dem Brustbeutel (Geld und Pass) und einer schon halb zerdrückten Plastikwasserflasche neben sich auf die grüne Decke hat fallen lassen. Seine nackten Zehen in den Trekkingsandalen sind auf interessante Art schmutzig. Auf einer Anrichte neben der Tür stehen zwei große Warmhaltekannen, daneben Pappbecher und eine Schale voll Teebriefchen, gleich wird er aufstehen und mit einem Becher Heißwasser seine Ankunft in Shanghai begießen. Er findet mehr und mehr Vergnügen an dieser eigenartigen Daseinsform, dem Reisen. Zum Verrücktwerden manchmal, wenn unterwegs seine inneren Monologe überlaut ablaufen, sich das Nachgrübeln über sich selbst, das Bewusstsein seiner eigenen Begrenztheit vor jedes Erleben schiebt. Dann wieder, wie jetzt, dieses geschärfte Jetztgefühl, das Wachwerden in einer ganz neuen Totalität; Shanghai, vier Uhr nachmittags. Im Wissen, dass dort draußen Millionen Menschen eine gigantische Stadtmaschine antreiben, sitzt er und lässt mit klopfendem Herzen die Ruhe und Schlichtheit des Schlafsaals auf sich wirken. Blick aus dem Fenster: ein Innenhof zwischen Wirtschaftsgebäuden und Seitentrakt, Alltagsdinge auf der Rückseite des Hotels, ein vergitterter Behälter voller Wäschesäcke, Kanister, ein abgebauter Auspuff, ein Katzenteller.

Das Tönen seiner inneren Stimmen füllt ihn ganz aus, er stellt seinen Rucksack in eines der Schrankfächer an der den Fenstern gegenüberliegenden Wand, Synapsenfeuer in seinem Kopf, kein Handgriff kommt ihm bedeutungslos vor, ein kleinerer Schlüssel am wulstigen Nummernanhänger des Zimmerschlüssels passt in das Schloss am Schrankfach, der Reiseführer bleibt draußen, das Notizbuch, der Tee ist fertig, Halleluja.

Derselbe innere Stimmenchor singt während des Duschens, im einzigen Badezimmer des Schlafsaals, in dem sich außer der Badewanne noch ein Wasch- und ein Toilettenbecken befinden. Zurück im Zimmer, schlüpft er in T-Shirt und frische Shorts, die Kühle auf seiner noch dampfenden Haut macht seine Glieder angenehm schläfrig. Unter der grünen Überdecke findet er frische, gestärkte Laken, sich dazwischenzulegen und, den Brustbeutel unterm Kopfkissen, einzuschlafen ist eins.

Er erwacht nach beinahe drei Stunden, das geschärfte Selbstempfinden ist immer noch da. Er spürt, dass er alles Gegenwärtige aufschreiben muss, auch bevor er hinausgeht und allzu viele Eindrücke das Strömen aufstauen. Wenn er ein Schriftsteller sein will, ist genau das seine Aufgabe, sehen und hören, einatmen, festhalten.

Die Hotelbar kommt ihm gerade richtig, holzvertäfelt, menschenleer, eine Ansammlung dunkler Stuhl- und Tischbeine, an einer Wand Tische mit drei Computern, hinterm Tresen erstarrte Bedienstete, schwarze Hosen, weinrote Westen, ihre Blicke auf einen hoch hängenden Bildschirm gerichtet, wo sie ohne Ton ein Sportereignis verfolgen.

Er lässt sich ein Bier geben, das ihm in einer grünen, kalt betauten Einliterflasche gereicht wird (der Kellner kann seinen Blick kaum vom Fernsehschirm lösen), Tsingdao.

Er hat kaum einen Satz in sein Notizbuch geschrieben, als sein Blick auf eine junge Chinesin fällt, die in ulkigem Schlingergang die Bar betritt. Sie trägt ein zu großes geblümtes Kleid, das um ihren Körper schlottert und tief herunterhängt, dazu Absatzschuhe, in denen sie aussieht wie ein Kind in den Sachen seiner Mutter. Sie hat eine seltsame Art, beim Gehen links und rechts neben sich zu Boden zu schauen und dabei gedämpfte Worte auszustoßen, die Augen aufzureißen, als erteilte sie Befehle, die niemand sonst hören soll. Zwischendurch schaut sie sich mit kleinen, ruckartigen Bewegungen um. Ihr Blick bleibt an Frank haften. Er fühlt sich sofort unwohl, nichts Kompliziertes jetzt bitte. Schon hat sie sich die gleiche Bierflasche wie er geholt und steuert auf ihn zu, nicht ohne dabei weiter um sich herumzuzischeln. Von zwanzig freien Tischen und fünfundsiebzig Stühlen sucht sie sich ausgerechnet den Tisch aus, an dem Frank sitzt, und den Stuhl genau neben seinem.

»*Hi*«, sagt sie, wobei die Partien ihres Gesichts einzeln zucken, die Nase, die Augen, ein Mundwinkel, der andere.

»Ich heiße Juliet. Das kannst du dir wahrscheinlich am besten merken.«

Ihr Englisch ist das beste, das er eine Chinesin bisher hat sprechen hören. Sie lacht leise und versetzt etwas Unsichtbarem unter dem Tisch einen Tritt.

»Vielleicht bist du ja China-Fan. Dann möchtest du mir wahrscheinlich lieber einen chinesischen Namen geben.«

Wieder lacht sie und sieht dabei, wie Frank zugeben muss, sympathisch aus.

»Nenne mich Meimei. Zu meinen besten Zeiten wurde ich so gerufen.«

»Kleine Schwester«, sagt Frank.

»Du lernst Chinesisch. Bravo«, sagt Meimei und lacht wieder, ein ungebändigtes Lachen, das Frank gefällt, trotz des Spotts.

»Ich würde an deiner Stelle niemals Chinesisch lernen. Ich bin froh, wenn ich es eines Tages vergesse«.

Der Blick, mit dem sie ihn ansieht, bürdet ihm etwas auf, vor dem er zurückweicht. Sie scheint für alles, was sie von sich gibt, um seine Zustimmung zu werben. Seine Vorbehalte will sie sofort dahin zurückstopfen, wo sie hergekommen sind, oder notfalls übertönen, so empfindet es Frank.

»Ich habe in diesem Land nichts mehr zu gewinnen. Ich warte nur auf die Gelegenheit, es zu verlassen. Woher kommst du?«

»Aus Deutschland.«

»Deutschland. Nein. Ich will nach Amerika. Vielleicht noch Australien. Oder Kanada.«

»Warum willst du fort aus China?«

»Bestimmte Geschichten. Und ich bin alt. Ich kann nichts mehr anfangen. In Amerika kann jeder machen, was er will. Man wird nicht nach seiner Herkunft oder seinem Alter beurteilt.«

»Wie alt bist du denn?«

»Vierundzwanzig.«

»Vierundzwanzig?«

»In China ist das zu alt. Mein Leben ist vorbei. Ich kann nicht mehr studieren, und niemand wird mich heiraten. Zu spät für eine Karriere. Es ist kein Leben.«

»Was würdest du gerne tun?«

»Bücher schreiben. Ich habe viel erlebt. Zu viel.«

»Dann musst du es tun. Das würde man dir auch in Amerika sagen.«

Darauf scheint Meimei keine Erwiderung einzufallen, und sie zieht sich auf ihre verrückten Gesichtszuckungen und einige an das Unsichtbare unter dem Tisch gerichtete Befehle zurück.

»Ich müsste einen reichen Mann heiraten, damit ich schreiben kann. Ich will aber keinen chinesischen Mann. Ich habe zu viel erlebt. Wenn ich heirate, dann einen Weißen.«

»Geh und such dir einen.«

»Ich sage doch, ich bin alt. Im Herzen alt. Ich habe zu viel gesehen.«

Und, nach einem Moment des Schweigens: »Was machst du?«

Er zögert. »Ich schreibe. Ich bin Schriftsteller.«

Unter der Dreistigkeit dieser Behauptung beginnt er zu schwitzen.

Meimei lacht, als hätte sie nie etwas Witzigeres gehört, und Frank, so wenig er diese Frau ernst nehmen kann, ist gekränkt.

»Warum lachst du?«

»Nein, nein, das ist unmöglich. Du kannst vielleicht Lehrer sein oder Arzt. Doch kein Schriftsteller. Du bist zu normal. Man muss gelebt haben, man muss die Liebe kennen.«

»Aha, du weißt also genau über mich Bescheid. Ich hatte ja keine Ahnung.«

»Genau. Ich habe einen Blick dafür.«

»Soso.«

»Ich erzähle dir jetzt eine Geschichte. Schreib sie auf, setze deinen Namen darunter und gewinne damit den Pulitzerpreis. Ich habe sie als Schülerin verfasst.«

»Wenn es deine Geschichte ist, schreib sie selbst.«

»Schsch. Die Geschichte geht so: Es war eine Wölfin, die musste einen Hund heiraten, aus mehreren Gründen. Eines Tages tötete sie ihren Hund-Ehemann. Sie hatte aber ein Hund-Wolfsjunges mit ihrem Hund-Ehemann bekommen. Sie beschloss, das Junge zu einem echten Wolf zu erziehen. Sie brachte ihm alles bei, was ein Wolf können muss, wozu auch gehört, keinen Herrn über sich zu dulden. Sie sagte zu ihm: Wenn sich einer zum Herrn über dich machen will, musst du ihn töten. Das Junge versprach es. Als das Junge Jahre später in die Verlegenheit kam, brachte es genau das nicht fertig. Es konnte seinen Herrn nicht töten. Die Mutter, alt geworden, sagte zu ihrem Kind: Töte ihn. Das Junge konnte nicht gehorchen, denn es hatte ebensoviel geerbtes Hundeblut wie Wolfsblut in sich. In seiner höchsten Not tötete es seine Mutter und anschließend sich selbst.«

Meimei blickt ihn erwartungsvoll an, er, Frank, will ihr keinesfalls mit einem unüberlegten Kommentar Anlass geben, ihn weiter zu verstricken, will am liebsten gar nichts sagen.

»Wie findest du die Geschichte?«

»Ich weiß nicht. Sie ist – stark.«

»Was heißt das, findest du sie gut? Ist sie wahr?«

»Du solltest sie selbst aufschreiben. Vielleicht findest du jemanden, der interessiert ist. Hier oder im Ausland. Versuch es.«

Sie wiegt den Kopf, als wäre sie mit Franks Vorschlägen durch und durch unzufrieden. Sie zuckt, zischelt, verschwindet mit seltsam gedehnten Schritten auf die Toilette, und kommt, nach kürzerer Zeit, als man für alles bräuchte, das man dort üblicherweise tut, wieder zurück an den Tisch.

»Ich habe sie dort eingesperrt«, sagt sie und deutet kichernd mit dem Kopf Richtung Toilette.

»Eingesperrt? Wen?«

Sie lacht, stößt Bögen von hellstem Gekicher aus, die sich jagen und überholen, über sich, über ihn, über sonst etwas, so dass er mitlachen muss. Vielleicht ein Witz, denkt er und lacht, wer weiß, was sie dort eingesperrt hat, jedenfalls ist ihm jetzt in ihrer Gegenwart wohler.

»Kommst du mit, gehen wir aus?« fragt Meimei und wischt sich ein paar Lachtränen weg. Ohne nachzudenken lehnt er ab. Sie nimmt es ohne sichtbare Regung auf. Sie unterhalten sich noch eine Weile: Meimei lebt in Shanghai, aber weit hinaus Richtung Norden. Sie arbeitet in verschiedenen Jobs, um Geld zu verdienen. Von einer Großmutter ist die Rede. Meimei hat ihr Leben satt, das hörte er schon. Unabhängig sein, sagt sie. Auswandern. Wieder mischt sich Verzweiflung in das Erzählte. Die Leichtigkeit, die es für Momente gegeben hat, ist verflogen. Mitten im Satz steht Meimei, die sein erneutes Zurückweichen zu spüren scheint, auf, murmelt wie für sich: »Ich muss weg« und geht mit ihren seltsamen langen Schritten, eine heroische Geschlagenheit auf den Schultern, hinaus.

Frank [SHANGHAI]

Ein trüber Tag auf der Promenade am Huangpu, grünlich-grau hängt seimiger Dunst vom Himmel. Auf der anderen Uferseite Pudong: Wald aus Türmen und Turmbaustellen, die jetzt nur schemenhaft zu sehen sind, stachlig eingerüstete Betonhülsen mit dunklen Fensterlöchern. Der Fernsehturm steht von seinen drei Stelzen an aufwärts im Dunst. Die Erinnerungsfotos von heute Nachmittag taugen entsprechend wenig; aufgenommen werden sie trotzdem..

Junge Paare, aneinandergeschmiegt in aller Vorsicht, betrachten die vorbeifahrenden Schiffe auf dem Fluss, der zinngrau und mit kräftiger Strömung gut fünfzehn Meter unterhalb der Kaimauer fließt, lange, aneinandergekoppelte, mit Haufen von Bausand oder Maschinenteilen beladene Kähne, farbige Vergnügungsdampfer mit Drachenköpfen.

Die Silhouette der Türme als Hintergrund für Brautpaare, winzige Großväter und –mütter, aus den Provinzen hergebracht von Kindern und Enkeln, mit ihren verwitterten Gesichtern, ihren einfachen Hosen und Kitteln in die neue, atemlose Epoche versetzt; sie alle versammeln sich hier, wollen die Wolkenkratzer, die neue Macht ihres Landes mit eigenen Augen sehen.

Überall wird fotografiert: Aus einer Reisegruppe mit gleichen Schirmmützen tritt einer der Mitreisenden heraus, an seinem Arm baumeln zehn, fünfzehn Kameras, er beugt die Knie und knipst auf jedem Apparat, unter hin- und hergespielten Scherzen und Gelächter, ein und dasselbe Gruppenbild.

Ehemänner stellen ihre Frauen und Kleinkinder mit dem Rücken Richtung Pudong, vor die vernebelte Skyline, versetzen sie dann um hundertachtzig Grad, nehmen gegenüber die Bauten am Bund mit ins Bild, die prächtigen Banken, Hotels und Handelshäuser aus dem Jahrhundert zuvor.

Westliche Besucher nehmen sich verglichen mit den Chinesen viel plumper aus, ihre haarigen Arme und Waden, vom Schweiß verklebten Gesichter, ihre klumpigen Schuhe, Rucksäcke, aufdringlichen Brillen, Kindertragegestelle, das alles kommt Frank faustkeilgrob und abstoßend vor, eine Zumutung für die übrige Menschheit; er spürt, wie er ihnen gegenüber eine von Selbstekel nicht freie, physische Abneigung aufbaut.

Sobald er zögert oder stehen bleibt, halten ihm alte Chinesinnen, klein und schmal, mit drahtigen Körpern, Hosen tragend, ihre Waren vors Gesicht: Postkarten, Regenschirme, Getränkedosen, ein Polaroidfoto, ohne sein Wissen aufgenommen, auf dem er selbst vor dem umwölkten Fernsehturm zu sehen ist.

Beim Herumgehen und Schauen wird Frank mit der Zeit nass, schwer zu unterscheiden, ob vom eigenen Schweiß oder dem kaum spürbaren Nieselregen.

In dieser Szenerie bemerkt er Ruben, der starr, wie festgewurzelt auf der Promenade steht, hellhäutig, dünnhäutig oder auch halbdurchsichtig, die Augen braun oder jedenfalls dunkel, schwimmend in viel reinem Weiß (so weiß, dass man zusieht, wie es bei kleinsten Anlässen eintrübt, ein ganz unzeitgemäßer Blick, von einem, der überhaupt nicht gerüstet ist für die gegenwärtigen Kämpfe. Zerwühltes Haar, Grad der Zerwühltheit Ausdruck eines erschütterten Innern. Kleidung, die bis vor kurzem überaus korrekt gewesen scheint, braungraue Hosen, dunkles Sakko, feine Schuhe. Jetzt aber sieht Ruben aus, als habe man ihn in diesen Klamotten durch eine überlange Spielfilmhandlung gehetzt. Ein Typ zum Davonlaufen (oder zum Verlieben).

Steht Auge in Auge mit einer chinesischen Zwergin, die ihm kaum bis zur Hüfte reicht, neben ihr ein etwa siebenjähriger Junge, der sie um Kopfeslänge überragt. Hose und Bluse betonen noch ihre Verwachsungen, den spitz aufragenden Brustkorb, auf dem ihr Kinn aufliegt, das zum Buckel verkrümmte Rückgrat. Sie hält Ruben ein Plastikhündchen hin, das mit den Beinen in der Luft rudert und schrill und hektisch kläfft, dazu blinken im Rhythmus rot seine Augen.

»Hello«, sagt sie und entblößt ihre Zähne, ihr Gesicht ist normal, sogar angenehm, hellbrauner Teint, Falten um ihre lächelnden Augen. Der Junge, der ihr Sohn sein mag, hält noch mehr Hündchen in den Händen, diese aber ausgeschaltet und in Plastik verschweißt. Ruben, an den er sich aus Alt-Zietow erinnert, steht da und starrt

auf das Hündchen, Schweiß tritt ihm auf die Stirn, er scheint in sich hineinzuhorchen, hinter dieser Stirn, das sieht Frank, tobt es. Das Hündchen kläfft, blinkt, rudert, Ruben starrt die kleinwüchsige Frau an, die ihn mit ihren chinesischen Augen anlächelt, ihm voller Erwartung ihr Gesicht zuwendet.

Frank sperrt seine Nasenflügel auf, um Moleküle von diesem Menschen Ruben einzufangen, während der in seiner Verstörtheit dasteht und ganz offensichtlich einen Aufpasser braucht. Frank, schlüpft ohne nachzudenken in die unbesetzte Rolle.

Das Hündchen in der Hand der Zwergin surrt und rudert, sinnlos kläffend, mit seinen Plastikbeinen, Ruben legt seine Hand darauf, die Zwergin betrachtet den Handel als abgeschlossen, sie wiederholt mehrmals einen unverständlichen Satz, Ruben berührt dabei auch ihre Hand, deren Haut nicht alt ist, aber an die Geschlechtslosigkeit einer alten Frau erinnert. Frank sieht, wie es in Ruben arbeitet, wie die Körperlichkeit dieser Frau (mit ihren Falten um die Augen, ihrem trotz der Verwachsungen biegsamen Körper, dem glänzenden Haar, das im Nacken zusammengebunden ist) Ruben in seiner Wut über das Hündchen bremst. Er sieht die Frau an, die ihm bis knapp über die Hüfte reicht, das Hündchen, die Tasche aus Kunststoffgewebe in ihrer anderen Hand, in der noch mehr Hündchen liegen, den Jungen neben ihr. Immer noch arbeiten in Rubens Gehirn starke Impulse gegeneinander, man kann es in seinem Gesicht verfolgen, als er die Hand mit dem Hündchen mit einer plötzlichen

Bewegung von sich stößt, mit einem Schubs (der die Zwergin erschreckt und ängstigt) hinunterdrückt, wie die Stange an einem U-Bahn-Drehkreuz, und die Frau hinter sich zurücklässt. Er verschafft sich einen Durchgang, geht mit abgehackten, roboterhaften Schritten weiter, die Promenade entlang stadteinwärts. Frank fällt nichts ein als hinterherzulaufen. Kurz überlegt Frank, ob er der Zwergin hätte Geld geben sollen, aber wofür? Es ist keine Zeit, darüber nachzudenken, dieser Mensch, den er gern anfassen, in Händen halten würde, an dessen Hemd er seine Wange, seine Nase, seinen Nacken legen möchte, rennt wie ein gefährlicher Irrer, der er ja vermutlich auch ist, die Uferpromenade entlang, ohne Rücksicht auf die vielen anderen Menschen, seine Blicke erinnern an das rote Blinken der Hündchenaugen, auch seine Gangart, ein Vorwärtsfallen in prekärem Gleichgewicht, mechanische Schritte, denen das Federn fehlt, scheint von den Plastikhündchen entlehnt. Frank verfällt ins Laufen, Rubens Robotergang ist schnell, er, Frank, kann nicht verhindern, dass Ruben mitten durch eine Gruppe von Dänen stürmt, vielleicht sind es auch Niederländer, die sich hier als weiche, hellwimprige Riesen ausmachen und erschrocken zurückweichen. Rubens Blick löscht das Lächeln auf den Gesichtern einer weiteren Reisegruppe, wahrscheinlich koreanisch, die sich soeben in Fotoformation an der Kaimauer aufgestellt hat und vor Ruben zurückweicht. Frank versucht es mit ruhiger Stimme: »Komm«; Ruben fährt herum, über sein Gesicht flattern Mimiken, es bleibt bei einem relativ vernünftigen Ausdruck stehen.

»Lass uns gehen«, sagt Frank, unpassend klingt dieser Satz in seinen eigenen Ohren, schließlich kennen sie beide sich kaum. Ruben scheint nachzudenken, ob er Frank folgen soll, nach kurzem Zögern lässt er die Koreaner tatsächlich stehen (diese scheinen die Lust an ihrem Gruppenbild verloren zu haben und lösen ihre Formation auf, das gemeinsame Lächeln ist dahin, niedergeschlagen ist jeder für sich), sich von ihm am Arm nehmen, die Konkretheit der Berührung versetzt ihm, Frank, kleine, warme, elektrisch anmutende Sensationen. Er führt Ruben neben sich her, wird ihn erst einmal ins Pujiang Hotel bringen, dann überlegen, wie es weitergehen soll.

So mit seiner Planung beschäftigt ist er, als Ruben sich losreißt. Auf einen jüngeren Mann zurennt, der mit geröteten Augen und nicht ganz frischem Hemd am Boden hockt, batteriebetriebene Plastiksoldaten anbietet, die sich mit Gewehr im Anschlag und Helm auf dem Kopf am Boden winden und dabei vorwärts kriechen. Der Mann lässt die Soldaten, die lang wie eine Kinderelle sind, zwischen den Füßen der Passanten herumkriechen, ab und zu sammelt er sie ein und lässt sie an der Stelle, wo er kauert, von neuem los. Einen Moment lang beobachtet Frank ein Kleinkind, das gerade laufen kann, mit ausgeschnittenem Hosenboden, aus dem der blanke Hintern hervorschaut, wacklig und jauchzend einem der Spielzeugsoldaten folgen. Bei jedem seiner unbeholfenen Trippelschritte quietscht in der Schuhsohle des Kindes eine schrille Hupe.

Als Frank die surrenden Plastiksoldaten wahrnimmt, das Kind mit den quäkenden Schuhen, ist klar, dass es jetzt zu viel wird. Der Laut, der in diesem Moment aus Rubens Kehle kommt, klingt aber nicht, wie Frank vermutet hätte, ist kein Aufheulen, kein Wutgeschrei. Ruben macht ein erstauntes Schluckgeräusch, es endet mit einem Fragezeichen, dann verdrehen sich seine Augen zum Himmel. Gequält sieht er aus, traurig, als sähe er sich gezwungen, das zu tun, was er nur schwer über sich bringt, nämlich auf diesem Teufelswerk herumzutrampeln, er zermalmt unter seinen feinen Schuhen die Soldaten, ein Tritt, zwei, drei, das Kriechen hat ein Ende, Beine liegen einzeln herum, Batterien rollen heraus, nur schemenhaft ausgeprägte Gesichter sinken zusammen, in Tarnfarben gefleckte Leiber zerspringen in längliche Splitter und Plastikscherben. Das Kleinkind, das eben noch jauchzend zwischen den Plastiksoldaten herumtaumelte, wird von seiner Mutter hochgerissen und schreit. Das Gesicht des Verkäufers färbt sich dunkel, verzieht sich, der Mann springt auf mit drohend erhobenen Armen. Eine alte Frau, die bis vor kurzem mit einem Fransenschrubber die Steinplatten des Boulevards gewischt hat, springt beiseite, ebenso die eingehakt spazierenden Freundinnen, Touristen, Verkäufer von in schwarzer Tunke eingelegten Eiern, die Frau, die einen Regenschirm gegen die im Dunst verborgene Sonne hält, Bräute mit wehendem Schleier, weggezogen von ihren Bräutigamen. Sie alle geben ein Schlachtfeld frei, auf dem die zertrümmerten Hüllen einer besiegten Armee herumliegen, die kleinen feindlichen Kampfmaschinen außer Gefecht gesetzt, tot, entlarvt als immer schon leblose Roboter.

Die Personen im engeren Umkreis verharren einen Moment mitten im Gewimmel, die beinahe durchbrechende Sonne versieht jeden einzelnen mit einem an den Füßen befestigten Schatten. Auch Ruben ist stehen geblieben, auch er scheint beeindruckt von der Wirkung seiner Tat. Doch fertig ist er noch nicht. In einer Zickzackbewegung, so rasch, dass Frank nicht folgen kann, wirft er rechts und links die Stände der Händler um, Colabecher rollen auf den Boulevard, Digitalkameras zerschellen, gegrilltes Fleisch hinterlässt Fettflecken auf den Bodenplatten. Die Leute erstarren nicht mehr, es entsteht ein wildes Gewimmel, in dem die Besitzer der Stände ihren davonrollenden Waren nachspringen, -rennen, -kriechen, Passanten zurückweichen und gegeneinander prallen, andere, darunter empörte Besucher aus dem Westen, versuchen Ruben aufzuhalten, ihn einzufangen, was misslingt. Frank gerät in ein Knäuel aus aufgebrachten, hin- und wegstrebenden Körpern, Knochen, Stoffen und Köpfen, er verliert Ruben aus den Augen. Als er sich einen Überblick verschafft hat, tritt Ruben gerade aus dem Durcheinander heraus. Frank muss verhindern, dass Ruben verprügelt wird oder der Polizei übergeben, er will sich über ihn werfen und ihn schützen, auch vor sich selbst. Er sieht Ruben einige Meter entfernt an der Kaimauer; alles geht sehr schnell.

Ein Greis, der sich mühsam auf dünnen Beinen hält, seine Gelenke verbogen, in einfachen, schlotternden Bauernkleidern, steif posierend vor der Skyline von Pudong, blinzelt aus zugeknitterten Augen in die Kamera eines jungen Mannes, der mit dem Rücken zum Geschehen steht und den Alten, es mag sein Großvater sein, durch seine Kamera fokussiert. Frank sieht Ruben auf den Greis zusteuern, er beginnt sich durch die bewegten Körper zu kämpfen, wühlt sich durch zu Ruben. Der bleibt einen Moment lang stehen, betrachtet den Alten, der ihn nicht bemerkt, ergeben dasteht, mit mausähnlich vom Schädel abstehenden Ohren, der eine Spur von Lächeln wagt, ein paar längliche Zahnstümpfe ahnen lässt. Ruben nähern sich Leute, ein Arm mit schwerer Uhr und roten Kräuseln streckt sich nach ihm aus, ein riesiger Ast, ausgehend von einem alle überragenden Hünen. Frank sieht Tränen über Rubens Wangen laufen, der streckt die Hände aus, nimmt in einer einzigen, schnellen Bewegung den Greis in die Arme, greift ihm um die Schultern und unter die Knie, hebt ihn hoch, steht einen Augenblick später auf der Kaimauer, schwankend, weinend, presst den alten Mann, dessen verschwommener Blick unter den erstarrten Zuschauern den Enkel sucht, an sich, küsst ihn, schluchzt, es steht zu fürchten, dass er das Gleichgewicht verliert und nach vorn oder hinten von der Mauer stürzt. Der Alte verhält sich, wie um den Sturz nicht zusätzlich zu provozieren, vollkommen still, er wehrt und bewegt sich nicht im geringsten, sein Körper, der verglichen mit Rubens wie ein Fledermausjunges wirkt, hängt, den mageren Hintern zuunterst, zusammengefaltet vor Rubens Brust, seine weißen, nadeligen Haare, die spärlichen Barthaare an seinem Kinn wirken wie Babyflaum angesichts von Rubens Kraft und Jugend. Einen Moment lang stehen die beiden, Ruben und der greise Chinese in seinen Armen, über allen Köpfen auf der Kaimauer und bilden eine eigenartige, anrührende Skulptur. Dieser Typ (außer dem Namen weiß Frank fast nichts über ihn) macht so einen unbeschreiblichen Scheiß, und er kann ihn nicht aufhalten.

Passanten, Händler und Touristen haben sich als Publikum im Halbkreis aufgestellt, zwei Personen nehmen eine Sonderrolle ein, der Enkel des Alten und Frank. Obwohl er, Frank, noch nichts unternommen hat, noch nicht einmal aus der Menge herausgetreten ist, hat ihn der Enkel fixiert, ein Chinese in weißem Hemd und dunkler Hose, dem Aussehen nach könnte er in einem der neuen Türme arbeiten, als beflissener Büromensch, der wie ein Baby aussieht, dicklich, die Brille drückt in den Wangenspeck, von seinem ganz runden Kopf stehen flaumig die Haare ab, seine Augen quellen vor Ärger hervor, sein Hals wirkt geschwollen, er nähert sich Frank, redet erregt auf Chinesisch, mit weinerlich verzogenen Mundwinkeln. Frank versucht herauszuhören, ob es vielleicht doch Englisch ist, der Bauch des Enkels (der viel kleiner ist als Frank) drückt immer wieder weich gegen ihn.

Ruben hat sich inzwischen hingehockt, den Alten hält er auf dem Schoß, wie eine Puppe, die Knie, unter die Rubens Arm greift, sind gebeugt, Ruben wiegt ihn, drückt ihn, weint in ihn hinein, scheint um sich herum nichts wahrzunehmen, auch nicht den von ihm verursachten Aufruhr. Frank meint einen günstigen Augenblick abzupassen, auf Ruben zuzugehen, ruhig, damit er nicht aufschreckt, und ihm den Alten abzunehmen. Wie sich zeigt, liegt Frank falsch. Als er sich nähert, springt Ruben auf und drückt den Alten enger an sich, wirft ihm, Frank, Granaten von Blicken zu, rennt ein Stück auf der Kaimauer entlang und fährt fort, den Greis zu schaukeln und sein Gesicht in ihn zu vergraben. Der Enkel ist außer sich, schimpft mit lauter, hoher Stimme, kreischt geradezu, die Leute gehen sichtlich mit, sicher ist längst Polizei unterwegs, nur eine Frage der Zeit, bis sie Ruben einkassieren, wahrscheinlich nicht mehr zu verhindern. »Hey«, ruft er lascher als zuvor, ohne rechte Idee dahinter, »Mensch, lass doch.«

Die Lage ändert sich, als der Greis zu schreien beginnt. Zuerst hört Frank ein hohes, körperloses »iiiiiiieh!«, dessen Klang zu keinem Alter oder Geschlecht, ja nicht einmal zu einem bestimmten Wesen zu gehören scheint, dann sieht er das Gesicht des Alten, das an Rubens Brust liegt, sein schreiender Mund ist ein ovales, lippenloses Loch, die Augen sind ebenfalls kleine Löcher, mit einer Nadel in Papier gestochen, um sie herum legen sich wie Jahresringe die Falten, über den Augenbrauen erstaunt nach oben gewölbt. Frank kann diese menschliche Totenpfeife mit der Farbe von altem Holz unmöglich mit sich oder Ruben in Verbindung bringen, es ist kaum vorstellbar, dass sie derselben Gattung angehören. Der Schrei des Alten scheint ohne Atem, ohne Schwingung und Schwankung, eine Linie ohne Ausschlag.

Ruben ist irritiert, verwundert, herausgerissen aus seinem Weinen und Händeringen, betrachtet er den Alten in seinen Armen. Vielleicht ist ihm der Greis schreiend unheimlich geworden oder aber sein Geist hat sich im Erschrecken aufgeklart; für einen Moment wenigstens lässt Ruben ab von dem Alten. Er dreht den Mann so, dass er auf der Kaimauer zum Sitzen kommt, wartet, wie unbeteiligt zu Boden blickend, darauf, dass der Enkel, der inzwischen völlig nassgeschwitzt ist, herbeistürzt und auf den Alten einredet, ihn umarmt, schüttelt, küsst, kurz, ihn eigentlich genauso zudringlich bearbeitet wie zuvor Ruben.

Im Augenblick richtet sich die Aufmerksamkeit der Zuschauer auf die befreite Geisel, den Greis, der aufgehört hat zu schreien und vor sich hinblickt, während sein Enkel versucht, ihn auf die Füße zu stellen, ihm unter die Achsel greift und ihn einseitig hochzieht. Ruben, aus dem alle dämonischen Triebkräfte gewichen sind, lässt sich einfach am Arm nehmen und wegführen. Er geht mit Frank, als habe der ihn in Ketten gelegt und drücke ihm einen Gewehrlauf in die Rippen, seine Ergebenheit ist Frank unangenehm.

Frank führt Ruben den Weg zum Hotel, am Personal vorbei in den Schlafsaal, zieht ihm Schuhe und Anzug aus, bringt ihn dazu, sich in sein, Franks Bett zu legen, deckt ihn mit einem Laken zu und bleibt auf der Bettkante sitzen, in schiefer Haltung und unfähig, das Geschehene zu überblicken.

Er, Frank, muss geschlafen haben, im Schlafsaal ist es dunkel, er liegt auf einer menschlichen Brust. Fährt hoch, als er es bemerkt. Der Körper, auf dem er gelegen hat, aus dem Sitzen umgesunken, bewegt sich. Er ist mit einem Unterhemd bekleidet und hat glatte Haut, einen weichen Haarbusch lediglich unter der Achsel. In den anderen Betten liegen schlafende, in Laken gerollte Gestalten, der Japaner, die beiden amerikanischen Studenten. Die Betten der Südafrikaner sind leer. Niemand scheint in diesem Augenblick ihn, Frank, der sich so nah bei jemand anderem wiederfindet, zu beobachten.

»Ich habe schlecht geträumt«, flüstert der Mensch, der mit hinter dem Kopf verschränkten Armen in seinem Bett liegt und dessen Herz, wie er bemerkt hat, heftig schlägt. Ruben.

»Es war an einer U-Bahnstation, in Shanghai oder anderswo. Es war mitten in der Nacht, ein Zug fuhr ein, es fuhren rund um die Uhr Bahnen. Ich war allein, wartete auf nichts Spezielles, war zufällig dort. Der Zug kam zum Halten, die Türen taten sich auf. Der Anblick dessen, was in den Waggons zum Vorschein kam, war so entsetzlich, dass ich schreien wollte. Der Waggon war voll besetzt mit verletzten und verstümmelten Gestalten, einige von ihnen schmutzig und in Lumpen, andere schliefen mit offenen Mündern, in denen schwarz und gelb die Zahnstümpfe standen; ein Gestank und Gestöhn drang aus dem Waggon, wie nach einer Katastrophe oder einem Luftangriff, mit Brandbomben oder vielleicht auch Napalm, rotes, offenes Fleisch klaffte unter zerfetzten Ärmeln und Hosenbeinen, anderen fehlten Teile des Gesichts, die Ohren, sie hatten keine Haare mehr; Brandopfer waren darunter, deren Haut war zu schwarzem Leder eingeschnurrt, entsetzte Augen, die Lider abgerissen, starrten aus rohen und angebrannten, aufgebrochenen Schädeln. Einer lag auf dem Boden in einer dunklen Lache, von der ich wusste, dass es sich um sein geschmolzenes Körperfett handelte. Am schlimmsten waren die Asiaten unter den Fahrgästen entstellt, ihnen fehlte mitunter das gesamte Fleisch, alle Muskeln an Ober- und Unterschenkeln, die Hoden, die Hälfte vom Gesäß oder beide Arme und Augen.

Aber auch schwarze Männer, Hosen auf mageren Hüften, klammerten sich an Krücken und Knüppel, weil auch ihnen mal hier, mal da die Extremitäten fehlten.

Viel zu junge, teilnahmslose Mütter schlenkerten tote Babys herum oder hielten deren grotesk erstarrten Körper auf den Knien; blinde Alte mit langen Mänteln und Bärten standen zusammen, die Stirn mitsamt der Augen mehrfach mit Tüchern und alten Verbänden umwickelt, sie rangen die Hände, in denen sie Stöcke und verbeulte Blechschüsseln hielten, tasteten in Richtung der offenen Türen.

Ich sah die gestörte junge Frau, die früher bei uns in der Fußgängerzone herumlief und Kinder anpöbelte, mit gespreizten Beinen am Gang sitzen, Flecken im Gesicht, ihr sonst blondes Haar vor Dreck dunkel, ihr Rock war hochgerutscht, ich sah ihre dicken, nackten Beine bis zum unsauberen Schlüpfer hinauf, sie hielt mit Händen und Armen ihre Brüste umklammert, die unter ihrem verflusten Pullover stark zu schmerzen schienen, und verzog dabei ihr Gesicht zu einem irren Grinsen.

Ich war entsetzt, starrte und starrte. Auf dem nächtlichen Bahnsteig stand jemand neben mir, ein Mann gesetzten Alters, in einem Mantel, der seinen Körper verbarg, eine Säule daraus machte, und dessen Gesicht ich nicht sehen konnte. Ich deutete auf die Menschen in der hellgelb beleuchteten U-Bahn, die vor Schmerzen Stöhnenden, die anderen, die trotz alledem zu schlafen versuchten.

Schauen Sie doch, sagte ich zu dem Mann im Mantel, in meiner Aufgewühltheit musste ich ihn einfach ansprechen, was ist das hier Schreckliches! Der Mann machte eine wegwerfende Geste. Das ist doch immer so, jede Nacht bevölkern diese Menschen die Bahnen. Sie wissen sonst nicht, wo sie bleiben sollen. Wo leben Sie, junger Mann, dass Sie davon nichts bemerkt haben? Er wandte sich ab und ging mit bedächtigen Schritten davon.

Ich blieb mit meinem Entsetzen allein, schaute zu, wie sich die Türen der Bahn schlossen, glaubte das vielstimmige Aufstöhnen zu hören, als die Bahn mit einem Ruck anfuhr und die Insassen gegen die Wunden ihres Nachbarn gepresst wurden, sich mit entzündeten Stümpfen an den Haltestangen stießen, sich der Druck auf ihre inneren Verletzungen verstärkte. Ich blieb zerschmettert zurück. Ich war mir sicher, dass diese Menschen mir etwas hatten mitteilen wollen. Ich war ihre einzige Hoffnung und hatte doch die ganze Zeit nichts von ihren Qualen bemerkt. Jetzt wusste ich davon und konnte nicht länger wegsehen. Ich fühlte mich ohnmächtig. Dann wachte ich auf.«

DEUTSCHLAND

Adile Ngolongo [DEUTSCHLAND]
Die Stadt ist eigenartig leer. Adile geht durch die Straßen voll riesiger Paläste, sauber und aufgeputzt. Zwei bärtige Ungeheuer richten, einen schweren Balkon mit Säulengeländer auf den Schultern tragend, ihren leeren Blick auf ihn. Dicke hellrosa Kinder schweben an einem hellrosa Dachfirst entlang, auch sie erscheinen alles andere als freundlich, obwohl sie lachen. Adile kennt ihre Macht nicht. Er nimmt an, dass sie bei Nacht mit den Ornamenten spielen, die Gipsbänder an den Firsten verknoten, Balkone versetzen und Erker vertauschen. Ohne die kleinste Regung in ihren pausbäckigen Gesichtern machen sie die Bewohner verrückt.

Es gibt kein Versteck in dieser Gegend. Die Steinwesen thronen so hoch über dem harten Flussbett der Straße, dass es auch sinnlos ist, sich an die glitzernden Autos zu drücken, die unbewacht in einer Reihe am Straßenrand stehen. Die Häuser selbst scheinen sich darauf verständigt zu haben, einen Schritt nach vorn zu tun, um ihn zu verwirren und zu ängstigen. Am Himmel steht ein totes, tiefes Blau.

Adile ist in dieser Gegend das einzig lebende Wesen. Plötzlich fühlt er sich von allen Seiten gesehen, gejagt, eine Spinne in der Kiste. Gleich wird ihn eines der teuflischen Kinder mit der Rute herumschubsen. Er durchschaut die Gefahren nicht, die hier auf ihn lauern, aber er spürt sie. Sie haben es auf ihn abgesehen, wollen ihn verwirren, blind machen und – schnapp! – säße er fest im Griff ihrer Händchen. Außerdem treiben sie ihre Späße mit ihm.

Jetzt bekommt er es wirklich mit der Angst. Er beginnt zu laufen. Wahllos biegt er um die Ecken, links, links, rechts, hinter jeder Biegung tut sich eine weitere dieser immer gleichen Straßen auf. Ein zynisches Labyrinth in Hellrosa, Hellblau, Hellgelb und Hellbeige. Adile rennt, sein Herz wirft sich gegen die Rippen, er schwitzt. Er sucht die Fassaden nach dem kleinsten Schlupfwinkel ab, nach einem dunklen Stück Mauer, an das er sich anlehnen und leidlich getarnt Atem schöpfen kann. Es gibt keinen solchen Winkel. Sogar an einem dunklen, kegelförmig getrimmten Strauch verhindert eine als leuchtendes Bullauge in das Rasenviereck eingelassene Lampe, dass er sich unbemerkt daneben kauert. Er begreift nicht, wer und warum, aber er spürt, dass dieser Jemand ihn hetzt. Immer noch ist nirgendwo ein Mensch zu sehen. Sein Bein lahmt, in der Hüfte plagen ihn Schmerzen. Adile läuft weiter.

Die nächste Kurve nimmt er zu eng, im Weg stehen brusthohe Hindernisse in leuchtenden Farben, sie sind plötzlich da in Blau, Grün, Gelb und Braun, er kann nicht bremsen, prallt gegen das braune. Das Ding stürzt um, es ist eine eckige Tonne aus Plastik, Adile landet neben dem Deckel, der sich öffnet, stinkende Bündel rollen heraus. Adile sitzt im Unrat und kann nicht aufstehen. Das Bein gehorcht nicht, er versucht es mit Hilfe der Hände, das Bein sackt weg wie tot, er fasst in etwas Glitschiges.

In diesem Moment biegt ein Trupp um die Ecke, füllt den breiten Gehsteig. Die Einheit besteht aus alten Leuten, Männern und Frauen, manche weißhaarig. Ihre

Waffen sind nicht zu sehen, einen Moment lang zweifelt er, ob es überhaupt Soldaten sind. Aber wahrscheinlich ist das verdeckte Tragen der Waffen Zeichen ihrer besonderen Tücke. Adile rätselt, was für eine Art Waffen sie wohl plötzlich aus ihren hellbeigen, hellgrauen und hellblauen Uniformen hervorziehen mögen, eine Aufmachung übrigens, die sie bestens tarnt. Sie tragen ihr Truppenzeichen auf einer Stange und singen. Es ist nicht klar, wer die Batterie anführt. Mehrere haben Trillerpfeifen an einer Schnur um den Hals hängen. Adile verflucht im Stillen die fremden Taktiken. Nichts als Verwirrspiele und Hinterlist. Wenn ihm nur ein Gegner offen entgegenträte, Adile wüsste sich zu helfen.

Die Soldaten stampfen näher. Sie sind so alt, dass sie unmöglich stark und schnell genug für einen richtigen Krieg sind. Noch bleibt ihm eine Chance zur Flucht. Er zieht sich an der braunen Tonne hoch, das Bein gibt nach, er fällt zurück. Jetzt haben sie ihn. Er wird sich wehren. Adile sitzt auf dem Hintern und bleckt die Zähne. Der Trupp bleibt in ein paar Metern Abstand stehen. Vielleicht sind sie doch nicht so gut organisiert. Sie beginnen zu palavern, beraten sich, was sie mit ihm anstellen sollen. Einige Frauen schütteln die Köpfe. Jemand lacht. Die meisten schauen voller Abscheu auf ihn herunter. Es fällt das Wort Neger. Nur nicht um den Verstand bringen lassen. Er konzentriert sich auf das Kampfzeichen. Ein Wappen mit Aufschrift auf einer Stange. Verknotete Zierfäden hängen herunter. Er hat aus der Schule alle Buchstaben behalten, wenn er auch nur mit Mühe lesen kann, und auf Deutsch schon gar nicht. Aber er hat gute Augen und einen hellen Kopf, sein Schatz, sein Retter. Er wird sich die Buchstaben einprägen. TSG 1909 FRISCHAUF LIEBITZSCHAU, er schließt die Augen und wiederholt die Buchstabenfolge im Gedächtnis.

Ein alter Mann mit hängenden Backentaschen beugt sich zu ihm herunter. Über seinen kurzen Hosen wölbt sich ein praller Bauch, seine weißen Beine sind dünn und fast haarlos. Er hat etwas auf ihn heruntergesprochen. Er wiederholt mehrmals den gleichen Satz, bis eine ärgerliche Falte auf seiner Stirn steht. »Er versteht nicht«, sagt der alte Mann zu den anderen. Adile lässt sich nicht anmerken, dass er diesen Satz verstanden hat. Genau beobachten und den Feind im Unklaren lassen. Adile ist längst ein Mann.

Was dann geschieht, damit kann er nicht rechnen. Eine der Frauen, die ähnlich wie der alte Mann aussieht, außer dass sich große, spitz nach vorn weisende Brüste unter ihrer hellgelben Bluse abzeichnen, löst sich aus der Menge und tritt auf ihn zu. Sie verzieht ihren Mund zu einem Lächeln. Er bleibt abwehrbereit gespannt. Die Frau nestelt vor ihrem Unterleib herum, wo eine längliche schwarze Gürteltasche befestigt ist. Dort also tragen sie ihre Waffen. Adile greift ohne hinzusehen mit beiden Händen in den Abfall. Er wird im richtigen Moment blitzschnell werfen. Er lässt die Frau nicht aus den Augen. Sie hat ein quadratisches Briefchen hervorgekramt. Sie reißt es auf, darin ist ein weiches, weißes Blatt, das sie auffaltet. Adile zögert. Die Frau lächelt, hält ihm das weiße Viereck hin. Ein scharfer, beißender Geruch geht davon aus.

Er erkennt den Geruch sofort, es riecht nach Krankenhaus. Was will sie damit, ihn betäuben? Ihre Hand kommt näher, Adile, der die Hände voll hat, beißt zu.

Ruben [DEUTSCHLAND]
Ruben geht durch den Walmart, Meimei ein Stück hinter ihm, Frank schiebt den Einkaufswagen vor ihnen her. Sie gehen vorbei an endlosen Reihen kältestrahlender Regale, Gebirgen aus Flaschenkästen. Grell und eckig verschweißte Rationen liegen bergeweise in Schütten entlang der Gänge. Im Wettlauf des Einsammelns rasseln die Gitterkarren aneinander. Ruben konzentriert sich auf Franks Rückseite. Er setzt seine Schritte leise und achtsam, auf einem vorgestellten Seil, einen vor den anderen.

Er sieht orientalische Teams viel von allem in ihre Gefährte stapeln. Die meisten Inländer kämpfen im Einzel. In den übergroßen Karren schieben sie ihre Häufchen herum: liebloses Gebäck, graue, erstarrte Wurst, gedrechselte Becher voll giftigen Schaums. Der gesamte sich zäh unter den Lichtleisten entlangschiebende Strom ist gesättigt mit diesem Unrat. Der Herr wird sie auslöschen. Das Walmartradio bohrt seine Angriffsmelodie in weiche Stellen. Ruben will hinaus.

»Wir müssen gehen«, sagt er zu Frank.

Frank lässt den Einkaufswagen stehen und führt Ruben hinaus. Seitlich schieben sie sich an der Kassenschlange vorbei. Meimei an Rubens Hand ist nachgiebig wie ein Pullover.

»Moment«, sagt Ruben, als Frank schon vor der Automatiktür steht. Ruben hat eine Information für die Information. Aus diesen Lautsprechern wird die Posaune schallen.

»Ruben!« ruft Frank.

Etwas anderes lässt Ruben vergessen, weiter an den Kassen entlangzugehen, vorbei am Zeitungsstand, der Grillstation, der Pfandrückgabe auf der rechten Seite, links an der Waschmaschinenausstellung und den Schließfächern vorbei bis zur Kundeninformation. Dazwischen die Leute mit ihren gefüllten Wagen. Sicherheitspersonal. Eine Werbemannschaft in roten Overalls und Schirmmützen. Ihre Leute schwärmen aus und stürzen sich, Klemmbretter mit Schriftstücken in der Hand, auf diejenigen, die ihre bezahlten Einkäufe oder Kleinkinder nicht allein lassen können.

Was Ruben aufhält: Zwischen den Kassen und den Automatiktüren sind auf einer kleinen, mit Kunstrasen ausgelegten Fläche Gartenmöbel aufgebaut. Weiße, abgerundete Plastikstühle stehen dort, ein Tisch, ein Grill, ein Sonnenschirm, eine weiße Bank, zu den Stühlen gehörig, eine Hollywoodschaukel. Um die Gartenmöbelinsel herum rasselt der Einkaufswagenverkehr, die Scannerkassen piepen, das Walmartradio brüllt.

Auf zwei der weißen Stühle sitzen Menschen. Der eine ein älterer Mann mit Bart und schmutziger Jacke. Er hält eine Plastiktüte, deren Aufdruck vom langen Benutzen abgestoßen ist, sorgsam um den Inhalt herum gefaltet auf den Knien. Der andere Mann ist jünger, verschwitzt und leidend. Er umfasst mit der linken Hand seinen rechten, grotesk angeschwollenen Arm.

Die beiden umgibt ein anderer Zeitfluss als der im Getöse um sie herum.

Sie halten ganz still, damit man sie verweilen lässt. Wo sonst nur Herein- und Hinausrennen ist, labyrinthisches Zickzack auf den Verkaufsflächen, vielarmiges In-die-Regale-Greifen, gereizte Verlangsamung vor den Kassen, üben sich die beiden Männer im Gegenteil. Sie müssen so tun, als warteten sie auf etwas Bestimmtes, Kleines, Abgegrenztes, wie etwa: »Mein Kollege gibt Flaschen zurück« oder »Meine Frau holt Hundefutter«, um sich nicht zu verraten als Menschen, die warten, dass die Zeit vergeht, dass es endlich aufhört. Die Wachmänner dulden es nicht, wenn jemand offenkundig den ganzen besudelten Teppich eines Lebens hier ausrollt, womöglich sogar darauf verreckt: »He Chef, da geht's raus, Chef.« Denn die haben Instinkt, ein Blick auf die verschobenen Visagen unter den Baretten genügt. Ruben erfasst ein ziehendes Trauergefühl.

Die Fahrstuhltür öffnet sich, Ruben, Frank, Meimei treten auf das Parkdeck. Grauschwarz, die Stellflächen ölfleckig, jede Auf- und Abfahrt eine Rampe zur Hölle. Ein kleinwüchsiger Mann um die Fünfzig lässt sich vom Fahrersitz seines Mercedes auf den Asphalt gleiten, es gibt ein Hopsgeräusch. An- und abfahrende Kunden kämpfen mit Einkaufswagen, geraten an der Bodenwelle vor den Fahrstühlen ins Schlingern. Ihr (Rubens, Franks, Meimeis) Einkaufswagen ist irgendwo hinter den Kassen geblieben. Sie müssen schnell weiter. Auch hier auf dem Parkdeck beschallen die Lautsprecher jeden Winkel:

»Wussten Sie schon, wie Sie Schnittwunden länger frisch halten können«, dazwischen die Erkennungsmelodie, Bewusstseinsgift.

Frank [DEUTSCHLAND]
Abendliches Dämmerblau leuchtet durch das schmale Fenster der Kammer, in der Frank am Boden liegt, auf der Matratze. So schmal ist die Kammer, dass Frank im Liegen mit beiden Händen gleichzeitig die Seitenwände berühren kann. Er liegt wach und horcht auf die Geräusche im Nebenzimmer. Ob es eine gute Idee war, mit Ruben und Meimei zusammen in die Villa einzuziehen, hier in der Straße des 18. Oktober, er weiß es nicht. Das Horchen auf die anderen im Nebenzimmer lässt ihn nächtelang wachliegen. Auch mit seinem Raumgefühl hier drinnen stimmt etwas nicht. Wenn er das Fenster aus den Augen lässt, beulen die kahlen Wände sich aus oder stülpen sich einwärts, bis er ihren Druck gegen seine Schläfen spürt. Die Decke, die überall in der Villa sehr hoch ist, rückt noch höher, zieht den Raum wie Teig in die Länge, um ihn anschließend so flachzudrücken, dass er auf Franks Magen presst. Das Geflacker der Kerze löst den Raum aus seinem Gefüge und kippt ihn um, Frank fällt von der Matratze, die Matratze fällt auf ihn, die seitlich liegende Kammer ist jetzt breiter, aber nicht mehr hoch genug zum Stehen.

Neben dem Horchen auf Ruben hat Frank das Beten angefangen. Er will von Gott wissen, wie er mit dieser Liebe fertig werden soll. Denn er will Ruben und Ruben will Gott oder vielleicht das chinesische Mädchen, aber am allerwenigsten Frank. Er blickt in die Kerze, versucht Gott irgendwo zu begegnen, und das Schwanken der Schatten im warmen, ungleichmäßigen Halbdunkel löst schon wieder jenes Schwindelgefühl aus. Es ist nicht nur der Raum, der aus den Fugen ist, auch der Zeitfluss ist durcheinander. Sobald er die Tür hinter sich geschlossen hat und das Geräusch des Schnappmechanismus verklungen ist, breitet sich vor ihm ein Ozean an Zeit aus, in dem er angestrengt auf Geräusche lauscht, die Ruben verursacht oder verursacht haben könnte.

Seltsamerweise kann er in Wahrheit genau unterscheiden, ob ein Geräusch tatsächlich aus dem Nebenzimmer dringt oder ob er es sich nur einbildet und überhaupt jedes Geräusch, ob vom Wind, von der Straße unten oder einer fernen Bahn, dem Paar hinter der Wand zuschreibt. Die tatsächlichen Geräusche von nebenan sind lauter, näher und genauer abgegrenzt als die, die ihn lange Stunden in der Nacht wach- und seinen Körper in quälender Anspannung halten.

Er versucht also im sich einschwärzenden Dämmerlicht zu beten, um die richtige Art Liebe für einen, den Gott für Großes ausersehen hat. Wie eine Gewehrsalve klingt in sein Gebet hinein das echte Klopfen an der Kammertür, das Schnappschloss wird gedreht.

»Frank. Ich darf dir unseren Bruder vorstellen.« Ruben.

Franks Herz stülpt sich einwärts wie vorhin die Kammer. Wozu einen neuen Bruder? Mit wie vielen Brüdern und Frauen soll er seinen Geliebten noch teilen? Einen Atemzug später macht er sich klar, dass Gottes Sohn zu allen Menschen kommt. Frank ist einverstanden, fließt in seiner Übereinstimmung mit dieser Idee geradezu über, als er sich zu dem neuen Bruder umwendet, zunächst nur die Lichtreflexe zweier Augen sieht und stockt: Im hochgezogenen Rechteck aus Kammerwänden und -decke steht ein kleiner,. knochiger schwarzer Junge, dessen untere Gesichtshälfte mit einem öligen Glanz überzogen ist, das Weiße der Augen gerötet, sein Blick in eine unbestimmte Ferne gerichtet und starr. Frank überläuft ein Schauer. Von dem Jungen geht eine spürbare Kraft aus, wenngleich keine gute. Um den Halsausschnitt seines T-Shirts herum glänzt die gleiche Nässe wie in seinem Gesicht, da wird Frank klar, es handelt sich um Blut. Der Junge scheint sich auf einen möglichen Abwehrkampf zu konzentrieren, als er an Frank vorbei blickt und seine Nasenflügel sich weiten, als Ruben ihm eine Hand auf die Schulter legt.

»Ich bringe hier Adile. Gott hat ihn zu uns geführt. Wir können nicht ahnen, wie hart die Prüfungen waren, die er bestehen musste. Aber nun ist er hier.«

Ruben lächelt auf Adile herunter, der mit blutverschmiertem Mund und Hals, aus seinen entzündeten Augen zu ihm aufblickt, ausdruckslos, nur seine Lippen kräuseln sich leicht und glätten sich wieder. Frank begreift nicht, was Ruben mit einem wie Adile anfangen will.

Sie bereiten Adile ein Bad. Das Badezimmer der Villa ist ein silbrig glänzender Brutkasten, erhellt von grellem, bläulichem Licht. Ein Mitbewohner, den Frank noch nie zu Gesicht bekommen hat, züchtet hier Hanfpflanzen, die ihre vor Gesundheit strotzenden Blattfinger in die künstliche Mittagssonne der Brutlampen recken. Zusätzlich wurden Decke und Wände des Badezimmers mit silbriger Folie ausgeschlagen. Die Lampen sind an einen eigenen Stromkreislauf angeschlossen, den der Mitbewohner, so heißt es, streng überwacht, denn das Badezimmer ist der einzige Raum in der Villa mit durchgängiger Stromversorgung. Die Pflanzen wachsen in Wannen und Kübeln, der ganze Raum ist vollgestellt damit. Umweht vom betäubenden Geruch der Pflanzen wirft Frank noch ein paar Kohlen in die Glut des Badeofens. Adile steht nackt in der riesigen geschwungenen Wanne, die auf Löwenfüßen steht, Meimei beugt sich vor und wäscht mit einem Schwamm in sanften Strichen Adile das Blut ab. Es läuft als schlieriges, gelblich rotes Rinnsal in den Ausguss. Adile steht da, nackt und ohne sich zu regen, er ist mager, sein Unterschenkel steht in einem unnatürlichen Winkel vom Knie aus zur Seite ab. Es ist nicht die einzige Stelle seines Körpers, die voller Narben und Schrunden ist. Frank lässt das Wasser einlaufen. Adile sitzt winzig und schwarz im emporwachsenden Schaum, gleichzeitig steigt weiter die Hitze, der Blick des Jungen wandert, immer noch misstrauisch, zwischen allen dreien. Meimei wäscht ihn weiter mit dem Schwamm, ihr Haar hängt als längliches, schimmerndes Rechteck an ihrer Wange.

»Meine Brüder, liebe Schwester«, beginnt Ruben, seine Stimme klingt beinahe zärtlich. Der Badeschaum, der an Adiles Hals höher steigt, knistert leise, als Ruben von seiner (eigenen) jungfräulichen Zeugung erzählt, von seinen zwei Müttern (Ricarda und Regula) und dem Fluch Ricardas (derjenigen, die ihn ausgetragen hat).

Meimei [DEUTSCHLAND UND SOUZHOU, CHINA]
Meimei steht im Pflaumengarten. Vor ihr liegt der Teich, über den sich vom Ufer zur Insel eine zarte Brücke spannt. Am Ufer befinden sich aufrechte Felsen mit schwammartigen Poren, daneben verrenken sich die schwarzen Knoten der Pflaumenbaumzweige nach allen Seiten; rote Bäumchen, die Zweige hängend wie nasse Haare, niedere Büsche mit Fingern; der Bambus am Teichrand, der sich in sein Grün verausgabt, gegen die Starrheit der Felsen. Meimei fragt sich, wie sie hierher geraten ist.

Aus ihren Füßen haben sich, seit sie, die Nördliche Pagode im Rücken, den ganzen weiten Himmel gegen sich, am Teichufer steht, lange Pfahlwurzeln in den Ufertorf gebohrt. Sie will fort. Fühlt sich übernächtigt. Durstig. Der Pflaumengarten macht sie krank. Wer hat gerufen? Ein paar Vögel schnalzen wie Bälle durch die Zweige und gilfen. Meimei versucht zu gehen, doch ihre Füße rühren sich nicht.

Durch den Teich ziehen Schwärme von Goldkarpfen, einzelne armlang und dick wie Oberschenkel. Ihre Rücken, bedeckt von fester Schuppenhaut, biegen sich langsam in horizontalen Wellen. Wenige sind einfarbig, die meisten gefleckt und gesprenkelt in Orange, Weiß und Silber. Sie durchkreuzen das Wasser so dicht unter der Oberfläche, dass ihre Rücken immer wieder aus dem Wasser ragen, es platscht, Meimei hört das schabende Aneinanderreiben der schuppigen Leiber und hin und wieder ein Stöhnen, wenn eines der flachen Ovale ihrer Mäuler Luft ansaugt.

Einer der Karpfen, doppelt so groß und schwer wie die anderen, gleitet heran. Sein Rücken ist breit, zu steif für die schlängelnde Bewegung. Jetzt steht er vor Meimei im Wasser und fächelt mit seinen fedrigen Seitenflossen. Er ist silbern bis auf ein paar weiße und orangerote Schuppen, seine Augen sitzen weit aufgerissen rechts und links des sich ein- und ausstülpenden Mauls. Er glotzt Meimei an.

»Was willst du?« fragt Meimei, die sich vom Blick des Fischs belästigt fühlt.

»Si Wen«, sagt der Fisch, seine Stimme klingt knorpelig. Meimei erstarrt. Schon lange hat sie niemand mit ihrem Namen angesprochen, und schon gar kein verknorpelter Karpfen.

»Hau ab!« fährt sie ihn an.

»Ich habe dir etwas zu sagen«, erwidert unbeirrt der Karpfen.

»Ich will nichts hören!« schreit Meimei. Sacht rudert der Fisch mit der Schwanzflosse und pumpt Wasser durch die Kiemen. Schwer zu sagen, ob er nachdenkt, beleidigt ist oder tatsächlich sein bemoostes Maul hält. Aber nein:

»Si Wen«, beginnt er von Neuem, »ich habe Grüße von deiner Großmutter zu bestellen. Sie ist zurück ins

Dorf gezogen. Sie hat das Leben der Alten wieder aufgenommen. Sie bereitet sich auf das Wasser vor. Sie lässt dir sagen, sie lebt friedlich und grollt dir nicht.«

Meimei hat ein Gefühl im Bauch, als stürze sie. Sie schließt die Augen.

»Ich soll dir sagen, sie ist nicht allein. Yang Jun ist bei ihr. Und die Hunde.«

Das ist zuviel. Was hat Yang Jun damit zu schaffen?

»Widerlicher alter Fisch«, kreischt sie, »scher dich zum Teufel!«

Sie sieht die unfassbar kleine, uralte Frau einen verformten Fuß im Schühchen vor den anderen schieben, in rutschenden Minischritten den Hof des alten Hauses durchmessen. Großmutter hat einen Fächer aus Reisstroh in der einen Hand, in der Form eines Frauenhinterns, mit der anderen stützt sie sich an der gekalkten Hausmauer ab. Sie trägt einen gerade geschnittenen Kittel und Hosen aus verblichenem Stoff. Ihre Haut hat sich im Gesicht und an allen sichtbaren Körperstellen zu zerklüfteten Formationen zusammengezogen, getrocknetes Schwemmland von einer eingedunkelten, braungrauen Farbe. Ebenso wie ihre Haut, über der am Kopf die weißen Haare fliegen, scheint ihr ganzer Körper von einer solchen Zerbrechlichkeit, dass ein lautes Geräusch oder eine Erschütterung ihn zum Zerbröseln brächten. Meimei hält die Luft an und starrt erschrocken auf das Bild. Sie hat Großmutter noch nie so gesehen.

»Ai, Goldbrüstchen-Mutter«, ruft sie auf die sanfteste, lockendste Weise, derer sie fähig ist. Es schmerzt zu sehen, wie Großmutter, als der Ruf bei ihr ankommt, im Vorwärtsschieben ihrer Stoffstiefel innehält und, bevor sie, sich abstützend, langsam ihren Rumpf dreht, mit Kopf, Schultern, dem ganzen Körper auf Meimeis Stimme zu horchen scheint. Die alte Frau ist kaum noch größer als eine Katze. Wie eine solche wendet sie sich um, gerade so weit, dass Meimei einen Blick aus ihren Augenfurchen auffängt, wie aus großer Ferne, etwas Feuchtes funkelt darin. Meimei spürt die Abgetrenntheit, die aus dem eingeschrumpften Körper spricht. Großmutter hat sich von Meimei abgewandt. Sie kehrt ihr den schmalen steifen Rücken zu und setzt, Minischritt für Minischritt, ihren Weg über den Hof fort.

In Meimei reißt mit Großmutters Weggang etwas auf, ein Durchschuss über dem Magen. Lieber soll sie klagen und sie, Meimei mit Vorwürfen überhäufen. Die alte Frau macht ihre Schritte, denen sie mit der Hand an der Mauer nachtastet. Meimei kennt diese Hände, die Innenflächen glattgerieben vom Hackenstiel, die Gelenke knotig und verbogen. Meimei spürt Großmutters Hände noch auf dem Kinderkörper, den sie damals hatte, das Festhalten, Streicheln, Durchs-Haar-Fahren. Sie schließt die Augen, vielleicht geht es weg. Großmutters Gestalt, der Fächer, den sie in der Hand hält, werden kleiner und kleiner, verschwinden schließlich wie ein Reiter am Horizont einer weiten Landschaft, hier jedoch geschieht es innerhalb der Mauern des Hofquadrats. In dessen Mitte steht der Mahlstein, um den Großmutter ihr Leben lang millionenmal herumgegangen ist, die Steinwalze im Kreis drehend,

Mehl mahlend für Baozi und Jiaozi. Der Wind treibt ein paar braungraue Aschekrümel über die festgestampfte Erde. Meimei verliert die gebrechliche Gestalt aus dem Blick. Das Bild des Hofs verschwindet, Meimei steht wieder am Teich im Pflaumengarten von Souzhou.

»Ich glaube dir nicht«, schreit sie den Fisch an, Tränen stürzen aus ihren Augen, »du lügst!«

Der Fisch schüttelt seine Flossen, was mädchenhaft wirkt. »Ahnungsloses Ding«, sagt er, »du weißt nicht, was du siehst. Sie ist dir nicht böse. Sie ist alt. Sie macht sich bald auf die Reise. Es ist töricht und selbstsüchtig von dir, sie halten zu wollen. Besinne dich auf dein eigenes Leben, das du jetzt in der Fremde führst. Sei dem Kind, das du erwartest, eine gute Mutter.«

Wovon bei allen Teufeln spricht das Tier? Meimei hebt einen der porigen Steinbrocken auf, der neben einem Bäumchen mit gedrehten Zweigen liegt, und schleudert ihn ins Wasser, an die Stelle, wo sie den Fisch zuletzt gesehen hat. Wasser spritzt in die Höhe, Ringe breiten sich aus, Schwärme von orangeroten, weißen und gescheckten Fischen fliehen als Striche unter der Wasseroberfläche. Der silberne Karpfen ist nirgendwo zu sehen.

Meimei lässt sich in die Hocke sinken und hofft, dass sich auch in ihr der Spiegel bald glätte.

Ruben [DEUTSCHLAND]

Meimei. Kein Mensch weiß, was mit ihr los ist. Er hat sich daran gewöhnt, sie bei sich zu haben, und die meiste

Zeit verspürt er keinerlei Drang, sie zu ergründen. Gott hat ihm, gemessen an seinen Aufgaben, genau die richtige Frau zugeführt. Jetzt, am Abend in der Villa, in der Schlafecke am üble Gerüche verströmenden Ofen, wiegt sie sich in Hockstellung, umklammert ihre Knie und wimmert, ganz leise, nur ein kleines Streifen der Stimmbänder, das ihn plötzlich anrührt. Was er mitempfindet, ist eine Verzweiflung, die zu groß scheint für den zarten Körper. Was immer es ist, er möchte sie gern davon befreien. Ruben kniet sich neben sie. Er streckt seine Hand aus und sucht eine Stelle, um seine Hand darauf zu legen, auf ihren Rücken, ihren Arm, ihre Schulter. Er zieht, ohne sie berührt zu haben, die Hand wieder zurück und bringt sein Gesicht dicht an ihr Ohr. Sie riecht ganz leicht nach Hefe.

»Hey«, flüstert er. Es dauert eine Zeitlang, bis Meimei ihn ansieht.

»Brauchst du etwas?« Meimei schaut ihn an, was sie anzustrengen scheint, öffnet und schließt ihren Mund, stumm, immer wieder. Schon hat er angefangen, darüber nachzurätseln, als ihm klar wird, dass er dieses Mal nicht bereit ist, sich mit einer Klapsmühlennummer zu begnügen. Er packt ihren Arm.

»Ich will jetzt wissen, was du hast. Denkst du an jemanden? Bist du krank?«

Meimei weicht weiter zurück. Er will schon weiter in sie dringen, als sie plötzlich einen Entschluss gefasst zu haben scheint. Sie schaut Ruben abschätzig an.

»Du willst also Dinge über mich wissen«, sagt sie, und jetzt ist es an ihm, zurückzuweichen.

»Ich bin deine Frau. Du hast ein Recht, alles zu erfahren«, fährt sie mit schneidender Stimme fort.

Meimeis Gesicht ist blank, ihr Blick durchsticht alles. Ruben hat das Gefühl, dass sich die Lage aus irgendwelchen Gründen zu seinen Ungunsten dreht.

»Ich bin auf dem Land aufgewachsen. Als meine Mutter starb, war ich acht. Mein Vater ging in die Stadt. Meinen Bruder nahm er mit. Er studierte später, ist jetzt in Peking. Ich blieb bei meiner Großmutter auf dem Land. Mit sechzehn ging ich weg. Ich arbeitete. Ich war mit Männern zusammen. Manche mochte ich, andere ekelten mich an. Ich hatte etwas Geld. Ich ging oft aus. Ich liebte. Ich wurde ausgenutzt. Ich beschloss, das Land zu verlassen. Nichts Ungewöhnliches. Ich bin müde.«

Ruben merkt, dass ihn aufregt, was sie sagt, und mit welchen Worten. Er bereut, dass er gefragt hat. Wofür mag Meimei ihn halten? Diese Frage erscheint Ruben plötzlich als die entscheidende. Er braucht Menschen in seiner Nähe, die für ihn sind. Meimei hat sich für sphinxenhaftes Dreinblicken entschieden. In ihm steigt Wut auf, heiß und drangvoll. Er zittert. Er will diesen Panzer brechen. Kein Aufschub möglich, wenn er seinen Auftrag ernst nehmen will. Währenddessen laufen die Bilder wie zu Analysezwecken extra langsam.

Der erste Schlag trifft Meimei halb von unten an Wangen- und Kieferknochen, sie hat dabei die Augen geöffnet und schaut in die Ferne. Ihre Haare fliegen gerade zur Seite und ihr Mund öffnet sich, als ob sie etwas sagen wolle. Er hat eigentlich nur den Arm gerade ausgestreckt, das aber mit Schwung. Beim zweiten Schlag, der sie von vorn im Gesicht erwischt, zieht sie eine Grimasse, als habe sie einen widerlichen Geschmack auf der Zunge, ehe Rubens Faust kommt und die Lippe aufplatzt. Das plötzliche Austreten von Blut ist ein pathetischer Augenblick. Ruben fühlt sich ganz leicht. Schon wirkt Meimeis Mienenspiel anders. Er versetzt ihr einen Stoß gegen das Brustbein, sie prallt mit dem Rücken gegen die Wand. Sie scheint sich nicht aufzuregen. Höchstens etwas überrascht sieht sie aus.

Später sitzt Meimei auf dem Fenstersims, Ruben tritt hinter sie, gleichzeitig blicken sie hinaus in den parkartigen Garten, der bald ganz zugewuchert sein wird, auch die Fenster des Zimmers werden dann von Ranken und Astwerk verdunkelt sein. Die Dämmerung ist schon fortgeschritten, der Himmel schimmert rötlich, ein Widerschein der Flutlampen aus dem Stadion. Meimei zieht auf eine seltsame Art einen Kamm durch ihr Haar. Sie streckt den Kamm, während sie damit kämmt, waagerecht zur Seite aus und lässt die Haare daran als Fächer herunterrieseln. Dabei murmelt sie etwas vor sich hin, es ist kaum zu hören. Sie sei schwanger, flüstert sie. Ruben begreift nicht. Er versucht zu denken, aber da ist nichts. Mit den Augen sucht er die Tischplatte ab. Er verliert sich im Muster des Holzes, das zusätzlich zur Maserung voll ist mit zahllosen Abdrücken von Kaffeetassen, die ineinander greifen und wahllos Schnittmengen bilden. Unmöglich, sich darin zurechtzufinden. Wie soll das gehen, Meimei schwanger? Ein Sohn. Gott schickt ihm einen Sohn, natürlich, so muss es sein.

Ruben sieht Meimei als Maria mit einem nackten Knaben auf dem Schoß. Der Knabe windet sich, richtet dabei Augen und Ärmchen zum Himmel. Das Gesicht der Jungfrau ist von phosphoreszierender Blässe, ihre Haare hängen wie schwarze Bleilote neben den schrägen Augen.

Im Dunst einer Traumszene sieht er sich selbst, wie ihm sein Haar in Locken auf die Schultern fließt. Er sieht sich zarte Fingerstellungen ausführen, einen Arm im Rücken eines asiatischen Jungen mit kahlgeschorenem Kopf, der sehr verständig dreinblickt. Auf ihn, seinen Sohn, spricht Ruben leise herunter. Wieder aus seinen Gedanken aufgetaucht, prüft er noch einmal Meimeis Anblick. Sie ist versunken in das Hocken und Haarekämmen auf dem Sims, miaut dabei leise in ihrer Sprache.

»Geh ins Bett«, sagt er zu ihr, so kann er jetzt wohl zu ihr sprechen. Sie unterbricht ihr Gemurmel und schaut zu ihm auf.

Ruben [DEUTSCHLAND]

»Gott ist allmächtig! Amen!« ruft Ruben einer Gruppe missgestalteter Jugendlicher zu. Er steht, Frank, Meimei und Adile bei sich, vor der schwarz spiegelnden Hugendubel-Fassade. Die Jungen und Mädchen stehen um ihn herum, scheinen sich mit Mühe aufrecht zu halten oder kauern gleich mit untergeschlagenen Beinen auf den Bodenplatten der Fußgängerzone. Etliche haben grotesk verfettete Bäuche und Hinterteile, Augen, die in Wülsten verschwinden. Oder es fehlt ihnen das Kinn, oder es sind ihre blassgraue Haut, ihre fahlen Haare und ausdruckslosen Augen, die Ruben bedrücken, viele sind von unguter Drüsentätigkeit gezeichnet, übersät mit Pusteln, von Tierdunst umgeben. Jungen wie Mädchen sind abscheulich angezogen, hängende Hosen, klumpige Schuhe, beladen sind die Unseligen mit bekritzelten Rucksäcken.

»Fürchtet euch!« ruft Ruben, und da steht ein älterer Mann in einem Blouson, einer, der wahrscheinlich ein Reinigungsmittel für Satellitenschüsseln besitzt, und schaut ihn feindselig an, und Ruben spannt sich, spürt sich und ruft: »Euer Herr und Gott ist hier!«

Ein starkes Liebesgefühl brandet ihn an, er nimmt Adiles Hand, sie ist ganz hart. Er sieht, wie der Mann im Lederblouson sich schräg stellt und seiner Frau auf die starren, stark behandelten Haare spricht. Sie ist in eine graulila Jackenform eingepasst, ihr Gesicht trägt einen abweisenden Ausdruck, hat sich hinter Brüsten und Bauchkasten verschanzt, die weit vorstehen. Ruben hält Adiles Handgelenk umklammert. Er spürt es so deutlich, in Adern und Nervenbahnen, in den Händen, im Bauch, in der Kehle, in Haarwurzeln und Augen: Gott ist wahrhaftig hier. Ruben hebt Adiles Hand zum Himmel und beginnt zu predigen. Die Worte und Sätze sind weiches Wasser, das ihm ohne sein Zutun aus dem Mund fließt. Frank geht auf die erste Reihe der Menschentraube zu, die sich um ihn, Ruben, gebildet hat und verteilt Merkblätter. Meimei sitzt etwas abseits mit angezogenen Knien auf dem Boden, die Kasse steht neben ihr. Obwohl sie nicht aufpasst und ihre üblichen Selbstgespräche führt, werden vereinzelt Münzen hineingeworfen, auch Lebensmitteltüten hingestellt, von den Spendern, damit sie nicht umfallen, an Meimeis teilnahmslosen Körper angelehnt.

Ruben hält inne. Zwei der fetten Mädchen, die am Boden sitzen, applaudieren. Idiotisches Lachen kommt von stimmbrüchigen Jungen mit stumpfen Haaren. Menschen mit Taschen, Kindern, Gehhilfen schauen aus sicherem Abstand herüber. Der Mann im Blouson und seine Frau gehen weg. Ruben spürt immer noch Gottes Gegenwart in seinem Körper. Er ist von Liebe erfüllt und blickt zum Himmel. Vom Rathaus wellt sich das Gebimmel des Glockenspiels herüber.

Etwas später haben sie sich vor dem Hauptbahnhof aufgestellt. Ruben blickt um sich. Auf einem Bild mit langer Belichtungszeit erscheinen als gerade Schattenlinien die den Vorplatz zielstrebig überquerenden Reisenden und Pendler. Die anderen krakeln ihre Wege, die in Wahrheit durch Polizisten- und Wachmannpaare beständig umgerührte, dauernde Anwesenheit sind, planlos aufs Bild. Ruben sieht Trinker mit verklebten Bärten und stinkende Kranke. Er sieht dürre Überbleibsel junger Frauen in Hosen, die viel zu weit in den Schritt gezogen sind, zerschossenes Gehirn, lückenhaftes Gebiss und im ungepolsterten Kinderwagen ein Baby, das sich in kranker Unruhe windet und brüllt. Die verkommensten Typen aller Weltgegenden stehen herum und verbergen ihre Hände. Sie beobachten die Umgebung aus den Augenwinkeln, als warteten sie darauf, dass ein Polizeitrupp, lauter Sportler und Blondinen mit hübschen, unbewegten Gesichtern, sie niederringen, dann an die Wand stellen, Arme hoch, Nase an die Kacheln, ihre Taschen durchwühlen, abtasten und Gründe finden, sie in den fabrikneuen Polizeibus zu stoßen.

»Herrlich ist das Reich Gottes!« überschreit Ruben den Lärm, die künstliche Frauenstimme der Durchsagen an den Bahnsteigen, Handyklingeltöne, das zynisch über die Gestalten auf dem Vorplatz rieselnde barocke Geflöte, die startenden Dieselmotoren der Busse, das Bremsenqietschen einlaufender Züge.

»Halleluja!« ruft Frank. Ruben hört seinen eigenen Worten zu, die ihm auf der Atemsäule entfahren. Er hat Lust zu lachen. Er lacht. Er, Ruben, steht im Lichtkegel Gottes. Gott hat ihn, Ruben, ausgesucht und lässt ihn in jeder Faser glühen. So viele Hände greifen die Merkblätter, die Frank ihnen hinhält, dass der Karton in kurzer Zeit leer ist. Adile wirkt, seit Ruben zu lachen begonnen hat, erregt und atmet heftig.

»Der Höchste wird euch richten!« ruft Ruben, er lacht und lacht. Es stehen jetzt viele Leute in verschiedenen Abständen auf dem Vorplatz und schauen herüber.

»Halleluja!« ruft ein sternhagelvoller Penner, andere tun es ihm nach, sie lachen mit reibenden Stimmen, es ist nicht auszumachen, ob sie in Gott sind, oder ob sie sich über ihn, Ruben, lustig machen. Es ist gleichgültig. Sein himmlischer Vater weiß es.

Heute ziehen sie durch die Einkaufsstraße mit den dunkelgrauen, klotzigen Gebäuden, in deren Betonwände sich rostige Rinnsale eingefressen haben und an denen Plakate kleben, »Geheimnis der Anden«, »Meditation«. Der Geist, oder wie man es nennen soll, dieser Gegend der Stadt ist so falsch und bedrückend, dass es Ruben körperlich schmerzt, sein gesamter Rumpf hat sich versteift, innen wie außen zusammengezogen, wo die Kehle in den Brustraum mündet, spürt er ein grabendes, trostloses Gefühl. Das gehört also auch dazu, denkt Ruben, der sich als jüngst Erweckter selbst beobachtet, es wird ihn verbrennen. Gott lässt ihn alles spüren, alles Kranke um ihn herum am eigenen Körper erleiden, dies wird er nicht lange ertragen. An einem muss es hängenbleiben, das Leiden an allem, was falsch ist, es muss ihn, Ruben, zerfressen, damit die anderen eine Chance haben. Er muss den ganzen Dreck verkraften, auch wenn es ihn umbringt. Sein Kind hält Gott den Leuten als Mülleimer hin, und andere, hier eine Alte mit Sonnenbrille, wühlen darin herum. Ihn betreffen all diese Gesichter persönlich. Überernährte Jungen, Riesen mit fleischigem Gesicht, Gel im Haar, führen nervtötende Gespräche, verleiben sich Unmengen Zeug ein, Essen, Cola, Computerspiele, schwitzen riesige Turnschuhe und Baumwollpullover voll und laufen am Ende auf dem Schulhof Amok. Ihm brennen sich die stumpfen, gierigen Blicke ein, aus den Augen der Kinderwagenschieberinnen, Mütter möchte er sie nicht nennen, geschlechtsbetont angezogen, zu nichts weniger imstande als zum Mitfühlen mit einem hilflosen Wesen.

Ihm, Ruben, ist übel, er, Ruben, krümmt sich unter dieser Last auf dem Fußgängerzonenpflaster. Der Himmel hängt bauchig und gelbgrau über ihren Köpfen.

Gerade sind sie fertig mit der Abendfürbitte vor dem Hugendubel, der Himmel über den Straßenlaternen färbt sich grün, als sich ein Mann im cremefarbenen Anzug aus der Menge löst und auf ihn zusteuert. Es ist nicht direkt Zahnaufhellung und Sonnenbank, woran Ruben bei seinem Anblick denken muss, aber seine Farben sind anders, die Luft, die er atmet, scheint reiner und sauerstoffreicher als die in seiner Umgebung. Dirigentenhände, denkt Ruben, er versucht den Preis der unter dem Sakkoärmel hervorblitzenden Patek Philippe zu schätzen, und schneidet sich die eigenen falschen Gedanken ab: ins Herz blicken, nur ins Herz. Der Mann macht große, federnde Schritte, Anzug und grauer Scheitel wippen mit. Ins Herz blicken ist nicht immer leicht.

»Fantastisch, einfach fantastisch. Großartig.« Seine Augen sind graublau.

»Mein Name ist Siever, Jost Siever. Mein Mitarbeiter gibt Ihnen gleich meine Karte.«

Nach jedem Satzzeichen wartet er den Nachhall seiner Worte ab. Bis auf sein auffälliges Gebaren, die Uhr und den Anzug ist sein Äußeres verwechselbar. Deutsch sieht er aus, denkt Ruben, genauer noch, niedersächsisch. Eher groß, nicht dick, nichts Besonderes im Gesicht, allenfalls die Nase groß und das Kinn eckig. Er bewegt sich aber auch ständig beziehungsweise hält die Luft um sich herum in Bewegung, so dass Ruben gar keine Zeit hat ihn anzuschauen.

»Unser Auftrag duldet keinen Aufschub«, sagt Siever und lacht mit großer Mundöffnung. »Gott ist die Geduld selbst. Und doch sehnt er sich nach den Schäfchen, die wir zu ihm führen. Zusammen wird unsere Herde größer als die des großen Wolkenschäfers. Der Herr selbst hat uns heute hier zusammengeführt, auf dass wir sein Werk vollenden. Halleluja.«

Er fasst ihn, Ruben, an der Schulter, er führt ihn mit der Hand in seinem Rücken in Richtung der noch nicht richtig angewachsenen Grünanlage. Er erklärt ihm mit Auslassungen, die er sich selbst ergänzen muss, seinen Plan.

Nach einer Weile hat Ruben begriffen: Jost Siever verkündet Gottes Wort, seit er als junger Mann den Heiligen Geist empfangen hat. Das Straßengeschäft hat er hinter sich, er spricht im Fernsehen, arbeitet weltweit, füllt Stadien, besonders in Afrika. Zufällig hat einer seiner Mitarbeiter Ruben predigen hören, und so ist Siever auf ihn aufmerksam geworden. Heute hat er sich persönlich herbemüht, um sich von Rubens Glaubensfeuer zu überzeugen.

Er hat ihn soeben gefragt, ob er mit ihm, Siever, zusammenarbeiten wolle. Am Anfang stehe eine Zeit der Einkehr und Unterweisung gemeinsam mit anderen Adepten. Er lädt Ruben und seine Gruppe ein, sich im Internationalen Blut-Jesu-Haus, einem Zentrum seiner Kirche in Portugal, auf die neue Aufgabe vorzubereiten.

»Ihr werdet der Funkenflug sein, der die Steppe des Unglaubens in Brand setzt«, sagt er lachend, und Ruben könnte schwören, dass ein leichter Windstoß, der nur Siever und nichts sonst in dessen unmittelbarer Umgebung erfasst, das feine, zum Scheitel geföhnte Haar des Gottesmannes bauscht.

»Wir sehen uns. Ihr braucht euch um nichts zu kümmern. Ich hole euch ab.«

Er küsst ihn, Ruben, auf beide Wangen, dann nimmt er Rubens Hand in seine beiden Hände, als wolle er etwas hineinlegen, einen Stein, ein Amulett oder etwas in der Art, seine Uhr ist tatsächlich eine Patek Philippe, aber Ruben spürt nur die heiße, kribbelnde Stelle auf seiner Handinnenfläche, die er noch lange zurückbehält, als Siever schon längst in einem großen, rundlichen Wagen, der mit Warnblinker durch die Fußgängerzone heranfährt und in den er durch eine von innen geöffnete Schiebetür hinter dem Fahrer einsteigt, verschwunden ist.

Adile Ngolongo [DEUTSCHLAND]

Sohn Gottes braucht mehr Soldaten. Er stellt sich wieder an eine Stelle, wo man ihm von allen Seiten in den Rücken fallen kann, und redet laut über Gott. Adile kann es nicht glauben. Ob sich Sohn Gottes für unverwundbar hält? Er kann die schlecht getarnte Truppe, die einen ausgebrannten Eindruck macht, unmöglich übersehen haben. Sie kauern mit untergeschlagenen Beinen hinter einer grauen Säule vor einem düsteren, glatten Gebäudekasten, der zur Straße hin mit einer Schleuse aus Glas versehen ist. Deren Flügel werden in unregelmäßigen Abständen zu den Seiten weggezogen, heraus quellen kleine und größere Pulks von Menschen, an deren Händen die gleichen, bunten Pakete hängen.

Die Truppe, die unter der Säule lagert, hat offenbar einen langen Marsch durch sumpfiges oder staubiges Gelände hinter sich. Die jungen, aber verbrauchten Kämpfer stärken sich aus schlanken Dosen, die sie einer nach dem anderen an den Mund setzen. Allesamt sind sie von einer Schmutzschicht überzogen und haben wildes, zottiges Haar. Adile schaut noch einmal hin und erschrickt: Um die Kauernden herum, die Zwischenräume am Boden ausfüllend, liegen zahllose Hunde. Er muss unbedingt mehr über die hiesigen Gebräuche lernen. Je nach Gelände sind Hunde vielleicht die wirksamste Waffe. Die Hunde schmiegen sich an die Kämpfer, die Farbe ihres Fells ist wie die Farbe des Staubs oder Schlamms, mit dem die Kämpfer sich eingerieben haben, ein bräunliches Gelb. Es sind riesenhafte, gedrungene Tiere.

Adile versucht die Erinnerung abzuschütteln, die ihm auf den Rücken gesprungen ist. Er hört seinen eigenen, gehetzten Atem und den Atem des Rudels, das ihm in der Dunkelheit auf den Fersen ist. Ein Hund, das hieß damals, in der Heimat: gebogenes Rückgrat, ein Stück Fell, flackernder Blick, Galopp ohne Gewicht, ein Hungergeist, der hofft, dass du zuerst aufgibst. Die Hunde, die hier hinter der Säule ruhen, sind wohl genährt und schwerer als er, Adile, selbst. Er stellt sich vor, wie sie ihn jagen.

Er läuft und läuft, mit schmerzender Lunge, der erste Hund springt ihm vor die Füße, der zweite stößt ihn um, mit seinem bloßen Gewicht, der dritte klappt sein Maul über ihm auf. Er spürt die Hitze und den Gestank des Hundeatems. Adile erstarrt.

Er muss damit aufhören. Seine Angst macht die Feinde erst stark. Ohne diese Angst sind die riesigen Hunde träge und die staubigen Kämpfer in schlechter Verfassung.

Sohn Gottes spricht über das Blut Jesu. Er ruft in die Menge, die um ihn herumsteht. Die Leute rufen zurück. Manche jedenfalls. Rufen so, dass man es sehen und hören kann, oder sie bewegen, wahrscheinlich aus Scham, andeutungsweise die schmalen Lippen, als beobachteten sie jemanden beim Essen oder Beten. Viele stehen auch nur da und wenden ihr Gesicht Sohn Gottes zu. Es werden immer mehr, Leute mit roten, grauen, gelblichen Gesichtern, Große, Kleine, Dicke, Alte, mit weißen, braunen, gelben, aufgestellten, hängenden oder gänzlich fehlenden Haaren. Es sind junge Frauen darunter, die bis auf einen bleichen Gesichtsausschnitt verhüllt sind, und andere, deren Aufmachung wirkt, als seien sie, noch in Kinderkleidung steckend, von einem Moment zum anderen in die Höhe geschossen und zu Frauen geworden, überall schaut das Fleisch heraus und wölbt den Stoff. Aber keine, keine ist so schön wie das Stockmädchen.

Aus der Gruppe unter der Säule tritt ein blasser junger Mann hervor. Sein Blick ist vernebelt, er schwankt. Sein Haar sieht aus, als sei ein Brand darüber hinweggefegt, Reste gelblicher und geschwärzter Fellfetzen stehen um seinen Kopf, einige Zotteln sind von grellem Rot. Seine Kleidung ist fleckig und mit einem Schlammschleier überzogen. Sein Mund steht offen, schmal und hoch wie ein Schnabel. Er kommt näher, an seinen Füßen schwere Stiefel. Zu Adiles Befremden stecken im Ohr des jungen

Mannes, in Nase, Unterlippe und Augenbraue Ringe und Tropfen aus silbrigem Metall. Auch an seinem Hals, an seiner Jacke, um die Hüften klirrt es metallisch. Stünden die Stiefel des Kämpfers nicht fest auf dem Pflaster, müsste er kippen. Er hebt die Hand, in der er eine der Dosen hält, Sohn Gottes entgegen und stößt einen langen, dröhnenden Rülpser aus. Einige der Zuhörer weichen vor ihm zurück. Sohn Gottes stockt kurz, nimmt Adile fest bei der Hand und spricht weiter. Der Kämpfer ruft dazwischen. Fuchtelt mit seiner Dose und brüllt. Wahrscheinlich sind die übrigen Kämpfer und Hunde genauso hinüber. Adile befreit mit einem Ruck sein Handgelenk aus Sohn Gottes' Griff.

Frank [DEUTSCHLAND]

Der afrikanische Junge dreht durch. Im ersten Moment ist Frank erleichtert. Er hat es vorausgesehen. Nicht genau gewusst, an welcher Stelle es hervorbrechen würde, aber doch die wachsende Beklemmung gespürt. Schon den ganzen Tag ist eine kippelige Stimmung unter den Leuten, die Ruben zuhören, ebenso wie in der Gruppe selbst.

Seit Ruben auf dem Platz steht und predigt, starrt Adile mit wachsender Unruhe zu einer Gruppe Punks hinüber, die mit ihren Hunden hinter einer Säule des Vordachs vor dem C&A hocken und Dosenbier trinken. Weiß der Teufel, was Adile in ihnen sieht. Er fängt an, sich beängstigend aufzuregen. Einer der Punks, ein kleiner Dünner, der so besoffen ist, dass er kaum stehen kann, torkelt näher.

Etwas an Rubens Reden muss in seinem betäubten Inneren etwas angestoßen haben. Jedenfalls bringt ihn eine wie auch immer geartete Regung dazu, laut und nachhallend zu rülpsen. Ruben lässt sich nicht beirren. Er spricht von Gottes Macht, die im Blut Jesu geronnen ist. Er hat die Menschen, hat ein Band zu ihnen geknüpft, sie antworten im einverständlichen Echo, »Halleluja«, »Amen«. Ruben scheint ihnen mitten ins Herz zu sprechen, viele wirken geradezu erschüttert. Ruben steht mit geschlossenen Augen da und hebt seine Hände in die Höhe. Mit der Linken hält er immer noch Adiles Hand fest, die er mit hochhebt. Für die Dauer eines Wimpernschlags stehen die Leute auf dem breiten Gehsteig der Einkaufsstraße still. Zwischen dem düsteren Bunker des C&A und der Hauptpost, neben vollen Papierkörben, Plakataufstellern, rotweiß abgesperrten Gruben, dem sich müde und aggressiv vorwärtsquälenden Autoverkehr. Sie haben ihre C&A-Tüten, Sportkinderwagen, fahrbaren Einkaufstaschen bei sich, einige schließen die Augen. Ein Moment des Friedens. Doch schon wird er jäh zerhackt.

»Scheiß-Gott!« lallt der Punk über die Köpfe der in Einkehr stillstehenden Passanten. Adile bäumt sich auf in einer Wut, die aus der Erde, durch den Asphalt hindurch, hervorgebrochen und in ihn gefahren scheint. Seine entblößten Zähne, das vor Wut aufglimmende Rot in seinen Augen versetzen der Menge einen Schock.

»Aaahh!« schreit es aus Adile. Der Junge reißt sich von Ruben los und stürzt sich unter sechzig, achtzig entsetzten Augenpaaren auf die besoffene Jammergestalt.

Das Gesicht des Punks bleibt als Erinnerungsbild stehen: Verwunderung, Nichtglauben, dann dieser maximale Schreck, noch gar nicht ganz im Gesicht angekommen, und dann ist es auch schon vorbei. Allen ist klar, Adile hat den Punk getötet. Hat ihm, unbeobachtbar schnell, das Genick gebrochen oder den Kehlkopf eingedrückt. Mit einem einzigen raschen Griff, den er zu beherrschen scheint. Plötzlich ist kein Punkmensch mehr da. Was da verdreht auf den Gehwegplatten liegt, ist ein Hautsack, den keiner mehr braucht, und ein paar schmutzige Lappen. Adile sitzt mit einem angewinkelten und einem ausgestreckten Bein daneben, seine Zähne leuchten noch immer aus seinem Gesicht. Es ist, auf eine ganz andere Weise als zuvor, unter allen Umstehenden Stille.

Frank [DEUTSCHLAND]

Jost Siever kommt als rettender Engel. Der Minibus, in dem er auf der ersten Rückbank sitzt, drängelt lichthupend über den Gehsteig, bewegt sich durch die versammelten Passanten hindurch heran. Die vielen Zeugen von Adiles Tat sind zu gelähmt, um sie alle vier aufzuhalten. Die Türen des Wagens öffnen sich, über dem aerodynamischen Seitenspiegel erscheint Siever, lächelnd, macht eine einladende Geste. Graue, gefönte Haare, weißes Hemd, leicht gebräunter Unterarm mit Uhr. Tipptopp erholt und unbeeindruckt von der Tatsache, dass hier ein Toter liegt. Als wäre dies das Normalste für ihn und seinen jungen Fahrer, erzbieder, glatt, mit Kirschmündchen. Ruben steigt ein, eine Alternative hat er nicht, und bedeutet ihm, Frank, die anderen in den Wagen zu bugsieren. Ruben setzt sich neben Siever; Meimei und Adile sitzen in der hinteren Reihe, und er, Frank, vor der großen bläulichen Frontscheibe, die wie im Flugzeugcockpit gewölbt ist und bis zu seinen Knien herunterreicht. Auch die Perspektive ist eine erhöhte, Frank blickt herunter auf Frauen, die in eiförmigen Autos die vierspurige Alleestraße herunterfahren, und auf Männer in Kombis mit starken Motoren.

Sievers Fahrer steuert den Wagen wie ein Actionheld, hupt, drängelt, rast rechts vorbei, setzt Leben aufs Spiel. Trotz dieser Fahrweise sitzt man ausgesprochen angenehm in dem Wagen, dessen Inneres mit hellem Leder ausgepolstert ist. Ein unsinniges Glücksgefühl ergreift Frank auf dieser Flucht vom Tatort. Er zwingt sich, an den Punk zu denken. Seine erbärmliche Körperhülle, aus der Adile das Leben herausgerissen hat. Dass dieser Körper schon ruiniert war, als er noch torkelte, fror, auf die Schnauze kriegte, macht in Bezug auf das Totsein keinen Unterschied. Auch Leichen von Sportlern überlässt man der Fäulnis. Höchstens, dass die Bestürzung größer ist, wenn aus einem solchen Menschen das Leben entweicht. Liegt da mit den schönsten Adern und Muskeln, und ist doch tot.

Es dauert nicht lange, und sie erreichen die Autobahn.

Portugal

Gordon [PORTUGAL]
Gordon schreckt hoch, die Vibration: das Bett, der Boden, was macht Hapke schon wieder. Gordon wickelt sich aus den grauen Decken, »Yoga Yoga« steht in die Borte hineingewebt. Wo hat dieser Hapke bloß überall seine Finger drin. Es ist knochenkalt in diesem Gemäuer, alter Fels und frischer Estrich, er hat es sich ganz anders vorgestellt in Portugal.

Portugal. Nur die Baustelle und ein Haufen Decken für Gordon. Er reibt sich die klamme Nacht aus dem Gesicht. Rasieren müsste man sich. Hapke ist ein schlechter Mensch. Hat ihm die Mama nicht Geld gegeben, damit Gordon in Portugal Urlaub machen kann? Und was macht dieser Hund, nimmt das Geld, wirft Gordon einen Haufen Decken hin, lässt ihn tagelang mit dem Haus alleine. Und wenn es ihm einfällt, muss Gordon für ihn schuften. Hier ist ja nichts, zum Dorf sind es zehn Kilometer. Hapke, dem sein plumper Schädel wie einem angetauten Schneemann ohne Hals auf dem Rumpf sitzt, kommt mit seiner Pritsche angefahren und verschwindet wieder, ohne irgendwas zu erklären. Manchmal bringt er ein paar graugesichtige Typen mit. Er redet mit ihnen, als wäre Gordon nicht da. Er ahnt nicht, dass Gordon ziemlich viel versteht, oder es ist ihm egal. Er nennt ihn Affe, Gordon hat es an seinen Lippen abgelesen. Trotzdem weiß er nicht, was Hapke hier treibt.

Gordon macht zwei gebückte Schritte in die Jeans. Die Fenster sind Luken im Stein, innen ist Folie gespannt. Die Mauern sind dick. Er kann nicht sehen, was unten so wummert. *Bamm. Bamm.* Er spürt die Vibration des Lärms. Sein Pullover. Seine Mütze. Hapke betrügt ihn. Und Hapke betrügt Mama. Nichts hat er in Portugal von dem Geld gesehen, das sie Hapke für Gordon gegeben hat. Er hat verstanden, wie Hapke zu ihr sagte: Du brauchst ihm nichts geben, ich sorge für alles. Ich und dein taubes Äffchen, wir machen's uns schön da unten. Es ist gut für ihn, wenn er mal rauskommt. Er ist kein Kind mehr. Mama hat sich schweren Herzens überzeugen lassen.

Gordon dreht sich eine. Ein Päckchen von dem billigen Gelben, das ist das einzige, was Hapke ihm hingeschmissen hat. *Bamm.* Vom Fußboden her fahren die Schallwellen in Gordons Zwerchfell. Er muss sich was überlegen. Er muss nachdenken, wie er Hapke entkommt. Wie er der Mama klarmachen kann, dass sie dem Kerl nicht länger trauen darf. Am Telefon wäre das nicht gegangen. Als Hapke ihm das Handy hingehalten hat, was hätte er sagen sollen, außer: Ist schön hier, mir geht's gut. Liebe Mama, bis bald. Sie kann ja schlecht herkommen und ihn holen, hier in Portugal, und wenn sie Geld schickt, nimmt es Hapke.

Das langsame, gleichmäßige Zittern muss ein großer Motor sein. Er geht zum Klo. Er mag das Klo, es ist ganz neu eingebaut und schön wie Amerika. Sein Urin färbt das blaue Wasser grün. Die Spülung schlürft es auf einen Schluck weg.

Er schöpft sich am Waschbecken, ohne die Mütze abzunehmen, Wasser ins Gesicht. Seit er hier ist, hat er sich nur Augen, Nase, Mund gewaschen.

Einmal hat Hapke ihn früh in der Pritsche zum Meer

gefahren und nach Sonnenuntergang wieder abgeholt. Er hat sich ausgezogen und ist nackt in die Wellen gewatet. Sie schlugen ihm böse entgegen, das Wasser war grau und so kalt, dass ihm die Luft wegblieb. Am Strand lagen Abfall, Scherben und schleimiges Zeug aus dem Meer. Er wurde den ganzen Tag nicht warm. Der Himmel sah im Ganzen aus wie zu Hause das Nordfenster. Nur wo die Sonne stand, hinter dem Milchglas, war eine hellere Stelle, die blendete. Weggehen konnte er nicht, er hatte ja kein Geld und musste auf Hapke warten.

Hinter der Düne drückten sich ein paar Afrikaner herum. Gordon sah ein rotes Fieber in ihren Blicken, als sich einer aus der Gruppe löste und ihn ansprach. Der Afrikaner sah beim Sprechen an Gordon vorbei. Er konnte an den außen graubraunen, innen krabbenfleischfarbenen Lippen nicht richtig erkennen, welche Sprache der Afrikaner sprach. Er beobachtete die sich biegenden und dehnenden Kissen. Es war Englisch, aber ohne den Laut, bei dem zwischen den Zähnen die Zunge hervorschaut. Ihm gefielen die Lippen des Afrikaners, er antwortete *how're ya doin' brotha* und lachte. Der Afrikaner schaute ihn entgeistert an, seine Freunde rückten näher. Sie konnten alles Mögliche in ihren Jackentaschen haben, zeigten ihre Hände nicht. Der Wind prallte ab an ihrem Haar. Gordon freute sich über ihre Gesellschaft, er wollte ihnen das mitteilen, aber auch, dass er nichts hatte außer seinen Klamotten und dem knittrigen Tabakpäckchen. Er holte das Tabakpäckchen hervor und nahm seine Mütze ab. Er wollte ihnen zeigen, dass er ihr Haar hatte. Seines ist allerdings rötlich hell, ein Tropfen Blut in einem Glas Wasser. Er nimmt die Mütze nur selten ab. Wenn Gordon seine Mütze trägt, sieht ihm keiner an, dass sein Daddy schwarz ist oder besser gesagt war, ein großer trauriger Soldat aus Detroit.

Der Afrikaner hatte etwas falsch verstanden und lachte nicht, ob es nun daran lag, was Gordon gesagt hatte, an der Geste mit dem Tabak oder seinen Haaren. Seine Miene verfinsterte sich, er sprach schnell und erregt. Gordon verstand kein Wort. Der Afrikaner versetzte ihm Knüffe gegen den Brustkorb, bis er hinfiel. Als Gordon ohne seine Mütze, die heruntergerutscht war, im kalten Sand saß, ließ der Afrikaner ihn eine blitzende Klinge sehen. Die anderen hielten ihre fiebrigen Blicke noch auf ihn geheftet, als der erste einen Fußtritt kurz vor Gordons Bauch abstoppte und dann mit den anderen wegging.

Gordon blieb allein am weiten Strand zurück. Er war durstig, seine kalte Haut klebte. Hinter dem Milchglas versank die Sonne, ohne lange Schatten, ohne Abendröte, es ging einfach langsam das Licht aus.

Auf der Rückfahrt saßen zwei Männer mit in der Kabine. Gordon musste auf der Ladefläche zwischen großen Holzkisten sitzen, die Hapke vermutlich am Hafen abgeholt hatte. Gordon weiß bis jetzt nicht, was darin war. Die Kisten stehen jetzt im Schuppen, man kommt nicht hinein. Auf der Fahrt über die holprigen Straßen wurde er zwischen ihnen herumgeworfen. Als Gordon später kalt und zerschlagen in seinen Decken lag, schwor er sich, dass er fürs erste genug hatte vom Meer.

Diese starken Vibrationen. *Rrrrrrrrrrrr, bamm.* Er wird jetzt hinuntergehen und nachsehen. Die Treppe ist ein roher Betongießling ohne Geländer. Das Durcheinander aus ungeschliffenen Latten, Folienfetzen und Kübeln, voll mit Eingetrocknetem, nennt Hapke Baustelle. Gordon weiß nicht, wer später einmal hier wohnen soll. Das Haus selbst hat schwer leiden müssen, bis es aussah wie jetzt. Den gesamten Innenbereich, Zimmerwände, Fußböden und Treppen, hat Hapke mit dem Pressluftbohrer zertrümmert. Bei Gordons Ankunft war das Haus noch mit staubigen Brocken voll. Hapke hatte ihm gezeigt, wie man eine Schubkarre mit Trümmern belädt und mit Schwung über ein federndes Brett auf den Anhänger schiebt.

Außer Gordons Schubkarre gibt es noch eine zweite, die von Sé Diogo. Sé Diogo wohnt mit seiner Mutter im Dorf. Er kommt morgens auf einem alten Moped. Er hat ein langes, verschobenes Gesicht, als hätte jemand Kinn und Nase gepackt und gegeneinander verdreht. Er hat Augen wie eine bengalische Prinzessin. Sein Körper ist klein, aber stark, Hüften und Oberschenkel sind erstaunlich rund. Beim Schubkarreschieben musste Gordon unentwegt, Ladung um Ladung, hinweg über Mauerbrocken und mehlige Tünche, Sé Diogos unterm Blaumann schwingende Hüften anstarren. Sé Diogo fährt jeden Abend zu seiner Mutter, die für ihn kocht und ihn auf den staubigen Scheitel küsst. Gordon fuhr eines Abends an ihn geschmiegt auf dem Moped mit nach Hause. Sé Diogos Mutter heißt Maria, hat dicke Arme und eine einzige riesige Brust. Die zweite Brust fehlt, Marias Bluse hing auf der Seite, auf der Gordon am Tisch saß, leer herunter. Es hätte ihn damals sehr interessiert, wo die zweite Brust geblieben war, aber er wollte Sé Diogos Mutter nicht in Verlegenheit bringen. Schließlich gab es auch an ihm genug auszusetzen. Maria behandelte ihn herzlich und servierte eine schlierige Suppe, die sehr gut schmeckte.

Die Mama, muss Gordon denken und seufzt. Er sieht sie im Nachthemd vor dem Badezimmerspiegel ihr Haar für die Nacht richten. Sie schläft mit Kämmen und einem Haarnetz auf dem Kopf. Sie bemerkt erst nach einer Weile im Spiegel, dass Gordon ihr zuschaut, und lächelt, während sie den letzten Kamm befestigt. Obwohl sie keine Zähne drin hat, wirkt sie mädchenhaft, versucht ihm zu gefallen. Dann dreht sie sich zu ihm, der feine Stoff ihres Nachthemds ist an den Schultern gerafft. Als sie etwas sagt, sich über den zahnlosen Kiefern die Lippen überdeutlich bewegen, verfliegt der Zauber.

Die Luft im Haus ist jetzt nicht mehr staubig. Die Brocken hat Hapke zum Bach gefahren. Der frische Beton der Treppen, Wände und Fußböden macht das Haus zur Gruft. Gordon kann sich in seine grauen Decken wickeln, die feuchte Kälte des Betons weicht nicht aus den Knochen. Hapke kann das egal sein, er hat in seinem Wohnwagen einen Haufen Kissen und eine dicke Matratze.

Von der Treppe aus sieht Gordon, wie Hapke und die beiden Männer, die mit den Kisten gekommen sind, an einem Loch arbeiten, das sich im gestampften Fußboden des Anbaus auftut. Gestern war das Loch noch nicht da. Von einem der Männer sieht er nur das angespannte

Gesicht und die nackten Schultern, er steht im Loch und betätigt wahrscheinlich den Pressluftbohrer. Hapke und der zweite Mann stehen halb mit dem Rücken zu ihm. Gordon bemüht sich, leise an ihnen vorbei zu gehen, nach draußen. Er hat Glück, sie bemerken ihn nicht. Die Gelegenheit, sich heute um das Schuften zu drücken. Die Schläge gehen wieder los, der Boden bebt, etwas erschüttert das gesamte Fundament.

Aber Gordon ist schon draußen. Er blinzelt in die Sonne, die spürbar auf der Haut brennt, obwohl sie durch den rötlichen Dunst überhaupt nicht zu sehen ist. Über den festgebackenen Reifenspuren treibt der Wind Fahnen aus roter Asche vor sich her. Kein schöner Platz für ein Haus. Nichts als diese Ascheschicht über Lehm und Geröll, zwischen verlassenen Äckern ein paar Büsche. Die Stromleitung hangelt sich vom Horizont her dem Haus entgegen, von einer krummen Latte zur nächsten. Auf der neuen, rohen Straße taumeln Folienknäuel und Pappen. Am besten, er geht trotz der Schlangen, die es hier gibt, hinein in die Pampa und benutzt die Straße erst, wenn er außer Sichtweite ist. Zuerst schnell und unbemerkt zum Schuppen hinüber. Er schaut sich nochmals um und huscht über den Platz. Der Schuppen. Als er ums Eck verschwinden will, bemerkt er im Augenwinkel, dass er Pech hat. Der Mann, der den Pressluftbohrer bedient hat, steht mit bebendem, nacktem Oberkörper auf dem Platz. Hapke redet heftig auf ihn ein, der Streit dreht sich offenbar um ihn, Gordon. Hapke schreit und zeigt auf ihn, klopft sich auf beide Ohren. Gordon sieht, was er sagt:

»Er ist taub, kapierst du jetzt? Er-kann-nicht-hö-ren!«

Gordon sieht die Waffe in der Hand des Mannes, der ihm feindselige Blicke zuwirft. An der Haustür, glaubt Gordon gegen die unsichtbare Sonne zu sehen, hat für einen Moment Sé Diogo gestanden, bis ihn eine Hand, wohl die des zweiten Mannes, sofort nach drinnen zieht. Der Mann mit der Waffe und dem pumpenden Oberkörper schaut ihn immer noch misstrauisch an. Wahrscheinlich überlegt er, was Gordon mitgekriegt hat und was nicht.

»Ich hab nichts mitgekriegt«, sagt Gordon, hoffentlich laut genug, und unterstreicht das Gesagte mit den Händen. Der Mann zuckt erst im Gesicht und dann mit der Hand, in der er die Waffe hält. Gordon sieht Hapke reagieren, dem Mann in den Arm greifen, gleichzeitig lässt Gordon sich auf den Boden fallen. Er liegt mit dem Gesicht auf einem geborstenen Ziegel. Er weiß nicht, ob der Mann geschossen hat.

Als er vorsichtig aufschaut, ist nicht klar, was passiert ist. Hapke ist verschwunden. Der Mann liegt am Boden, bewegt sich aber. Die Waffe ist nicht zu sehen, ebenso wenig, ob der Mann verletzt ist. Der zweite Mann läuft suchend umher. Gordon rappelt sich hoch und läuft so schnell er kann hinter dem Schuppen quer ins Feld. Ein Tauber bräuchte wenigstens ein Auge hinten, denkt er und schlägt beim Laufen Haken.

Er rennt und rennt, die Lunge schmerzt, die Hose scheuert, gleich kann er nicht mehr. Er kommt ins Gehen, spürt seinen Herzschlag im Kopf. Er bewegt sich im Bogen auf die Straße zu. Nur nicht zu nah an die Straße herankommen, es wäre möglich, dass sie ihn verfolgen. Dass er aber auch nichts über Hapke weiß. Es wäre viel leichter für ihn zu entscheiden, was er jetzt tun soll, wenn er wüsste, was hinter Hapkes lippenlosem Lächeln steckt.

Die Sonne, falls sie es ist, steht schon hoch hinter dem Dunst. Gordon spürt, dass er sich Gesicht und Arme verbrennt. Er ist durstig. Er denkt an Maria und Sé Diogo. Er könnte zu Maria gehen, vielleicht kann sie Mama anrufen, obwohl sie nur Portugiesisch spricht. Es muss doch eine Möglichkeit geben. Gordon bleibt stehen, um sich eine Zigarette zu drehen. Wenigstens dem Tabak bekommt die Feuchtigkeit in Hapkes Haus. Auf keinen Fall will er dorthin zurück.

Die Strommasten werden schon größer, bald muss die Straße kommen. Er schaut sich immer wieder um. Als er den Läufer sieht, geht er hinunter, duckt sich hinter die aufgeschüttete Erde, auf der glatt die Straße dahinfließt. Jemand bewegt sich im Laufschritt vom Haus her Richtung Dorf. Es dauert nicht lange, bis Gordon Rumpf, Kopf und Beine Hapkes erkennt, dessen Hemd zerrissen ist, das halslose Gesicht tiefrot mit hervorquellenden Augen, das sonst daunenfeine Haar dunkel und tropfend. Auch Hapke flieht und schaut sich dauernd um.

Gordon lässt ihn ein Stück vorlaufen und folgt in einigem Abstand. Er ist langsam, weil er auf Steine tritt und Buschwerk durchwaten muss. Plötzlich hat er Hapke aus den Augen verloren. Kein Hapke mehr auf der Straße von hier bis zum Horizont. Die Sonne steht am Zenit. Gordons Kopf wird immer heißer. Er duckt sich am Rand der

Aufschüttung knapp unter der Asphaltdecke. Plötzlich bekommt er eine Ladung Staub und Sand in Gesicht und Augen. Durch die scharfen Körnchen hindurch sieht er von hinten den Pritschenwagen zum Dorf rasen. Der rote Staub legt sich, die Straße ist leer.

Er muss nachdenken. Ihm ist, als müsse er seine Zunge dazu benutzen, sie ist das Körperteil, das er am deutlichsten spürt, wie sie sich vor Trockenheit windet und schlecht schmeckt. Er bräuchte Wasser, um seine Zunge zu einer Antwort zu bewegen.

Ein harter Griff um den Brustkorb reißt ihn nach hinten. Er fühlt sich gegen einen Körper gepresst, der nach gärenden Himbeeren riecht. Der Körper wirft Gordon rückwärts in einen flachen, kratzigen Strauch. Über ihm stehen im Kreis die fiebernden Afrikaner vom Strand.

Agnes [PORTUGAL]

Sirene bellt; vielleicht hat sie wieder eine Schlange gesehen, die, zu schnell für das klappende Maul der Hündin, mit einem Rascheln ihr langes Ende ins Gestrüpp verzogen hat. Agnes erreicht den Hügel, obwohl er nur sanft ansteigt, unter Keuchen. Die niedrigen, zäh verholzten Sträucher verbreiten einen trockenen, scharfwürzigen Geruch. Sirene beginnt nicht wie sonst zu winseln, wenn sie nicht versteht, warum etwas misslungen ist, sie zittert unter ihrem kurzen fettigen Fell und stößt ein Knurren aus, das seinen Ursprung tiefer haben muss als in ihrer Kehle. Agnes bleibt einen Moment stehen und ruht aus.

In ihren Lippen hat sich ein unangenehmer Druck aufgestaut. Ihre Beine, vor allem Knie- und Hüftgelenke sind von innen her von einer kitzelnden Schwäche befallen. Das Fasten. Die Kehrseite des Rausches, von dem sie nicht genug kriegen kann. Die Größe und Kraft der Dobermannhündin beruhigen sie. Über Agnes' Körper breitet sich ein feiner Schweißfilm aus, sie fühlt, wie es am Rücken, zwischen den Brüsten, den Beinen, unter den Armen zusammenquillt. Ihr Körper ist ein bleiches, mit Wabbeligem überzogenes Gestell, das ihr ständig seine Befindlichkeiten mitteilt. Sie hat Übung darin, dieses Ding zappeln zu lassen in seiner Gier nach dem Falschen und es, wenn nötig, zäh zu bekämpfen. Sie zieht ein Tüchlein aus der Tasche, in das sie Ampferblätter eingewickelt hat, und schiebt sich einige davon in den Mund. Das saubere Krachen, mit dem der Saft aus den Zellen spritzt und Zunge, Zähne und die pelzige Mundhöhle erfrischt, gibt ihr die Kraft, weiter den Hügel hinaufzusteigen. Sirene steht gespannt von der Nasen- bis in die Schwanzspitze. Drohend zieht sie ihre schwarzen Lippen hoch und entblößt das Gebiss. Jetzt rennt sie unter Knurren und Bellen den Hügel hinunter. Agnes sieht die Gestalt, die Sirenes Wut erregt: im Gebüsch am Rand der Straße kauert mit dem Rücken zu ihnen eine nicht allzu große Person, wahrscheinlich männlich, die eine Mütze oder andere Kopfbedeckung trägt. Obwohl Sirene aus fast fünfzig Metern Entfernung auf den Mann oder Jungen losgerannt ist, müsste er sie längst bemerkt haben. Etwas stimmt nicht. Agnes macht sich darauf gefasst, sich fallen zu lassen, falls der Typ vor seinem Bauch eine Waffe hält, sich schnell wie eine Katze herumwirft und schießt. Sie will Sirene zurückrufen, aber falls der Typ wirklich vorhat zu schießen, soll er nicht wissen, wohin er zielen muss. Sie berührt ihren Schädel, ein beruhigendes Gefühl, die zarten, eben nachwachsenden Härchen. Sie hat keine Angst, fast wünscht sie, dass im Blitz eines Augenblicks etwas ganz Entscheidendes passiert. Zackzack Aktion-Reaktion, ihre Hündin, seine Waffe, ein Schlagabtausch auf Leben und Tod, aus dem Nichts, in Sekundenbruchteilen entschieden. Die Schwäche in den Beinen, das Ringen nach Luft sind verschwunden, die klarste Bereitschaft leuchtet Agnes' Kopf aus. Doch nichts geschieht. Die Hündin ist hinter dem Rücken des Mannes stehen geblieben und füllt die Luft mit prügelndem Gebell. Zwischendurch hält sie inne, als traue sie ihrer Wahrnehmung nicht. Agnes zögert ebenfalls und versucht dahinter zu steigen, wieso dieser Typ nichts merkt und auf die Straße späht, obwohl eine Bestie von Hündin drauf und dran ist, ihm den Arsch aufzureißen. Wenn er eine List verfolgt, wenn er Agnes erst verwirren will und dann fertig machen, ist sie gut. Vielleicht ist er tot. Oder es gibt eine Vergiftungserscheinung durch Schlangenbiss, die einen erstarren lässt.

Sie versucht sich zu erinnern, wann Margot ihnen beiläufig mitteilte, sie habe das Serum für den Notfall, das Gegengift bei Schlangenbiss, erneuert und da und da deponiert. Agnes überlegt, ob sie es zu Fuß schaffen würde, wie viel Zeit ihr bliebe, bis zur Injektion, bis zum

Haus. Schnell besinnt sie sich, dass sie lange nicht mehr mit den Füßen aufgestampft ist, sich ihren Fesseln vielleicht schon die Vipern nähern, voll Appetit züngelnd. Fort mit euch, Schwestern, stampf, stampf.

Ein Schmerzenslaut ist zu hören, geht durch und durch, aus zugedrückter Kehle ein kreatürliches »Ennngggggggg!« – Der Typ ist im Kauern einfach umgekippt, schaut von unten in Sirenes bellendes Maul und umklammert in höchster Angst seine Knie. Agnes nähert sich vorsichtig, geht einen Bogen, nein, der Typ blufft nicht, sie kann nicht sehen, ob Sirene ihn vielleicht schon gebissen hat. Sie gibt der tobenden Hündin ein kurzes Kommando. Sirene muss sich sehr zügeln, wie gern würde sie dieses Opfer, das sie so seltsam zum Narren gehalten hat, zerfleischen. Sie kann ihr Maul nicht gleich halten, bellt aus einem deutlichen Abstand weiter und legt sich schließlich wie befohlen hin.

Der Typ gibt weiter unheimliche Laute von sich, Agnes erinnert es an das Nachttierhaus im Zoo. Sie tritt vorsichtig näher, weicht zurück. Er verströmt einen scharfen Gestank. Er ist schmächtig, hat komische Farben, alle sichtbaren Körperpartien sind gelblich-blassrot wie im ersten Stadium des Haarebleichens, sein T-Shirt ebenfalls, es ist voll wolkiger Schweißränder. Außerdem hat er einen schlimmen Sonnenbrand. Sein Gesicht ist zusammengekniffen. Er wimmert immer noch so schaurig.

Als Agnes das Blut sieht, das an der Außenkante seiner Hand herunterläuft – offenbar hat Sirene sich doch einen Biss gegönnt – spürt sie eine neuartige Erregung.

Der Mann ist ihr ausgeliefert. Ein Wink und die Hündin würde ihn mit Freuden töten. Agnes könnte ihn treten und zwingen, die härtesten Sachen zu machen.

Weit und breit ist kein Mensch zu sehen, der staubige, rötliche Dunst hängt von oben auf sie herunter, macht die Sonne zu einem milchigen Auge und lässt die Strommasten in der Ferne verblassen. Agnes hört die nahen Geräusche ungewöhnlich deutlich, wie verstärkt, die niederen Büsche, die unter dem gekrümmten Jungen knicken und knistern, sein Schnaufen und Stöhnen, das Atmen der Hündin, die Geräusche ihres Mauls. Ein starker Moment, denkt Agnes. Der um sein Leben zitternde Typ, die Hündin, die voll blauschwarzer Lebenskraft vibriert. Und sie selbst, absolut gegenwärtig.

Der Typ hat die Augen aufgemacht, sie haben eine irritierende Farbe, oder Nichtfarbe, ein fades Graublau, das nicht ausreicht, um ihre Machart aus Fleisch und Blut zu tünchen. Ein Albino, bemerkt Agnes und reißt die Augen auf, umso bemerkenswerter, da er offenbar Schwarzer ist, den Haaren nach zu urteilen, die unter der Mütze hervorgerutscht sind und sich im Gestrüpp verfangen haben. Er redet jetzt hastig, in einer seltsam unartikulierten Weise, jammert abwechselnd auf Englisch und Deutsch: »Weg Hund, weg, tut weh, tut weh, oh oh, *bad dog, let me go, please, let me go.*«

»Was machst du hier?« fragt Agnes. Im selben Moment wird ihr klar, dass sie mit einem Mann spricht. Ein Tag voller Überraschungen. »Gorgor«, sagt der Typ, mit Nachdruck mehrmals »Gorgor, Gorgor«. Was meint er damit, er sagt es immer wieder. »ICH-HEISSE-GORDON«, kaut er ihr vor. »ICH-BIN-GEHÖRLOS.«

Agnes [PORTUGAL]
Erklär einem Tauben, wie man leise atmet. Dass Gordon seine Stimme nicht benutzen soll, während er sich in der Campzone aufhält, hat Agnes ihm klargemacht. Dass er aber ganz unkontrolliert seufzt und schnauft, was ihn ebenso gut verraten könnte, ist schon schwerer zu erklären. Ihn herzubringen ist ein Fehler gewesen. Jedoch ist sein Körper, das hat sie gesehen, übersät mit Blutergüssen und Wunden. Agnes hielt es für nötig, ihn an einen geschützten Ort zu bringen. Sie hat keine Ahnung, wie Gordon in diese Gegend geraten ist. Jemand hat ihn übel zugerichtet. Er stöhnt wieder hemmungslos, als Agnes auf eine aufgeplatzte Stelle an seinem Rücken Beinwell auflegt.

Gordon sitzt, den entblößten Oberkörper nach vorn gebeugt, auf der Kleiderkiste im Tank. Der Tank, ursprünglich ein Lastwagenaufsatz ohne Fahrgestell, ist Agnes' Behausung im Camp. Fast das ganze Jahr über ist es darin brütend heiß, praktisch unmöglich, sich tagsüber darin aufzuhalten. Agnes lebt im Tank zusammen mit Helga, ihrer Liebsten. Agnes ist nervös wegen Helga. Helga will das Camp verlassen. Mehr als das, sie will Margot zur Rechenschaft ziehen. Ihre Pläne ändern sich täglich. Agnes schwirrt der Kopf davon. Dauernd gibt es Streit, und trotzdem müssen sie vor den anderen schweigen. Heute hat Helga die Wache getauscht und ist zum

Telefonieren gefahren. In den Mittagsstunden hält sich normalerweise keine der Schwestern bei den Tanks auf. Trotzdem: Gordon herzubringen war eine idiotische Idee.

»Wir können nicht hierbleiben«, flüstert und gestikuliert Agnes vor Gordons Gesicht. »DU kannst nicht hierbleiben«.

Gordons Lippen sind rissig, er zittert, obwohl er eine Decke umhängen hat und die rostbraune Hitze hier drinnen erstickend ist. Immer noch hat er seine Baseballkappe auf, sie ist von einer Art Schweißbatik überzogen, wolkig getrocknete Flecken mit ineinander verlaufenen Umrissen.

Er schaut Agnes an, sie fragt sich, was er versteht und was nicht. Aber, fügt sie für sich an, man muss nicht taub sein, um das Camp nicht zu kapieren. Gordons Bemühen, ihr zu folgen, die auffangbereiten Blicke, mit denen er jedes Zucken ihres Gesichts und ihrer Hände verfolgt, berühren Agnes auf eine Weise, die einen Rückweg versperrt. Während sie Gordon mit Grimassen und Händen das Camp erklärt, glaubt sie plötzlich zu erkennen, was daran falsch ist und seit jeher falsch gewesen. Das Bild vom Camp fällt auseinander und baut sich in seiner wahren Missgestalt wieder zusammen.

Es klopft an der Tanktür. Agnes erstarrt. Zum Glück begreift Gordon, dass etwas passiert ist, wofür ihm die Antenne fehlt. Sein Gesicht reflektiert Agnes' Erschrecken. Nicht glotzen, denken. Welche der Schwestern ist draußen? Nur dünnes Blech trennt die da draußen von Agnes und Gordon. Außerdem hängt die Tür schief in den Scharnieren. Wenn es im Tank heller wäre, könnte sie durch den Spalt alles sehen. Denken, Agnes.

»Helga?« ruft Margots Stimme.

»Ist nicht da«, antwortet Agnes durchs Blech.

Sie hofft, dass ihre Stimme klingt wie aus dem Schlaf geschreckt. Schlafen ist erlaubt. Aber Margot ist keine, die so schnell aufgibt.

»Wo ist sie?«

»Weiß nicht. Ich komm raus.«

Besser, als dass Margot versucht hereinzukommen. Agnes drückt Gordon zwischen Bett und Kiste zu Boden und wirft die Decke, die er bisher umhängen hatte, über ihn. Sie hat ihm wehgetan. Gordon seufzt wie ein gepeinigter Ochse.

»Was?« fragt Margot draußen. Gleich wird sie die Tür öffnen. Agnes schiebt sich schnell hinaus, schließt die Tür hinter sich und blinzelt aus zusammengekniffenen Augen. Das Bild von Margot flackert.

»Vielleicht bei den Kräutern.«

»Der Pickup ist weg«, entgegnet Margot und zieht mit der Stirnhaut die Augen groß. Ratlos will sie aussehen, und mädchenhaft. Der Anblick der wasserhellen Augen bewirkt, dass Agnes sich nicht auf das Gesagte konzentrieren kann. Die dichten schwarzen Wimpern. Es sprechen vor allem die Einzelheiten des schönen Ganzen Margot.

»Wir haben gestritten«, lügt Agnes. Der vertrauliche Ton entspringt dem plötzlichen Drang, Margot nahe zu sein. Margot spürt es und dankt es ihr mit einem Lächeln.

»Ich wollte sie nur etwas fragen.«

Agnes folgt Margot zum Gemeinschaftshaus. An der Außenwand der Küche stehen Plastikkübel und Kanister in verschossenen Farben. Ihre Schritte wirbeln ziegelsteinroten Staub und Planenfetzen auf, die sich träge erheben und auf den ungeteerten Hof zurücksinken.

In der Mitte des Hofes steht das Pfirsichbäumchen, das sie im letzten Jahr so hoffnungsfroh gepflanzt haben, sein Gießkrater ist von der Trockenheit voller Risse. Das Bäumchen selbst ist schwarz, an seinen Ästen hängen keine Früchte, sondern verkrüppelte, tote Blätter.

Vor dem Kücheneingang liegt Sirene. Der einzige sichtbare Unterschied zu einer Bronzedogge sind ihre Zuckungen, mit denen sie Insekten vom Fell schüttelt. Die verblassten bunten Plastikstreifen des Türvorhangs rascheln, als sie hindurchgehen. Drinnen ist es dunkel und um einiges kühler als draußen. Agnes bleibt stehen, um ihre Augen an das Schummerlicht im Raum zu gewöhnen, in dem die Decke durchhängt und der gebeizt ist vom Rauch.

»Der Teig«, sagt Margot, als wäre sie froh, sich daran zu erinnern. Sie stellt sich vor den großen Tisch. Ihr Hintern wackelt, als sie beginnt, den Klumpen in der Schüssel zu walken. Wie sie auf ihn herunterfährt, ihn herumschlägt, dreht und dehnt und sich mit den Unterarmen hineingräbt: Sie knetet ihn nicht, sie bringt ihn zur Strecke.

Einige Minuten lang ist nichts zu hören außer Margots Atem und von Zeit zu Zeit ein Poltern, wenn sie den Teigklumpen auf den Schüsselboden schleudert. Sie wischt sich mit dem Unterarm über die Stirn. Ihre Augen glänzen. Ein letzter Wurf, der ihr Gesäß erbeben lässt, und der Teig ist fertig. Er muss jetzt ruhen. Margot zieht ein Tuch über die Schüssel, auf deren Grund der weißliche Klumpen liegt, wie einer Toten übers Gesicht.

»Er ist im Camp«, sagt Margot unvermittelt, während sie hellgrünen Tee in zwei Schalen gießt. Ihre Wangen sind rosig, ihr Blick lässt Agnes' Muskeln erlahmen, nicht aber ihr jagendes Herz. Hat Margot durch den Türspalt Gordon gesehen? Sind sie beobachtet worden, als sie zu den Tanks schlichen? Oder hat Margot ein Wissen, von dem sie alle nichts ahnen? Ein Test, eine Falle, oder beides.

Der Vorhang raschelt, Sirene schiebt sich durch die Fransen, geht ein paar seltsam hohe, steife Schritte in den Raum. Gähnend stößt sie einen hohen Ton aus. Dann legt sie sich zu Füßen des Teigs, ihr keilförmiger Kopf ruht auf den Vorderpfoten, und verdreht die Augen nach Margot. Agnes möchte sofort in diese Hündin schlüpfen.

»Die Katzen kapieren es nicht. Wir müssen sie mitsamt diesem Scheusal vertreiben.«

Agnes begreift: Margot spricht nicht von Gordon. Sie spricht vom Kater. Sie spricht auch von den Katzen, um derentwillen er ständig im Camp herumschleicht. Agnes muss husten vom Dampf, der aus dem Tee aufsteigt. Bilder tauchen auf.

Sie sieht sich selbst am Morgen, betäubt von der Tankluft, zum Gemeinschaftshaus gehen, einen Stiefel vor den anderen setzend. Kurz vor dem Eingang zur Küche springt ein verwischter Schatten vor ihr auf und flüchtet dicht an den Boden gepresst. Sie erinnert sich an ihr Erschrecken und dass der Kater ihr sein Gesicht zuwandte, ehe er floh. An der Stelle des einen Auges stand ein Geschwür heraus, mit dem anderen blickte er sie an. Für diesen Moment gab es zwischen ihr und dem Kater eine Verbindung.

Der Kater ist staubig und immer krank. Er lässt sich nicht verjagen. So oft sie nach ihm treten und werfen, taucht er wieder auf, holt sich weitere Tritte ab, zieht alle herunter mit seinen Krankheiten. Mal hängt ihm schlieriger Speichel aus dem Maul, dann wieder blutet er und hat kahle Stellen. Jetzt das Geschwür.

Margot kroch noch am selben Tag im Stall herum und holte die noch blinden Katzenjungen, allesamt Nachkommen des Katers, aus den Nestern. Sie suchte die männlichen Tiere heraus und warf sie auf den Hof, wo sie sich schreiend und abgehackt taumelnd herumwälzten und mit ihren dünnen Schwänzen in den Staub schlugen. Margot stand abseits und hieb mit einem Spaten nach den Muttertieren, wenn sie sich den Jungen nähern wollten. Die kleinen Kater starben nach ein, zwei Stunden in der stechenden Sonne. Agnes ertrug es nicht, von dem schlaffer und leiser werdenden Quietschen, dem Gezappel der Tiere wurde ihr schlecht.

Margot, die bei ihrem Tun heftig schwitzte, quollen die Augen aus den Höhlen, nahmen einen unbekannt starren, harten Ausdruck an. Eines Tages würden die Katzen verstehen.

»Es wird Zeit, das Problem dauerhaft zu lösen«, sagt Margot. Mit ihren vom Teig rosigen Händen wischt sie Mehl von ihrem Rock.

»Ich helfe dir«, sagt Agnes, die Erleichterung schürt ihren Eifer. Sie meint den Kater. Margot schaut sie kurz an, dann wieder auf den Tisch hinunter. An ihren Schläfen und im Nacken ringeln sich Härchen im feinen Schweiß.

»Eigentlich wollte ich Helga fragen«, sagt sie.

Margot ist empfindsamer als alle denken. Seit Lilles Tod wirkt sie rastlos und bedrückt. Dann wieder fasst sie Pläne wie diesen, wohl in der Hoffnung, die Schwestern zurückzugewinnen, indem sie ihnen ihre Gunst schenkt. Und gleichzeitig offen ihre Anhänglichkeit fordert.

»Sie ist nicht hier.«

Beim Gedanken an Helga erfasst Agnes ein lähmendes, hohles Gefühl, Schuld und Verrat, schauderhaft.

Sie eilt hinter Margot her in den Stall. Die Ziegen und Schafe sind draußen, es sind sowieso nicht mehr viele. Sie laufen herum, wo sie wollen. Schon lange liegen hier zwischen Stroh und Abfällen nur noch ein paar zerlegte Motoren. Margot hat Köderfleisch beschafft. Sie hat es in gleichmäßige, braunrote Brocken geschnitten, die sie jetzt an verschiedenen Stellen im Stall auslegt. Agnes versucht ihr das Benzin auszureden: Der Kater und die Katzen , so ihr Argument, könnten vor dem Geruch zurückschrecken. Was sie nicht sagt, ist, der Stall brennt ja auch so.

Es brennt. Nirgends ist Hilfe in Sicht. Sie, Agnes, hat das Camp selbst angezündet, es schien ihr das Einfachste.

Das Benzin in einer Spur rund um den Stall ausgeschüttet, ein Streichholz angerissen und hingeworfen. Alles für Margot. Die Hitze ätzt ihr Gesicht. Schwer, dem Bann der Flammen nicht zu erliegen. Aus heißen Augen starrt sie hinein. Lauscht dem Geräusch des Brandes, einem dumpfen Brausen, wie aus dem Innern des Kopfes. Zwischendurch Krachen, wenn etwas birst. Löschen müsste man.

Auf einmal ist da Lille. Der Staub, den sie beim Gehen aufwirbelt, umhüllt ihre Füße, sie scheint zu schweben. Sie ist ja auch tot. Lille ist bestürzend mager, ihre Beinknochen in den Jeans schieben sich, von schwachen Muskeln bewegt, abwechselnd vorwärts. Lächelnd nähert sie sich. Lilles Lächeln steht verlässlich auf ihrem Gesicht, wenn es etwas zu verbergen gibt. Zu dieser Zeit wahrscheinlich Schmerzen. Oder Hunger. Denn der Krebs frisst und Lille fastet. Es scheint, als hätte Lille ihr, Agnes, etwas zu sagen, doch Agnes weicht zurück.

Lilles Bewegungen nehmen ihren Tod vorweg. Ihre winzigen Schritte federn nicht mehr, ihr Rückgrat ist eingekrümmt wie ein verbranntes Zündholz. Agnes muss sie anstarren, aber vermeidet mit ihr zu sprechen. Alle ließen sie Lille im Stich. Sie wussten, dass Margots Kuren nicht halfen. Wie sich verhalten, wenn eine stirbt?

Lille wendet sich dem Pfirsichbäumchen zu. Die Hitze des Brandes hat auch seine Zweige erfasst. Zarte Astspitzen glimmen, feine Rauchbänder steigen von ihnen empor. Lilles Finger sind ebenso dünn wie die toten Äste. Sie streckt sie nach dem Pfirsichbäumchen aus. An der

Mauer des Gemeinschaftsgebäudes, das nicht weit genug entfernt ist vom brennenden Stall, explodiert ein Kanister.

Überall sind brennende Fetzen verstreut, die Flammen tasten nach mehr und mehr Fraß. Nicht mehr lange, und sie werden auf das Gemeinschaftshaus übergreifen.

Agnes steht und gafft, statt etwas zu unternehmen. Tu was, fährt sie sich an. Aber wie, und was zuerst? Da fällt ihr auf: Margot ist nirgends zu sehen. Agnes läuft los, um den Stall herum, auf die dem Hof abgewandte Seite.

Da ist sie, Margot. Schreit: »Er ist hier drin!«. Vor Aufregung kippt ihre Stimme. Sie tänzelt vor Lilles Tank herum, ihr Haar hat sich aus der Steckfrisur gelöst und lodert, den Flammen ähnlich, um ihren Kopf. Gesicht und Kleidung sind voller Ruß, nie haben ihre Augen so geleuchtet. Margot packt eine glimmende Holzlatte am noch unverbrannten Ende und schleudert sie auf den Tank, der seit Lilles Tod unberührt herumsteht. Und wieder ist sich Agnes nicht sicher, wen Margot meint.

»Der Kater?« fragt sie, als sie schon einen leeren Düngersack in der Hand hält. Aus dem Augenwinkel sieht sie, wie über dem Gemeinschaftshaus das Feuer hochschlägt.

»Das Scheusal!« ruft Margot, und es ist vollkommen klar, dass Agnes mitmacht. Gemeinsam werfen sie alles, was brennen kann oder schon brennt, auf die verwaiste Hütte.

Den Pickup hat sie nicht bemerkt. Sie weiß nicht, wie lange er mit seinen verstaubten Lichtern hinter der Wand aus flimmernder Luft gestanden hat. Und Helga, auch ihr Bild flimmernd vor Hitze, neben der geöffneten Fahrertür stehend. Agnes lässt die Orangenkiste neben sich fallen, wirft sie nicht auf Lilles Tank, dessen Wände sich im Feuer aufgebogen haben, dessen Inneres brennt. Helgas entgeisterter Gesichtsausdruck, ihre Hagerkeit, ihr fellartiges Haar, ihre Hände in den Overalltaschen. Auch die anderen drei Schwestern sitzen im Pickup.

Helga macht Anstalten, wieder einzusteigen. Wenn sie das tut, ist es für immer aus. Ganz starr sieht sie aus, sich selbst entfremdet. Weil sie in diesem Moment an nichts mehr glauben kann. So deutet sie, Agnes, Helgas Ausdruck. Sie muss sofort zu ihr hin, alles erklären, einzige Chance. Laut ruft sie Helgas Namen. Im Tank bläht sich die Feuermasse, verleibt sich Lilles Sachen ein, gleich wird er bersten.

Helga scheint sie, Agnes, überhaupt nicht zu hören. Sie hat genug gesehen, zuviel, hat beobachtet, wie sie beide, Agnes und Margot, Lilles Tank und das ganze Camp einäschern. Helga steigt wieder ins Fahrerhaus, startet den Motor. Der Pickup rollt, seine eingeschalteten Lichter starren blind ins allzu Helle. Helga und die anderen im Wageninneren sind nicht mehr zu erkennen. Staub und Kies knirschen unter den Reifen.

Helga gibt ihr keine Gelegenheit, noch etwas zu sagen. Sie wird abfahren und sie, Agnes, für immer aus ihrem Leben streichen.

Margot liegt am Boden, hingeschlagen, mit beiden Beinen unter einem wahrscheinlich glutheißen Wandstück des Tanks. Sie versucht hervorzukriechen, steckt aber fest. Auch die verbliebenen, vom Druck der Flammen aus den Fugen geratenen Blechwände drohen jeden Moment auf sie zu stürzen. Margot stößt ein Geheul aus. Agnes schließt die Augen. Wendet den Kopf dorthin, wo der Pickup angehalten hat. Helga und die anderen müssen das Schreckliche bemerkt haben. Dann werden Entscheidungen getroffen. Hier: die heulende Margot in der Falle, die unter entsetzlichem Gebell auf- und abrennende Hündin.

Dort: der langsam anfahrende Pickup.

Dazwischen: Sie, Agnes.

Sie zögert. Dann rennt sie dem Pickup hinterher.

Gordon [PORTUGAL]

Es brennt! In der Hütte am Boden kauernd sieht Gordon, wie grauer Rauch durch den Türspalt quillt. Im selben Moment riecht er ihn, einen Augenblick später ist alles voll und Gordon kriegt keine Luft. Bisher hat er sich nicht unter der Wolldecke unter dem Tisch in der Hütte hervorgewagt. Jetzt bleibt ihm keine Wahl. Er legt sich die Decke um, rüttelt an der Tür, die Gottseidank aufgeht, und flieht ins Freie.

Gleißende Helligkeit springt ihn an, die Sonne steht noch weit oben, die Flammen wollen ihre gierigen Finger sein. Das Feuer lodert, drischt sein trockenes Fressen. Rauch und Hitze beißen in den Augen. Gordon weiß nicht, ob er sich übergeben soll oder wie er das Bittere, Verbrannte, aus Kopf, Kehle und Bauch kriegen soll.

Die Flammen flackern um ein flaches, längliches Gebäude in ungefähr fünfzig Metern Entfernung. Es ist durch den Rauch hindurch wabernd und vernebelt zu sehen.

Eine Hitze geht von dem Brand aus, die alles rundherum in kurzer Zeit ausdörrt. Gerade bricht ein Teil des Daches ein, schwarze, gebrochene Rippen stehen heraus, die Flammen schießen höher. Gordon sieht es als Gelächter. Er darf nicht länger herumstehen.

Gordon versteht Ann Es nicht. Erst bringt sie ihn hierher, versorgt ihn, und dann setzt sie alles in Brand. Wer weiß. Vielleicht wurde sie gezwungen. Gordon glaubt nicht, dass sie ihm übelwill. Vielleicht braucht sie ebenso Hilfe wie er. Er kauert hinter einem Verschlag in sicherer Entfernung zum Feuer. Der Wind weht Rauch und Asche herüber, wellige graue Partikel, Überreste der verbrannten Häuser und Sachen. Gordon hat sich an der dem Feuer abgewandten Seite des Verschlags in die Hocke sinken lassen, lehnt an den Brettern und streckt die Hand nach den Ascheflocken aus. Sie wiegen nichts und zerfallen bei der geringsten Berührung. Die Sonne sendet immer noch ihre viel zu heißen Strahlen aus. Gordon hat Durst.

Er zuckt zurück, als ein Tier um ihn herumstreicht, das er erst auf den zweiten Blick als Katze identifiziert. Es ist ein männliches Tier, seine kleinen pelzigen Hoden sind beinahe die einzigen Stellen seines Körpers, die nicht vernarbt oder blutig sind oder mit versengten Fellresten bedeckt. Sein linkes Auge ist ebenfalls unversehrt, es blickt wie ein gelber Türspion zu Gordon auf. Sein abgefackelter Katzenschwanz biegt sich Wirbel für Wirbel um Gordons Schienbein. Der Kater überträgt eine pulsierende Vibration auf das Bein: Er schnurrt. Vorsichtig berührt Gordon den Kater mit dem Zeigefinger.

Alles, was sich an dem Kater noch sträuben kann, stellt sich voll Entsetzen auf. Mit seinem gelben Auge starrt er um die Ecke, der Schwanzrest schlägt nervös hin und her. Gordon wagt einen Blick hinter dem Verschlag hervor.

Nach wie vor stehen alle Gebäude auf dem Gelände in Brand. Ein kleiner offener Pritschenwagen fährt, eine lange Staubfahne hinter sich herziehend, ziemlich schnell der Landstraße zu, ein Mensch rennt stolpernd hinterher, der Abstand zwischen Mensch und Auto vergrößert sich rasch.

Was er dann sieht, muss ein Verbrechen sein. Eine Person, eine Frau, liegt vor einer der Blechhütten, deren Inneres brennt, und versucht verzweifelt, sich vor den Flammen zu retten, vor ihnen wegzukriechen, hängt jedoch liegend irgendwie fest. Der riesige Hund, dem er heute Morgen mit Ann Es begegnet ist, springt vor der Liegenden auf und ab.

Er erkennt die Frau. Sie hat mit Ann Es zusammen das Feuer geschürt. Ob sie ihre Mutter ist? Vielleicht wollten die Leute im Pritschenwagen sich an ihr rächen. Jetzt droht ihr das Schlimmste. Noch ehe er alles erfasst hat, bricht die brennende Hütte, vor der Ann Es' Mutter liegt, nach einem Aufwallen der Flammen auseinander. Brennende Teile stürzen auf sie herunter. Es ist niemand hier außer ihr und Gordon. Er eilt zu Hilfe.

Er hat mit seiner Decke die Flammen um sie herum erstickt. Die Trümmer über ihr weggeschoben. Ihre Beine befreit. Sie unter den Armen gepackt und so weit weggeschleift, dass die Flammen sie nicht mehr erreichen. Er hat sie gerettet, oder etwa nicht?

Vielleicht ist sie durchgedreht. Es gibt keine andere Erklärung. Ann Es' Mutter sitzt mit ihren verletzten Beinen am Boden, sie sind voller Wunden, gebrochen vielleicht, ihre Kleidung, ihr Haar, alles schmutzig und verbrannt, zum Fürchten, und beschimpft ihn.

»Hau ab«, schnappt sie mit einer beißenden Bewegung ihrer Kiefer, und er hatte gerade überlegt, wie er sie von hier wegbringen könnte. Ihr wenigstens Wasser beschaffen. Jetzt schreit sie auf den Hund ein. Der Hund, ein Weibchen, bemüht sich ehrlich, aber kann ebenso wenig begreifen, was sie will. Ihr Arm weist auf Gordon. Befiehlt sie der Hündin, sich auf ihn zu stürzen? Das Tier macht ein paar gebremste Sprünge, es besteht nur aus Muskeln unter kurzem, glänzendem Fell. Es blickt Gordon mit einem gequälten Seitenblick an, es kann nicht tun, was seine Herrin befiehlt. Gordon schaut sich nach dem Pritschenwagen um. Er ist am Horizont verschwunden.

Ann Es' Mutter streckt sich nach allem, was sie zu fassen kriegt, Steine, Schutt, verkohltes Holz, und bewirft damit die Hündin und Gordon. Ihr Gesicht ist hassverzerrt. Eines der Geschosse verfehlt ihn nur knapp. Er wendet sich zur Straße. Die Hündin, schwarzglänzendes Standbild der Bedrängnis, bleibt im sicheren Abstand zu ihrer Herrin zurück.

Die Nacht hat er, an einen großen gerundeten Stein geschmiegt, im Gestrüpp neben der Straße verbracht. Kein Schutz zwar gegen Platzregen und Blitze, aber eine feste Größe. Schlaf fand er erst im Morgengrauen.

Für einen Marsch zum Dorf reichen seine Kräfte nicht aus. Ebenso wenig kann er zu Hapke zurück. Er hat kein Wasser, kein Essen, kein Geld. Das Mädchen Ann Es verschwunden. Und außerdem ist er verletzt. Kein gutes Blatt für Gordon.

Er kauert mit angezogenen Beinen an einen der Strommasten gelehnt, auf einem zu schmalen Schattenbalken. Nur so lange, bis ihm etwas einfällt. Mücken und andere Insekten greifen ihn an. Das Morgenlicht ist rosa.

Er muss an Mama denken. Er sieht sie auf dem Küchenstuhl, das Strümpfeanziehen macht ihr Mühe. An beiden Beinen schlackert je ein Strumpf mit dem weiten offenen Ende über dem Knie. Das weiche Weiß ihrer Schenkel schaut hervor, sie macht, bevor sie sich weiter anzieht, eine Pause. Sie trägt das grüne Schürzenkleid mit einem Muster, das aussieht wie Porreestangen und Pfauen. Er riecht ihren Geruch, während er ihr die Halskette zuhakt. Er bringt ihre schneeweißen Zigaretten. Während sie den Rauch einsaugt und tief innen herumrollen lässt, lächelt sie ihn glücklich an. Er bringt die Dose mit ihren Brücken.

Er darf nicht wünschen, sie wäre jetzt hier. Sie könnten einander nicht helfen. Und Mama wäre, wenn sie ihn jetzt sähe, krank vor Sorge. Besser, sie schaut Fernsehen und denkt, Gordon mache Urlaub mit Hapke. Arme Mama, und armer Gordon. Er durchsucht seine Taschen nach dem Tabakpäckchen; nicht mehr da. Es ist früh am Morgen und schon auf eine gemeine Art heiß.

Der Seevogel bringt ihn auf die Idee. Gordon hat die ganze Zeit an Maria und Sé Diogo gedacht und gerätselt, wie er zu ihnen gelangen könnte, ins Dorf. Oder eine Nachricht an sie senden.

Erst der Seevogel lässt ihn in die andere Richtung blicken, zum Meer. Der Seevogel kreist eine Weile unschlüssig über Gordons Kopf und dem Mast, seine Flügel sind für den Seewind gemacht, bräunlich und mit einer Biegung nach hinten, stabil und viel benutzt. Seine Schwimmfüße zeigen beim Fliegen nach hinten. Der Vogel verrenkt den Kopf mit dem scharfen Schnabel und schaut zu ihm herunter. Für einen Moment treffen sich ihre Blicke. Die Weichheit des Bauchgefieders ist zu ahnen, an der Brust hat der Vogel eine weiße Stelle. Er scheint nicht sehr begeistert von seinem Landausflug weg vom Meer.

Er dreht dann auch ab, öffnet kurz seinen Schnabel, folgt mit kräftigen Flügelschlägen seinem Meersinn, auch der Landstraße, und ist bald außer Sicht.

Das Meer, die einzige Möglichkeit. Es liegt näher von hier als das Dorf, und er wird dort bestimmt jemanden treffen, den er um Hilfe bitten kann. Gordon steht auf und geht die Landstraße entlang, dem Seevogel nach.

Agnes [PORTUGAL]

Die Landstraße. Rötlicher Staub, abendlicher Tiefstand der Sonne, auf- und abschwellendes Grillengezirp. Auf dem Rost des Asphalts braten lange Schatten. Strommasten entlang der Straße zeichnen mit ihren durchhängenden Kabeln u-förmige Bögen, von hier, wo Agnes einen Fuß vor den anderen setzt, bis zum Horizont.

In jedem Schritt spürt sie die Spannung der Zeiten. Die Gegenwart ist diese Straße. Die Zukunft der Durst. Die Vergangenheit, das sind jetzt Helga, Margot, das Camp. Und Gordon, der doch gerade erst aufgetaucht war. Vor Agnes' Füßen stürzen sich Eidechsen und dünne Schlangen vom aufgeschütteten Wall der Straße ins Gestrüpp hinunter.

Außer ihren schmutzigen, rauchverseuchten Kleidern ist ihr nichts geblieben. Ebenso gut könnte sie tot sein, so plötzlich sind sämtliche Verbindungen gekappt worden. Sie selbst hat auf einen Streich alles gelöscht. Der einzige Beweis dafür, dass sie noch lebt, ist der Durst. Sie geht und geht.

Auch die Dunkelheit bringt kaum Kühle. Die Sterne, die in ihrer Unzahl auf Agnes herabschauen, bezeugen den Augenblick. Agnes spürt ihren Sog, sie ziehen sie weg von der Asphaltkruste, in die aufgespannte Weite. Je länger sie schaut, desto mehr Himmelskörper in immer neuen Tiefen des Raums reizen ihre Augen mit altem Licht. Die schwächsten Lichtpunkte sind von bloßen Reflexen auf der Netzhaut kaum zu unterscheiden. Der Weitwinkelblick macht Agnes schwindlig, als schwebte sie bereits davon.

Aber sie will nicht. Will sich nicht als Teilchenwolke ins All versprühen. Sie will sich vor dem Vielauge des Kosmos verstecken. Notfalls wird sie sich mit Fingern und Zehen im Gesträuch festkrallen. Sie will nur trinken, atmen, sich für die Nacht verkriechen. Tränen treten ihr in die Augen, Salzkristalle statt Tropfen.

Sie hat sich auf den Himmel konzentriert und das Auto erst im letzten Moment kommen hören. Den Motor, das Rauschen der Reifen auf dem Asphalt nimmt sie erst wahr, als die Lichtkegel der Scheinwerfer sie anfallen. Blind und starr blickt sie hinein, fällt wie ein Käfer vor dem Vogel rückwärts, hinaus über den Rand der Straße. Ihr ganzer Körper ein Pochen, liegt Agnes auf der kratzigen Schicht knöchelhoher Gehölze, die ihren Fall abgefedert haben. Der Wagen fährt vorbei. War es der Pickup? Sie wagt nicht, den Kopf zu heben, tut es schließlich doch, damit sie nicht die einzige Chance verpasst, Helga vielleicht noch zu sehen. Rot aufscheinende Bremslichter. Dann wieder die weißen Scheinwerfer, der Wagen hat umgedreht. Wer immer es ist, er oder sie kommt zurück, um Agnes zu suchen.

Die Angst packt Agnes am Kragen, sie liegt ganz starr. Es muss kälter geworden sein. Obwohl sie noch nicht weit vom Camp entfernt ist, kennt sie die Gegend, das Land nicht. Außerhalb des Camps war Feindesland, die heterosexistische Zone. Das Camp ist abgebrannt, jetzt ist sie mit der feindlichen Restwelt allein.

Das Auto rollt langsam näher und hält in einiger Entfernung von der Stelle an, wo Agnes neben der Straße im Gestrüpp liegt. Offenbar wissen die Insassen nicht mehr genau, wo sie die Gestalt zuletzt gesehen haben, die erst an der Straße entlang wanderte und dann plötzlich verschwand. Die Geräusche klingen deutlich zu ihr herüber, wie fürs Kino nachvertont: Eine Wagentür wird geöffnet. Schuhsohlen treten auf kleine Kiesel. Männerstimmen, leise beratend, nicht sonderlich aufgeregt. Agnes entspannt sich etwas. Beinahe findet sie die Stimmen angenehm. Es sind zwei Männer, und sie versteht, was sie sagen.

»Er war es nicht, Rolf. Er ist größer. Er geht ganz anders.«

Die jüngere, schlankere der beiden Stimmen. Agnes wagt es, den Kopf ein wenig zu heben, sie sieht, wie der Kleinere von beiden, vermutlich Rolf, sich mit einem Taschentuch über das dicke Gesicht und die Glatze wischt. Nicht-Rolf steht daneben, mickrig und schief.

»Es ist dunkel. Er kann was mit den Füßen haben, schon läuft er anders. Und, der Typ eben hat uns nicht kommen hören. Definitiv nicht. Reagiert hat er erst auf das Licht.«

Rolf hebt statt seiner Schultern beide Hände in den Hosentaschen der Shorts. Seine Zehen hängen über den Rand der Badelatschen.

»Du hast recht. Wahrscheinlich war er es trotzdem nicht. Abflug.«

Agnes wird klar, von wem die Rede ist. Die Männer suchen Gordon. Die Einsicht verschafft ihr Befriedigung. Sie hat aus dem Wenigen, das zu wissen übrig ist, zwei Teile zusammengesetzt, ein kleines Stück Ordnung und Sinn. Beinahe hat sie Zutrauen zu Rolf und Nicht-Rolf gefasst. Sie bringt es nicht über sich, die beiden auf sich aufmerksam zu machen. Als der Wagen – mit einer Ladefläche, die größer ist als die des Pickups – anfährt, wartet sie ein paar Atemzüge ab, ehe sie, obwohl sie am liebsten winkend hinterherrennen würde, parallel zur Straße durchs harte Gesträuch weitergeht.

Sie hätte Rolf und Nicht-Rolf ansprechen müssen. Kaum sind die Rücklichter von deren Wagen außer Sicht, glaubt sie beim jeweils nächsten Schritt zu Boden zu sacken. Ein dicklicher Film hat sich auf ihre Sinne gelegt. Der Durst ist ein schleifender, scharfer Mangel, der einen immer größeren Teil ihres Denkens einnimmt. Weit wird sie es nicht mehr schaffen. Die Sterne malen Schlieren in Agnes' unscharfen Mitschnitt. Mit Getöse beginnt ihr Kopf zu schmerzen.

Plötzlich bemerkt sie, dass jemand hinter ihr geht. Ein besonders tückisches Schleichen, weil dieser Jemand genau ihre Schritte und Bewegungen nachahmt. Der minimale Nachklapp fremder Füße ist kaum zu bemerken. Würde sie sich umdrehen, die schleichende Person spränge blitzschnell hinter sie. Agnes erkennt ihre Verfolgerin am stimmlosen Lachen. Es ist Lille. Fast im selben Moment springt Lille auf Agnes' Rücken und klammert sich fest. Sie ist leicht wie ein getrocknetes Seepferdchen. Ihre Stimme ist ein körperloses Zirpen.

»Bin ich schön?« zirpt sie in Agnes' Ohr. »Hast du mich lieb?«

Sie raschelt wie das Pergament eines alten Wespennests. Als Agnes nicht antwortet, erhebt Lille ein dünnes, durchdringendes Heulen.

»Aua, aua, ich habe Krebs«, heult sie, »aua, ich sterbe!«

»Halt den Mund!« fährt Agnes sie an, ihre Stimme ist so heiser, dass sie kaum anspringt. »Du bist doch längst verfault.«

Sie muss weitergehen, den Autolichtern nach. Stur strebt sie auf den Punkt zu, wo sie sie zuletzt gesehen hat.

Vor die Sterne schieben sich Wolken. Die Dunkelheit ist wie Öl.

Lille legt ihre kraftlosen Händchen um Agnes' Hals.

»Ihr habt mich umgebracht«, greint sie in ihr Ohr, »ich war achtundzwanzig!«

Agnes versucht der Schwärze um sich herum nur eines abzupressen, zwei Rücklichter. Sie geht weiter. Wind kommt auf.

»Ich hatte solche Schmerzen«, stöhnt Lille, »solche Schmerzen! Ihr habt mir nicht geholfen. Ihr habt mir sogar die Schuld gegeben!«

Wieder stöhnt sie, es klingt, als ob sie sich allzu genau erinnere.

Agnes zischt zurück: »Was ist mit Margot? Und was ist mit dir? Du bist schließlich freiwillig geblieben! Musstest ja im Glorienschein verrecken!«

»Fotze!«

Regentropfen platzen auf Agnes' Stirn. Es donnert wie beiläufig, das Gewitter räuspert sich vor seinem Auftritt. Lille trommelt mit den Fäusten auf Agnes' Rücken. Ihre Kräfte sind lächerlich begrenzt. Agnes beachtet sie nicht mehr. Sie streckt Stirn, Wangen, Zunge, alles, was dringend Wasser braucht, in den herabklatschenden Regen.

Blitze fahren als heiße Spaten herunter und spalten, was immer sie treffen. Regen prügelt auf Agnes' Kopf und Schultern, auch das Gesträuch beugt sich.

Das Gewitter hängt genau über ihr, Agnes kauert sich zwischen die Gewächse. Sehen, Hören, der Hautsinn sind ganz vom Gewitter besetzt. Längst ist sie vollkommen durchnässt. Vier, fünf Blitze zucken gleichzeitig in verschiedenen Tiefen des nächtlichen Raums, erleuchten willkürliche Parzellen mit ihrem falschfarbigen Licht, krachende Donnerschläge folgen. Es gibt in dieser Gegend kaum Objekte für diese Wut, denkt Agnes, und leckt im Kauern Regenwasser von den harten schwarzen Blättchen eines Strauches. Sie duckt sich noch tiefer, das einzige, was sie außer dem Gewitter noch spürt, ist das Dehnen und Zusammensinken ihres Brustkorbs beim Atmen.

Unterdessen wird Lille von Agnes' Rücken abgerissen. Im Aufscheinen eines Blitzes sieht Agnes sie in einer Windbö wie eine verdorrte Staude davonkugeln.

»Mörderinnen!« schreit Lille mit hoher, sich überschlagender Stimme, ihr Gesicht rollt um die Nasenspitze als Drehpunkt, »Nazifotzen!«

Dann wird sie vom Gewitter verschluckt.

Agnes weiß nicht, wie lange sie so dagelegen hat. Das Gewitter, so scheint es ihr, stand endlos über ihr, und wegen der Blitze wagte sie nicht, den Kopf über die Kriechbüsche hinaus zu strecken. Als einzige Erhebung im Umkreis, ausgenommen die Masten, war sie, von oben gesehen, für den Spatenführer ein leichtes Ziel.

Jetzt zieht das Gewitter weiter, nicht mehr auf jeden Blitz hageln Schläge. Agnes liegt immer noch flach auf dem Bauch und tastet sich von innen durch ihre ausgekühlten Muskeln, bewegt nacheinander Arme, Hals, Rückgrat, Beine. Ebenso langsam, wie dort, wo am Horizont die Straße abbricht, die bleiche Sonne aufgeht, richtet Agnes sich auf. Setzt die Hände. Stemmt die Arme gegen den Boden. Geht auf die Knie. Kommt hoch, richtet sich auf. Steht. Schaut sich um. Dieselbe Unzahl, die nachts als Sterne auf sie herabsah, schwirrt jetzt als Insekten über dem Boden. Die Sonne hat den Regen in Dampf verwandelt. Die Büsche erinnern sich ihrer reizlosen Blüten und hängen sie zum Bestäuben hinaus. Stumpfleibige Hummeln durchwühlen ihre fleischfarbenen Kelche. Überall sieht Agnes Insekten, längliche, gekrümmte, mit doppelten Flügelpaaren, an Halmen krabbelnd, schwirrend in Wolken, zu zweit an den Hinterleibern verdübelt und trotzdem im Flug. Die meisten taumeln ohne erkennbare Ziele, vergeuden ihr eintägiges Leben in Konfusion.

Und es gibt Stechmücken. Mit ausgestreckten Saugapparaten fliegen sie Agnes' bloße Hautstellen an. Sie schlägt nach ihnen, versucht sie rennend abzuschütteln. Schließlich lässt sie sie gewähren.

Die Sonne steigt höher, hat wieder ihre Diktatur am leeren Himmel errichtet. Agnes weiß nicht, wie weit es noch ist bis zum Dorf. Vom Camp aus waren es fünfzehn Kilometer. Sie kann nicht schätzen, wie weit sie am Vorabend gekommen ist. Sie ist hungrig.

Ringsumher stirbt jede Bewegung außer dem Zirpen der Grillen.

Agnes sieht das Haus, dessen Umrisse in der Hitze flimmern. Sie bleibt stehen, legt den Arm über die Stirn. Auf den unbedeckten Hautstellen spürt sie als Stiche den Sonnenbrand.

Das Haus liegt ein Stück abseits der Straße, vielleicht dreihundert Meter nach Süden. Eine schmalere Straße zweigt von der Hauptstraße zu ihm ab, analog spannt sich, über kleinere, enger stehende Masten gespannt, eine dünnere Stromleitung zu ihm hin. Es steht allein, ungeschützt von Bäumen in einer kaum merklichen Senke, in Nachbarschaft nur eines dunklen, fensterlosen Schuppens, der dem Anschein nach wesentlich länger schon dort steht als das Haus.

Das Haus selbst ist neu, ein behäbiger Kasten mit dicken Mauern und wulstigen, turmartigen Auswüchsen. Die Außenwände sind grau, es ist augenscheinlich noch unfertig. Auf dem Dach fängt eine riesige Parabolantenne grellweiß das Sonnenlicht. Agnes folgt weiter dem Weg.

Als sie ein Stück auf das Haus zugegangen ist, sieht sie vor einer Reihe überbreiter Garagentore, die zu ebener Erde in das Haus eingelassen sind, Rolfs oder Nicht-Rolfs großen Pickup stehen. Ihr Herz beginnt zu klopfen, als wären die beiden Männer ihre ältesten Freunde.

Aufgerissene Zementsäcke, Bretter, Haufen, ein Durcheinander von tiefen Reifenspuren auf der Fläche, die als Garten oder Parkplatz gemeint sein könnte. Aus der Nähe zeigt sich die Baustelle. Das Haus ist eine unförmige Scheußlichkeit. Aus der Wand nach Westen hin ragt, noch ohne Geländer, der Betonvorsprung für eine Terrasse. Künftige Fenster sind nichts als Löcher in den seltsam dicken Mauern.

Agnes spürt jetzt das Ausmaß ihrer Erschöpfung. Ihre ganze Hoffnung gilt jetzt zwei Männern.

Wenn Helga sie sehen könnte.

Agnes tritt in den Schatten des Gemäuers, sieht den hervorgequollenen und erstarrten Mörtel an den Fugen der Hohlblocksteine.

»Hallo?« ruft sie hinein.

Sie schiebt die Folie beiseite, die anstelle einer Tür vor der Aussparung in der Mauer herunterhängt. Noch einmal ruft sie, nach drinnen: »Hallo?«

Feuchte Gruftkälte berührt ihr Gesicht. Sie setzt einen Schritt ins Haus.

»Rolf!« entfährt es ihr, sofort ist es ihr peinlich, vor allem der überschnappende, ganz unangemessene Unterton der Freude. Im Halbdunkel des Rohbaus fällt es glücklicherweise nicht auf, dass sie errötet. Von Rolf sieht sie nur die Silhouette. Er ist vom oberen Stockwerk eine unfertige Treppe herabgestiegen, ein in sich gedrehtes Betonskelett mit noch in Plastik verschweißten Stufen. Er trägt wieder Bermudashorts. Agnes sieht genau, wie seine haarlosen Waden von den Knöcheln an auseinandergehen und sich unter den Knien verjüngen. Rolf ist dicker als in ihrer Erinnerung, und älter.

»Was suchst du hier?« schnauzt er. Agnes erschrickt, der rohe Ton seiner Stimme, sein kleinäugiger und kalter Blick.

»Ich ...« beginnt Agnes. Ihre Augen bewegen sich über die sichtbare Oberfläche von Rolf. Außer Feindseligkeit sendet dieser nichts aus. Bevor sie etwas herausbringt, einen Anfang findet, um ihre Lage zu schildern, noch bevor sie auf gestern Nacht zurückkommen kann, wie sie durch Zufall seinen Vornamen erfahren hat, wird sie gepackt, von zwei Männern, die sie gar nicht hat kommen sehen, von denen sie nur grobe Hände spürt, sie verdrehen ihr schmerzhaft die Arme und zerren sie ohne ein Wort ins Innere des Hauses. Schleifen sie durch mehrere Räume, eine Treppe hinunter, einen Kellerflur entlang, es wird warm und dunkel, Geruch nach heißgelaufenen elektrischen Geräten, die Gummidichtung einer Metalltür öffnet sich mit einem Schmatzen. Sie wird in einen niedrigen, kahlen Raum gestoßen. An einem Kasten, der an der Wand angebracht ist, brennt ein orangefarbenes, viereckiges Lämpchen. Sonst ist keine Einrichtung, keine weitere Lichtquelle zu sehen. Einer der beiden Männer, klein und auffallend stark, versetzt ihr einen weiteren Stoß in den Raum hinein und klappt die Tür zu, die offenbar sehr dicht schließt. Sie ist allein, im beinahe Dunklen. Der Kasten, an dem das Lämpchen leuchtet, brummt leise. Eine unbestimmbare Zeit lang bleibt sie stehen. Geht dann zur Tür, drückt die Klinke. Fester als fest verschlossen. Der Raum hat keine sichtbare Öffnung, kein Fenster, keinen Schacht. Sie hockt sich neben der Tür auf den Boden, der ganz glatt gegossen ist. Sie bewegt sich nicht, damit nichts die Lawine der Gedanken anstoße.

Außer dem leisen elektrischen Brummen des Kastens ist nichts zu hören. Die Luft ist weder kalt noch warm, die Kontrolllampe hier unten im Keller ihr einziges Licht. Von Zeit zu Zeit setzt das Brummen aus. Agnes hat versucht, anhand dieser Aussetzer die Zeit zu messen. Aber der Kasten brummt und setzt aus ohne System; Agnes hat aufgegeben, die Sekunden der Intervalle zu zählen.

Ob Tag oder Nacht ist, weiß sie nicht. Sie ist aber lange genug in diesem Keller, um ihn nicht für ihr Gefängnis, sondern für ihr Grab zu halten. Wäre sie nur eine Gefangene, müsste von Zeit zu Zeit jemand kommen und sie mit dem Nötigsten versorgen. Das jedoch geschieht nicht. Ihre Gedanken kreisen, halten inne, glotzen an diesem Punkt mit Grausen in die Tiefe; nur noch eine endliche Zahl solcher Umdrehungen, und sie wäre tot. Wenn alles so bliebe. Rolf braucht nur abzuwarten. Agnes legt sich schon mal hin.

Zuletzt war es nur noch Margot, die zu Lille in den Tank ging. Sie verbrachte die Nächte bei ihr. Sie trug warmes Wasser hinüber, frische Laken, sie stand vor Morgengrauen auf und sammelte Kräuter. Alles für Lille. Es fällt Agnes nicht leicht, in Margot jetzt, im Nachhinein, eine Mörderin zu sehen.

Agnes war ein letztes Mal zu Lille gegangen, fünf oder sechs Tage vor ihrem Tod. Margot hatte ihr von innen die Tür geöffnet. Gestank schlug ihr entgegen, dumpf, ranzigsüß, ohne jeden Sauerstoff, es hatte sie Überwindung gekostet, nicht sofort wieder umzukehren.

Eigentlich, dies wird Agnes jetzt bewusst, war dies das Schlimmste an diesem letzten Besuch, sich selbst dabei zu beobachten, wie Lille sie in ihrer Agonie abstieß, sie anekelte, ihr Geruch, der klebrige Glanz ihrer Haut. Die gelbliche Blässe, das eingeschrumpfte Gesicht, eine eingebrannte Grimasse, modelliert von unvorstellbaren Schmerzen. Nichts war von der jungen Frau übriggeblieben, die sie kannte und auf unbestimmte Art mochte, von ihrer zurückhaltenden Art, die Helga überheblich nannte. Lille, dieser Mensch mit seinen individuellen Eigenschaften hatte sich in ein gequältes Stück Fleisch verwandelt, es war für Agnes nichts Persönliches mehr an ihr zu erkennen. Agnes hatte den Wunsch verspürt, Lille liegen zu lassen, aufzugeben, sie würde so oder so sterben. Ihre innere Stimme drängte auf Flucht, keine Spur von Mitleid war darin zu finden, nur Abscheu und Achten auf sich selbst. War dies ererbtes Verhalten, Reste eines Instinkts? Die Horde lässt die Sterbende liegen, wendet sich den Lebenden zu, zieht weiter. Das unangenehme Gefühl dabei, Scham und Schuld, ist nachträglich darüber gepfropft worden und erweist sich als verzwungen und nutzlos.

Agnes schaute über ihre Schulter, wo Margot stand, von der sie sich beobachtet fühlte. Sie wollte so schnell wie möglich hinaus, zwang sich aber, ein paar Minuten zu bleiben.

Lille lag auf ihrer Matratze, um die Hälfte geschrumpft, den Rest von ihr hatte offenbar der Krebs gefressen. Ihre Haare lagen dünn und strähnig auf dem Kissen, sahen auch schon nach Abfall aus. Um das Bett herum war esoterischer Nippes drapiert, den Agnes plötzlich als solchen erkannte und am liebsten mit einem Handstreich weggefegt hätte: Traumfängerchen, aufgebrochene Drusen, Kräuterbeutelchen, heilende Steine. Ein Witz angesichts einer Sterbenden.

Margot sprach leise auf sie ein und streichelte sie, also war sie vermutlich bei Bewusstsein, wenn auch völlig erstarrt, mit zugekniffenen Augen, der Rest des Körpers eine einzige Verhärtung. Sie atmete stoßweise durch gebleckte Zahnreihen. Es kam Agnes wie eine ganz und gar unanständige Beschönigung ihres Zustandes vor, in einem Ton mit ihr zu sprechen, wie Margot es gerade tat:

»Unsere Schwester Agnes ist hier, will nach dir sehen, dir ein wenig Kraft geben, möchtest du ihr etwas sagen?«

Agnes hatte nach Worten gekramt, irgendetwas, das sie sagen könnte, fand aber nichts, kein einziges Wort. Sie hatte zu schwitzen begonnen, das Atmen durch den Mund vergessen, den Geruch in die Nase bekommen, gefürchtet umzukippen, zu würgen. Margot half ihr nicht. Agnes presste schließlich ein paar Worte heraus, Lille war wahrscheinlich sowieso längst alles egal. Sie stöhnte und bog ihren Körper nach hinten durch, Agnes hatte keine Ahnung, ob es irgendetwas mit ihrer, Agnes,' Anwesenheit zu tun hatte oder mit dem, was sie soeben sagte. Dabei rutschte die Decke herunter, mit der Lille zugedeckt war, eine der grauen, dicht gewebten Wolldecken mit angeknöpftem Laken. Agnes sah mit Entsetzen etwas von Lilles Nacktheit, grotesk herausstehende Hüftknochen, Haare, normale Beinhärchen, auf geschwollenen Knien und Fußknöcheln. Auf angezogenen Beinen, die noch dünner waren als Agnes sich bloße Knochen vorstellte.

Daran, wie sie sich verabschiedet hatte und gegangen war, erinnert Agnes sich nicht. Weil sie immer schon vorher aus der Szene aussteigt. Weil sie sich umso genauer einprägte, wie sie hinterher auf der Brachfläche vor dem Gemeinschaftshaus Disteln ausstach, in der Überhelligkeit der Nachmittagssonne fuhr sie mit dem am Hackenstiel befestigten Messer den Pflanzenkörper der Distel entlang, so tief es ging in dem verhärteten Boden, und fällte sie mit einem Schnitt durch die wassersaugende Pfahlwurzel.

Gordon [PORTUGAL]
Gordon fühlt sich gut. Gerade weil es keinen Grund gibt. Er lebt, er geht auf der Landstraße Richtung Meer. Zwischen Mast und Mast liegen immer ungefähr achtundvierzig Schritte. Die Sonne heizt den Dunst auf. Wenn Gordon einen Fuß auf dem Asphalt aufsetzt, kriegt der andere schon Lust auf den nächsten Schritt. Gordon ist so wach wie nie, er könnte blitzschnell auf alles reagieren wie die Eidechsen, die vor seinen Füßen ins Gestrüpp flitzen. Er ist auf eine tiefe Art einverstanden mit allem, was ihn umgibt, was erstaunlich ist angesichts der Lage. Am Grund seines Bauches wölben sich Blasen aus dem Bodensatz und steigen hoch, das kitzelt, alle paar Schritte vollführt er einen Hüpfer oder Haken. Hier ist er, Gordon. Da die Straße, der Staub, der Horizont. Freiheit, denkt er, Amerika. Seine Reise wird noch ein richtiges Abenteuer.

Wenn ihn jetzt die Mama sehen könnte.

Gordon und Mama hängen die frisch gewaschene Wohnzimmergardine auf. Sie ist so lang und üppig, dass sie gar nicht wissen, wie die Vorhangstange sie vorher je hat fassen können.

Die Sonne scheint zum Fenster herein. Gordon steht auf der Trittleiter, Mama hält den Stoff, der sich zwischen ihnen als störrischer Riesenschleier bauscht. Der gebäuschelte Stoff rutscht, egal wie Gordon es anstellt, wenn alle Gardinenringe daraufgeschoben sind, hinten von der Stange, oder ribbelt, wenn Gordon hinten festhält, vom eigenen Gewicht gezogen vorn wieder herunter. Gordon weiß nicht, wie er es hinkriegen soll, er und Mama lachen sich an.

Sein Blick schweift über das Wohnzimmer, Sessel, Kissen, Blumen, gerahmte Fotos von Gordon als Kind. Das Sonnenlicht fängt sich im Messing der Pendeluhr und in der Vitrine mit Daddys Pokalen, die er, Gordon, so gerne abstaubt. Ein perfekter Moment.

Mama sagt etwas, das er nicht versteht, sagt es immer wieder. Sie lacht, zeigt ihre Zahnlücken, sie hat die Brücken nicht drin. Ihr blauschwarzes Haar wird von Spangen gehalten.

»Ich verstehe nicht, Mama«, sagt Gordon.

Wieder und wieder sagt sie das Gleiche, zupft dabei an der Gardine, Gordon auf der Leiter gerät aus dem Gleichgewicht, lässt die Gardine los, die Gardine fädelt sich Ring für Ring von der Stange, rutscht herunter, drapiert sich wie automatisch über Mamas Kopf, immer mehr Schleier rollt über sie, Gordon muss furchtbar lachen, sie auch, Mama steht da als komische und wunderbare Braut, die Tüllfalten ergießen sich über das halbe Wohnzimmer. Gordon fällt vor Lachen fast von der Leiter, Mama reicht ihm die Hand, er steigt herunter, sie tanzen ein paar Umdrehungen, Mama strahlend unter dem Schleier, bis der Stoff so um ihre Beine geschlungen ist, dass sie zusammen in den Sessel fallen, immer noch lachend.

Das war gewesen, bevor es Hapke gab.

Gordon spürt plötzlich die ganze Erschöpfung. Die Aufregung, die Gefahren, denen er entronnen ist und die vielleicht noch drohen, die Schrammen, die Ungewissheit. Armer Gordon, und ganz alleine. Er will nach Hause, in sein Bett. Stattdessen der offene Himmel und Asphalt, ätzende Sonne, Steppe. Die Monotonie der Masten. Er muss ein wenig ausruhen, auch wenn Durst und Hunger nicht viel Zeit lassen. Nur eine Minute so sitzen.

Am Horizont Richtung Westen sieht er ein Flimmern. Das Meer, denkt Gordon und atmet prüfend ein, ob er es schon riechen kann. Oder doch nur die Hitze. Aus dem Flimmern lösen sich unscharfe schwarze Stäbchen, die am Scheitelpunkt der Straße auftauchen und allmählich größer werden. Sie bleiben auch beim Näherkommen dunkel. Zuerst ist es nur eine Ahnung. Dann erkennt Gordon die Männer, die auf ihn zukommen. Sicher erinnern sie sich auch an ihn. Sie sind zu sechst, Gordon hat keine Kraft wegzulaufen. Er bleibt einfach sitzen.

Die Afrikaner stehen um ihn herum. Es scheint jetzt ein anderer den Ton anzugeben als der, den er beim letzten Mal für den Anführer gehalten hat und der in diesem Moment einen halben Schritt hinter den anderen steht, jeden Blickkontakt vermeidend. Eher klein ist er und hat ausgeprägte Halsmuskeln. Sein Brustkorb hebt und senkt sich beim Atmen, als hätte er sich vor kurzem über etwas aufgeregt. Schweißtröpfchen glitzern auf seiner Stirn und über den Lippen.

Der neue Anführer, der jetzt auf ihn einredet, sieht dünn und trocken aus. Eine schmale, gerade Narbe verläuft schräg über sein ganzes Gesicht, teilt auch die Oberlippe diagonal. Der Mann wirkt nicht böse, nur übellaunig. Gordon versteht nichts von dem, was er sagt. Es sind die auf den ersten Blick unauffälligen Typen unter den Männern, die, scheint es, auf etwas lauern. Vor ihnen, glaubt Gordon, gibt es mehr Grund sich zu fürchten.

»Sorry«, sagt Gordon, *»no listening.«*

Jetzt erst sieht Gordon, dass der Ex-Anführer der Afrikaner ganz zerschlagen ist. Die Oberlippe geschwollen und voll dunklen Bluts, das rechte Auge von einer Schwellung überwuchert, die Haut an der Stirn aufgeplatzt. Der Mann hält sich mit dem linken Arm den rechten. Was immer passiert ist, es liegt nicht lange zurück. Der Dünne mit der Narbe hat jetzt angefangen, beim Reden Gordon, der noch am Boden sitzt, mit dem Fuß anzuticken. Die anderen stehen so, dass kein Ausweg bleibt. Vor dem blauen Himmel ragen rings um ihn diese Männer auf. Er starrt auf die Füße des Dünnen, der trägt Plastiklatschen, die Zehen sind mit hellem Staub überzogen, dass die Haut mit ihren Rillen und Falten wie ein Gipsabguss aussieht. Gordons Angst wächst.

»I have nothing«, sagt er immer wieder und schaut zu den Männern auf, *»please, deaf person.«*

Während der Ring enger wird, hat er eine Idee.

»You need car? Weapon? Telephone?«

Die Afrikaner verstehen nicht. Gordon deutet mit den Händen: Pritschenwagen, Handy, Maschinenpistole. Alles, was er in Hapkes Haus gesehen hat. Die Afrikaner beginnen zu diskutieren. Der Ex-Anführer mit dem blutigen Gesicht wirft Gordon zweifelnde Blicke zu. Er sagt nichts.

Der Dünne zieht Gordon an der Kleidung auf die Füße. Er schubst ihn. Er will wohl, dass Gordon vorausgeht, zu den versprochenen Sachen. »Vorsichtig«, deutet Gordon, bevor er den Weg einschlägt, weg von der Straße, zuerst in einem Bogen nach Nordosten, dann auf Hapkes Haus zu, er wiederholt seine Warnung ein paar Mal, weil er es ernst meint: *»Danger.«*

Adile Ngolongo [PORTUGAL]

Das Stockmädchen ist tot. Bleich und starr liegt sie auf dem lieblos bereiteten Lager zwischen Unrat und Algen. Ihr Bauch ist gedunsen von etwas Schlechtem. Sohn Gottes hat Böses in sie gesät. Ihr Haar ist schon wie Tang dem Gezerre der Gezeiten anheim gefallen. Er, Adile, hat sie nicht retten können. Das ist das Schlimmste.

Es ist tiefe Nacht, Adile sitzt oberhalb des Schlaflagers am Rand der Düne. Er ist während der Wache eingeschlafen. Als Soldat wäre ihm das nicht passiert. Er ist wütend auf sich selbst, gräbt seine Zehen in den stinkenden Sand. Der Ozean grollt wie ein festgebundenes Tier, reißt schäumend an seiner Kette.

Da kommt es über ihn. Eine Welle, kein kalter Atlantikschaum, sondern fiebrig heiß, überrollt ihn, wirft sich gegen seine Brust und drückt sich durch alle Öffnungen im Gesicht nach draußen. Voller Erstaunen bemerkt Adile, was los ist: Er weint. Bricht in seinem Inneren Kanten von all dem Düsteren, Verhärteten, das sich dort türmt. Er hat keine Übung im Weinen. Wahrscheinlich müsste er das Aufgetürmte langsam schmelzen und wegschwemmen, aber seine Schluchzer kommen hämmernd und schmerzen in Brustkorb und Kehle. Er hört komische, heisere Laute, die von ihm stammen müssen.

»Didile«, spricht eine Stimme direkt in seinen Kopf hinein, so nah und vertraut klingt sie, dass er wieder eine Fieberwelle spürt.

»Mama-ee!« hört er sich antworten, rostig-heiser klingt es, die Erinnerung ereignet sich ohne sein Zutun, hat sich am Wächter vorbeigeschlichen. Dann ist das Tor wieder verschlossen. Auf seiner Matte liegend treibt das tote Stockmädchen auf einer Bahn aus wurmartig verschwommenem Sternenlicht davon.

Meimei [PORTUGAL UND PROVINZ HUBEI, CHINA]
Ein Bild. Meimei ist noch klein, ein blumenstieldünnes Mädchen in Schürze. Großmutter hat sie am Feldrand zurückgelassen. Sie soll, eine Rute in der Hand, die Saat vor den Vögeln schützen. Eine Weile hat sie in den tiefblauen Himmel, über die von ewig gebückten, sichelnden, krautenden Bauern durchgestuften Hügel geblickt und

dabei düsteren Gedanken nachgehangen. Arme ab, denkt das Kind, ein Karren überfährt mich, Beine ab. Etwas schneidet in lebendes Fleisch.

Den Affen sieht sie, als er sich mit seinen schwarzen Fingern an ihrem Teegefäß zu schaffen macht, das etwas abseits auf der Umgrenzung des nächsthöheren Reisfelds steht. Es dauert eine ganze Weile, ehe der Affe ihre Blicke bemerkt und die Hände sinken lässt. Sein Gesicht ist klein, wie eingedörrt, die schwarzen, menschlich anmutenden Ohren sitzen dicht über den Schultern. Er öffnet seinen Mund, wie unentschlossen zwischen Gähnen und Schreien.

Die Affen wohnen auf der von hier gesehen rückwärtigen Seite des Berges, die für den Anbau zu steil ist. Es gibt dort aufragende Felsen, Bäume, einen Bach, der sich seinen Weg von einem überlaufenden Felsenbecken zum nächsten sucht, ein Geplätscher wie von pinkelnden Kindern, jede der wassergefüllten Kuhlen schimmert in einem anderen grünlichen Blau. Der Bach fließt in den Fluss, der Fluss fließt in den Jangtse.

Noch ein Bild. Großmutter mit Strohhut, in ihrem gerade geschnittenen, groben Stoffanzug, steht mit einer Sichel in der Hand auf dem Reisfeld. Sie ist in diesem Bild schon sehr alt und winzig, eine Puppe aus Stäbchen und getrockneten Pilzen. Atem schöpfend, breitbeinig bereit, sich sogleich wieder zu bücken, blinzelt sie gegen die Sonne.

In diesem Augenblick sieht Meimei den Affen, es ist derselbe, den sie als Kind gesehen hat, wie beiläufig in Großmutters Nähe sitzen, vertieft in das Zausen seines gelbbraunen Fells. Sanfter Wind streicht durch die halbhohen, sattgrünen Halme auf dem höher gelegenen Reisfeld. Wie kleine Geldstücke klimpern die Blätter der umstehenden Bäume im Wind. Ein Augenblick des Friedens, auch wenn Meimei das Hinschauen im eigenen Kopf kaum aushält.

Meckernde, kreischende Rufe aus dreißig, vierzig Affenmündern zerreißen die Stille. Die ganze Horde ist von der jenseitigen Berggegend herübergetobt und schreit aus offenem Mundloch. Halbwüchsige, Alte, Muttertiere, in deren Fell die schwarzen, fettig glänzenden Jungen hängen. Die mageren Kinder vom letzten Jahr rennen selbst schon mit, stoßen die schrillsten Schreie aus. Ihre winzigen, menschenähnlichen Schädel. Es scheint, als seien sie gekommen, um dem Affen, der bei Großmutter sitzt, etwas Dringendes mitzuteilen. Dessen Kopf und Augen bewegen sich in wachsender Erregung von einem Verwandten zum nächsten. Auch Großmutter horcht. Eine Weile noch dauert das schrille Palaver, dann rennen alle Affen, auch derjenige, der bei Großmutter saß, auf allen Vieren, die Schwänze steil erhoben, mit keckernden Rufen bergaufwärts. Etwas Bedeutsames liegt über ihrem Weggang. Großmutter schaut ihnen nach, ihre Gesichtsfalten sind zu noch steileren Bergen und schattigeren Tälern aufgeworfen als sonst.

»Großmutter! Großmütterchen«, ruft Meimei, ihr ist schwer zumute.

Sie wacht auf. In ihrem Bauch rumort ein heißer Batzen. Er verursacht furchtbare Schmerzen. Das Kind, ein glühender Meteor, hat sich in ihr Körperinneres hineinverirrt und steckt jetzt dort fest. Etwas ist überhaupt nicht richtig. Diese Schmerzen. Ihre Haut und ihre Haare sind ekelhaft verklebt. Sie stöhnt und dreht den Kopf. Über ihr stehen die Sterne, betrachten ihren Fall aus Trilliarden Augen.

»Ich hasse euch!« zischt sie ihnen zu.

Im nächsten Augenblick sieht sie, wie sich die Dunkelheit, die ihr Blickfeld einrahmt, bewegt. Heraus lösen sich Gesichter. Fünf, sieben, neun schwarze Männer beugen sich über sie. Sind es Ärzte? Räuber? Totengräber? Ihre Schmerzen heben die Angst auf. Die Männer sprechen nicht, schauen unbewegt auf sie herunter.

»Help me«, die Worte quellen wie ein Schluck Blut über Meimeis Lippen.

Großmutter sitzt auf der Bank am Haus, zum Dorfplatz hin, als warte sie auf ihre Schwestern. Ihre winzigen, spitzen Füßchen in den Stoffstiefeln baumeln in die Luft und zeigen dabei nach außen. Der Kittel und die Hosen, die ihr früher passten, sind ihr inzwischen viel zu groß. Dazu die Kinderspangen, mit denen sie ihr weißes, fliegendes Haar zurückhält: In diesem verrunzelten Püppchen schließt sich der Kreis. Sie verwandelt sich an den Anfang zurück, nur noch ein haarfeines Stück der Kreislinie trennt sie vom Übergang.

Großmutters Schwestern, beide jünger und größer als sie, sind oft hierher gekommen. Zu Großmutters Haus, das vorher auch das von Großvater war. Zu dritt saßen sie auf der Bank, drei Frauen nach einem Tag auf dem Feld, oder im Kreis, wenn sie, was Meimei verblüffte, ohne zu sprechen, mit sechs verschwisterten Händen ein verknotetes Garnknäuel entwirrten, sich gegenseitig bei einer Handarbeit halfen, kochten. Über ihre Ehemänner redeten sie nur flüsternd. Zu dritt, mit dem Einverständnis von Zugvögeln, formten sie vor Festtagen Berge von Jiaozi und Baozi.

Die Schwestern kommen schon lange nicht mehr. Großmutter sitzt auf dem gekalkten Vorsprung an der Hausmauer. Sie sitzt allein, die Einzige in der Gasse, im ganzen Dorf.

Die Nachbarn, wie alle Dorfbewohner, haben Fenster und Türen ihrer Häuser mitgenommen, Balken, Ziegelsteine, das Kochgeschirr, Truhen, Werkzeuge, Fernseher, Betten, Erinnerungsfotos, Teppiche und Schüsseln, Messer und Medizinschränkchen. Die Dächer sind abgedeckt, die Antennen demontiert, Kabel aufgerollt und fortgebracht worden. Manche haben sogar Bäume ausgegraben, die sie nicht zurücklassen wollten. Hoch über dem Dorf, den Bergkamm auf Dreiviertel der Höhe entlang, sieht man von Großmutters Sitzplatz aus die gleichhohe Linie der feuerroten Pfähle.

Das Dorf und mit ihm Großmutter wartet auf die Flut.

Das Wasser kommt.

Adile Ngolongo [PORTUGAL]

Die Nacht ist weiter fortgeschritten, der Morgen wirft einen ersten Abglanz voraus, der die Wasserfläche des

Ozeans grünlich-grau aufhellt. Das Meer rauscht wie zuvor, die Wellen werfen sich an den Strand, jetzt sind es Frauen mit brennenden Kleidern. Adile, der eingerollt neben dem Stockmädchen im Sand gelegen hat, schreckt hoch. Was hält ihn noch, jetzt, da sie tot ist. Er muss sich beeilen.

Mit leisen Fingern nimmt er dem Adjutanten, der fest schläft, den Autoschlüssel und einen Umschlag voller Geldscheine ab. Es dauert etwas, bis er beides gefunden hat, in den Pullover gerollt, den der Adjutant als Kopfkissen benutzt. Adiles Bein ist steif von der feuchten Kälte und schmerzt.

Einen Moment lang wähnt er alle drei Liegenden tot. Meimei. Aber auch Ruben und sein Adjutant, beide sieht er mit durchgeschnittenen Kehlen, in Blut, profanem Durcheinander und dieser eigentümlichen Stille am Tatort. Da aber bewegt sich Sohn Gottes im Schlaf, und auch der Adjutant atmet wieder.

Der Wagen parkt abschüssig am Rand der Düne. Adile steigt auf der Fahrerseite ein. Steckt den Schlüssel ins Zündschloss, holt Luft. Startet den Motor, denkt nur noch nach vorn.

Frank [PORTUGAL]

»Frank!«

Frank beißt beim Aufwachen auf Sand und Salz. Ruben rüttelt ihn an der Schulter.

»Frank!«

Seine Augenlider heben sich schwer. Schwach dämmert das Morgenlicht, das Meer tost, es ist kalt. Er sieht über sich Rubens Gesicht, dahinter den Strand, die anbrandenden Wellen des Ozeans, alles in graublaue Gleichfarbigkeit getaucht.

Franks Kleider sind klamm, am ganzen Körper klebt ihm ein Film aus Salz und Algen. Er richtet sich auf der Isomatte auf. Etwas Gischt aus den brüllenden Wellen trifft auf sein Gesicht. Ruben hat mehrmals das Gleiche zu ihm gesagt.

»Frank! Adile ist weg. Und das Auto!«

Ruben stakst in Boxershorts und Kapuzenpullover, so wie er bis vor kurzem neben Meimei im Schlafsack gelegen hat, um die Lagerstelle am Strand herum. Sein Haar steht vom Kopf ab, die nackten Beine leuchten im Dämmerblau.

»Das Auto ist weg!«

Allmählich begreift Frank. Er kann nicht dem süßen Gefühl nachgeben und zurück in den Schlaf sinken, denn in der Hartwelt ist Alarm. Gegen den sich langsam aufhellenden Himmel sieht er Meimei als glänzende Schlafsacklarve neben ihrer Matte im Sand liegen. Ihr angeschwollener Bauch zeichnet sich unter dem Schlafsack ab. Ihr Haar liegt auf dem Sand wie eine Öllache.

Frank schlüpft in Hose und Pullover, beides sandig und kalt.

Das Meer hat eine Algenart an den Strand geworfen, die aussieht wie Stücke von alten Fahrradschläuchen. Dazwischen liegen Kot und Abfälle. Ein schwärzlicher Seevogel watet an der Kante entlang, an der die weitesten Würfe der Brandung schäumend auflaufen und in den Sand sickern.

Ruben macht nicht den Eindruck, als kümmere er sich um Auswege. Er steht mit den Füßen in der an- und abfließenden Brandung und schaut auf die Straße aus Licht, das die in seinem Rücken aufgehende Sonne auf das ölig-schieferfarbene Wasser wirft. Seine Handflächen zeigen nach vorn, er spricht zu Gott. Die Aufforderung, sich um alles zu kümmern, ist damit an Frank ergangen. Er spürt, wie ein wütender Stoff sich in seinem Blutkreislauf ausbreitet.

Die Wut hat Müdigkeit und Kälte ausgewischt, trägt ihn den dünenartigen Hügel hinauf, niemand nimmt von ihm Notiz. Der Sand endet hier an der Kante zu einer Landschaft aus dürrem Gestrüpp und vereinzelten, rundlichen Felsen, die sich landeinwärts ausbreitet, so weit das Auge reicht. Am Himmel zeigt sich in wildem Orangerot der Vorschein der aufgehenden Sonne.

Frank ist so aufgewühlt, dass er kaum sehen kann. Gottes angeblicher Sohn behandelt ihn wie einen Lakaien. Er ist so wütend. Adile, Meimei: Warum umgibt sich Ruben mit diesen Gestalten? Frank ist sein beständigster Begleiter, und der einzige bei Verstand. Es wirkt, als habe Ruben noch nie einen Gedanken an ihn verschwendet. Er nimmt seine Anwesenheit hin, ohne im Mindesten nach Franks Beweggründen zu fragen. Noch mehr, er scheint ihm, Frank, eine Gnade zu erweisen, indem er ihn in seiner Nähe duldet. Ruben nutzt ihn aus, vor Selbstsucht blind. Franks Blut rauscht lauter als der Ozean.

Er erreicht eine Straße, die ins Landesinnere führt, der aufgetauchten Sonne entgegen. Ein elendes, ziehendes Gefühl erschwert ihm das Gehen. Arschloch, denkt er, ich liebe dich, ein Arschloch bist du trotzdem.

Ohne Überleitung melden sich andere Stimmen. Ist er, Frank, nicht auch selbstsüchtig in seiner Kränkbarkeit? Ist das ewige Ausgehungertsein nicht sein altes Laster, seine krankhafte Hingabe nicht eine Zumutung für den Adressaten? So betrachtet, kann er froh sein über Rubens Nachsicht. Fast ist er erleichtert. Die Kette, an die er auf eigenen Wunsch geschmiedet ist, sitzt wieder und scheuert an vertrauter Stelle.

Die Straße führt wie ein unwirklicher Steg vollkommen glatt und gerade über die versteppte Landschaft hinweg, genau auf den Sonnenball zu, der schon so früh am Morgen bösartig strahlt. Frank ist noch nicht lange gegangen, als er neben der Fahrbahn, schräg nach vorn eingesunken, einen dunklen Kasten sieht. Ein paar Schritte weiter, und er erkennt in dem Kasten das Auto. Es muss nicht weit von einem der Masten entfernt über den Rand der Straße hinausgefahren sein. Er geht darauf zu. Wie zerstoßenes Eis liegt der größte Teil der Windschutzscheibe zersplittert auf dem Fahrersitz. Die Beifahrertür steht offen, soweit es das ins Erdreich verbissene Vorderrad zulässt. Der Zündschlüssel fehlt. Wie die Windschutzscheibe ist auch das linke Vorderlicht zerschlagen. Frank kann nicht erkennen, wogegen das Auto geprallt sein sollte, als es von der Straße abkam. Es sieht eher aus, als habe jemand darauf eingedroschen. Sogleich kommt ihm Adile in den Sinn. Der Junge ist eine Bombe. Ein Vogel überfliegt ihn mit hohem Krächzen.

Einen Augenblick lang ist er überzeugt, das Auto läge hier schon seit langer Zeit als Wrack herum. Demnach müsste er selbst schon seit Jahren zwischen der Fundstelle und dem Atlantikstrand unterwegs sein. Wie ist die Geschichte mit Ruben in seiner Abwesenheit wohl weitergegangen? Für einen Moment glaubt er wirklich, aus der offenstehenden Beifahrertür Gestrüpp wachsen zu sehen.

Beim Auto angelangt, will er gerade durch die Beifahrertür hineinklettern, ein wenig ausruhen. Er hat eine Hand ausgestreckt, um vom Polster einige Glaswürfelchen zu sammeln, Überreste der gesplitterten Scheibe. Da ereilt ihn ein jäher Schreck, das Glaswürfelchen schneidet, Blut läuft über die Hand.

Im dunklen Fußraum unter dem Handschuhfach kauert Adile. Frank hat ihn nicht gesehen, nur warme Haut gestreift. Adile zittert. Frank richtet sich auf, sein Atem geht hoch und schnell. Er schaut in die Gegend, sieht den Himmel, beschwichtigt sich. Saugt das Blut von der Hautbrücke zwischen Handfläche und Daumen. Grillengezirpe setzt ein, oder es war die ganze Zeit zu hören und er bemerkt es erst jetzt. Durch den aufziehenden Dunst am Himmel bewegt sich der Entenkörper eines Transportflugzeugs.

Ruben steht noch genau so im knöcheltiefen Wasser, wie Frank ihn zurückgelassen hat, oder schon wieder. Als er ihn, Frank, und wenig später Adile über den Rand der Düne näherkommen sieht, ist ihm die Erleichterung anzusehen. Er dreht sich um und geht ihnen entgegen. Ein paar Schritte von ihnen entfernt bleibt er stehen. Seine Bartstoppeln sind seit dem frühen Morgen gewachsen.

»Frank«, sagt Ruben und schaut ihn an. In seiner Stimme klingt etwas mit, in seinem Blick ist etwas enthalten, wovon Frank lange zehren wird. Es ist alles, was er sich wünscht. An seinem Arm spielt der Wind mit den Härchen.

»Ja«, antwortet er, sein Mund zuckt, es drängt ihn zu lächeln. Er ist mit einem Mal voll mit Gesang, Luftperlen, raschelnden Flügeln. Frank schaut an Ruben vorbei in den jetzt sattblauen Himmel. In seinem Körper strömt das Blut eines Lebendigen.

Ein weiteres Mal macht er sich auf, um Hilfe zu holen, diesmal richtig beschwingt.

Meimei [PORTUGAL]

Die Fahrt auf der Ladefläche ist eine Qual. Trotz der Jacken und Schlafsäcke, auf denen sie lagert, treffen die harten Schläge Meimeis Körper praktisch ungedämpft. Die Schmerzen sind so schlimm, wie sie es nie für möglich gehalten hätte. Sie schluchzt vor sich hin. Das ohrenbetäubende Scheppern des Fahrzeugs und der Ladung, das Motorengeräusch, Rubens Körper, an dem sie lehnt, gegen dessen Schulter sie mit Stirn und Wangenknochen rumpelt, der schwarze Junge, der im Takt der Wagenstöße hochschnalzt und wieder herunterplumpst, seine gefährliche Miene, das alles verschwimmt zu einem alptraumhaften Gebrüll. Sie hatte nicht mitfahren wollen mit den von Frank angeschleppten Männern, unsaubere, verschlagene Gestalten mit graugrünen Augenschatten. Aber die anderen haben über sie hinweg entschieden. Meimei wird von der Gegenwart auf der Ladefläche, unter dem gleißenden, gleichgültigen Himmel, hinübergerüttelt in die Provinz Hubei.

Großmutter schlägt Nachbar Wus schwachsinnigen Sohn mit der Dachlatte. Fluchend treibt sie ihn unter immer neuen Hieben vom Hof.

»Du Äffinnen-Missgeburt! Verwurmte Frucht des einst prachtvoll blühenden Aprikosenbaums! Alte Nachbarn bestehlen! Dein Vater und deine Mutter sind zu bedauern, dass sie sich deinetwegen je ein Auge ausweinen!«

Sie ist ganz außer sich über den Haufen von Sachen, den Nachbar Wus Sohn vor der Hofmauer, die beide Grundstücke voneinander abgrenzt, aufgeschichtet hat: Werkzeuge, Dachziegel, Holz, die alten Herdsteine.

»Beruhige dich, Nachbarin«, ruft Nachbar Wu, der mit sorgenvollem Gesicht herbeigelaufen kommt. Er ist ein sehniger, sonnenverbrannter Mann mit imposanten Unterarmen. »Mutter Wen, beruhige dich«, Nachbar Wu entblößt seine untere Zahnreihe und schnauft vom Laufen. Sein Sohn entwischt mit eingezogenem Kopf.

»Wie soll ich mich beruhigen, wenn mein Nachbar mir alter Frau noch das Totenkleid stiehlt?«

»Lass mich erklären. Der Beamte hat mit dir gesprochen.

Die Nachbarn sind gekommen, das ganze Dorf, um mit dir zu sprechen. Der Beamte hat dir Geld geboten, die Nachbarn jede erdenkliche Hilfe. Alle hast du abgewiesen. Jetzt bist du die Letzte, die zurückbleibt. Dein Haus wird nicht verschont werden. Ich bringe ein paar Dinge aus dem Besitz deiner Familie in Sicherheit. Du solltest mir danken.«

Großmutter erwidert nichts mehr. Wu winkt seinen Sohn herbei, und sie beladen einander die Kiepen, mit denen sie zuvor schon Stein um Stein ihr ganzes Haus bergaufwärts getragen haben, wo es nun steht, als wäre nichts gewesen, dieselbe Blickrichtung, dieselben Steine und Balken, jeder Stein mit neuem Mörtel an seinen alten Nachbarn geschmiegt.

Agnes [PORTUGAL]

»Blöd, was?« raschelt Lille, die mit angezogenen Knochenbeinen auf ihren ungepolsterten Sitzhöckern neben Agnes im Kellerraum sitzt. Und ergänzt, als Agnes das Gesicht verzieht und nicht nachfragt: »Zu wissen, dass man stirbt.«

»Wenn ich zu etwas Lust hätte«, entgegnet Agnes, »wäre es, dich an die Wand zu klatschen. Aber das ist ja bereits erledigt.«

»Wann hast du zu zweifeln begonnen? Gleich nachdem du ins Camp kamst? Bevor oder nachdem du verraten wurdest? Bevor oder nachdem du selbst verrietst? Wie lange warst du einverstanden, wann warst du es nicht mehr und hast dir auf die Lippe gebissen? Tut es dir leid? Was genau tut dir leid? Schuldig ab dem Durchblick? Schuldig auch für das Gutgemeinte? Oder auf alle Fälle selber Opfer?«

»Halt die Klappe! Du hast leicht reden. Du warst auch Teil davon.«

»Als ich anfing, das zu bereuen, war ich bereits eine einzige Metastase.«

» Also war dein Märtyrerlächeln genauso verlogen.«

»Ich wurde mit einem qualvollen Tod bestraft. Du aber bist der Henkerin zur Hand gegangen. Kleiner Unterschied.«

»Für die, die du Henkerin nennst, hattest du die gläubigsten Blicke von allen.«

»Lass uns über deine Blicke sprechen.«

»Heilige Anorexia, bete für mich.«

»Ich bin eines natürlichen Todes gestorben. Krebs ist doch Natur. Frau übrigens auch.«

»Warum spukst du dann hier herum?«

»Ich spuke nicht. Ich sage deinen Tod voraus.« Lilles Wiedergängerin pfeift spöttisch-anerkennend über die gerollte Zunge, die sie wohl noch hat.

Agnes hält sich die Ohren zu und schließt die Augen. Als sie beides wieder aufsperrt, ist Lilles Gestalt verschwunden. Vier andere Gestalten stehen statt ihrer im Raum. Die Tür ist geschlossen. Agnes richtet sich auf.

Frank [PORTUGAL]

Frank dämmert, dass die Reise in diesem Keller vielleicht zu Ende geht. Seine Liebe umschließt alle Anwesenden, die im ewigen Notlicht des Stromkastens auf dem warmen Estrich kauern. Meimei, die Schwangere, hat hohes Fieber und Schmerzen, ihr Kopf liegt auf einem Bündel Kleidung. Es gibt nichts, nicht einmal Wasser. Ruben lehnt an der Wand. Sein Gesicht, sein Hals, die Schultern, alles schmal und auf eigentümliche Weise kleiner geworden, Stirn und Augen stechen dagegen umso klarer hervor.

Die neue Leidensgenossin, Agnes, ist schon einen oder zwei Tage länger hier unten. In ihrer Magerkeit und mit den nachwachsenden Stoppeln auf dem kahlgeschorenen Kopf bietet sie einen bedrückenden Anblick. Immerhin scheint sie froh, dass sie nicht mehr allein ist. Ruben hat sie sofort in die Gruppe aufgenommen. Agnes spricht fast nichts, wahrscheinlich, weil es sie zu sehr anstrengt. Mittlerweile geht es ihnen allen so.

Das elektrische Summen aus dem Stromkasten scheint lauter zu werden. Die immer gleichen monotonen Schallwellen werden in Franks Schädelgewölbe hin- und herreflektiert. Wahrscheinlich wird auf diese Weise seine Knochenstruktur aufgelöst. Noch davor aber sein Verstand.

Das Brummen und Brüten wird von Zeit zu Zeit von Adiles Anfällen unterbrochen. Erbleicht kauert er an der Wand und starrt zur Tür. Springt plötzlich auf, wirft sich ohne jede Aussicht gegen das Metall und schreit etwas in seiner Sprache. Wenn der Ausbruch verklungen ist, lehnt er wieder gegen die Wand und starrt.

Auf dem Estrich breitet sich eine zähe Lache aus Schweigen aus. Lange Zeit passiert nichts.

Frank schreckt hoch aus einem flachen Schlaf. Ein Beben in den Hausmauern ist mehr zu spüren als zu hören. Vier, fünf einzelne Schläge, danach ein Gewummer aus schnelleren Schlägen, es hält eine kleine Weile an. Eine weitere Erschütterung, dann Stille.

»Der Kasten«, sagt Agnes, ihre Stimme ist kaum zu hören. Frank ahnt, was sie sagen will. Natürlich müssen sie alles versuchen.

Agnes schlägt mit dem Handballen gegen das Gehäuse. Es gibt keinen Spalt, keine Naht, sie finden keine Stelle, an der man ansetzen und den Stromkasten, oder worum immer es sich handelt, abnehmen, öffnen, kaputtmachen könnte. Kein Kabel, das hineinführt, kein Schalter, sogar das Lämpchen widersteht allen Schlägen. Agnes versetzt dem Kasten einen Tritt, der Kampfsporttraining verrät. Nichts passiert.

»Sinnlos«, sagt sie, außer Atem. Frank bemerkt die scharfe Geruchsspur, die von ihr ausgeht. Sie alle haben längst angefangen zu stinken.

Agnes lässt sich an der Wand herab in die Hocke gleiten. Frank kann wieder nichts tun als warten. Er hämmert mit den Fäusten gegen die Tür.

»Hey!« schreit er, »Hilfe!«

Er will nicht sterben. Er will nicht zusehen, wie sein Geliebter stirbt. Und dazu noch in dem Wissen, dass er, Frank, daran schuld ist. Er hat Ruben und die anderen dazu gebracht, diesen Typen zu vertrauen.

»Hilfe!«, schreit er noch lauter.

Ruben [PORTUGAL]
»Gott liebt euch nicht«, beginnt Ruben. Seine Zuhörer lehnen, erschöpft und halb verdurstet, an den Wänden des Kellerraums. »Aber ihr sollt ihn fürchten. Er ist der Vater, der den Glauben an seine Kinder verloren hat. Er selbst hofft nicht mehr. Jetzt bin ich gekommen, um in seinem Namen zu sprechen. Ich bin der Sohn, den Gott nicht lieben kann. Er hat es zuerst anders versucht. Seinen ersten Sohn, den Überflieger, Rechthaber, Gutmenschen und Schönling, für alles und alle büßen lassen. Das hat Eindruck gemacht. Aber es hat die Menschen nicht besser gemacht, nur ihr Gewissen schlechter. Sie beugten sich und faselten von Gnade. Insgeheim aber schworen sie Rache. Das mussten sie vor Gott verbergen, genau wie vor sich selbst. Ihr Groll hat die Wurzelschicht des Abendlands durchdrungen. Nach zweitausend Jahren nutzlosen Zuredens hat sich Gott auf mich besonnen. Seinen verleugneten Sohn. Von dessen jungfräulicher Zeugung sich nicht so fromm erzählen lässt. Kein Stoff für ein Diktat an die Evangelisten. Die Jungfrau eine hochneurotische Lesbe. Der Erzengel eine Samenbank. Keine Taube, kein heiliger Geist. Maria vollkommen egozentrisch. Josef eine notorische Fremdgängerin. Nichts Heiliges an dieser Geschichte. Profan, absurd. Gott wollte damit nichts zu schaffen haben. Er ist bis dahin kein einziges Mal im Leben dieses Sohnes aufgetaucht.

Jetzt aber braucht er mich. Ungeliebte haben ihre Vorzüge. Sie glauben von vornherein nicht an Tröstung. Mein himmlischer Vater braucht mir nichts vorzumachen. Ich habe die Aufgabe, Ordnung in den Untergang zu bringen. Ich sammle ein paar, die das Kombinat abwickeln. Mit ihnen versucht Gott vielleicht, falls er über die Niederlage hinwegkommt, einen Neuanfang. Ich sage euch, ihr müsst ihn nicht lieben, nur fürchten. Euch zusammenreißen. Euch ruhig verhalten und auf weitere Instruktionen warten. Das ist Gottes Botschaft.«

Agnes [PORTUGAL]

Ruben redet von Gott auf eine Art, die Agnes noch nie gehört hat. Sie spürt, dass er nicht lügt. Er weckt keine falsche Hoffnung. Das verschwindend kleine Maß, von dem er spricht, praktisch nichts, also keine Hoffnung plus den Hauch einer Möglichkeit, entspricht genau ihren Aussichten auf Rettung aus diesem Keller. So betrachtet entfalten seine Worte eine ungeheure Tröstung. Gott, so Ruben, suche Gefolgsleute, die sich keine Illusionen machen. Da sie eventuell bis zum Schluss blieben, müssten sie wissen, worauf es ankommt. Gott müsse sich auf sie verlassen können. So hat Agnes Ruben verstanden. Er hat sie im Schein des Stromkastenlämpchens angesehen und auf eine einfache Art gefragt, ob sie dabei sei, auch wenn es schwierig werde. Sie hat sofort ja gesagt, sein Ernst und seine Klarheit griffen auf sie über.

Obwohl sie halb verdurstet ist, völlig verdreckt, eingesperrt, obwohl sie alles verloren hat, was ihr Leben ausgemacht hat in den letzten Jahren, fühlt sie sich besser denn je. Stärker, freier. Es ist verrückt. Sie hat Lust zu lachen. Sie wünscht, sie könnte jetzt Lilles Gesicht sehen. Eine lange Spanne Zeit sitzen sie alle nur da und warten. Das orangefarbene Lämpchen, das Brummen. Agnes fühlt sich längst nicht mehr so gequält wie zuvor.

Frank [PORTUGAL]

Es ist nicht mehr auszuhalten. Meimei, von der kaum je mehr zu hören war als ein Murmeln, schreit unter Schmerzen. Vielleicht sind es die Wehen, oder sonst etwas. Die Stimmlage ihres Geschreis ist tiefer als vermutet, als schrie ein anderer, ein gequältes Tier vielleicht. Auf ihrem Gesicht haften große einzelne Schweißperlen, mal kneift sie die Augen zusammen, mal reißt sie sie auf, ihr Körper bäumt sich.

Ruben, Frank und Agnes knien um sie herum, sie wissen nicht, was sie tun sollen. Sie haben nicht einmal Wasser. Meimeis Haare kleben wirr an ihrem schwitzenden Gesicht. Ihr Bauch ist hart, zu stark aufgepumpt, bläulich, fast lila. Sie glüht vor Fieber. Wenn sie die Hand oder den Arm eines anderen zu fassen kriegt, krallt sie sich daran fest, es tut weh und bringt ja nichts, man muss sie mit Gewalt losreißen, sie schreit noch lauter. Ein Alptraum, Frank muss wegsehen.

Ruben beginnt zu beten. Er redet mit lauter Stimme gegen eine tiefe Falte auf seiner Stirn. Agnes laufen Tränen herunter, wenige, zähflüssig wegen des Durstes, den sie leidet, weiße Spuren im Schmutz auf ihrer Haut.

Meimeis Schreien, Rubens Gebete, und wie zum Beweis, dass es noch eine Steigerung gibt, gerät Adile außer sich. Er wirft sich gegen die Tür, knallt gegen den Stahl, schreit, ein Irrsinn für seinen zerbrechlichen Körper.

Es nimmt kein Ende.

Meimei [PROVINZ HUBEI UND PORTUGAL]

Das Wasser kommt.

Zuerst gingen die jungen Leute, oder vielmehr alle, die Grund hatten zu hoffen. Dann gingen die Handwerker, überzähligen Söhne, Tagelöhner, die Bauern mit ihrer Habe, ihrem Vieh, zuletzt die Vögel und Affen.

Die Zimmer und Innenhöfe werden Schwärme von glasigen Fischen bevölkern, Algen und Schalentiere sich an den Wänden festsetzen. Die Strömung wird an die Stelle des Windes treten, statt Wolken wird man vom Dorfplatz aus, auf Großmutters Bank sitzend, die Unterseiten der Passagierdampfer und Lastschiffe vorüberziehen sehen.

Großmutter hat sie ebenfalls an sich vorüberziehen lassen, wie Wolken oder Flussschiffe: Nachbarn, Verwandte, Dorfräte, Delegierte. Sie alle gaben sich Mühe, probierten sämtliche Lockmittel aus, die ihnen einfielen, senkten die Stimmen, wenn sie ihr die bedrohlichen Szenen ausmalten, in die sie unweigerlich geraten würde, sollte sie sich weiterhin sträuben. Ohne Erfolg.

Anfangs war von den Plänen die Rede, später trafen die Nachrichten der Baufortschritte ein. Während der langen Zeit, in der alle nur vom Staudamm sprachen, verwandelte sich Großmutter in Gestein. Sie verwuchs mit den

Grundmauern und felsigen Fundamenten ihres verlorenen Dorfes und klammerte sich umso fester, je mehr man an ihr meißelte.

Großmutter sitzt auf der Steinbank, die erste, letzte, kleinste der Schwestern. Ihre Füße baumeln in der Luft. Über den Dorfplatz kriecht die Flut heran, als züngelnde Pfütze. Die Flut zieht ihr die Stoffschuhe aus und nässt schwer den Hosensaum. Großmutter blickt nicht von ihrer Näharbeit auf.

Großmutter mit der Sichel, in der sich die Wolken spiegeln, auf dem Feld. Ihre Beine, ihr Rücken, ihre Arme stemmen sich in die Arbeit, wie sie es immer taten. Unter den Schwüngen der Sichel, rund, metallisch zischend, gleichmäßig, legen sich die reifen Halme bereitwillig zur Seite. Die Flut kommt, nimmt sich das Feld, treibt die Ähren fort, lässt die Alte machen, Tropfen stieben auf, fliegen durch die Luft, die Schwünge des Sichelblatts zerteilen das Wasser, das sich gleichgültig und unverwundbar nach jedem Hieb wieder schließt.

Großmutter zieht im Innenhof ihre Kreise um den Mahlstein, während die Flut steigt. Großmutter mahlt und mahlt, und nach einiger Zeit ist von ihr und dem Mahlstein nicht mehr zu sehen als ein kaum wahrnehmbarer, trichterförmiger Wirbel an der Wasseroberfläche.

Großmutter zieht ihr Totenkleid an, das sie während der letzten Tage ausgebessert hat und auf eine Stange gefädelt auslüften ließ. Sie legt sich in den Sarg, von Großvaters Liebe ganz glatt poliert, und klappt den Deckel über sich zu. Meimei stöhnt unter dem Geräusch, das sie hört, als der Sarg im volllaufenden Zimmer gegen Wand und Decke dümpelt.

Die Flut kommt. Der Stausee läuft voll, ein langes Meer. Unaufhaltsam steigt das Wasser, übersteigt Dörfer und Städte, frisst das Ackerland, die Wälder, die drei Schluchten.

Großmutter ist bereit.

Agnes [PORTUGAL]

Meimei ist die Erste im Keller, die zu sterben beginnt. Es ist so grausam, und doch weiß keiner, ob Agnes' Tod oder der Tod der anderen leichter oder weniger hässlich wird. Wieder denkt sie an Lille. Als das Geschrei und die Panik den Raum zum Zerreißen füllen, wird es plötzlich ganz dunkel. Meimei stöhnt noch einmal laut auf, dann wimmert sie nur noch, als hielte ihr jemand den Mund zu. Ferne Erschütterungen deuten auf Lärm. Sind es Schritte? Motoren? Schüsse?

»Es ist jemand draußen«, hört sie Frank sagen, »lass sie schreien.«

Die dämpfende Hand wird von Meimeis Mund genommen, das Schreien ist wie zuvor.

Die Wende kommt ganz plötzlich. Geräusche an der Tür, Stimmen, dumpfe Schläge, dann ein Schlüssel im Türschloss, die Tür fliegt auf, knallt gegen die Wand (wenn Adile da noch gesessen hätte), ein ebenso großes Durcheinander, wie es drinnen schon herrscht, platzt zusätzlich von draußen herein, jemand schlägt hart auf den

Estrichboden, stöhnt, zwei oder drei Lichtkegel aus Taschenlampen schwanken durch den Raum. Ein Pulk von Leibern, Agnes reißt die Augen auf, es sind mehrere schwarze Männer, die kurze Sätze hin- und herrufen, ein Geblaffe aus tiefen Kehlen, ein Herumschubsen, grimmig und äußerst aufgeregt. Erst mit der Zeit fällt ihr auf, dass die schwarzen Männer Englisch sprechen. Agnes wird von etwas Hartem an der Schulter getroffen, einen Moment lang wird der Gegenstand angestrahlt, es ist der Lauf einer riesigen Waffe.

Neonbeleuchtung flackert auf, steht voll im Raum, blendet blauweiß. Am Boden, auf dem Gesicht, liegt Rolf, mit auf dem Rücken zusammengebundenen Händen, stöhnt und blutet. Sechs, acht Männer, stehen im Raum verteilt, alarmbereit, mit Maschinengewehren.

Die eigene Gruppe ein halbtoter Haufen.

Zwischen den bewaffneten Männern ein Gesicht, das ihr schon so vertraut ist, dass sie zusammenzuckt: Gordon.

Frank [PORTUGAL]

Ihre Befreier, es sind Afrikaner, sitzen mit angezogenen Knien und aufgestellten Maschinengewehren auf der Ladefläche des Kleinlasters, desselben übrigens, mit dem sie zuvor von Rolf verschleppt wurden. Am Steuer sitzt einer, dem eine riesige Narbe quer durchs Gesicht verläuft, Meimei haben sie ins Führerhaus getragen. Durch die Staubwolke, die dem Wagen hinterher wirbelt, sieht Frank das einsam stehende, noch unfertige Haus, in dessen

Keller er sein Leben bis eben noch zu Ende gehen sah. Ruben sitzt bei Meimei vorn, ebenso der taube Junge, der den Weg weist, Frank sitzt zusammen mit Adile, Agnes und den Bewaffneten auf der Ladefläche. Jemand reicht eine große bläuliche Plastikflasche herum, das Wasser darin ist warm und abgestanden und doch das beste, das Frank je getrunken hat. Der Wagen fährt rasch die Landstraße entlang, das Meer in ihrem Rücken.

Sie erreichen ein Dorf mit kleinen, eckigen Häusern und schmalen, aber hell von der senkrecht stehenden Sonne beschienenen Straßen. Der Lastwagen gerät in den engen Kurven zuweilen in Schwierigkeiten. Auffallend viele Häuser sehen nach begonnener, doch wieder unterbrochener Bautätigkeit aus, hier eine neue, kupferblitzende Dachrinne, da ein Betonmischer, eine Palette Hohlziegel, ein Sandhaufen. Von der Straße aus ist kein Grün zu sehen, nur Mauern, alte aus unregelmäßigen Steinen und neue aus genormten Blöcken, dazwischen spannen sich Leitungen, kreuzen und verwickeln sich, hängen unordentlich herum. Hinter den Mauern mag sich in Gärten und Innenhöfen das Leben abspielen, hier draußen tut sich nichts. Der Wagen hält vor einem der letzten Häuser des Dorfes, grau mit einem kleineren Anbau, davor ein Auto ohne Räder. Mit schrillem Gebell läuft ein kleiner spitzköpfiger Hund herbei, die Farbe seines Fells entspricht genau der des Straßenstaubes und Sandes an den Rändern der befestigten Wege.

Aus der Tür tritt eine runde Frau in schwarzem Kleid und Schürze. Sie betrachtet die Ankömmlinge misstrauisch, angesichts der Waffen und schmutzstarrenden Flüchtlinge will sie ihre Tür sogleich wieder schließen, aber Gordon, der sie offenbar kennt, formt Laute und weist auf das Führerhaus. Die Frau (sie wird ihnen später als Senhora Maria vorgestellt) wirkt nicht begeistert, die Ankömmlinge in ihr Haus zu lassen, aber sieht zu, wie Frank, Adile, Agnes von der Ladefläche klettern, wie Meimei, die alle Gliedmaßen wie leblos hängen lässt, von Ruben heruntergehoben wird, wie die Afrikaner ohne Verzug wieder abfahren, mit aufgestellten Gewehren und aufspritzenden Kieseln.

Ruben trägt Meimei ins Haus, in Senhora Marias Schlafzimmer, legt sie dort auf ein riesiges Ehebett mit kunstseidenglänzender Steppüberdecke. Darüber hängt das Bild eines Kindes mit zum Himmel verdrehten Augen, auf dessen Wangen große, glitzernde Tränen haften. Ein junger Mann läuft herbei, er ist dick und bewegt sich ungeschickt, Senhora Maria sagt etwas zu ihm, und er läuft wieder durch den Flur hinaus.

Jetzt sitzen sie in Senhora Marias Küche und schauen auf vergilbte Wände und abgestoßenes Mobiliar. Auf der Anrichte steht eine moderne, chromglänzende Küchenmaschine mit ungewisser Funktion. Niemand spricht. Frank beobachtet den Wasserboiler über dem Spülbecken, der sich seufzend in Gang setzt, röchelt und bebt, dabei Dampf ausstößt, dann wieder ausatmet und verstummt. Er nimmt einen Schluck von dem Getränk, das der junge Mann, Senhora Marias Sohn, auf den Tisch gestellt hat. Es schmeckt nach künstlicher Zitrone und hat den Geschmack der hautfarbenen Plastiktasse angenommen. Trotzdem scheint es Frank unsagbar köstlich. Er spürt auf einmal mit Macht, wie müde er ist.

Sé Diogo, so der Name des Sohnes, kommt in Begleitung eines großgewachsenen alten Mannes mit hängenden Armen und einer die Augen stark vergrößernden Brille. In seinem Anzug wirkt er ebenso traurig wie würdevoll. Er trägt eine lederne Aktentasche. »Dr. Carizo«, sagt Sé Diogo. Als Dr. Carizo sich bewegt, sieht Frank, dass dessen rechte Körperhälfte nutzlos herunterhängt, der Mundwinkel und der rechte Arm, und er den rechten Fuß bei jedem Schritt schlurfend vorschiebt. Sé Diogo, der etwas zurückgeblieben, aber sehr sanftmütig aussieht, führt Dr. Carizo ins Schlafzimmer. Hinter der für einen Moment geöffneten Tür hört man Meimei stöhnen.

Wenig später erscheint Senhora Maria in der Küche und lässt heißes Wasser aus dem Boiler in eine große Plastikschüssel laufen. Sie sucht gefaltete Tücher, eine Schere und andere Utensilien zusammen, wischt Schweißperlen aus ihrem Gesicht und verschwindet wieder im Schlafzimmer, mit dem Hintern die Tür aufstoßend, vor der Brust die dampfende Schüssel, ohne einen von ihnen anzusehen. Es scheint Frank, als hätte sie zwei sehr unterschiedliche Brüste, von denen die eine schwer im Stoff ihres Kleides hängt.

Frank wirft einen Seitenblick auf Ruben, der mit geschlossenen Augen an der Wand lehnt. Er selbst dämmert auf der Küchenbank sitzend in einen flachen Schlaf.

Dr. Carizo ist schon seit zwei Stunden in Senhora Marias Schlafzimmer.

Sé Diogo hat Kuchen auf den Tisch gestellt. Sie essen gierig. Fragen sich, was mit Meimei los ist. Ob sie ihr Kind bekommt, ob Dr. Carizo ihr helfen kann, ob sie überlebt. Frank schaut Ruben an, seine unveränderte Starre. Er überlegt, wie er ihn ansprechen soll. Agnes schläft, das Gesicht auf ihren angewinkelten Arm gebettet, sitzend am Küchentisch. Adile kauert neben der Anrichte am Boden. Gordon scheint nachzudenken. Frank lässt die Küchenuhr, deren großer Zeiger immer wieder den Aufstieg von der Sechs beginnt, ein paar Striche weiterkommt und zurückbaumelt, nicht aus den Augen. Der kleine Zeiger kriecht normal durch die Stunden.

Als es dämmert, das Licht in der Küche ist schon bläulich gedimmt, steht Senhora Maria im Türrahmen. Alle schauen sie an, auch Gordon. Sie hat etwas mitzuteilen. Ihr Ausdruck ist ernst. Beide tot, blitzt es in Frank auf, Meimei und das Kind gestorben.

»Sie schläft jetzt«, sagt Senhora Maria. Sie scheint zu zögern, ob sie eher Frank oder Ruben ansprechen soll. Schließlich schaut sie niemanden an.

»Sie wird Kinder bekommen.« Das Kind ist also gestorben, denkt Frank. Oder es lag schon länger tot in ihrem Bauch. Er spürt Übelkeit aufsteigen.

»Es war etwas anderes«, fährt Senhora Maria, an Ruben gewandt, fort, »etwas anderes. Es tut mir leid. Sie war gar nicht schwanger.« Ruben blickt ausdruckslos.

»Dr. Carizo hat es herausgeholt. Er ist ein guter Arzt.

Immer noch. Eigentlich Tierarzt. Aber hat immer geholfen, hier auf dem Land.«

Um Veterinario. Frank bemerkt, dass sein Stuhl zu schwanken beginnt. Er hat Mühe, Bilder von Kühen, Kälbern, Schweinehälften wegzuschieben, die sich ihm aufdrängen.

Sie stehen um das Bett herum, in dem Meimei liegt, bis unters Kinn zugedeckt, die schrägen Augen wie zugespachtelt, so fest schläft sie. Ihr Bauch wölbt sich nicht mehr, ihr Gesicht und die schwache Erhebung der Steppdecke sind bedrückend klein inmitten der akkuraten Weitläufigkeit des Betts. Ihr Haar ist kurz geschnitten und steht stachelig ab. Eine Nachttischlampe beleuchtet die Schlafende und den hoch neben ihr aufragenden Dr. Carizo. Müde sieht er aus, und alt, die Lampe färbt die Furchen in seinem Gesicht mit Schattenfarbe. Frank könnte nicht sagen, welches seine gelähmte Körperhälfte ist, so gleichmäßig hängen seine Hände, die Falten um den Mund und unter den Augen. Die Brille vergrößert mit seinen Augen die in diesen liegende Traurigkeit. Unter dem braunen Anzug kann Frank den großen, mageren Körper ahnen, die Hüftknochen, die eingefallene Brust. Er beginnt Dr. Carizo zu lieben, seine Versehrtheit und Versehrbarkeit gehen im nah.

Frank begreift, dass die Plastikschüssel, die mit einem Tuch abgedeckt neben Senhora Maria auf der Frisierkommode steht, etwas von Bedeutung enthält. Wieder erhält er ein Signal seines sich probeweise drehenden Magens. Er schaut Ruben an, der ebenfalls auf die Schüssel blickt. Senhora Maria, mit gefalteten Händen, wartet auf ein

Zeichen des Doktors. Sie nimmt die Schüssel, diese scheint leicht zu sein, hält sie, noch zugedeckt, vor ihren Bauch. Dann hebt sie das Tuch ab.

Ein gelblicher, drahtiger Ball liegt darin, von der Größe eines Kinderkopfs. Sie reißen die Augen auf. Frank hat keine Ahnung, was das Gebilde sein könnte.

»Haare«, sagt Dr. Carizo. »Langes Kopfhaar in großen Mengen. Es wird nicht verdaut, nur von der Magensäure ausgebleicht. Trichophagie, nervöses Haarefressen. Sehr selten.«

Er deutet mit seiner schlaffen Hand in Meimeis Richtung. Unter der Kurzhaarfrisur schimmert grünlichweiß die Kopfhaut. Sie sieht aus wie ein Kind. Dr. Carizo ahmt mit seiner gesunden Hand das Auf- und Zuklappen einer Schere nach.

»Senhora Maria hielt es für das Beste.«

Schlafen, endlich schlafen.

Adile Ngolongo [PORTUGAL]

Gott hat sein Flehen erhört. Das Stockmädchen wird ihm gehören. Das Kind des anderen hat sich in ein Gewölle verwandelt. Der Doktor und die gute Mutter pflegen sie gesund. Der Idiot kocht Suppe. Adile tastet nach dem warmen Metall der Waffe in seinem Hosenbund. Seine Stunde wird kommen.

Zuversicht hüllt ihn ein wie ein leichter Mantel.

Frank [PORTUGAL]
Meimei hat den Eingriff gut überstanden. Seit einer Woche liegt sie in Senhora Marias Bett, sie kommt zu Kräften und ihre Stimmung scheint stetig zu steigen. Sie lagert in ihren Kissen, mit lustig abstehenden Haaren, in einem Schlafanzug von Sé Diogo, bricht bei jeder Gelegenheit in zwitscherndes Gelächter aus, löffelt Flan und Suppe. Wenn sie gerade nicht isst oder schläft, spielt sie über der Bettdecke mit Gordon und Sé Diogo Karten. Sie ist wie ausgewechselt.

Dr. Carizo schaut häufiger nach seiner Patientin, als es Frank für notwendig hält. In weniger als zwei Wochen, so der Arzt, wird sie reisen können. Dr. Carizo bleibt nach seiner Untersuchung meistens im Halbdunkeln auf einem Stuhl neben der Schlafzimmertür sitzen, so lange, bis seine Anwesenheit vergessen wird, er schaut Meimei beim Genesen zu. Seine Brillengläser sehen milchig und undurchsichtig aus, vom Strandsand geschliffene Scherben. Vielleicht sind sie auch beschlagen von der Feuchtigkeit seiner Augen. Die Falten seines Gesichts werden ständig tiefer, die grüngrau melierten Bartstoppeln wachsen. Es wird ihm schwerfallen, Meimei gehen zu lassen, denkt Frank, bleiben wird ihm nur das seltsame Haarknäuel.

Ruben sitzt im Wohnzimmer und starrt auf die Pralinenschale, ein Porzellanpudel mit ausgehöhltem Rücken, der auf der Anrichte neben gerahmten Familienfotos steht. Der Pudel scheint Ruben anhaltend in Wut zu versetzen. Er geht im Zimmer auf und ab, starrt wütend das Telefon an, das er mit Senhora Marias Erlaubnis benutzt.

Ruben telefoniert oft, meistens legt er nach wenigen Sätzen auf und wird dann zurückgerufen. Das Telefon läutet auf altmodische Art, eine Klingel, auf die schrill und hektisch eingehämmert wird. Ruben telefoniert mitunter stundenlang, erregt und mit gedämpfter Stimme.

Mit ihm, Frank, hat Ruben seit ihrer Abreise aus Deutschland praktisch gar nicht mehr gesprochen, abgesehen von dem einen Moment am Meer vor neun Tagen. Frank leidet. Körperlich ist er so angespannt, dass er sich kaum gerade ausstrecken kann. Dazu der ewig beschleunigte Puls, das Schwitzen, die Übermüdung. Nachts schreckt er hoch und liegt stundenlang wach. Seine Gedanken können der Anziehungskraft seiner alles fressenden Sonne, Ruben, nicht entkommen. Frank hat sich verloren, ist für sich betrachtet ein Niemand, eine nutzlose, brüchige Hülle. Aber das scheint niemanden zu kümmern, am wenigsten Ruben.

Frank sitzt auf der Küchenbank mit ihrer schmalen, leicht abschüssigen Sitzfläche, mit Blick in den Flur, von wo aus er alles mitkriegt, und betrachtet den Flurteppich, eine abgetretene Matte aus groben braunen Fasern. Er schaut auf den Kalender an der Wand, er ist von Zweitausend, die damals sensationelle Zahl als Feuerwerk vor dem Nachthimmel, das Papier ist aufgeworfen und voller Fettspritzer. Vor seinen übermüdeten Augen wölben sich die Kästchen der Tage und laufen aus, das Bild der explodierenden Raketen wölbt sich, die bunten Sterne verlieren ihre Kontur. Er muss seinen Puls beruhigen. Seine Gedanken bündeln. Ein ungesunder Zustand. Das

Gefühl, sein Kopf könnte vor Überdruck platzen. Frank steht auf und geht ins Badezimmer.

In der zweckmäßigen Stille und Sauberkeit des Raums sitzt er auf dem trockenen Bidet, atmet das Süßliche und den Chlorgeruch ein, langsam wird er ruhiger. Er überlegt, was er als nächstes tun soll. Er spürt die Erschöpfung, die Kopfschmerzen, die er von der Überanspannung bekommen hat, den Hunger.

Er befindet sich wieder in der Gegenwart. Das ist fast soviel wie Hoffnung. Neben der Toilette liegt ein winziger, toter Skorpion.

Durch die Wand ist Ruben im Raum nebenan zu hören. Seine Stimme mit Pausen, in denen er schweigt – ein Telefongespräch. Die Rohre im Badezimmer (oder was immer es ist) verstärken seine erregte Stimme, unterlegt mit einem dumpfen Hall. Bis auf ein Tröpfeln im Spülkasten ist es im Badezimmer ganz still, Frank sitzt auf dem Bidet, das sich unter seinem Körper aufwärmt, und heftet seinen Blick auf die wenigen Dinge (Parfümzerstäuber, Rasierpinsel, hellgrünes, gefranstes Handtuch, Seifen, Kämme), während er im Bewusstsein, etwas Verbotenes zu tun, mit angehaltenem Atem zuhört.

Der Beginn des Gesprächs bleibt unverständlich. Frank fehlt noch jede Vorstellung, was gesagt werden könnte. Dann kombiniert er Gehörtes mit Geahntem und versteht.

»Ruben.«

Eine Pause.

»Davon gehört. Soso.« Ruben klingt trotzig. »Sie kannten ihn nicht? Wir sind nur durch einen Zufall entkommen. Wir erwarteten (unverständlich, zweisilbig: *Schüler* oder *Siedler*) Gottes. Das waren …«

Wieder eine kurze Pause, dieses Mal klingt es, als sei Ruben unterbrochen worden; danach ist sein Ton verändert: insistierend, so als redete er über jemandes Einwand hinweg.

»… Verbrecher, ganz gewöhnliche Verbrecher.«

Ruben wird laut.

»Das ist ja wohl ein Unterschied!«

Eine kürzere Pause.

»Das spielt doch in diesem Moment keine Rolle. Meine Frau wäre beinahe gestorben.«

Pause.

»Natürlich vertraue ich auf Gott. Das ist doch hier gar nicht die Frage.«

Pause.

Zögern, Wechsel der Stimmlage.

»Kann ich *Ihnen* vertrauen, Jost Siever?«

Pause.

»Ich frage noch einmal: Wie kann ich sicher sein, dass nicht Sie mir diese Falle gestellt haben?«

Pause.

»Portugal. Nein. Die Küste, ja.«

Eine längere Pause, in der Ruben wieder ruhig wird.

»Natürlich sind wir einverstanden.«

Pause.

»Ein reicher Fischzug. Ja.«

Längere Pause.

»Bald.«

Kurze Pause.
»Amen.«

Gordon [PORTUGAL]
Mama kann stolz sein. Ohne Gordon wären vielleicht alle gestorben. Ann Es, das chinesische Mädchen, der schwarze Junge, der Gottsucher mit den Locken, sein Freund.

Liebe Mama,
Dein Sohn hat allerhand erlebt. Er war mutig und klug, das kannst Du glauben! Er hat Freunde gefunden. Ann Es würde Dir gefallen, Du musst sie unbedingt treffen. Über Hapke wirst Du leider einiges erfahren, das ihn in ein völlig anderes Licht rückt. Dein Sohn wird bald weiterreisen. Er kommt zu Dir zurück. Dein Gordon küsst Dich und lässt Dich voller Liebe grüßen.

Frank [PORTUGAL]
Es ist früher Morgen, Frank kauert zusammen mit den anderen unter einer staubgrauen Wolldecke in Dr. Carizos R4. Der Arzt fährt im höchsten Tempo, das der alte Kastenwagen hergibt, die Landstraße entlang. Zwei lange Tage haben sie auf Jost Sievers Privatflugzeug gewartet, vergeblich. Gestern, im Morgengrauen, sind sie schon einmal hinausgerannt, als das Geräusch eines Propellermotors sich zu nähern schienen, konnten allerdings nirgends ein Flugzeug entdecken.

Dr. Carizo, Senhora Maria, Ruben und Frank haben in den letzten Tagen mit zunehmender Unruhe die Nachrichten verfolgt, wo die Rede war von einer Gruppe von Terroristen, die sich im Hinterland unweit der Küste versteckt hielten. Von Unterstützung für die hiesige Polizei. Schon hatten sie eine Kolonne von Polizeiautos Richtung Meer rasen sehen, mit blinkenden Signallichtern und ausgeschaltetem Horn. Höchste Zeit, dass sie wegkamen. Schließlich, an diesem Morgen, drängte Carizo zum Aufbruch, der alte Mann schwer atmend, sichtbar aufgeregt, unter den Dornenranken seiner Brauen die geweiteten, feuchten Augen. Dr. Carizo trieb sie alle, Ruben, Frank, Meimei, Adile, Agnes und Gordon, mit seinem Gehstock zum Wagen, diesem altersschwachen, kondensmilchfarbenen Gefährt mit Kasten-Hinterteil, in dem sicher schon Heerscharen kranker Kälber und Schafe mitgefahren sind. Der Motor versetzt das Fahrgestell in dröhnende Schwingung. Über die Flüchtenden ist eine graue, stinkende Decke gebreitet; jemand liegt auf Franks Beinen.

Wie der alte Mann es schafft, trotz seiner gelähmten Körperhälfte ein Auto zu steuern, kann Frank nicht mit Bestimmtheit sagen. Vielleicht bedient er die Pedale mit seinem Stock. Der Geruch der Wolldecke, süßlich und voller Staub, nimmt ihm den Atem.

Wohin er sie bringen wird? Frank kann nur spekulieren. Zum Flughafen. Zu jemandem, der ihnen zur Flucht verhelfen kann. In ein anderes Versteck.

Dann geht alles sehr schnell. Ein lautes Motorengeräusch kommt näher: das Flugzeug, ein erstickter Fluch

Dr. Carizos. Dann fallen Schüsse. Frank nimmt all dies wahr, ohne gleich zu begreifen. Er wagt einen Blick unter der Decke hervor: Eine kleine Propellermaschine fliegt auf sie zu, vermutlich Sievers Cessna. Sie fliegt dicht über dem Boden, direkt auf Carizos Wagen zu, der Vollgas fährt, knapp hundertzehn. Frank ahnt das Gesicht des Piloten. Jemand feuert seitlich aus dem Flugzeug heraus Maschinengewehrsalven auf den R4. Näher kommt das Flugzeug, noch näher, der Pilot – oder ist es eine Pilotin? – hat einen runden Kopf und helle Augen. Agnes ruft einen Namen (»Gorgo«?). Der Schütze sieht aus wie Hapke.

Es folgen Einschläge, Carizo fährt weiter, ein schweres Krachen, die Windschutzscheibe wird schwarz, Carizo verreißt das Steuer, der Wagen überschlägt sich, einmal, mehrmals, ach so ist das, wenn man stirbt, jetzt geschieht es also, denkt Frank, während er gegen alle und alles geschleudert wird, während die Welt sich überschlägt, ein tödlicher Unfall, voll Interesse schneidet er das Ende mit. Krach, Explosion, ununterscheidbarer Lärm, gleich muss es kommen, das Sterben. Jetzt? … Jetzt? – Fast ebenso laut wie der Lärm dröhnt die Stille. Das muss es sein. Es ist so ruhig.

Der Wagen liegt im Gestrüpp auf der Seite, einer nach dem anderen kriechen sie heraus, mehr oder weniger angeschlagen, aber lebend unter dem Morgenhimmel: Er selbst, Frank. Ruben, Adile, Gordon, Agnes, Meimei (für ihre Verhältnisse munter). Carizos R4 liegt da als Wrack mit verschobener Karosserie. Daneben ein Toter. Afrikanisch. Ist es Sievers Chauffeur, derjenige, der mit dem Flugzeug kommen sollte?

Franks nächster Gedanke gilt Dr. Carizo. Er kommt aber mit dem Denken nicht weit, denn in der einen Richtung, abseits der Straße, liegt die Cessna, als Wrack mit gebrochenem Rückgrat, brennend, keine hundert Meter entfernt. Heraus quillt, in heftiger Wallung, aber ohne Geräusch, lilafarbener Rauch.

Auf der anderen Seite: die Straße, der Pickup. Die Afrikaner mit erhobenen Waffen. Ob sie das Flugzeug heruntergeschossen haben? Ist so etwas mit einem Maschinengewehr möglich? Oder ist der Pilot schuld, die Pilotin, sein oder ihr allzu gewagter Tiefflug? Der Mann, der jetzt tot ist, wurde aus der Luft herabgeworfen, es war sein Körper, der auf Carizos Wagen krachte. Ob er bis zum Moment des Aufpralls noch lebte?

Dr. Carizo liegt im Gestrüpp, unweit des umgestürzten R4, bis auf einige Kratzer (die Büsche) ist er ohne sichtbare Verletzung, aber leblos, sein Körper so schlaff, dass er Frank, der ihn unter die Arme fassen und zur Straße schleifen will, wieder und wieder entgleitet. Als er ihn endlich zu fassen kriegt, ist der Körper im erdfarbenen Sythetikanzug überraschend leicht.

Frank legt Dr. Carizo lang an den Straßenrand. Er kann nicht sagen, ob der alte Mann lebt, ob er wach ist, ob die halb geöffneten Augen etwas wahrnehmen oder nicht.

Während Frank mit Carizo beschäftigt ist, verhandeln die anderen mit den Afrikanern. Gordon, ohne Mütze, blutend über dem Auge, gestikuliert, spricht aufgeregt in Gehörlosensprache. Den mit der Narbe scheint das nicht zu stören. Im Gegenteil: Er ruft den anderen auf dem Pickup etwas zu, sie wechseln ein paar Sätze, dann ziehen sie Gordon zu sich hinauf. Als nächstes Meimei. Ruben. Adile klettert selbst. Agnes zögert, ehe sie klettert, schaut sich nach Frank um, der Narbenmann treibt sie zur Eile. Übrig bleibt Frank mit Carizo. *»Put him down! DOWN!«* schreit der Afrikaner.

Der Pritschenwagen rast davon, in eine Staubwolke gehüllt, landeinwärts. Auf der Ladefläche hocken wieder die Afrikaner, diesmal mit aufgepflanzten Maschinengewehren. Ruben, Meimei, Adile, Gordon, Agnes in Eile hinaufgezogen. Kolonnen von Polizeiautos durchkämmen die Gegend. Es wäre ein Wunder, wenn sie es zu Siever schafften, nach Lagos.

Er, Frank, bleibt zurück, mit einem Gewehrkolben weggestoßen, ein Schlag, der ihn laut und hart am Schädel traf, von der Platzwunde spürt er nur die Nässe. Weil er Dr. Carizo unter die Arme gefasst und ihn mitgeschleift hat, weil er ihn nicht allein zurücklassen konnte.

»Put him down!«, schrie der Mann, derselbe, der ihm dann den Schlag mit dem Gewehrkolben verpasste. *»Put the old man down!«*

Frank konnte Dr. Carizo nicht einfach im Straßengraben zurücklassen und verschwinden. Er rief nach Ruben, zurückbleiben wollte er ebensowenig, nicht wegen Carizo und auch aus keinem anderen Grund. Er wollte, dass Ruben den Männern klarmachte, dass sie den Alten mitnehmen mussten und ihn, Frank, natürlich auch.

Ruben hingegen rührte sich nicht, unternahm gar nichts, reagierte nicht auf seine, Franks, verzweifelten Rufe, stand aufrecht in der Mitte der Ladefläche, und schaute regungslos zu (skandalös, Frank kann es nicht fassen), wie der Anführer (der Rivale des Narbenmanns) ihn, Frank, mit seinem Maschinengewehr wegstieß, mitsamt dem schlaffen (schon toten?) Körper Dr. Carizos. Vom ganzen Pritschenwagen blieb nur Rubens Blick in der Luft stehen: ruhig, beinahe wohlgefällig, zum Verrücktwerden. Den Rest des Bildes verschluckte der aufgewirbelte Staub, als der Pritschenwagen davonraste.

An den Himmel erinnert er sich später, von dessen metallischem Blau er sich verhöhnt fühlte, an den Anflug von Dunst in Richtung Atlantik und an den Moment, als ihm klar wurde, dass Dr. Carizo nicht mehr lebte.

Unterwegs

Gordon [UNTERWEGS]
Der Ozean ist grau wie Bleistiftminen, Wellenreihen, die sich von Horizont zu Horizont spannen, rollen über seine glänzende Oberfläche. Das Meer und der violettgraue, zur anderen Seite grünliche Himmel scheinen sich voreinander zu ekeln. Die Sonne hat sich lange vor ihrem Untergang zurückgezogen. Das Schiff pflügt in unterschiedslosem Geradeauskurs durch jedes Wetter. In der Tiefe zittern die Motoren. Slaw-Chef hat irgendwas gesagt.

Liebe Mama,
ich fahre auf einem Frachtschiff nach Afrika. Einen Tag und zwei Nächte sind wir schon unterwegs. Der Technische Offizier, ein Bulgare, ist ein anständiger Mann. Er heißt Slaw-Chef. Ich bin manchmal bei ihm auf der Brücke. Toll ist es dort oben, hell und hoch über dem Wasser, auf dem dreizehnten Deck! Es geht sehr ruhig und wissenschaftlich zu, über die Bildschirme laufen Zeichnungen, die Wellen, Wind und Strömung aufzeichnen. Auf dem Radar erscheint hin und wieder ein anderes Schiff. Ich hole für Slaw-Chef und den Navigator Kaffee, wenn sie es wünschen. Obwohl meistens wenig zu tun ist, müssen sie ja wach sein, die Instrumente im Auge behalten und funken. Den Kapitän sehe ich auch oft, er ist Italiener. Er würde Dir bestimmt gefallen, obwohl er schon ziemlich alt ist, ein Mann mit besten Manieren, raspelkurzes Silberhaar und gebräunte Haut, ein Seemann durch und durch. Er ist sehr freundlich und sagt, ich erinnere ihn an seinen Sohn.

Ich bin ein richtiger Schiffsjunge geworden, meine beste, allerbeste Mama! Von der Brücke aus blicken wir über die Ladung, Stapel von großen, fest vertäuten Kisten. Der Ladekran ist gleich mit auf dem Schiff. Was in den Kisten ist, habe ich noch nicht erfahren. Es sind aber auch sehr, sehr viele Autos, Lastwagen und Baumaschinen an Bord, das Schiff ist riesig, du kannst es dir nicht vorstellen! Meine Freunde sind auch hier, wir haben einiges erlebt, aber jetzt freuen wir uns, dass ein berühmter Missionar uns zu sich eingeladen hat. Hab keine Angst, Dein Gordon besieht sich die Welt. Tausend Küsse.

Agnes [UNTERWEGS]

Im Container ist es nicht besser als in Rolfs Keller. Während die Kiste, in der Agnes dicht neben Gordon sitzt, sich in den Greifarmen des Krans befindet, es rund um sie sackfinster ist, poltert und schwankt, laufen Agnes Tränen übers Gesicht, wegen des Schwankens bis in die Ohren.

Am schlimmsten ist der Augenblick, als der Container, wie sie annimmt, bereits auf dem Schiff steht und ein metallisches Krachen Boden und Wände erschüttert. Anders als der Anführer der Afrikaner beteuert hat, ist soeben ein viele Tonnen schwerer Container über ihren Köpfen abgesetzt worden. Es soll nicht der letzte bleiben. Als das Schiff Stunden später endlich ausläuft, ist die Kapsel, in der sie kauern, von allen Seiten zugestapelt. Die Luft ist jetzt schon schlecht und wird immer heißer. Diesmal ist alles ganz aussichtslos. Agnes' Körper berührt den Gordons, sie kann seine Angst spüren und riechen, im Dunkeln fehlt ihm nun der wichtigste seiner Sinne. Ruben streitet mit Gott.

»Herr, wenn du willst, dass ich weiter für dich kämpfen soll, dann lass mich nicht hier enden«, beginnt er. Agnes überlegt, ob sie Rubens Gebete mit eingestreuten »Halleluja!«- und »Amen!«-Rufen begleiten soll, was sonst Franks Part gewesen ist. Außer ihr gibt es jetzt niemanden für diese Aufgabe. Sie hat eigentlich kaum je mit Ruben gesprochen. Sie fragt sich, ob er sie überhaupt wahrnimmt. Ohne Frank ist ihr Rubens Gegenwart unheimlich.

Was sie schon erwartet hat: Lille, diesmal als Skelett mit phosphoreszierenden Knochen, ist zur Stelle, wittert wohl Aasgeruch. Sie hockt ihr, Agnes, gegenüber auf irgendeinem Teil der Ladung und knarzt mit ihrer Beckenschale.

»Ich muss schon sagen, Schwester, du beeindruckst selbst eine eingefleischte Leiche wie mich.«

Lilles Stimme klingt aus allen Containerecken gleichzeitig.

»Immer denke ich, jetzt hat's ein Ende mit meiner lieben Schwester. Aber nein! Sie windet sich ein ums andere Mal dem Tod aus dem Schwitzkasten.«

Beinahe schwärmerisch reibt sie ihr Kinn gegen das Schlüsselbein, was ein singendes Schabegeräusch ergibt.

»Ich fühle mich wirklich bestens unterhalten. Immer, wenn es so spannend ist, vergesse ich beinahe, dass du mich auf dem Gewissen hast. So besänftigt bin ich, dass ich dir jetzt sage: Du bist nicht die Schlimmste gewesen. Eine Mitläuferin. Ohne eigenen Antrieb, eine Stimmlose. Du hast einfach auf Margot gestanden. Du wolltest nichts Schlechtes. Wegen Typen wie dir kann sich kein vernünftiger Mensch die Revolution wünschen. Menschenfeinde und Anpasser kommen nach oben, alle anderen geraten ins Mahlwerk. Ich gelange leider auch erst posthum zu dieser Erkenntnis. Nicht, dass sie neu wäre.«

»Hau ab!« zischt Agnes. »Verschwinde! Mir ist nicht nach deinen Sprüchen zumute. Ich habe im Moment andere Sorgen, falls es dir schon aufgefallen ist.«

Lille klimpert ein Arpeggio auf ihren weißlichen Rippen.

»Liebling, ich wäre doch nicht hier, wenn es nicht wieder was zum Mitfiebern gäbe. Ich bin ein echter Fan deiner Serie. Ein ganz neues Genre: die Nahtod-Soap. Wie du hier wieder rauskommen willst, ist mir übrigens schleierhaft.«

»Geh endlich!« heult Agnes. Sie schleudert, was sie im Dunkeln zu fassen kriegt, ein metallenes Werkzeugteil trifft Lilles feixenden Schädel. Das Skelett, unbeeindruckt von der Wucht des Treffers, verbeugt sich in höhnischer Übertreibung, ehe es blasser und blasser wird und endlich verschwindet.

Adile Ngolongo [UNTERWEGS]

Gefangen! Er hat von Anfang an nicht in diese Kiste steigen wollen. Sohn Gottes mag ein großer Prediger sein, für die Kriegskunst fehlt ihm jeder Instinkt. Jetzt kann nur noch ein Wunder sie aus diesem Kasten befreien. Er fragt sich immer öfter, wie Ruben, immerhin ein Deutscher, auf solche Ideen kommt.

Deutschland. Ein eigenartiges, aber auch sehr gutes Land. Adile tastet nach dem Zeitungsbild, das er seit damals bei sich trägt, zerknittert, ausgewaschen und vom vielen Betasten kaum noch erkennbar. Er braucht es nicht anzuschauen, um sich jedes Detail ins Gedächtnis zu rufen: Ein winziger Junge, von dessen Gesicht man praktisch nur die aufgerissenen Augen sieht, liegt auf der weiten, weißen Fläche des Krankenhausbetts, das ihn den Blicken der Ärzte und des Fotografen ganz ausgeliefert scheinen lässt. In der Mitte des Bildes: die dünnen, krummen, an den Gelenken geschwollenen Beine des Vierjährigen, darüber ein bauschiges Höschen. Der Chefarzt steht neben dem Kind mit den kranken Beinen. Sein Blick verspricht: Er wird es gesund machen. Das deutsche Krankenhaus hilft dem Knirps aus dem angolanischen Bürgerkrieg. Die Krankenschwestern bemuttern ihn, Schulklassen bringen ihm Spielsachen. Die Zeitung schreibt, dass der kleine Adile am liebsten Fischstäbchen und Schokolade mag. Und sehr, sehr krank ist, eine Entzündung der Knochen. Die Leserinnen seufzen ergriffen und spenden für Adiles Beine. Eine tolle Zeit.

Er erinnert sich genau an die Kinderstation. Lustige, durchscheinende Bilder in bunten Farben schmückten die Glaswand des Spielzimmers. Neben seinem Bett stand ein Schubladenschrank, darin alle seine Sachen. Noch nie hatte er etwas Derartiges besessen. Die Oberärztin, der Chefarzt, all die netten Frauen, die mit ihm spielten, ihn streichelten und ihm vorsangen. Ulla mit den gelben, Rita mit den roten Haaren. Wenn das hier vorbei war, das wusste er, ginge es mit geheilten Beinen zurück. Das war ihm angekündigt worden, und genauso kam es. Auf der Kinderstation spuckte er heimlich Tabletten aus, riss nachts an seinen Verbänden. Ein Hinken blieb; zurück in den Bürgerkrieg musste er trotzdem. Später hat es Adile ein zweites Mal nach Deutschland geschafft. Dieses Schiff hier aber fährt in die falsche Richtung. Er muss sofort raus.

Agnes [UNTERWEGS]

Gott existiert. Er (oder sie, wahrscheinlich sind diese Unterscheidungen ganz unwichtig) scheint Agnes verziehen zu haben. Jedenfalls kommt er (oder sie) ihr zur Hilfe. Es gibt keine andere Erklärung dafür.

Auf offener See befiehlt der Kapitän, die Container umzuschichten. Ein Wahnsinn. Der Ozean liegt still und glatt, es ist heiß, die Maschinen stehen.

Der Kran hebt Kisten an und schichtet sie anders aufeinander. Trägt den Stapel über einem bestimmten Container ab, einem roten, geriffelten mit Rostspuren. Dieser Container wird ebenfalls angehoben und an den Rand versetzt. Der Kapitän lässt ihn öffnen. Der Technische Offizier findet fünf Personen, verschiedener Hautfarbe und beiderlei Geschlechts, die erschöpft, aber unversehrt scheinen. Die Mannschaft steht schweigend im Halbkreis und glotzt.

Agnes sieht zuerst gar nichts, die plötzliche Helligkeit, der weite Himmel machen sie blind. Zwischen flatternden Wimpern nimmt sie das Schiff wahr, ein mächtiges, beladenes Gebäude, Kräne und Kisten, darum herum die weite Fläche des Ozeans.

Sie werden in den Speiseraum geführt, wo der Koch ihnen Reste vorsetzt. Agnes sitzt wie die anderen am langen Tisch, isst und trinkt, die Wasserkrüge werden mehrmals aufgefüllt. Das feinporige Weißbrot scheint ihr das erste Brot, das sie je gegessen hat. Es gibt auch Fleisch, kleine, braune Keulen in einer Soße. Obwohl sie seit Jahren kein Fleisch gegessen hat, langt Agnes gierig zu, lutscht jede Faser von den Knöchlein.

Am entgegengesetzten Ende des Tisches sitzt der Kapitän mit gefalteten Händen. Sein Gesicht ist von tiefen Furchen durchzogen, der Haarkranz um seine Glatze weiß, aus den Augen und seiner ganzen Körperhaltung sprechen jedoch Kraft und Spannung. Agnes weiß den Ausdruck seines Gesichts nicht zu deuten.

»Ihr überrascht mich«, sagt er, Agnes mag seine Stimme, den Akzent im Englischen, seine Augen tasten sie alle einen nach dem anderen ab.

»In diese Richtung haben wir sonst nie blinde Passagiere.«

Es ist ihr unangenehm, ihn das sagen zu hören. Das Wunderbare ihrer Rettung scheint plötzlich nicht mehr wichtig. Der Kapitän sieht ihre Gesichter und lacht.

»Keine Angst«, sagt der Kapitän, »wir werfen niemanden über Bord. Nicht einmal arbeiten müsst ihr. Auf einem Schiff wie diesem kann man viel Schaden anrichten«, und wieder lacht er mit seiner schönen Stimme.

Er lässt Agnes und die anderen zu den Passagierskabinen führen, durch fensterlose, weiße Gänge, von denen zahllose Türen abgehen: Die Kabinen der Besatzung, Sanitätsraum, Fernseh-, Sport- und Computerraum, ein Raum mit Faxgerät und mehreren Telefonen, eine Waschküche. Agnes bekommt eine Kabine, die sie mit Meimei teilt. Gordon zieht mit Adile in einen Raum, Ruben wohnt allein.

Die Kabinen gleichen einfachen Hotelzimmern. Die Wände sind verkleidet mit künstlichem Furnier, darin eingepasst sind je ein Fernseher und mehrere Schränke, eine Schreibtischplatte ragt heraus, gegenüber das Bett. Über dem Bett lässt sich an der Wand ein zweites ausklappen. Meimei liegt jetzt meistens auf dem unteren Bett und sieht fern. Gordon scheint in der Mannschaft aufgegangen, Agnes begegnet ihm selten.

Sie verbringt viel Zeit auf dem obersten Deck, wo mit Stahlseilen vertäut die ältesten Gebrauchtwagen stehen, manche mit eingedrückten Lichtern und verbogenen Türen, jedes einzelne vollgestopft mit Teppichrollen, Bettdecken, Kühlschränken, und je einem Schild im Fenster, darauf der Bestimmungsort: Lagos. Hinter der Glasfront der Brücke erkennt sie den Navigator und den Technischen Offizier.

Sie blickt über die Container hinweg aufs Wasser. Das Schiff zieht die aufgeraute Endlosfläche des Ozeans unter sich durch. Es geht ganz ruhig zu auf dem Schiff, nur selten sieht Agnes an Deck ein Mitglied der Besatzung. Es scheint, als erfüllten die Männer ihre Aufgaben schweigend und mit großem Ernst, ihre geringe Anzahl verliert sich auf der riesigen Fläche des Schiffes. Die dichtesten Menschenansammlungen finden sich vor den Computern, Videogeräten und bei den Mahlzeiten im Speiseraum. Die Mannschaft setzt sich zusammen aus Italienern und Bulgaren.

Die Sonne steht schon tiefer. Agnes hat das Oberdeck umrundet und steht vor dem Fahrstuhl, der sie hinunter zu den Kabinen bringen soll. Ein massiger Securitymann steht ebenfalls da und wartet (er hat sanfte, madonnenhafte Augen). Agnes fährt in der engen Fahrstuhlkabine hinunter aufs zwölfte Deck, der Securitymann steigt ebenfalls aus. Als Agnes zu ihrer Kabine gehen will, spürt sie den Securitymann hinter sich. Er biegt, als er bemerkt, auf welche Kabine sie zusteuert, nach einem Augenblick des Zögerns in den Computerraum ab. Agnes registriert die kleine Merkwürdigkeit, ohne ihr Bedeutung beizumessen.

Als sie schon vor ihrer und Meimeis Kabinentür steht und gerade anklopfen will, wird diese aufgerissen und jemand kommt heraus, ein kleiner, schmächtiger Typ, der es eilig hat, an Agnes vorbeischlüpft und Richtung Fahrstuhl verschwindet. Sie hat diesen Matrosen schon einmal bemerkt, seine gelbliche, schadhafte Haut und die hellgrünen Augen. Sie zweifelt für einen Moment, ob sie auf dem richtigen Deck und vor der richtigen Kabinentür steht. Im Rücken spürt sie den Blick des Securitymanns, der von seinem Bildschirm im Computerraum aus ihre

Kabinentür beobachtet. Was geht hier in ihrer Abwesenheit vor?

Sie klopft, wartet kurz und öffnet die Tür. Drinnen sitzt Meimei mit angezogenen Beinen auf ihrer Pritsche, der Fernseher läuft. Die Kabine ist aufgeräumt, die Überdecke auf dem Bett glatt wie am Morgen. Die einzige Unstimmigkeit, die Agnes entdecken kann, ist Meimeis Atem, zu schnell hebt und senkt sich ihre Brust für jemanden, der die ganze Zeit vor dem Fernseher gesessen hat.

»Was wollte der Typ, der mir entgegenkam?« fragt Agnes, obwohl sie weiß, dass die Frage ins Leere läuft. Meimei löst den Blick vom Bildschirm und schaut sie an, verwundert und aufgestört, als wäre Agnes' Frage das erste Geräusch seit Tagen. Agnes weiß, dass Meimei sie versteht, sie spürt in sich Ungeduld hochkochen, muss sich beherrschen, um Meimei nicht grob zu packen, dieses zarte Mädchen, dessen Haar wieder etwas gewachsen ist und in nadelartigen, ganz geraden Strähnen schräg vom Kopf absteht. Meimei, die kleine Schwester, so süß und frisch und ein wenig erhitzt, aber wovon?

»Was machst du hier?« herrscht Agnes sie noch einmal an, sie hat jetzt Lust, Meimei zu schlagen. Was soll das alles? Der grünäugige Matrose, der so eilig verschwand. Der Securitymann, der die Tür beäugt.

»Was treibst du hier mit den Matrosen?«

»Das geht dich einen Scheißdreck an«, antwortet Meimei, mit einer Stimme, die geübt klingt und völlig klar. Ihr erster Satz, der mehr ist als entrücktes Gebrabbel.

Meimei schaut Agnes verächtlich ins Gesicht, dann dreht sie sich weg, so weit, dass sie gerade noch fernsehen kann.

Ein beklemmendes Gefühl breitet sich aus, Agnes kennt es aus ihren Träumen. Geheime Machenschaften laufen um sie herum ab, an denen alle anderen beteiligt sind; in ihren Träumen müsste sie, um der geheimen Gefahr zu entgehen, dahinterkommen, begreifen, was gespielt wird, was niemals gelingt.

Nicht viel später muss sie ein zweites Mal daran denken, als sie mit Ruben sprechen will und vor seiner Kabinentür innehält. Drinnen hört sie zwei Männerstimmen, eine davon ist Rubens. Die Stimmen unterhalten sich erregt, aber doch so leise, dass Agnes sie nicht versteht. Es fällt ihr etwas auf an der zweiten Stimme, aber sie kommt nicht darauf, was. Sie drückt sich einige Zeit auf dem Flur herum, aber das, was sie sich erhofft, dass jemand aus Rubens Kabine herauskommt oder hineingeht, geschieht nicht.

Gordon [UNTERWEGS]

Im Container saß ein sechster Mann. Gordon hatte seine Anwesenheit gespürt, als er neben Agnes im Dunkeln saß und so angestrengt in die Schwärze starrte, dass ein zusätzlicher Sinn, ein Ahnungssinn vielleicht, einsprang und ihm bei der Wahrnehmung half. Dieser Jemand verhielt sich ganz ruhig, kauerte irgendwo hinter ihnen. Dort stapelten sich die groben Holzkisten der Afrikaner von Hapkes Pritschenwagen. Als es plötzlich hell wurde und man ihn, Gordon, und die anderen aus dem Container befreite, war von einem sechsten Passagier nichts zu sehen.

Gordon glaubt trotzdem, dass es ihn gibt. Er hat sich noch länger verborgen gehalten und ist jetzt irgendwo auf dem Schiff.

Meimei [UNTERWEGS]

Yang Jun war ein Langweiler (wenn auch ein treuer). Er arbeitete hart, hätte (nein, ganz gewiss: hat) bestimmt einen guten Posten bekommen. Seine Eltern waren einfache Leute aus der Gegend von Souzhou, Yang Yun ihr einziges Kind. Meimei hätte es niemals mit ihm ausgehalten.

Davor gab es einen, der nannte sich Jim. In allem das genaue Gegenteil, haltlos und unberechenbar, immer gefährdet und schön. Er war regelmäßig ganz ohne Geld und wohnte bei irgendwelchen Bekannten, von Zeit zu Zeit auch bei ihr. Wie ein Kater verschwand er manchmal für mehrere Tage. Wenn er wiederkam, hatte sich jedes Mal etwas an ihm verändert, mal war er mager geworden, dann wieder blond, dann lachte er ganz anders, wirkte in sich gekehrt und sprach nicht, oder er hatte bestimmte tägliche Gewohnheiten abgelegt und ganz andere angenommen, so dass Meimei sich fragte, war dies wirklich derselbe Mensch, der zurückgekommen war und jetzt regelmäßig atmend neben ihr auf der Reisstrohmatte lag.

Meimei wusste, dass er Schauspieler werden wollte. Ob er jemals etwas in diese Richtung unternommen hatte, erfuhr sie nie. Wie sie überhaupt von dem Menschen, dessen Haut und Gestalt ihr am nächsten waren, erschütternd wenig wusste. Seine Metamorphosen ängstigten und quälten sie. Als er schließlich endgültig verschwand, blieben ihr neben ein paar wenigen Kleidungsstücken nur Bilder in ihrer Erinnerung. Eine Zeitlang wollte sie sterben.

Robert, ein Engländer. Groß und mager war er und schrieb Gedichte, verdiente sein Geld durch den Besitz eines Anzugs, mit dem er gegen Bezahlung als Whiskykenner, CEO oder hoher Diplomat posierte. Er blieb ihr so gleichgültig, dass sie ihn ständig vergaß. Sie wusste, dass er darunter litt und bereit war, alles für sie zu tun. Schließlich ließ sie ihn eine Weile gewähren und vergaß ihn dann endgültig. Sie vergaß sogar, wer hinter dem Tag und Nacht ins Leere klingelnden Telefon und den kleinen Geschenken auf der Türschwelle steckte. In Roberts Fall war Großmutter ausnahmsweise einverstanden mit dem, was Meimei tat.

Es gab eine Zeit, in der rückblickend die Namen, Gesichter und Nächte in eins schwimmen. Was damals geschah, bleibt ununterscheidbar im Nebel und damit bedeutungslos, sie selbst mag aus unterschiedlichen Gründen süß und unempfindlich gewesen sein wie eine Schlenkerpuppe.

Ein andermal köderte sie zusammen mit einer Gruppe falscher Kunststudentinnen Touristen, um ihnen in einer Suite im Peace-Hotel getuschte Goldfische und Schriftrollen mit konfuzianischem Unsinn zu verkaufen. Den Touristen waren die Goldfische und geknickten Bambusrohre meist ebenso gleichgültig wie ihr, sie wollten lieber in ein Hotelzimmer ohne Tuschebilder und gefälschte Diplome, dafür nur mit ihr. Der Meisterkünstler verlangte seinen Anteil, so oder so.

Unterdessen begann sich Großmutter immer mehr in den Vordergrund zu spielen, und die Hunde taten es ihrem Vorbild gleich. Gemeinsam schienen sie verhindern zu wollen, dass Meimei aus ihrem Schlamassel wieder herauskam. Die Mädchen, mit denen zusammen sie zur Dolmetscherschule gegangen war, waren alle längst fertig, hatten ein, zwei Jahre gearbeitet und sich dann einen Ausländer oder Beamten geangelt, langweilten sich jetzt hier oder sonstwo in ihren schicken Wohnungen. Nur sie, Meimei, besitzt noch nicht einmal ein komplettes Teegeschirr.

Eine Weile lang ging sie zu ein paar Künstlern, die sich in einer Lagerhalle in den Hafenanlagen trafen, an ihren Bildern und Skulpturen herumwerkelten und ansonsten rauchten, über ihr Vaterland lachten und warteten, dass ein ausländischer Galerist käme und ihnen ihre Machwerke abkaufte. Einer von ihnen schuf Keramiken, in der Frauenbeine eine Rolle spielten, deren Form er von ihren, Meimeis, Beinen abgoss.

Bald wurden Meimeis Besuche in den Hafenanlagen seltener und hörten schließlich ganz auf. Zum einen, weil tatsächlich ein österreichischer Sammler auftauchte und einen nach dem anderen ihrer Freunde »entdeckte«, was zur Folge hatte, dass sie in teure Ateliers umzogen und sie, Meimei, vergaßen. Zum anderen, weil Großmutter begonnen hatte, sie mit zunehmend unverschämten

Forderungen zu drangsalieren. Mal klagte sie, dass die Hunde ihr nicht gehorchten und sie deswegen mit ihnen nicht länger allein bleiben könne. Dann wiederum klagte sie über unregelmäßigen Herzschlag und bestand darauf, dass Meimei sie überallhin auf dem Rücken mit sich herumtrug. An eine richtige Arbeit oder auch nur einen Freundeskreis war nicht mehr zu denken. Wem sollte sie klarmachen, dass sie Großmutter und die Hunde ununterbrochen beschwichtigen, beruhigen und zurechtweisen, füttern und in den Schlaf murmeln musste.

Ruben ist wieder so ein Spinner, und Geld hat er auch nicht, aber er hat sie, Meimei, immerhin mitgenommen, weg aus Shanghai, weg von Großmutter und ihrem Gejammer, darüber, dass die Zeit vergeht und die Dinge sich ändern.

Sie, Meimei, hat sich lange genug treiben lassen. Es wird Zeit, dass sie sich sammelt. Sie braucht etwas Geld und einen klaren Kopf, und sie muss jede, auch die kleinste Möglichkeit nutzen.

Agnes [UNTERWEGS]

Sie hat ihn gesehen. Den Unbekannten, den wirklichen blinden Passagier. Er verbirgt sich auf einem der Autodecks in einem alten Krankenwagen. Ruben kennt sein Versteck und füttert ihn durch.

Agnes ist Ruben heimlich gefolgt. Er nahm den Fahrstuhl, sie die Treppe. Fast hätte sie ihn verloren, er fuhr bis hinunter aufs dritte Deck. Sein Ungeschick hat ihn verraten: Er muss einen schrottreifen Transporter, der vertäut zwischen anderen größeren Fahrzeugen stand – Bussen, Geländewagen, Traktoren – gestreift oder angestoßen haben, die rostige, zerbeulte Seitentür fiel mit lautem Scheppern zu Boden. Agnes bog in dem Augenblick um die Ecke, als sie Ruben, augenscheinlich ohne dass er sie bemerkt hätte, sich nervös umblicken sah, durch einige Autoreihen von ihr getrennt.

Das dritte Deck ist höher als die übrigen, mit Personenautos zugeparkten, in denen sie, Agnes, nur knapp aufrecht stehen kann. Die Reihen der Fahrzeuge reichen weiter, als sie es überblicken könnte, alle Arten von neuen oder uralten Kleinbussen und Transportern, auch Pritschenwagen wie der Rolfs sind darunter, ebenso die verschiedensten Baustellenfahrzeuge, ein mehrere Meter hoher, rostfleckiger Mähdrescher. Agnes versteckt sich hinter den Fahrzeugen, während sie Ruben folgt. Er bewegt sich in Richtung des vorderen Schiffsteils; für einen Moment glaubt Agnes, sie käme nicht weiter, weil nach einer kurzen, schrägen Abfahrt in einem noch tiefer gelegenen Teil des Decks eine vergitterte Abgrenzung den Durchgang versperrt.

Sie findet die Stelle, an der Ruben hindurchgedrungen ist. In diesem vom Boden zur Decke gemessen noch höheren Laderaum stehen auch Container, kleiner als die auf dem Oberdeck, schwer einzuordnende Betonteile und Stapel metallener Stangen, bei denen es sich, wie sie vermutet, um Teile eines Baugerüsts handelt. Außerdem gut zwanzig neue weiße, mit Folie umhüllte

Pickups sowie kaum noch fahrtüchtig aussehende VW-Busse und Taxen, die in der üblichen Dichte und Vertäuung hier stehen; hinter den Windschutzscheiben kleben Schilder mit Nummern, Kürzeln und dem Zielort der Fracht, wieder: Lagos. In einem Augenblick der Stille spürt Agnes das Zittern der Schiffsmotoren durch ihre Sohlen, ihr Blick sucht Ruben, die trüben Lichtröhren unter der Decke helfen nicht viel. Farben des Fußbodens, der Wände und Pfeiler: Rot und Grau, in voneinander abgesetzten, geometrischen Flächen. Schon glaubt sie sich von Ruben entdeckt, wagt nicht, den Kopf vorzustrecken, duckt sich dicht an einen wulstigen Baggerreifen.

Da hört sie eine Wagentür sich öffnen, Gewisper, Zuklappen der Tür. Zufällig sieht sie am Auf- und Niederschaukeln der Karosserie, dass in einen mit Leuchtfarben-Rot beschrifteten Krankenwagen, der zwischen anderen Fahrzeugen parkt, jemand eingestiegen ist.

Das Versteck des blinden Passagiers ist gut gewählt, der Krankenwagen ist zwischen zwei viel größeren Bussen gut versteckt. Erst als sie sich durch den Spalt zwischen einem der Busse und seinem nächsten Nachbarn Richtung Wand geschoben hat, kann sie im transparenten oberen Teil der Hecktür innen im Wagen Ruben und einen zweiten Mann entdecken. Obwohl sie nur ein Stück Scheitel ausmacht, weiß sie, dass sie den Mann noch nie an Bord gesehen hat. Adile ist es nicht, und der Mann, der sich im Krankenwagen verborgen hält, ist schwarz.

Adile Ngolongo [UNTERWEGS]
Sohn Gottes tauft und predigt auf See. Gestern hat er im Fernsehraum zu den Männern vom Schiff gesprochen, es kamen immer mehr, sie drängten die Vornstehenden weiter und weiter, die letzten standen im Flur. Ihre anfängliche Scheu, in die Gebete einzustimmen, verflog, Ruben segnete sie und hieß sie ihre Handflächen gen Himmel aufhalten, er sprach und sprach, stellte Fragen und legte ihnen die Antworten in die Münder, sie lernten schnell, hin und her ging das Spiel, Ruben – Chor – Ruben, wurde inniger, die ersten empfingen den Geist. Adile half, verteilte Liedblätter und Gebete, sprach und sang mit, reichte die Schalen für das Abendmahl.

Ruben schätzt sein, Adiles, Dabeisein und gibt ihm zu verstehen, dass er ihn als Helfer und Inspiration für seine Fischzüge braucht.

Gordon [UNTERWEGS]
Er, Gordon, konnte nichts machen. Er hat den Piraten nicht kommen sehen. Es war noch vor Morgengrauen, als er mit Slaw-Chef, der die erste Wache hatte, auf der Brücke vor den Monitoren saß. Von der Brücke herunter überblickten sie das riesige Schiff, die klug gestapelte Ladung, die mit Lichtern markierten Gänge an der Innenseite der Reling, außen die Positionslampen, stärker leuchtend als die Sterne am Himmel, und spürte die von dem riesigen Gefährt ausgehende Vernunft und Kraft, sein Vibrieren, das ihn mit Zuversicht erfüllte, der Schwärze des Ozeans und des

Alls seine Masse, sein Material, seine Gleichmut entgegensetzte. Gordon füllte aus einer großen metallenen Kanne Slaw-Chefs Becher mit Tee auf, an dessen Oberfläche ölig schillernde Placken schwammen, und beobachtete das (kantige, gefurchte, Wissen und Erfahrung widerspiegelnde) Gesicht des Technischen Offiziers im Widerschein der Monitore, auch dies ein Anblick, der ihn froh stimmte.

Der Pirat stürmte ohne jede Warnung mit gezückter Maschinenpistole herein, in die stillste Zeit des Tages; wie sie später erfuhren, hatte er zuvor einen Wachmann erschossen. Der Pirat strahlte höchste Gefährlichkeit aus, war bis obenhin voll mörderischer Wut und dabei nervös. Er schrie Slaw-Chef an und fuchtelte dabei mit seiner Waffe, auch auf ihn, Gordon, brüllte er herunter, aber er verstand nichts. Aus dem Augenwinkel sah Gordon Slaw-Chef langsam aufstehen, zurückgehen und dabei seine Hände zeigen, und tat es ihm gleich. Der Mann stellte sich so vor sie, dass er sie beide und ebenso die Tür im Auge behalten konnte, und erteilte Slaw-Chef Befehle. Dabei ließ er keinen Augenblick seine Waffe sinken.

Er, Gordon, hätte Slaw-Chef warnen sollen. Schließlich hatte er schon vorher gewusst, dass außer ihnen noch jemand im Container saß, der heimlich auf das Schiff gekommen war.

Jetzt hockt Slaw-Chef am Boden, neben der Tür zum Instrumentenraum, und ist wie er, Gordon, gefesselt. Von Zeit zu Zeit bindet der Mann, den Gordon den Piraten nennt, Slaw-Chef los und verlangt von ihm, die Instrumente und Steuerungseinheiten zu bedienen.

Slaw-Chef muss das Satellitentelefon nehmen und eine Nummer wählen, die der Pirat ihm diktiert. In der Pause, die dann entsteht, wandern die Augen des Piraten nervös hin und her, fast als hätte er Angst, Fehler zu machen. Gordon hat Mitleid mit ihm. Als Slaw-Chef eine Verbindung hergestellt hat und spricht, entreißt der Pirat ihm das Telefon. Gordon versteht nicht, was gesagt wird.

Agnes [UNTERWEGS]

Die Stimmung an Bord ist gedrückt, seit der blinde Passagier das Kommando an sich gerissen hat. Der Kapitän hat sich anstelle Gordons und des Technischen Offiziers als Geisel angeboten, der blinde Passagier lehnte dies jedoch ab. Nachdem am Morgen der Geiselnahme die Maschinen stundenlang still standen und das Schiff unter stechender Sonne dahintrieb, ging es am Nachmittag weiter. Der Kapitän telefonierte ein paar Mal aus seiner Kabine heraus mit dem Entführer, das Ergebnis ist nicht bekannt.

Sie, Agnes, hockte gemeinsam mit einigen Männern von der Besatzung auf dem Oberdeck, einige, darunter etwas abseits auch Ruben, standen da und schauten zur Brücke hinauf. Die übrigen Männer, ebenso die anderen Mitglieder ihrer, Agnes', Gruppe, hatten sich in die Innenräume des Schiffs verzogen. Vom Entführer sah sie trotz angestrengten Hinaufschauens nichts, er hielt sich im Hintergrund, auch Gordon blieb ihren Blicken verborgen. Der Einzige, dessen Gesicht, während er an den

Instrumenten hantierte, hinter der Fensterfront sekundenlang aufblitzte, war Slawtschew, der Technische Offizier, dem allerdings nicht anzumerken war, ob er die ihn Beobachtenden auf dem Oberdeck wahrnahm oder nicht.

Bis zum Abend ist noch immer unklar, was der Entführer eigentlich fordert. Beim Nachtmahl im Speiseraum, an dem weder der Kapitän noch Ruben teilnehmen, kursieren die wildesten Gerüchte. Das Gespräch kreist zuletzt um die Frage, wann der Entführer wegen Müdigkeit aufgeben muss, vorausgesetzt, er erhält keine Verstärkung.

Noch während des Essens fällt ein Schuss, genauer, ertönt die kurze, ratternde Salve eines Maschinengewehrs. Die Gespräche ersterben, alle malen sich in diesem Moment das Schlimmste aus. Agnes blickt auf ihren Teller, dort liegen Nudeln, erledigt vom zu langen Kochen und einer grauen Soße, der Koch, heißt es, ist sehr sensibel.

Vielleicht ist soeben jemand gestorben und sie, Agnes, hätte es verhindern können. Sie wusste vom blinden Passagier. Hat sie sich ein weiteres Mal mitschuldig gemacht? Und welche Rolle spielt Ruben?

Gordon [UNTERWEGS]

Der Pirat wird immer nervöser, sicher ist es zu viel für einen einzelnen Menschen, allein ein so großes Schiff zu entführen. Er telefoniert häufig und mit steigender Erregung, wahrscheinlich mit seinen Leuten. Er tut Gordon leid, obwohl die Fesseln, die er ihm, Gordon, angelegt hat, schmerzen. Ohne Zweifel wartet der Pirat auf etwas.

Agnes [UNTERWEGS]
In der Nacht stoppen die Maschinen.

Agnes liegt langgestreckt auf der oberen Pritsche, die Leuchtröhre unter der Decke ist eingeschaltet, sie kann nicht schlafen. Meimei ist bei dem grünäugigen Matrosen. Aus dem Lautsprecher (es hängen welche in jeder Kabine und auf den Fluren) ist ein Knacken zu hören, als wäre jemand gegen das Mikrofon gestoßen, die Person am Mikrofon atmet, ein Rauschen, dann bricht die Übertragung ab. Mehrere Männer laufen mit schwerem Gepolter den Flur vor der Kabine entlang, erregte Rufe und Gesprächsfetzen. Mehrmaliges lautes Türenschlagen. Agnes hält es nicht aus, sie klettert vom Bett herunter und öffnet die Kabinentür.

Auf dem Flur stummes, hartes Ringen, Schnaufen, Schweißgeruch, Securityleute (drei), weitere Männer, außerdem Adile und Ruben. Bevor Agnes irgendetwas begreift, wird ihr der Arm auf den Rücken gedreht. Der jähe Schmerz in der Schulter zieht ihr eine Weißblende vor die Augen, vielleicht hat sie aufgeschrien, sie krümmt sich unter dem Griff. Wie Ruben und Adile wird sie in den Fitnessraum gestoßen. Adile wehrt sich heftig, der massigste unter den Securitymännern schreit auf. Adile hängt mit den Zähnen an seinem Unterarm, scheint sich tief zu verbeißen, bis ihm ein zweiter Securitymann einen Knüppel oder Waffengriff über den Kopf schlägt. Adile erschlafft und wird bewusstlos an ein Trainingsgerät gefesselt. Den Mann mit der Bisswunde begleiten andere hinaus. Zu ihrer Bewachung zurück bleiben zwei feixende Bulgaren. Geschätzte zehn Minuten später wird noch Meimei zur Tür hereingestoßen. Einer der Bulgaren lässt einen Satz fallen, dem Tonfall nach eine Obszönität. Beide Männer lachen rau auf.

Keiner nennt ihnen den Grund der plötzlichen Gefangennahme, anzunehmen ist jedoch, dass man sie verdächtigt, sie stünden auf der Seite des Entführers.

Gordon [UNTERWEGS]
Slaw-Chef ist völlig fertig. Die ganze Zeit muss er die Befehle des Piraten ausführen, der selbst immer fahriger wird. Beide bräuchten dringend eine Ablösung. Der Pirat scheint jemanden zu erwarten, dauernd will er die genaue Position wissen, starrt auf das Radar, beäugt voller Misstrauen den armen Slaw-Chef. Seine Panik kommt daher, dass er sich mit den Instrumenten und der Navigation überhaupt nicht auskennt. Über einer Wetterkarte, die immer neu über den Bildschirm läuft und die sich Slaw-Chef ab und zu ausdruckt, wurde er richtig wütend. Gordon weiß nicht, was er hatte. Der Pirat tobte und fuchtelte herum, vermutete hinter den Wirbeln und Linien wie von Fingerabdrücken, den Luft- und Wasserströmungen, wohl irgendeinen Hinterhalt. Es gelang Slaw-Chef nur mühsam, ihn zu beschwichtigen. Auf dem Höhepunkt seines Wutanfalls lösten sich aus der Waffe des Piraten Schüsse, die zum Glück nur gegen die Decke gingen. Gewiss machen sich der Kapitän und auch Ruben jetzt Sorgen.

Es ist schon Abend, als Slaw-Chef, der am Radar steht, in Aufregung gerät. Er hat etwas entdeckt, glaubt Ruben, versucht jedoch seine Entdeckung vor dem Piraten zu verbergen. Sein Blick springt im Zickzack durch den Raum, er weiß offenbar nicht, was er tun soll. Vielleicht naht endlich Hilfe. Gordons Kehle zieht sich zusammen, als ihm klar wird, in welcher Gefahr er und Slaw-Chef schweben.

»Ich muss anhalten«, sagt Slaw-Chef schließlich, Gordon kann das »stop« an seinen Lippen ablesen, die sich ansonsten kaum bewegen. Der Pirat, der im Begriff war einzudösen, schreckt hoch. Dabei rutscht die Maschinenpistole von seinen Knien. Er wird wütend, fürchtet wohl, dass etwas gegen ihn läuft, er schreit Slaw-Chef an, dann Gordon, versetzt ihm einen Tritt, zielt auf beide mit seiner Waffe. Dann befiehlt er Slaw-Chef, die Maschinen zu stoppen, was der kurz zuvor bereits getan hat. Das Missverständnis kostet Slaw-Chef fast das Leben.

»Stop!« schreit der Pirat. »Ich habe schon gestoppt«, entgegnet Slaw-Chef. So geht es ein paar Mal hin und her, aus der Sicht des Piraten gehorcht Slaw-Chef seinem Befehl nicht, was der wiederum gerne täte, wäre es nicht längst geschehen. Der Pirat geht auf Slaw-Chef los. Er, Gordon, kennt solche Situationen, er würde gerne helfen, zwischen den beiden vermitteln. Er probiert es, sagt: »Er hat schon gestoppt!«

Der Pirat ist so verblüfft, dass er innehält und ihn, Gordon, anschaut. Slaw-Chef deutet auf das Radar.

Gordon kann es von seinem Platz aus nicht sehen, aber der Pirat begreift, dass jetzt eintritt, worauf er wartet.

Sie kommen auf Schnellbooten in der Abenddämmerung. Sie klettern die Bordwand empor, stürmen das Schiff, das still und bewegungslos im Ozean liegt. Sie greifen an mit gezückten Waffen.

Sie haben Schnellfeuergewehre und starke Lampen, außerdem Seile und Haken, mit denen sie die Bordwand erklimmen. Sie sind ein rundes Dutzend, und sie meinen es ernst.

Der Pirat ist erleichtert und gleichzeitig aufgeregt. Er packt Slaw-Chef mit grobem Griff und tritt mit ihm hinaus vor die Brücke. Er drückt ihm den Lauf der Maschinenpistole ins Genick. Wahrscheinlich brüllt er. Weiter unten steht ein Teil der Mannschaft, die Gordon nur sieht, wenn er von dort aus, wo er gefesselt sitzt, den Hals reckt.

Agnes [UNTERWEGS]

Wieder eine Umwälzung der Verhältnisse: Nachdem vor nicht einmal fünfundvierzig Minuten die Besatzung Ruben und seine Gruppe im Fitnessraum festgesetzt hatte, sind es jetzt die Männer der Besatzung, die ihrerseits einer nach dem anderen hereingestoßen werden, von bewaffneten Afrikanern. Der blinde Passagier hat also Verstärkung bekommen. Unter den Gefangenen ist keine Rede mehr davon, dass man sie, Agnes (und Ruben, Meimei, Adile) bis vor kurzem verdächtigt hat, sie stünden auf der Seite des Entführers. Der Kapitän ist auf der Brücke und steuert das Schiff nach den Befehlen der Piraten. Sie wollen ins Delta, wird erzählt. Und dass das nicht ginge mit einem solchen Schiff. Sagen die Bulgaren. Agnes weiß nichts von einem Delta. Sie ist nicht mehr unruhig, nur müde. Sie lehnt sich an eine gepolsterte Bank zum Training der Bauchmuskeln, von dem schwarzen Kunstleder geht ein leiser Geruch nach Schweißfüßen aus.

Adile Ngolongo [UNTERWEGS]
Sohn Gottes und einer Jungfrau, bestimmt, die Menschen wachzurütteln kurz vor dem Ende. Den Guten, den Demütigen und denen, die gelitten haben, schenkt Gott eine neue Welt, schöner und reicher als diese. Die Übrigen sind die Enttäuschung, die Krankheit, der Müll. Sie fahren ins Verderben, schießen ins All und zerstieben. Man darf sich freuen, wenn mit ihnen Schluss ist. Gottes Werk kann sich endlich erholen.

Das alles versteht Adile gut. Er hilft Ruben, Sohn Gottes, als Leibwächter und Krieger. Nur eines ist ihm unbegreiflich: Wie gleichgültig sich Ruben gegenüber seiner Ehefrau verhält. Vielleicht macht er sich nichts aus Frauen. Als sei es das Normalste der Welt, sitzt das Stockmädchen neben einem der haarigen Schiffsmänner, lehnt sich an seine Schulter und summt. Es ist nicht ihre Schuld, sie ist wie ein Kind. Er, Adile, hätte sich schon längst um sie kümmern sollen.

Ruben spricht zu allen, seinen Gefolgsleuten, den Schiffsmännern, den feindlichen Kriegern, als kenne er keinen Unterschied. Er berichtet darüber, wie er zu Gott fand. Über seine jungfräuliche Zeugung (es ist wirklich wahr!), seine Irrwege, seine innere Ödnis. Die Erzählung steigert sich bis zu dem Punkt, als der Ruf Gottes ihn erreichte. Seine Seele häutete sich unter einem schweren Fieber, und der Weg zu Gott lag hell und unverkennbar vor ihm.

Er sagt, er sei berufen, diejenigen um sich zu sammeln, die dem endgültig letzten Ruf folgen wollen. Mit ihnen, so Ruben, fängt Gott in seiner unendlichen Geduld noch einmal von vorn an.

Alle im Raum wollen dabei sein, nur das Stockmädchen äußert sich nicht. Vielleicht fehlt ihr das Urteilsvermögen für solche Fragen. Aber sie ist ganz ohne Schuld. Er, Adile, wird sie bei der Hand nehmen und mit in Gottes neue Welt führen.

IM DELTA

Agnes [NIGER-DELTA, NIGERIA]
Es ist Nacht, das Ufer liegt so schwarz vor ihnen wie das Meer. Aufgehellt wird die Dunkelheit an einzelnen Stellen durch Leuchtfeuer, die mal näher, mal weiter weg über die Uferlandschaft verstreut sind; man verbrennt das Gas aus den Ölquellen.

Mit herausgehobenem Bug, das hintere, vom Motor schwere Ende mit den Wellen fallend und steigend, gleitet das Schlauchboot unter den Sternen durchs schwarze Wasser. Die Luft ist mehr als körperwarm, salzige Gischt sprüht in ihre Gesichter. Agnes sitzt gegen die Außenwulst des Bootes gepresst neben Adile, dessen harte Arme sie spüren kann, dazu ein elektrisches Vibrieren, das von seinem Körper ausgeht. Am hinteren Ende des Boots hockt einer der Piraten und hantiert am Außenbordmotor. Ruben und Meimei sind mit im Boot, außerdem ein bewaffneter Pirat. Gordon fehlt, Agnes vermisst ihn. Wahrscheinlich sollte sie sich für ihn freuen, bestimmt hat er es besser auf dem Schiff.

Zwischen zwei Absackern des Bootes blickt sie zurück, sieht die schimmernde Silhouette der *Abuja Glory,* allein ihre gewaltige Größe; kaum vorstellbar, wie ein paar Männer mit Schlauchbooten diese Festung aus Stahl und neuester Automation haben einnehmen können.

Am Ufer warten im Dunkel eine ungewisse Anzahl Menschen. Agnes hört Rufe und Gerede. Einige Jungen waten dem Boot durchs Wasser entgegen. Das Schiff liegt jetzt sehr weit entfernt, quer zum Ufer und so unerreichbar wie die Sterne. Die Hände der ihr entgegenwatenden Jungen greifen nach dem Schlauchboot. Sie rufen und lachen, Agnes sieht ihre Zähne. Einige tragen eine weißliche Gesichtsbemalung, die sie geisterhaft aussehen lässt. Sie hat wieder Angst, spürt aber auch eine neuartige Erregung. Afrika.

Die Hände greifen nach ihr, helfen ihr, halten und betasten sie, die Weiße. Auch Agnes irritieren die Körper, die mit vor Aufregung zitternden Muskeln, teils nur halb bekleidet, ihr so nahe sind. Trotzdem lässt sie sich gefallen, dass sie halb gezerrt, halb getragen wird, während das Schlauchboot umkehrt und wieder auf das Schiff zusteuert.

Sie sieht, wie ein zweites, größeres Motorboot vom Meer her anlandet, wieder rennen, waten ihm Menschen entgegen, von vielen Händen getragen und an Land bewegt werden Kisten und andere Gegenstände, die vom Schiff herstammen.

Nicht weit vom Ufer erreichen sie eine Siedlung. Zwischen den Hütten oder vielmehr Verschlägen wachsen Palmen und üppige Stauden mit langen, zungenförmigen Blättern.

Sie werden zu einer langgestreckten Baracke gebracht, eigentlich nur ein Dach auf Stelzen, das außerdem einseitig herunterhängt. Oben auf dem Dach schimmert, ihre Schalenform weg vom Ufer in den Himmel gerichtet, eine Parabolantenne. Obwohl es nirgends im Dorf Licht gibt, reflektieren Pflanzen und Wände ein geisterhaftes Geflacker. Es ist wohl eines der Gasfeuer in der Nähe. Ohne jedes technische Geräusch (nur die Brandung, das

Gewirr von Stimmen und Rufen), scheint das Dorf ganz ohne Strom und Motoren.

Die Luft ist so heiß, dass sie wie eine zähflüssige Masse ein- und ausgeatmet werden muss. Agnes, Ruben, Meimei und Adile stehen im schwachen Licht an der Stirnseite des überdachten Raumes, ihnen gegenüber eine Versammlung von Menschen, die immer größer und dichter wird. Fast alle sind barfuß, die Frauen tragen bunte, geschlungene Kleider. Mehr und mehr Menschen drängen herbei, bald trennt die Starrenden und die Angestarrten kaum mehr als eine Handbreit. Mehrere Bewaffnete sind anwesend, die halb furchteinflößend, halb lächerlich aussehen, mit Riemen voller Gewehrpatronen über nackten, jungenhaften Oberkörpern, auf denen sich Rippen und Muskeln im Schummerlicht abzeichnen, dazu behangen mit schweren, falschgoldenen Ketten und spiegelnden Sonnenbrillen. Kinder drücken sich an den Rücken vorbei nach vorn, kichern und albern herum. Von draußen wird etwas gerufen, die Zuschauer rücken dichter.

Ein Gefesselter wird herbeigetragen, triefend nass, und vor ihre Füße gelegt. Gordon. Niemand scheint zu wissen, wie es weitergehen soll.

»Meine Brüder und Schwestern«, beginnt Ruben, und er hält eine seiner Reden.

Gordon [IM DELTA]

Es gibt ein großes Gerede und er, Gordon, fühlt sich krank. Er hat keine Vorstellung, was jetzt passieren soll.

Er wäre viel lieber auf dem Schiff geblieben. Vor allem Slaw-Chef wird ihm fehlen.

In der Dunkelheit, nur von trübem Öllicht erhellt, sitzen unter der Überdachung ein paar alte Männer auf wackligen Stühlen. Bei ihnen, der Gruppe, stehen zwei Jungen und schlenkern betont lässig ihre Gewehre. Es sprechen vor allem jüngere Männer, die allesamt gewaltige Angeber sind. Ein Junge übersetzt. Es ist zu dunkel für Gordon, er versteht so gut wie nichts. Agnes versucht, ihm das Wichtigste zu erklären.

»Es sind Aufständische«, sagt sie mit großen Lippenbewegungen, »sie sind wütend.«

Wenn Gordon richtig verstanden hat, sind er und die anderen eher zufällig in die Hände dieser Leute geraten. Eigentlich brauchten sie Waffen und Telefone. Jetzt streiten sie darüber, wen sie erpressen könnten. Denn Geld brauchen sie natürlich auch. Er weiß nicht, ob die Zufälligkeit ihrer Geiselnahme ein gutes oder schlechtes Zeichen ist.

Was er sich noch fragt, ist, was Ruben dazu zu sagen hat. Ruben benimmt sich überhaupt nicht wie eine Geisel. Er verfolgt das Gespräch eine Weile, dann mischt er sich ein. Er spricht und spricht, scheint sich seiner Sache sehr sicher. Gordon weiß nicht, worum es geht. Er will Agnes fragen, die aber scheint ihn nicht zu bemerken. Er hat Kopfschmerzen, die feuchte Hitze gibt ihm das Gefühl, zu einer unappetitlichen Masse zu schmelzen. Er weiß nicht, was er tun soll, außer sich in ein Dösen fallen zu lassen und abzuwarten.

Agnes [IM DELTA]

Es ist Nacht, das Dorf duckt sich in die Stille der Gegend. Sie übernachten in einem Holzhaus, eher einer Hütte, aneinandergedrängt in einem kleinen Raum, an dessen Eingang ein Bewacher sitzt, der vielleicht gerade eingenickt ist. Es gibt nur dünne Matten aus Stroh, keine Matratzen, keine Decken, ohnehin wäre es dafür zu heiß. Durch die Ritzen und kleinen, scheibenlosen Fenster dringt das allgegenwärtige Geflacker, begleitet von einem leisen, aber stetigen Rauschen. Agnes liegt wach, weil die Hitze, die Geräusche (Rascheln von Blättern, Windsäuseln, leises Meeresrauschen, Tierstimmen, selten ein Seufzer oder Satz in der hiesigen Sprache) sie angespannt horchen lassen. Die Angst lähmt Agnes' Muskeln, während sich ihre Gedanken, die schlimmsten Bilder überschlagen. Sinnlos, in dieser Gegend an Flucht zu denken. Auch jede Art von Kampf ist ganz ausgeschlossen.

Gordon stöhnt im Schlaf und wälzt sich. Ruben sitzt mit angezogenen Beinen an die Wand gelehnt, das Glitzern seiner Augen verrät, dass er Richtung Fenster blickt.

Agnes will ihn ansprechen, ihn so vieles fragen, sich anvertrauen. Aber die Worte kommen nicht, bleiben kurz vor Verlassen des Mundes hängen.

Agnes [IM DELTA]

Sie verbringen ihre Tage im schattigen Innenhof der Hütte, er ist überdacht mit Teerpappe und Palmstroh. Flusige Schwärme von Mücken sind allgegenwärtig, mit ausgestreckten Saugrüsseln steuern sie auf jede entblößte Hautstelle, lenken sie, Agnes, mit ihren ständigen Angriffen sogar von den Maschinenpistolen ab.

Immer ist ein bewaffneter Bewacher bei ihnen, außerdem eine Frau, die hier im Haus lebt und gebückt Arbeiten verrichtet, wie Ausfegen, Waschen fadenscheiniger Wäsche, Zermörsern von Gewürzen und Körnern. Beim Sprechen und Lachen verbirgt sie schadhafte Zähne. Ihr ist anscheinend aufgetragen worden, sich von den Gefangenen fernzuhalten, denn sie bleibt im Hintergrund, ebenso ein fast nacktes Kleinkind, das um sie herumwankt. Oft ist auch noch ein älteres Mädchen da, schleppt auf seinen schmalen Hüften das Kleine. Sie wirkt nicht so verschüchtert wie die Frau, zu der die Bewacher und deren Kumpane, wenn sie oft zu mehreren im Hof sitzen, in barschem Befehlston sprechen.

Auffällig ist im Haushalt der Hütte ein allgemeines Fehlen von Gegenständen. Das Wenige, das vorhanden ist, wirkt dadurch wertvoll, wiewohl schon lange abgenutzt.

Die Frau kocht abends, auf einem qualmenden Herd im Freien. Jeder aus der Gruppe erhält eine Schüssel mit Brei aus Yams, Okra und Pfefferschoten, dazwischen ein paar Fasern knorpeliges Fleisch oder ein Stück Trockenfisch, das praktisch nur aus Gerippe besteht. Das Essen schmeckt fremd, scharf und etwas bitter, eine melancholische Speise, denkt Agnes. Es gibt Diskussionen um die Geldscheine, die ein jüngerer Mann, vielleicht ein Verwandter, ein Bruder der Hausfrau, täglich von den Bewachern erhält. Eines Abends, als die Diskussion um das Geld ausgeblieben ist und die Frau und ihr Bruder offenbar nicht haben einkaufen können, gibt es Maisbrei mit Zwiebeln.

Ruben predigt den größten Teil des Tages im Innenhof vor einem größer – das heißt in der Enge des Hofes: dichter – werdenden Kreis, Leute aus dem Dorf, Aufständische und ihre Freunde. Immer noch macht er absolut nicht den Eindruck, als sei er ein Gefangener, vielmehr wird er von den Leuten mehr und mehr als Ehrengast behandelt. Sie bringen ihm Palmwein, Kolanüsse, schwarze, knorpelige Wurzelstücke, die gekaut werden, und er empfängt sie mit salbungsvoller Würde.

Immer häufiger sitzt ein alter Mann mit milchig-blinden Augen im Hof, fächelt sich mit einem Pappstück in seinen langfingrigen Händen Luft zu und spricht mit Ruben, indem er einen Jungen, der gleichzeitig sein Blindenführer ist, übersetzen lässt. Es scheint sich bei dem Alten um eine Autorität zu handeln; die jungen Männer, so abstoßend ihr Verhalten untereinander und der Frau gegenüber ist (von aufbrausender Grobheit, aus der heraus es schnell zu Handgreiflichkeiten kommt, Schubsen, Schlagen mit dem Handrücken auf die Brust, mit der flachen Hand gegen den Hinterkopf), so ehrerbietig sind sie gegenüber dem Alten, räumen den einzigen Hocker für ihn, reichen ihm Wasser, offerieren stützende Arme.

Ruben und der Alte führen lange Gespräche, in die keiner der jungen Männer einzusteigen wagt, scheinen sie doch nicht genau zu wissen, ob sie Ruben und die anderen noch als Gefangene behandeln und mit ihren Maschinengewehren bedrohen sollen, angesichts der Tatsache, dass sich Ruben mit dem geistlichen Oberhaupt des Dorfes, oder um wen es sich bei dem Alten auch immer handeln mag, von Gleich zu Gleich unterhält.

Gordon [IM DELTA]

Liebe Mama,
wenn Du erfährst, was passiert ist, wirst du Dir sicher Sorgen machen. Das Schiff, auf dem wir nach Afrika fuhren, ist überfallen worden. Dein Gordon wurde von Piraten verschleppt! Wahrscheinlich war die Sache von Anfang an nicht klug eingefädelt. Wir hätten gar nicht erst als blinde Passagiere reisen sollen. Aber die Umstände waren so, wir mussten schnell weg aus Portugal und ein paar von uns haben keine Pässe. Ich sollte Dir das alles gar nicht erzählen, Du kannst Dir nicht vorstellen, in welche Abenteuer Dein Gordon geraten ist, kaum, dass er einmal in die Ferien fährt!

Ich weiß nicht, wo ich anfangen soll, deshalb erzähle ich zuerst, was Ruben, unser Anführer, über die Piraten sagt.

Er sagt, sie machen einen Aufstand, weil sie in einem Land leben müssen, das vergiftet ist von Erdöl und Gier. Sie haben ein riesiges Frachtschiff entführt und halten jetzt ein paar Ausländer fest: uns. Sie besitzen Waffen und Sprengstoff. Aber Ruben sagt, noch während sie ihre Waffen auf uns richten, vergeben wir ihnen. Er sagt, Gott holt die Gerechten in sein herrliches Reich, die anderen zerquetscht er wie vollgesogene Zecken. Die Piraten sollen sich Gott anvertrauen wie Kinder, sagt er, und sie tun es. Es sind nur noch wenige unter ihnen, die an Dynamit und

Erpressung glauben, die anderen hoffen auf Gott. Alle hängen an Rubens Lippen.

Liebe Mama, was hältst Du davon? Du bist doch sehr gläubig, nicht wahr? Zu schade, dass ich kein Papier habe, um dir zu schreiben. Von hier aus würde ein Brief sowieso nicht ankommen. Sei's drum. Ich schreibe die Briefe an Dich in meinem Kopf. Wie immer denkt an Dich und umarmt Dich Dein Gordon.

Agnes [IM DELTA]

Der Tag beginnt mit einem Durcheinander. Agnes hört aufgeregte Stimmen, Leute, die zusammen- und wieder auseinanderlaufen. Durch die Ritzen und schmalen Fensterschlitze unter dem Dach der Hütte schimmert grün und golden der Tag. Agnes liegt schweißüberströmt auf ihrer Matte aus Pflanzenfasern. Den Kampf gegen die Mücken hat sie aufgegeben, bestimmt wird ein Sumpffieber sie bald dahinraffen. Sie fühlt sich auf eine ungesunde Art benommen, ihre Knochen schmerzen auf der Seite, auf der sie gelegen hat. Sie richtet sich auf. Der Bewacher ist verschwunden, auch im Vorraum der Hütte ist niemand. Leute laufen in den Hof und wieder hinaus, führen erregte Gespräche, offenbar wird eine Nachricht weitergetragen. Als die Nachricht oder das Gerücht sich zu bestätigen scheint (Agnes kann den Zusammenhang nur erahnen), laufen alle hinaus, eingeschlossen sämtliche Hausbewohner und Bewacher, woraufhin lautes Stimmengewirr vom Dorfplatz herüberschallt.

Gordon schläft, überzogen von einem Netz aus Lichtflecken, Meimei liegt eingerollt in der Ecke, winzig sieht sie aus. Neben ihr, im Schatten kaum auszumachen, kauert Adile. Ruben ist nicht im Raum. Leise geht Agnes die paar Schritte von der Schlafkammer in den Vorraum, von wo sie, ohne aus dem Schatten der Wand zu treten, durch einen Ausschnitt der offenen Tür hinaus sehen kann.

Ein Toter liegt dort auf dem Platz, notdürftig in Tücher gehüllt, man kann die schlimmsten Verletzungen ahnen. Dunkles Blut fließt, wo der Körper am schwersten beschädigt scheint, aus den Tüchern in den Staub des Platzes.

Ein zweiter Toter wird gebracht, mit nach hinten hängendem Kopf an den Gliedmaßen getragen, und neben den ersten gelegt. Das Schlenkern des völlig schlaffen, empfindungslosen Körpers, der sich nur noch gemäß der Schwerkraft und Gelenkmechanik durch Einwirkung von außen bewegt, ist schrecklicher, kehrt das Tote deutlicher hervor, als es die sich immer noch weiter ausbreitende Blutlache neben dem ersten Leichnam vermag. Die Sonne entzieht der Versammlung, die erstarrt und verstummt ist, die Farben. Die Stille ist ein Einschnitt im Kontinuum, denkt Agnes. Das Bild mit den Toten und der stierenden Menge koppelt sich aus und bleibt zwischen Agnes' Kopf und Augen stecken.

Ein Geschrei hebt an. Hohes Trillern hüllt das Klagen der Mütter, Schwestern, Ehefrauen ein. Der alte Priester mit den blinden Augen spricht mit hoher Stimme und deutet mit seinen langfingrigen Händen auf die Toten. Die Menge verstummt, dichter und dichter wird das

Schweigen, bis ein junger Mann hineinplatzt, er attackiert den Alten. Seine Zornesrede hätte Agnes gerne verstanden. Der Mann blickt unsagbar wütend, Sehnen spannen sich vom Schlüsselbein bis zu den Kiefern, die bei jedem seiner Worte nach dem Gegner zu schnappen scheinen. Ein Teil der Umstehenden, darunter die meisten Jungen, pflichten ihm bei, die anderen schließen sich enger um den Alten. Schon ist ein heftiger Streit im Gange, die Menge hat sich in zwei Lager aufgespalten, bald schreien alle, Frauen, Männer, Junge, Alte, selbst Kinder aufeinander ein. Auf dem Höhepunkt des Tumults löst sich ein Schuss. Agnes duckt sich zurück ins Haus.

Eine ganze Weile lang hat sie nicht gewagt, sich an der Tür zu zeigen, zu verfolgen, was draußen auf dem Dorfplatz passiert. Kleine Echsen huschen durch den Innenraum der Hütte; dort, wo sich ihre kleinen Drachenfüße wegbewegen, richten sich die vorher niedergedrückten Fasern der Strohmatte wieder auf, dies geht erst ruckartig, dann langsamer vor sich, und erst nach einer seltsam langen Pause nach dem Echsentritt. Es gibt kleine schwarze Echsen mit leuchtend blauer Kehle, außerdem große dunkelgraue mit feurig roten Köpfen, diese aber seltener.

Der Tumult scheint abgeflaut. Agnes will gerade ihren Kopf wieder nach draußen strecken, da kommen ihr mehrere Männer entgegen, laufen auf die Hütte zu. Erschrocken weicht sie zurück, fürchtet schon, sie kämen wegen ihr, doch die Männer laufen an ihr vorbei ins Haus, es sind zwei und hinter ihnen noch der junge Blindenführer. Es dauert einige Augenblicke, bis sich die Lage klärt. Die Männer wollen zu Ruben. Ihn bitten, herauszukommen und ihren Streit, der sich um die Toten dreht, zu schlichten.

Dass Ruben nicht hier ist, dass keiner von ihnen weiß, wo er hin ist und seit wann verschwunden, muss sie den aufgeregten Männern erst mühsam erklären.

Gordon [IM DELTA]

Mama. Ich bin sicher, Du hörst mich. Genauso wie ich Dich höre, spüre, wenn Du hinter meinem Rücken ins Zimmer kommst und etwas zu mir sagst. Weil das so ist und immer so war, konntest Du lange nicht glauben, dass Dein Kind wirklich von Geburt an taub gewesen ist.

Du musst es gespürt haben, wie in mir Angst und Aufregung so mächtig aufschossen, dass ich ein Sirren in den Ohren spürte, als ob ich es hörte. Das Sirren war auch da, als die Afrikaner sich stritten und herumschubsten und ich nicht verstand, worum es ging. Zwei von ihnen waren gestorben, lagen tot, der eine voller Blut, auf dem Platz. Wir standen auch alle da auf dem Platz, sie hatten uns herausgeholt, Ruben war da und Ann-Es, auch Adile und das chinesische Mädchen. Ich vermutete, dass sie auf eine verdrehte Art uns die Schuld gaben (dass wir nicht schuld am Tod der beiden sein konnten, weil sie uns ja entführt hatten und eingesperrt, musste ihnen jedoch klar sein).

Jedenfalls war da Gerede und Gezerre, ich noch nicht richtig wach, und plötzlich packt mich einer, der völlig außer sich ist und unwahrscheinliche Kräfte hat, drückt mich zu Boden, ich liege auf der Seite, Gesicht am Boden, habe Staub und Erde im Mund, in den Augen, er verdreht mir den Arm und drückt mir sein Knie in die Rippen. Es tut weh, schrecklich weh, auch weil er den Griff immer wieder nachspannt, meinen Arm höher reißt, sich noch schwerer in meine Rippen stemmt. Er behandelt mich wie einen Gegenstand, nein, schlimmer noch, er weiß, dass er mir wehtut, aber es ist ihm völlig gleichgültig. Ich bin sicher, dass er auch Tiere quält. Er streitet gleichzeitig weiter mit jemandem und achtet überhaupt nicht darauf, ob er mir etwas ausrenkt oder bricht, vielleicht will jemand anders mich befreien, ohne Erfolg jedenfalls, plötzlich drückt mir etwas Hartes gegen die Schläfe, es ist sein Maschinengewehr. Als mir das klar wird, werde ich vor Angst fast ohnmächtig. Eine solche Angst habe ich, wie noch nie in meinem Leben, weil ich spüre, diesem Typen ist es egal, ob er mich erschießt oder nicht. Er will nur seinen Willen durchsetzen. Hilf mir, Ruben, helft mir, Gott, Mama, denke ich nur, sagen kann ich ja nichts, auch nichts sehen und absolut nichts machen, es tut so weh, ich habe solche Angst, ich glaube, ich sterbe. Wenn ich hier herauskomme, Mama, einzige und geliebte, will ich nur noch eins: nach Hause.

Agnes [IM DELTA]

Der Afrikaner hält Gordon gepackt, als stritte er sich mit jemandem um ein schon geschlachtetes Tier. Gestikulierend zerrt er an ihm herum, dreht ihm den Arm aus der Schulter, dass es beim Zusehen schmerzt. Während er den Alten und dessen Leute anschreit, mit geschwollenem Hals und hervortretenden Augäpfeln, drückt er Gordon den Lauf seiner Waffe gegen den Hinterkopf. Gordons Oberkörper ist entblößt worden, Agnes sieht unter der bleichen Haut die Rippen, den unter der Verrenkung langgezogenen Bauchnabel, den stoßweisen Atem des verängstigten Jungen, der den ganzen Rumpf aufdehnt und sinken lässt. Verletzlich und rosa leuchten seine kleinen, schrägstehenden Brustwarzen.

Mit der Zeit wird klar, dass die Männer, die jetzt tot auf dem Platz liegen, eine Pipeline manipulieren wollten und dabei umgekommen sind. Es hat eine Explosion gegeben, von der Agnes nicht weiß, ob sie absichtlich herbeigeführt worden ist und etwas schiefging, oder ob die Pipeline beim Versuch, sie anzuzapfen, in die Luft geflogen ist.

Ruben, der plötzlich auf der Bildfläche erschienen ist, wird von einem Pulk Streitender belagert, angefleht und beschworen, als hätte er über sie zu richten. Gordons Schicksal scheint Ruben dagegen gar nicht zu kümmern; Gordon, der aussieht, als wage er in seiner Angst nicht einmal zu zittern.

Adile Ngolongo [IM DELTA]

Gott wird siegen. Er hat seinem Sohn zwei Frauen mit gelben Haaren und ein wunderbares Auto geschickt, einen großen, weißen Geländewagen, der sich durchs Dickicht heranschiebt, gelenkt von einem afrikanischen Fahrer. Auf der Bank neben ihm, Adile, sitzen die blonden Frauen. Sie winken und lachen, der Geländewagen ist neu, bis auf einige Schlammspritzer an den Seiten. Es steht sogar Gottes Name auf dem Wagen, soviel hat Adile behalten, außerdem tönt Seine Stimme aus einem Lautsprecher auf dem Dach, gelegentlich unterbrochen von Musik. Der Wagen hält auf dem Dorfplatz, die blonden Frauen springen heraus, Ruben läuft ihnen entgegen, als hätte er sie lange erwartet. Die Frauen sind jung und strahlend, sie tragen helle Hosen mit schmalen Gürteln und Turnschuhe. Ihr leuchtendes Haar ist so zusammengebunden, dass es am Hinterkopf lustig wippt. Sie lächeln unentwegt und machen sich sofort daran, aus der hinteren Tür des Wagens gleichgroße graue Kartons auszuladen.

»Halleluja!« ruft Ruben, auch er ist weiß gekleidet, und noch einmal: »Halleluja!«. Die Dorfbewohner, verblüfft und bis eben noch mit ihrem Streit beschäftigt, laufen herbei und sammeln sich um die von Gott Gesandten.

Agnes [IM DELTA]

Moni und Kathy Siever, wie auch immer sie hierhergefunden haben, Jost Sievers unverwüstliche Töchter. Sie haben Büchlein verteilt, in denen vom Glaubensfeuer die Rede ist. Die Leute scheinen die jungen Frauen, die auch Fitnesstrainerinnen oder Physiotherapeutinnen sein könnten, jedenfalls etwas Weißes und Gesundes, wahrzunehmen, als habe sie Gott persönlich geschickt, Engel.

Die beiden unternehmen alles, um sie in diesem Glauben zu bestärken.

Sie lassen sich in die Hütten zu den Kranken führen, leichten Schrittes auf den luftgefederten Sohlen ihrer ungetragenen Turnschuhe. Sie sprechen lächelnd und segnend auf die zum Skelett abgemagerten, halbtoten Fälle ein; die Angehörigen schauen halb befriedigt, halb auf den Erfolg wartend zu.

Das ganze Dorf ist in Aufruhr, es ist ein Hin- und Hergerenne, Gewisper und Geschrei, in der allgemeinen erwartungsfrohen Nervosität geht dem Streit um die Toten von vorhin der Dampf aus. In Lagos, so heißt es, wird in diesen Tagen ein Wunder erwartet.

Gordon [IM DELTA]

Es ist ein Triumphzug, der sich um die Blondinen herum formiert. Ruben, der blinde Geistliche, ein Gehilfe, Meimei, Ann-Es und Adile zwängen sich zu ihnen in den Jeep. Die stärksten und vorwitzigsten unter den Kindern springen auf die hintere Stoßstange. Die Leute haben Bündel geschnürt, Hähne geschlachtet, sich in Gewänder aus bunten Stoffen, Glockenröcke mit weißen Blusen, rituelle Tanzkostüme gekleidet. Einzelne haben sich Gesicht, Arme und Oberkörper mit Kalk oder Kreide eingerieben, mit der bekannten geisterhaften Wirkung. Die bewaffneten Aufständischen sind darunter, in ihren Aufmachungen zwischen Soldat und Weihnachtsbaum. Alle Gefährte, derer man habhaft werden konnte, werden herbeigeschafft und beladen: Fahrräder, ein altes Moped, Handkarren. Zwei vierrädrige, motorradähnliche Geländefahrzeuge mit tief gefurchten Reifen, von denen eines mächtig qualmt. Die Sonne beginnt die tiefen Farben des Nachmittags auszuleuchten. In nicht allzu weiter Ferne steigt dichter schwarzer Rauch empor, teils mit flammenden Rändern, vervielfacht sein Quellen und Aufwallen so schnell, dass er binnen kurzer Zeit einen Teil des Himmels verdunkelt. Der Menschenzug setzt sich in Bewegung, nach Norden. Babys werden auf dem Rücken ihrer Mütter, Alte und Kranke auf Schiebekarren transportiert. Gordon glaubt, dass sogar die beiden Toten mit aufgeladen worden sind.

Er, Gordon, wurde von seinem Peiniger mit einem Schubs aus der schmerzhaften Umklammerung entlassen; er bleibt liegen wie ein hingeworfenes Kettenhemd, auf dem Bauch, die Arme ohne Reflexe des Abstützens danebengefallen, er ist erschöpft vor Angst und Ungewissheit, auch fürchtet er, bei der ersten Bewegung eines Fingerglieds oder seines Kopfes könnten sich noch mehr, noch heftiger flammende Schmerzherde auftun.

Er muss auf die Beine kommen, das wird ihm klar, als der Menschenzug aus seinem Blickfeld verschwunden ist und hinter den Hütten ausgeblichene, halb verhungerte Hunde in seine Richtung wittern.

Agnes [IM DELTA]

Es ist ein Exodus, Gesänge, Motorengeräusch der voraus- und nebenherfahrenden Quads. Einer der Quadfahrer (scharf konturierte Muskeln am freien Oberkörper,

Patronengürtel und ein in Agnes' Augen ziemlich dämliches, zylinderförmiges Hütchen, das er vielleicht wegen des vorn prangenden Markenlogos trägt) vollführt kleine Kunststücke im Gelände, jagt das Fahrzeug unter Aufjaulen des Motors über Unebenheiten hinweg, hebt sich aus dem Sitz und reißt die Lenkstange zum Körper, probiert kleine Flüge.

Während die Menschen größtenteils barfuß oder in Plastikschlappen mitgehen, arbeitet sich der weiße Geländewagen über schadhaften Asphalt, unbefestigte Straßenabschnitte, durch ölschillernde Wasserlachen und Sumpf. Die Vegetation entlang der Straße ist von Natur aus prallgrün, von Wasserarmen durchzogen, Mangroven.

Von der Straße aus sind immer wieder Gasfackeln zu sehen, das bei der Ölförderung anfallende Erdgas, eigentlich kaum weniger wertvoll als Öl, wird verbrannt. Fauchendes, nervöses Feuer erleuchtet und erstickt Tag und Nacht die umliegende Gegend.

Pipelines verlaufen in dicken Bündeln parallel zur Straße. Vom Öl verwüstet kann man mehr oder weniger die ganze Landschaft nennen, es gibt kaum einen Abschnitt, wo auf den Wasserläufen kein fettiger oder regenbogenfarbiger Film zu sehen wäre: Keine der vor einem Dorf am Ufer liegenden Pirogen ist ohne Belag aus schwarzem Schlamm, jeder und jede im Menschenzug ist schon in eine Öllache oder einen klebrigen Klumpen getreten, auch von den Rädern der Quads spritzen nach Petroleum stinkende Batzen.

Nahe den Dörfern, die sie bei ihrem Zug passieren, steht manchmal mitten in einem Gemüsefeld, einer Bananenpflanzung oder einem Palmenhain ein schwarz verdreckter Verteileranschluss für die Transportröhren, ähnlich einem Hydranten, nur mit mehreren Zugängen und Rohranschlüssen, um diesen herum ist eine Ölpfütze oder verseuchte Fläche auszumachen, die Pflanzen im Umkreis verkrüppelt, erstickt, der Mais kurz nach dem Aufgehen abgestorben, Palmwedel hängen gebrochen und verfault von den Stämmen, in den Gewässern schwimmen Fische bauchoben, zwischen Plastikmüll anderes totes, von schwarzem Schlick verklebtes Getier.

Von den Feldern blicken ihnen Bauern nach, deren Kleidung ebenfalls vor Armut und Erdöl starrt, Dorfkinder folgen ihnen, Wahnsinnige, die schrill herausschreien – eine naheliegende Reaktion auf die herrschenden Zustände.

Ruben und der blinde Geistliche predigen im Wechsel aus den Lautsprechern des Geländewagens, zu den Liedern singen Moni und Kathy die Oberstimme.

Der Zug wird größer. Erste Mitreisende tragen handgemalte Schilder an Stangen mit, Botschaften wie: »Justice for the Delta Peoples«, »Shell go to Hell«, »Poor Oil-Rich Niger Delta«, aber auch »JESUS = SALVATION« und »The Lord is My Sheperd«.

Sie ziehen eine Fernstraße entlang, die auf diesem Abschnitt frisch und makellos asphaltiert ist, passieren Müllhalden, am Straßenrand liegende Wracks von Lastwagen, meist schon grün überwuchert, die Knicke und

Risse im Blech verrostet. Einmal glaubt Agnes, an einem kopfüber liegengebliebenen Fahrzeug die Räder noch ins Leere rollen und ein Bein herausragen zu sehen. Keiner aus dem Menschenzug geht hin, weder um zu helfen noch um das frische Wrack zu plündern.

Vielleicht, so überlegt Agnes, sind Autounfälle hier so häufig von Wegelagerern inszeniert, dass sich bei einem echten Unfall keiner herantraut.

Wie so oft auf ihrer Reise sind ihr, Agnes, die Gefahren ganz unbekannt, ihr Gefühl sagt ihr aber, dass jederzeit mit allem zu rechnen ist. Wiederum versetzt ihr dieser Gedanke eine merkwürdige Beschwingtheit.

Sie geht und singt der Spur aus dem Lautsprecher nach, die Allgegenwart der Bedrohung verleiht ihrem Gesang, ihren Schritten Hall und Tiefe.

Lagos

Frank [LAGOS, NIGERIA]
Der Bus holpert und bockt so heftig, dass Frank Tränen in die Augen steigen. Er wird abwechselnd gegen die Seitenwand des Busses und seine Sitznachbarin geworfen, eine junge Frau mit hellrosa Bluse. Das, was hier geschieht, mag zwar Busfahrt heißen, hat aber nichts gemeinsam mit dem, was Frank bisher darunter verstand. Es ist ein Angriff auf seine Sinne. Die so genannte Busfahrt fetzt ihm die Ohren weg, klopft ihm alle Knochen mürb, treibt ihm Schweiß aus allen Poren, raubt ihm den Atem. Das wilde Rütteln, die Hitze, der Gestank (allerorts Schwaden schwelender Müllhaufen, Auspuffgase, Kotlachen), der Lärm (Hupen, Schreien, Gerumpel und schrilles Quietschen des vollkommen zerbeulten, rostigen Kleinbusses, der irgendwann einmal orangegelb gewesen sein mag, keine Handbreit der Lackierung ist unversehrt). Hinein mischen sich die Rufe des conductor, eines Jungen, der sich mit der Geschmeidigkeit eines Turners durch die Sitzreihen windet, um das Fahrgeld zu kassieren, oder außen am Bus hängend, an seinen Turnerarmen, zur fehlenden Tür hinaus rhythmische, schöne Rufe an den heißen Fahrtwind richtet. Er ruft unablässig das irdische Ziel dieser Höllenfahrt aus, begreift Frank. Lagos. Er wird herumgeworfen, durchgeschüttelt bis auf den Grund seiner Seele. Zum wiederholten Mal hier in Lagos unterdrückt er nur knapp ein Heulen, das von dieser Erschütterung herrührt, aber auch von der Wut über das Gerüttel und Gepolter.

Heraufgeschüttelte Erinnerung: im Flugzeug über der Sahara, auf der Reise hierher, Flug in die hereinbrechende Nacht. Blasse britische Stewardessen servieren Brandy. Unter den Passagieren nur zwei, drei europäische Gesichter, dünnes Babygreinen, sonst nur das Sausen der Motoren, Schein der Leselampen, das Video. Zwischendurch der leise Gong, mit denen auf den Bildschirmen die Position erscheint: Kleines Flugzeug, an rotem Seil hängend, sinkt immer tiefer abwärts. Auf der Karte ein großes Nichts zwischen Nil und Niger. Noch längst ist die Sahara nicht überquert, da gehen die Schnapsvorräte zur Neige. Die Stewardessen entschuldigen sich, Geschäftsreisende in bunten Anzügen, behangen mit Schmuck und großen Uhren, weichen aus auf Champagner.

Später im Sinkflug, vor den Fenstern ist es inzwischen ganz dunkel, die Mitpassagiere dösen, am Boden ist nichts zu sehen außer von Zeit zu Zeit einem Häufchen schwacher Lichter, ein Dorf? Wüstenlager? – dann: Lagos, flache, flackernde Ausdehnung, kleine zuckende Lichter in großer Zahl, wenige strahlende, starke. Eine Stewardess kontrolliert das Gepäckfach über seinem Sitz, als wäre dies ein Linienflug wie jeder andere, bitte nicht, spricht Frank gegen ihren Bauch, zu ihrer Bluse und zum Rockbund, nicht landen, nicht hier aussteigen müssen, bitte.

Emeka, der *guide,* den Chikke empfohlen hat, spricht mit dem Busschaffner auf Ibo. Die Straßen sind bucklige, rissige Landschaften, mit gelbem Staub gefüllte Kuhlen zwischen aufgeworfenen Bergkämmen aus Asphalt. Frank sieht den dicken, in Falten liegenden Nacken des Fahrers, über ihm baumelt ein mit Plastikblumen geschmücktes Kreuz. Den mit sechsunddreißig Menschen übervoll gestopften Kleinbus steuert er, äußerlich ruhig, wie ein lebensmüder Irrer. Rast hupend in eine Kolonne von Straßenfegern, Männer und Frauen, ihre Kluft in staubigem Rot, die tief gebeugt ihre Arbeit verrichten, ausgerüstet nur mit stiellosen Handbesen aus Stroh. Die Straßenfeger stieben im letzten Moment auseinander, zusammen mit ein paar Hühnern, Tütenfetzen und Pappen. Der Bus rast jetzt auf den Gehweg und fährt dort weiter, ohne seine Fahrt im mindesten zu verlangsamen, Passanten retten sich durch Sprünge, fluchen und ringen die Hände. Jäh stoppt das Gefährt, ruckt mehrmals an, rast in einer Kurve zurück auf die Fahrbahn, steuert in eine Lücke im Stau, die ein anhaltendes Taxi hinterlassen hat, darum herum der Autoverkehr: steht und brütet, das Bild wabert vor Abgasen und Hitze.

Jetzt eine Keilerei: Fünf, sechs andere solcher verrotteten Busse, alle im gleichen schadhaften Gelb, haben sich beim Hineinrasen in diese Lücke ineinander verbissen, keiner gibt dem anderen die Fahrbahn frei, mehrere Fahrspuren sind blockiert, Fahrer und Busschaffner schreien einander an, jemand versetzt dem Blechdach donnernde Schläge. Zusammen mit Emeka, der am schmalen Gang sitzt und mit gespreizten Knien das Gleichgewicht hält, und den anderen Fahrgästen, die sich dicht auf den ungepolsterten Bänken (eigentlich: losen Brettern) drängen, ergibt er, Frank, sich ganz in das Geschehen um ihn herum. Was soll er sonst tun? Seiner Wut freien Lauf lassen? Sich beschweren, eine Szene hinlegen, abreisen? Er beruhigt sich tatsächlich, als er den Schweißgeruch der anderen, seinen eigenen spürt und sich gegen das Aufbegehren entscheidet, wie alle anderen, ist es doch keine erfolgversprechende, nur zusätzlich kräftezehrende Aufwallung. Er ist stolz auf diese innere Wendung.

Alle, die sich irgendwie fortbewegen können, sind über dieser Straße ausgekippt worden. Ein Beinloser sitzt auf einem Rollbrett dicht über dem Boden, an den Händen Badelatschen. Mit ihnen stößt er sich ab, hängt sich an den Bus, lässt sich auf einem Stück Fahrt mitziehen, ein elender Surfer, der zu dem Seitenfenster, an dem Frank sitzt, heraufschaut und lacht, sein Mund annähernd ohne Zähne, er hebt eine Hand mit Latschen, macht eine Geste, wie um zu betteln, aber es kann während dieser Wahnsinnsfahrt nicht so gemeint sein, die Geste drückt eher Hohn aus, der Mann imitiert das Winken aus einer Staatskarosse heraus, und ist ihm, Frank, alles andere als wohlgesonnen. Frank wendet den Blick ab, unangenehm berührt; wahrscheinlich war dies die Absicht des Beinlosen, sein kleiner Sieg. Mopedfahrer mit an ihren Rücken angeklammerten Fahrgästen, um Hindernisse herumkurvend, Hürden überrollend, hupend. Händler aller Arten von Waren. Sein Blick verweilt bei einer hochgewachsenen Frau, gleitet von deren einer Hand, die die Kopflast vor dem Verrutschen bewahrt, auf einen flachen Korb voll hoch aufgetürmter Toastbrote in durchsichtigen Tüten, den sie auf dem Kopf trägt, über das in Bahnen um den Körper geschlungene Kleid in tief leuchtenden Farben, bis hinunter zu ihrer anderen Hand, an der ein winziges Mädchen mit vielen, wie elektrisiert abstehenden Zöpfen geht; er sieht einen Bettler mit geronnenen Augen, der von zwei Jungen geführt wird, an den Gelenken seiner mageren, zu Opferschalen geformten Hände. Männer in langen, geraden Gewändern, mit Kappen, oder in Hemd und Hosen, Frauen in üppig gefärbten Kleidern, Kinder in Schuluniformen.

Emeka hat seinen Blick geradeaus gerichtet, gleichzeitig nach innen, und fächelt sich Luft zu. Mit ihm kann er, Frank, reden, ihm seine Wahrnehmung mitteilen, Fragen stellen, mehr Austausch als mit Emeka kann es über all das Trennende hinweg nicht geben. Trotzdem wüsste er jetzt gern, was Emeka über die Fahrt denkt, ob er das Höllische daran als etwas Normales empfindet, oder ob er sich dafür vor ihm, Frank, womöglich schämt. Er will etwas tun, um sein Hiersein zu bekräftigen, um Emeka und den anderen im Bus zu zeigen, dass er sich mitten unter ihnen befindet, ihre Beschwernisse in diesem Augenblick teilt.

Der Bus steht wieder. Frank kauft einer Hand vor dem Busfenster ein weißes Stofftaschentuch ab, gibt einen feuchten, vom Schweiß vieler Hände und der Enge vieler Taschen erweichten, zerriebenen Zwanzig-Naira-Schein dafür. Es ist mehr ein Hingeben, Drangeben als ein Bezahlen, der Schein wird aufgesogen, von der Hand, die ihn entgegennimmt, augenblicklich aufgefressen, ein Grund, weshalb Frank es anfangs schwierig fand, etwas zu kaufen, als fürchtete er, mitgezogen zu werden, zu verschwinden im Sog der Bedürftigkeit. Mit dem Taschentuch trocknet er sein schwitzendes Gesicht, das Taschentuch ist sofort schmutzig, er versucht es zu verbergen. Der Bus macht wilde Sprünge, alles verwackelt vor seinen Augen, das

Geholper versetzt ihm heftige Schläge, die Löcher in der Straße klaffen so tief, dass sich abwechselnd das linke und rechte Vorderrad tief in den Staub bohren, das Gefährt einknickt, in die Knie geht vor den Hürden auf dieser Reise, die doch nur von einem Stadtteil in einen anderen führt.

Draußen steigen blaue Schwaden fasrig aus aufgehäuftem Müll auf, träge, weil die Luft fast ebenso heiß ist wie die Schwelbrände. Autohalden, dicht an dicht ausgeblichene, zerdellte Wracks mit den leeren Augenhöhlen fehlender Lichter, schräg aneinanderliegende Omnibusse. Aus offenen Motorklappen quellen schwarz die Eingeweide, Kabel, Schläuche, glaslose Karosserieskelette. Beim genaueren Hinsehen bemerkt Frank, dass überall gearbeitet wird, der Müll, der alles überzieht, ist auf den zweiten Blick keiner, er wird bewirtschaftet und bewohnt. Ziegen stehen auf Bergen von Unrat, die stellenweise qualmen, und halten Ausschau, Kinder verharren, schauen aus matten Augen, andere rennen in großen Sprüngen herum, manche kaum bekleidet. Im Bus herrscht friedvolles Dösen, während das Fahrzeug selbst wie zuvor ohrenbetäubend quietscht und rumpelt.

Frank ist beunruhigt, er schaut sich nach Emeka um, der hat die Augen geschlossen. Seine Nachbarin telefoniert, ihre Brille liegt auf der Wange auf und drückt dort eine winzige Delle in ihr Gesicht, die duftige, gestärkte Bluse passt gut zu ihrer Haut, sie lacht, ihr Speichel und ihr hellrosa Zahnfleisch sehen ganz frisch aus. Er muss aufhören, die Frau anzustarren, er steht unter Beobachtung, zu krass sticht seine Hellhäutigkeit heraus.

Es ist zu heiß, zu laut, die in Bodennähe wabernden Schwaden sind zu giftig, eine kalte Welle durchläuft von den Füßen aus seinen Körper, die Vorahnung von Übelkeit. Aus dem Tuch auf dem Rücken einer Mitreisenden, mit dem kleinen Hintern zuunterst im Stoff verborgen, schreit ein Säugling, der hohe, schwingungsarme Ton klingt wie elektronisch. Die Mutter bleibt regungslos auf der Bank sitzen, rechts und links grenzen ohne Zwischenraum andere Rücken an ihren, unter dem vielfarbigen Kopftuch, dessen geknotete Enden oben auf dem Kopf wie mit Draht gestärkt abstehen, ist sie bestürzend jung.

Der Bus bleibt stehen, reiht sich ein in eine endlose Schlange anderer Busse, eine Kette gelb flimmernder Segmente.

Als Bilder kennt er bereits, was er jetzt sieht, vor ihnen hat er sich gefürchtet, sie zogen ihn an. Jetzt, von innen, aus einer der Zellen in diesem Gewühl heraus, ist es nicht mehr möglich, das Erlebte interessant zu finden. Ein Gefühl von Bedrohung, weniger der unmittelbaren Gefahr für seine eigene Unversehrtheit oder Freiheit, eher die Gefahr der Entgrenzung, des Aufgelöst-, Über- und Hinweggeschwemmtwerdens ergreift ihn, er schaut, ohne dass Worte ihm helfen könnten, zum Busfenster hinaus.

Eine unüberschaubare, nicht mehr weiter zu verdichtende Menge von Köpfen, Gesichtern, Armen, Rücken, flach über die Erdoberfläche verteilt. Ihre Ausdehnung ist endlos, und auf jedem einzelnen Gesicht steht ein eigenes Erleben und Wollen. Zehntausende Menschen,

Autos, Busse ballen sich hier, fahren, laufen ineinander, es handelt sich bei dem wimmelnden, lärmenden Menschen- und Wagenklumpen, der sich weiter ausdehnt, als Frank überblicken kann, um eine Hauptstraße, ein groteskes Zerrbild dessen, was in Europa Verkehr genannt wird. Ein Teil der lückenlos bedeckten Fahrbahn steht unter Wasser, ein brackiges Matschfeld. Händler strömen auf die gestauten Busse und Personenwagen ein, ihre Sortimente über den Köpfen lavierend: Telefonkarten, Dolche, Beutel mit winzigen Tomaten, Wurzeln, Disketten, Zahnbürsten, Kochbananen, wabernde Trinkwasserbeutel, Batterien; viele von denen, die hier ihre Waren an die Autofenster drücken, an das Blech der Busse hämmern und rufen, stehen bis über die Knöchel im Wasser, es saugt sich an Hosenbeinen, Männergewändern und Frauenkleidern empor, an lumpigen nicht anders als an prächtigen. Lagos, ein sumpfiges Mündungsgebiet. Er ist jetzt froh hier zu sein, trotz der Umstände. Er sieht die Möglichkeit, an diesem Ort etwas über sein eigenes Menschsein zu erfahren. Diese Frage jedenfalls bleibt am Ende stehen, wenn er seine Neugier, die zu großen Teilen aus Angst besteht, zu ihrem Ursprung zurückverfolgt.

Der Bus ist an einer Zentralhaltestelle angekommen, Emeka gibt ein Zeichen. Frank ist benommen, er hat jedes Zeitgefühl verloren. Die Fahrt hat eine Stunde gedauert oder auch drei. Sie steigen aus, stehen vor dem Bus. *Oyibo,* hört Frank, ohne zu sehen aus welchem Mund, es gilt ihm, Emeka hat es erklärt, ihm und seiner weißen (geröteten, schwitzenden) Haut.

Auch hier klumpen sich Menschen und zerknüllte, rostzerfressene Busse, diesmal auf einer Fläche zwischen den Betonsäulen der Hochstraße und einer größeren Kreuzung. Die Farben der Umgebung sind grau, Gelbgrau der Staub, Braungrau der Beton und der zerklüftete Asphalt. Bunt unterlegte Wahlplakate wiederholen ein Gesicht auf den Säulen der Hochstraße. Menschen, Gepäck, Kopfbedeckungen, Frisuren, gestikulierende Arme, scharfe, saugende Lippengeräusche. Wenn ein Bettler, ein Händler ihn, Frank, anspricht, reißt er die Augen auf, spricht wie in Rage. Überhaupt gibt sich, wer spricht, ganz in das Sprechen hinein, reicht etwas von seinem Körper herüber, Schweiß oder geschwollene Adern, ein Lächeln, Bewegungen mit Kopf oder Hüfte.

Durch die Luft flackert eine jugendliche Unruhe; die meisten Menschen, die er sieht, sind ganz jung, drängen vorwärts, der vorherrschende Gesichtsausdruck ist ein heftiges, fast wütendes Wollen und Streben, oft prallen die Druckgebiete aufeinander, entladen sich in Geschrei und Gerempel.

Das Bild vor Franks Augen ist flächig und grobkörnig, ein Effekt der dichten bläulichen Vernebelung, die ständig über der Stadt zu liegen scheint. Ohnehin ist kaum Zeit für ein Bild.

So vieles geschieht gleichzeitig, dass Frank außerstande ist, etwas anderes zu tun als alles abzuwehren, jede Attacke, jedes Angebot, darunter auch freundliche Gesten. Emeka zieht ihn weiter, wahrscheinlich ist es nicht gut, wenn er stehen bleibt, die Menschen- und Wagenmasse wird beständig umgewälzt, schnell ballt sich um einen Fremdkörper wie ihn eine verdichtete Stelle, die aufplatzen will, immer dieser Ruf, dem auf Dauer doch irgendwann etwas folgen muss, *oyibo*.

Emeka geht, ihn mitziehend, die lose Reihe der Busse ab, sie treten dabei in Wasserlöcher. In einer offenen Motorklappe machen sich zwei Männer zu schaffen, beugen sich tief hinein, ein anderer Bus ist vorn aufgebockt, ihm fehlt ein Rad. Eine Gruppe Menschen, wahrscheinlich die Fahrgäste, stehen reglos da und betrachten die Lücke. Emeka wechselt mal mit diesem, mal mit jenem Fahrer oder Schaffner ein paar Sätze. Schließlich steigen sie in einen Bus, der fast genauso aussieht wie der erste.

Er, Frank, ist, indem er herkam, mitten in seine Angst gereist. Er ist froh, dass es darin anders aussieht als in seiner Vorstellung. Die Gesichter hat er nicht vorausgeahnt. Die an sich banale Erkenntnis, dass es auch hier eine Normalität gibt, und er eine Ahnung davon einfangen kann, trotz aller Zumutungen, weckt in ihm ein Gefühl von Verliebtheit, von Verschmelzung mit all dem Lebendigen um ihn herum. Er schaut Emeka an, der nicht gerade schön ist, seine von langen Wimpern umrahmten Augen, und versucht zu erraten, was der andere gerade denkt.

Der Bus fährt durch den Stadtteil Ikeja. Hinter ihnen sitzt ein junger Mann, der Frank zuvor nicht aufgefallen ist. Nachdem der Bus eine Weile gefahren ist, erhebt der junge Mann seine Stimme zur Predigt, in einem Singsang aus immer neu ansetzenden Bögen. Er spricht von Sünde, stellt Errettung in Aussicht, agitiert gegen Reihen von Rücken, die synchron durchgeschüttelt werden, gemeinsam nach rechts und links geworfen, aber keiner rührt sich. Die Leute im Bus dösen vor sich hin, telefonieren, unterhalten sich, während einer glühenden Reden an ihre Rücken richtet, bringen einen ihrer täglichen Wege hinter sich. Auch in Deutschland gibt es Stau, überlegt Frank, dazu das unsägliche Radioprogramm, die Werbereize; hier ist die Rede vom Jüngsten Tag. *»My brothers, my sisters«*, beginnen die Sätze des Predigers, der Rest mischt sich in den übrigen Lärm.

Es ist aber nun diese Empfindsamkeit in Frank aufgeschüttelt worden, er befindet sich am Rand des Überschwappens, kann sich kaum noch beherrschen. Der Prediger spricht vom Purgatorium, sie fahren vorbei an langen Fahrzeugschlangen vor einer Tankstelle, und Frank schluckt Tränen allumfassenden Mitgefühls. Er beschwört das Blut Jesu, und Frank sieht einen Polizisten an einer Kontrollstation stehen, schwarz uniformiert mit schräg auf dem Kopf sitzender Kappe, ein Riese, und er ist wütend. Er schlägt mit der Faust auf ein Autodach, schreit durch das Fenster den Fahrer an; fuchtelt mit einer Maschinenpistole, an seinem Gürtel baumelt eine vielschwänzige Peitsche. Frank stöhnt innerlich auf. *Gott vergießt für euch das Blut seines Sohnes,* Frank sieht einen Mann, der auf zwei künstlichen, rosa-hellbeigen *(hautfarbenen)* Beinen eckig rennt. Der Mann erscheint Frank als die Verkörperung menschlichen Leids, auch des Aufbegehrens dagegen, er sieht den vorwärtsstrebenden Krüppel, dem wahrscheinlich noch nie jemand so hinterhergeblickt hat, im Gewühl verschwinden.

Beim nächsten Halt steigt eine in Hellblau gekleidete Frau in den Bus und beginnt ebenfalls zu predigen, während der erste Prediger gerade in einer Erbauungsschrift lesend verstummt ist. Emekas Handy klingelt, er spricht so leise es geht.

»My brothers, my sisters«, beginnt die Frau im hellblauen Kleid, *»there ist no salvation but in the kingdom of our Lord.«*

Frank hat keine Vorstellung, wie er in diesem Durcheinander jemand Bestimmten, nämlich Ruben finden soll. Schon bei viel kleineren Vorhaben scheint es ihm hier fast unmöglich, sein Ziel nicht aus den Augen zu verlieren, es nicht einfach zu vergessen bei allem, was auf ihn einstürmt und sich auch nicht entmutigen zu lassen von den Hürden, die sich vor jedem Schritt auftürmen. Und das in dieser erstickenden Hitze, in der sein Denken sowieso eindickt. Der Bus kämpft sich aus einem knietiefen Schlagloch und fällt ins nächste. Frank sieht, während er herumgeworfen wird, einen rotstaubigen Schulhof, drahtumzäunt, auf dem Kinder in verblassten rosafarbenen Uniformen einem Ball nachlaufen, auf strichdünnen Beinen, in weiten, federnden Sätzen.

Frank [LAGOS]

Eine Ausfallstraße, gesäumt von durchhängenden Leitungen auf dünnen Pfählen. In losen Abständen stehen hinter schweren Befestigungen Villen, hohe, von Fäule angelaufene Mauern, Stacheldraht, Kameras über den

Toren. Über den Asphalt torkelt Müll, ein Huhn rennt ins Nichts, struppige Palmen stehen vereinzelt, auf hohen Gestellen einander überschreiende Werbetafeln für die klotzigen Kirchen an der Schnellstraße: *Lord Almighty Kingdom Hall, Jesus The Winner Church.* Am Straßenrand nur ein paar sich selbst und ihre Sachen dahinschleppende Menschen, kaum verlockende Weite.

Frank ist hinter Emeka aus dem Bus gestiegen, das Ziel der endlosen Reise (Emekas Zuhause? Irgendwelche Leute?) hat er vergessen. Offensichtlich geht es ab hier zu Fuß weiter. Frank kann sich im Moment nichts Beschisseneres vorstellen, in dieser Scheißgegend, bei dieser Scheißhitze. Er geht hinter Emeka her.

An der nächsten Abzweigung von der Schnellstraße, im Schatten einer Getränkebude, lungert eine Gruppe junger Männer mit ihren Mopeds herum. Frank begreift. Hinten auf einem Moped mitfahren, an den Fahrer geklammert, alle tun es, Frauen mit Säuglingen oder riesigen Nylontaschen, Geistliche, Büromenschen. Emeka steuert auf die jungen Männer zu, sie tragen spiegelnde Sonnenbrillen, lachen, gestikulieren, jagen Motoren hoch. Beugen sich zu viert über ein Moped, beratschlagen. Stecken, wie so viele hier, in unruhigen Körpern, Hemd, Hose und Badelatschen. Helme tragen sie höchstens zur Zierde, ansonsten Ketten, Schweißbänder, Sonnenschilde.

»Halt dich fest«, sagt Emeka zu ihm, »dies wird deine erste Okadafahrt.«

Er tritt zu den Fahrern, sagt ein paar Sätze, die Jungen lachen. Emeka macht ihnen klar: Mein Freund fährt zum ersten Mal. An einen der Fahrer gewandt: Erschreck ihn nicht zu Tode. Steckt ihm bei diesen Worten einen Geldschein zu. Er, Frank, ist bei diesem Handel die zerbrechliche Fracht. Der Schein wird von der Hand des Fahrers auf die bekannte Weise verschluckt. Emeka hängt sich Franks Tasche um (die er noch aus Deutschland mitgebracht hat, und die ihre modische Aussage nur in Szenestadtteilen weit entfernter Metropolen entfaltet, hier ist sie sprachlos, niemandem hier könnte er erklären, warum er so viel Geld für eine so alt aussehende Tasche ausgegeben hat), was ihm, Frank, peinlich ist.

Der Motor wird angelassen, ein Räuspern der Wildheit, Frank klettert hinter den Fahrer auf die Sitzbank, als das Moped auch schon jäh anfährt. Unwillkürlich umfasst er die harten Hüften des Fahrers, der Boden ist ihm weggezogen und von einem Augenblick zum nächsten ist klar, dass er keine andere Chance hat, als sich dranzugeben, sich der wahnwitzigen Fahrt auszuliefern und darauf zu bauen, dass der Okadafahrer sein Leben liebt. Die Ausweglosigkeit seiner Lage, in der ihm Sterben noch als das Wahrscheinlichste scheint, weckt in ihm das schon bekannte Hochgefühl.

Heißer Fahrtwind raubt ihm den Atem, der Staub die Sicht; gerade noch erhascht er von Zeit zu Zeit einen Blick auf Emekas Rücken, der genau wie er seinen zerbrechlichen Körper ohne jeden Schutz an einen anderen geheftet hat und auf einer anderen, noch schnelleren Okada vorwegrast.

Sie fahren über den Expressway nach Westen, in viel zu hohem Tempo, der kleinste Zwischenfall würde sie zerschmettern. Manchmal bremst der Fahrer ab, fährt jähe Schlenker, um einem Schlagloch, einem Lastenkarren auszuweichen, oder er schlängelt sich zwischen Hindernissen hindurch, im Slalom dicht an blechernen Fronten, Lastwagen oder Bussen, Frank muss den Kopf einziehen, damit ihn die Rückspiegel nicht am Kopf treffen.

Jedes seiner Manöver kündigt der Okadafahrer mit einem Hupen an, das urweltlich tief wie von einem schweren Lastzug klingt. Emekas Rücken, mit Franks Tasche behängt, folgend, fahren sie ab vom Expressway, biegen einige Male nach rechts und links, halten in einer Straße, von der weitere Seitenzweige abgehen, diese wiederum sind mit schlichten, braungrau ausgewaschenen Wohnblocks bebaut. Frank steigt ab, während Emeka die Fahrer bezahlt, er spürt den staubigen Boden unter seinen Füßen, sieht die Farben der Stoffe, die eine Frau im Hof zum Trocknen ausbreitet, an einem Verkaufsstand aus grob gezimmerten Latten die Früchte, Yamswurzeln, Garri-Säcke, die parkenden Autos und aufgebockten Wracks, und wieder fühlt er die Euphorie, *jetzt! Jetzt!*

Er ist hier. Er hat seinen lebendigen Körper, eine Tasche und einen Freund. Er ist in diesem Moment im Einverständnis mit sich und allem Äußeren, den Wohnblocks, dem festgestampften Boden unter seinen Füßen, der noch durch die Schuhsohlen hindurch glüht. Er strahlt Emeka an. Die Vorstellung taucht auf, Emeka sei sein Vater, und er, das Kind, könnte ihm dadurch eine

Freude bereiten, dass er jede väterliche Unternehmung begrüßt. Emeka kaut auf etwas herum, seine Lippen dehnen und kräuseln sich, er lächelt, wendet sich um und geht voraus.

In Emekas Wohnung, Festac Town, Lagos. Sie warten auf das Essen, das Emekas Nichte für sie zubereitet, sitzen in seinem Zimmer am Boden, der Raum ist klein und sparsam möbliert: eine Matratze, ein Schrank, auf einem niedrigen Regal einige Bücher, Malutensilien, ein Ventilator auf einem Gestänge, der, wie Frank annimmt, für ihn, den Besuch, hier aufgestellt worden ist, dabei den Kopf von ihm zu Emeka dreht, hin und her, als verfolge er ihr Gespräch.

Die Fenster der gesamten Siedlung scheinen unverglast, in den Rahmen trennen schräg stehende Lamellen Drinnen und Draußen, davor ist ein feines, grünes Insektengitter gespannt. Der Blick aus dem Fenster durch die engen Maschen ergibt ein zweidimensionales, gerastertes Bild, mit der Unregelmäßigkeit des Insektengitters gewölbt, wie vor Hitze wabernd – gerastert sieht Frank die hoch aufragenden Palmen zwischen den Häuserzeilen, parkende Autos und Autowracks, Kartonmüll.

Emekas Nichte trägt eine Wasserschüssel herein, in der sie ihre Hände waschen. Ihre dienende Haltung, alle Wünsche vorwegnehmend, berührt ihn unangenehm. Chioma, so ihr Name, ist Jurastudentin und unfassbar hübsch, von ihren Augen über den Körper bis zu den lang- und schmalfingrigen Händen, mit denen sie ihm ein Tuch zum Abtrocknen reicht. Ihm kommt dieses Bedientwerden ganz unzulässig vor, für diesen leuchtenden Menschen muss es doch irgendwo auf der Welt einen besseren Platz geben.

Emeka dagegen nimmt die Handreichungen gebieterisch entgegen, dankt nicht, auch nicht für das Essen, das Chioma auf zwei Tellern hereinbringt, würzige Hühnerteile, frittierte Yamswurzeln, eine fasrige Soße mit Okra. Frank beginnt zu essen, ehrlich dankbar, mit jedem Bissen fühlt er sich wohler.

In der Wohnung (drei Zimmer, Küche und Bad), leben Emeka, seine Schwester, eine alleinstehende Lehrerin, und eine nicht genau zu überblickende Anzahl von jüngeren Verwandten.

Nach dem Essen führt Emeka ihn ins Wohnzimmer. Es gibt einen einfachen Tisch mit Stühlen, einen Fernseher, außerdem einen Bücherschrank und ein kleines, senffarbenes Sofa, an den Wänden hängen christliche Kalenderblätter und Zeichnungen von Emeka.

Frank wird drei weiteren jungen Frauen vorgestellt, die am Boden vor dem Fernseher lagern und sich eine Bibelsendung ansehen. Sie lächeln verlegen, setzen sich auf und vermeiden es, Frank in die Augen zu sehen. Sie sind in dünne, gemusterte Tücher gehüllt, gleichzeitig gekleidet und gebettet; sicher sind sie so vom Dorf hergekommen, denkt Frank, mit nichts als einem Kleid und ein paar dünnen Tüchern, beanspruchen in der Stadtwohnung von Onkel und Tante kaum mehr als einen Platz auf dem Fußboden, zum Fernsehen und Schlafen; bestimmt helfen sie im Haushalt, aber ernährt werden müssen sie natürlich auch.

Am Tisch sitzt ein kräftiger junger Mann und lächelt, er heißt Muna, hat das gleiche Essen vor sich wie zuvor er und Emeka, schiebt die Gabel zwischen mächtige Kiefer und spricht gleichzeitig auf sie beide ein, Frank versteht ihn nur, wenn er sich intensiv darum bemüht, das jedoch scheint ihm nicht lohnenswert, also sitzt er dabei und lässt den Blick schweifen. Als weiterer Gast oder Bewohner drückt sich ein halbwüchsiger Junge in einem neuen T-Shirt herum.

In einer Reihenfolge, die er hinterher nicht mehr zusammenbringt, kommt ein Stromausfall und das Bekanntmachen mit Emekas Schwester. Munas Wortschwall hat an Kraft und Breite noch zugelegt, seit seine Mahlzeit beendet ist. Frank wird unterdessen von einer überwältigenden Müdigkeit angefallen, es fühlt sich wie ein Krankheitsanfall an, alle Kraft ist ihm entzogen, er sieht jedoch keine Möglichkeit, das zu äußern, glaubt als Gast gewisse Pflichten zu haben, innerlich ist er am Verzweifeln, er kann das alles nicht mehr aushalten.

Es ist jetzt dunkel, sie sitzen bei Kerzenlicht in Emekas Zimmer, Muna redet unausgesetzt, ohne Ventilator ist die Hitze kaum zu ertragen. Als Frank gerade ansetzen will, von seiner Schwäche zu sprechen, und fragen, ob er sich auf diese Matratze legen darf, schlägt Muna vor auszugehen.

Festac Town, Lagos, bei Stromausfall im nächtlichen Dunkel: Schemenhaft sind die Bauten zu erahnen, in deren Fenstern es vereinzelt flackert und schimmert. Sämtliche Geräusche, die zu hören sind, stammen von Menschen: Gesprächsfetzen, Lachen, Rufe. Es scheint im Dunkel zwischen den Häuserreihen ein Großteil der Bewohner versammelt, nach und nach sieht Frank die Konturen von Bretterbuden und improvisierten Bars, dazu massenhaft Volk, sitzend auf Plastikstühlen, ausgebauten Autositzen, Waschtrögen. Punktförmig erleuchtet von Fackeln, Feuerzeugen, Petroleum- oder Gaslaternen, lachende Zahnreihen, aufblitzende Augen, Körperausschnitte: hier ein Stück bunter Rockstoff, eine Männerbrust, ein Arm, der eine Flasche zum Mund führt, da Hals und Schlüsselbeinpartie eines Mädchens, eine Frisur aus kleinen steifen Antennen, geschorene Kinderköpfe, die um eine Bude herum Fangen spielen. Zu ihren Füßen tun sich Mulden auf, die wahrscheinlich der Regen einst auswusch, ausgetrocknete, wadentiefe Pfützenbetten.

Emeka geht voraus zu einer aus groben Brettern gezimmerten Bar, hinter dem Verkaufsfenster Regale, in denen das bescheidene Sortiment aufgereiht steht, außen ein mit Folie überdachter Bereich mit weißen, stapelbaren Plastikstühlen, wie Frank sie aus Deutschland kennt.

Ma, nennt Emeka die Frau in der Hütte, sie hat ein dickes, freundliches Gesicht, ein grünbuntes Tuch um den Kopf geschlungen, wie geht es dir, *Ma,* das ist unser Freund, *Ma,* reich uns drei Bier. Ma lacht, hält sich dabei dicke Finger vor den Mund, vielleicht um im Dunkel das Schwarz ihrer Zahnlücken zu verbergen, sagt etwas auf Ibo, hinter ihr in der Hütte ein Kleinkind, unsicher auf den krummen Beinchen, das erstarrt, als es Frank sieht, diesen selbstleuchtenden Fremdling, und unter diesem Eindruck hinplumpst und schreit. Die Frau reicht drei Flaschen heraus.

Es dauert nicht lange, und sie sind von einer Gruppe junger Mädchen umgeben, Emeka scheint sie alle zu kennen. Er hat eine freundliche Art, ihnen Aufmerksamkeit zu schenken, scherzt mit ihnen herum, Frank fühlt sich unwohl. Die Mädchen sind hübsch, in engen Hosen und anliegenden Leibchen, wie sie überall auf der Welt getragen werden, ihre Haare sind aufwendig zurechtgemacht, sie glänzen, rollen sich, sind in Spiralen, Zöpfe und glänzende Wellen drapiert, er kann sich nicht erklären, wie sie diese komplizierten Gebilde auf ihren Köpfen herstellen. Er wird freundlich ausgefragt, verteilt richtige E-Mail-Adressen und falsche, schaut Emeka an, der seine Versicherung, sein Anker ist. Anders kann er nicht mit dieser ständigen Überanstrengung zurechtkommen.

Er ist ganz abgestumpft und wund zugleich, kann sich von einem Moment zum nächsten an keines der Gespräche erinnern, die er ununterbrochen führt, sein Gedächtnis leert sich im Minutentakt, nur die Bilder, in der tintigen Nacht wie von Glutstücken hervorgehobene Konturen, Widerschein von schweißglänzender Haut, Dialoge im Diodenlicht von Handys, Flammen von Fackeln und Öllampen, in ihrem Schein die Gesichter, Gliedmaßen, Körper, dazu das Klangbild der Geräusche und Stimmen, prägen sich ein.

Emeka scheint durch irgendetwas in Unruhe versetzt, oder er hat einen Plan, will irgendwohin, Frank setzt seine Schritte hinter ihm her.

Sie sind im Dunkeln von hier nach da gegangen, die Wohnblocks, zerklüfteten Straßen und Höfe ähneln sich.

Es muss unterdessen spät geworden sein. Emeka begegnete zahllosen Bekannten (wie viele wären es erst gewesen, hätte man etwas sehen können), widmete jedem eine Unterhaltung, bemühte sich, Frank einzubinden. Dabei schien er nicht ganz bei der Sache, sein Blick schweifte, er suchte, glaubt Frank, jemanden, den er nicht fand.

Es sind von einem Moment auf den anderen kaum noch Menschen auf der Straße. Frank sitzt auf einer Kiste, nur noch wenige Flammeninseln sind im Viertel zu sehen, im weiten, dunklen Kraterfeld der ausgetrockneten Pfützen. Wo die verbliebenen Lichter nicht hinreichen, ist heiße Schwärze, in der sich Werweißwas verbirgt. Um ihn herum, im unruhigen Schein einer Funzel, eine Bar in einer Art offenem Zelt, ein paar Pfähle mit darübergeworfenen Planen. Frank ist so müde, er kämpft mit aller Kraft dagegen an, seine Augen rollen sich unter die Lider, schlafen.

Er muss sich zwingen herauszufinden, wie die Lage ist. Es stinkt nach irgendwas. Emeka ist weg. Die Bar, das sind ein paar alte Rohrstühle und Kisten wie die, auf der er sitzt, ein zusammengenagelter Tresen, zwei Tische. Eine Petroleumlampe und zwei Männer, die ihn anstarren. Im Geflacker der Lampe kann er ihre Blicke nicht deuten. Einer ist älter als der andere, Onkel und Neffe vielleicht. Hinter dem Tresen eine rundliche Frau, für eine *Ma* sieht sie zu beschädigt aus, das Gesicht lückenhaft und verschoben. Ihr langes Herumwischen an der Flasche in ihrer Hand muss ein Vorwand sein, aber wofür? Dritter Blick: Ein Mädchen auf einem Barhocker, verlegenes Lächeln, man könnte sie hübsch finden, vielleicht wurde sie als Lockvogel da hingesetzt und jetzt macht sie nichts draus. Niemandem hier darf er trauen, schon gar nicht den Männern, die ihn aus den Augenwinkeln mustern.

Es ist zu lange nur geguckt und nichts gesagt worden. Er weiß nicht, wo er ist. Er hat nichts bei sich außer etwas Geld, aufgerollte Nairascheine, die sich in seiner Hosentasche klumpen. Aus etwas Abstand sieht er sich in dieser Freiluftbude sitzen, im Stockdunkeln, unendlich weit entfernt von allem, was er kennt, und spürt die Angst wachsen. Er braucht einen Plan, aber sein Denken ist ganz erstorben, er spürt nur, wie ihm der Schweiß über die Stirn läuft, und aus den Achselhöhlen am Brustkorb herunter. Die dicke Frau sagt etwas zu den Männern, die, wie er jetzt glaubt, zur Bar gehören, der ältere gibt etwas zurück, kurzes Lachen, sie haben längst besprochen, was mit ihm, Frank, geschehen soll.

Um nicht nichts zu tun, sagt er Emekas Namen. Die Männer, das Mädchen, die Dicke schauen ihn an, er kann überhaupt nicht sagen, was in ihnen vorgeht. Vielleicht sollte er gehen, aber wohin? Durch die Dunkelheit irren kann nicht klug sein. Wie kann Emeka ihn so zurücklassen? Er spürt einen Stich, stellt fest, dass er weniger wütend als vielmehr eifersüchtig ist, wahrscheinlich ist Emeka gerade mit einer Frau zusammen, während er, Frank, hier die größten Ängste ausstehen muss.

Das Mädchen räumt Flaschen zusammen, kehrt etwas wie Hülsen von Sonnenblumenkernen in ihre Hand, sie bewegt sich langsam, sogar das Klirren der Flaschen klingt gedehnt. Die beiden Männer schweigen in ihre Hände,

Frank ist sich nie sicher, ob sie sich vielsagend angrinsen oder nicht. Sonst reden doch alle ununterbrochen, niemand wird ihm hier helfen, es ist doch alles Irrsinn, denkt Frank.

Er sitzt in der Bretterbudenbar und ist schon ganz starr geworden vor Furcht. Da beginnt es zu regnen, mehr ein Herabschütten, ein ganz gerades, konzentriertes Wasserablassen, laut und dampfend, dabei sitzt er mit diesen Leuten unter der Plane, die Frau hat sich vor ihn gestellt und redet, er versteht überhaupt nichts, lässt parallel zum Regen widerstandslos die Tränen laufen, ohne dass es einen einzelnen Grund für diese Tränen gäbe, die Angst, die Anstrengung, der Druck, die Hitze.

Noch während des Regens kommt der Strom zurück, Wasser prasselt auf das Dach, er schaut unfreiwillig auf einen Fernseher, unter der Decke aus Plastikplanen aufgehängt, zwei Frauen tanzen in einem Musikvideo, schütteln und räkeln sich, überschreiten die Grenze der sexuellen Andeutung, halten händevoll Brüste ins Bild; er windet sich, will das nicht sehen müssen, und schon gar nicht unter Beobachtung, das Arschgewackel der Tänzerinnen ist eine offene Anspielung auf den Geschlechtsakt.

Später, es kommt ihm wie eine Ewigkeit vor, der Regen ist vorbei, kehrt Emeka endlich zurück, ohne Erklärung, abwesend. Das Gefühl der Bedrohtheit in dieser Bar löst sich augenblicklich auf, schlimmer findet er jetzt, dass er so wenig über Emeka weiß.

Sie gehen nach Hause, vorbei an jetzt spiegelnden Pfützen, an den Fassaden der aufgereihten Häuserblockreihen brennen einzelne, gelbliche Lampen.

Neben Emeka, der sofort schnarcht, auf der Matratze liegend, im periodischen Wind des Ventilators, kommt es ihm vor, als ob er sich selbst von allen Menschen am wenigsten verstünde. Von diesem Gedanken aus driftet er weg, hinüber in einen unruhigen Schlaf.

Frank [LAGOS]

Im Garten des *Ikoyi Art Centre*. Auf der Bühne, im Garten zwischen Palmen und üppiger tropischer Bepflanzung hinter dem zweigeschossigen Gebäude, wird eine Lautsprecheranlage aufgebaut, Boxen werden herbeigetragen, Kabel verlegt. Die Zurufe, das Gelächter, die heitere Geschäftigkeit sind ein Labsal gegen die Strapazen des zurückliegenden Tages. Es scheint Frank, als habe er viele Stunden auf einem Grillrost über glühenden Kohlen liegend darauf gewartet, dass ihn jemand in die Trommel eines Zementmischers würfe, wo er dann zusammen mit einer Ladung Steine eine ebenso lange Zeit herumflöge.

Auf der überdachten Terrasse richtet ein Mädchen in Jeans, kurzem Sonnentop und Plastikbadeschlappen die Tische und Stühle aus Rohrgeflecht her. An seinen, Franks, Tisch, über dem sich ein großer Ventilator dreht, bringt sie eine Schale mit Pfeffersuppe und, obwohl er es gar nicht bestellt hat, ein großes Glas mit einem orangefarbenen Getränk und aufgesteckter Fruchtscheibe. Er kostet davon, es ist ein frischer, beinahe dickflüssiger, köstlich schmeckender Saft aus Ananas und anderen einheimischen Früchten. Frank sucht den Blick des Mädchens und setzt ein dankbares Lächeln auf. Dass er heute hier übernachten kann, scheint ihm ein ungeheures, sogar ungehöriges Glück, er hat das Zimmer schon gesehen, das Gemälde aus erdigen Farben über dem Doppelbett, das Mosaik aus Muschelschalen an den Wänden des Badezimmers, die ganz neue Klimaanlage.

Obwohl heute nichts Nennenswertes geschehen ist (keine neuen Anhaltspunkte bei seiner Suche nach Ruben) und ihm der ganze Tag im Rückblick als eine ständig gestoppte, verfehlte Bewegung erscheint, ist Frank bis an die Grenze der Besinnungslosigkeit erschöpft, seine Sinne sind überreizt, im Kopf klumpen sich Eindrücke.

Frank holt sein Notizbuch hervor und bringt Gewöllestücke aus Erlebtem aufs Papier, in bruchstückhaften Sätzen, in einer Mischung aus Deutsch und Englisch.

Auf dem Fußweg zwischen Ikeja und Oshodi entlang der Hauptstraße: Alte Omnibusse mit langen Schnauzen, tief auf eine Seite geneigt, Wolken aus Staub und Dieselqualm hinter sich herziehend, das gelbe Blech so rostig und voller Dellen, dass ihre Vorwärtsbewegung wie ein Wunder erscheint. Junge Männer, zumeist mager, mit langen Knochen, fahren auf der Stoßstange stehend oder an der Außenseite der Türen hängend mit, innen sitzen Fahrgäste, die wegen der fehlenden Scheiben ihre Kappen und aus Tüchern gewundenen Kopfbedeckungen festhalten; auf der Bushinterseite ist zu lesen: *While you can pray, why worry.*

Am Straßenrand stehen in Holzpferchen schwarze Rinder, stemmen ihre steifen Beine in den Staub, aus ihren geröteten Augen verfolgen ihn, Frank, und Emeka dringliche Blicke.

Hütten aus Holz, Blech, Plastikplanen, Werkstattverhaue mit dazugehörigen Halden voll Material, Reihen von Strommasten, dürres Nichts, Staubwolken, die üblichen riesigen Reklametafeln für Malzpulver, Baptistensekten, Generatoren.

Später steigen sie in ein Taxi, ein Gebläse verteilt lähmende Kälte im Innenraum. Frank zählt sich das Warensortiment auf, das die *fliegenden* (in Wahrheit barfuß oder in Badelatschen rennenden) Händler von außen gegen die Scheiben halten, während sich vor der Auffahrt auf die Hochstraße der Autoverkehr staut. Sobald es weitergeht, rennen die Verkäufer lange Strecken neben fahrenden Autos her, scheinen das normal zu finden, manchmal ist ein Geschäft bereits zustande gekommen, die Ware schon zum Fenster hineingereicht, aber von den Insassen noch nicht bezahlt worden, wenn der Verkehr wieder fließt. Jeder Händler hat eine spezielle Warenart anzubieten, hält ein Vorzeigestück in der Hand, den Vorrat in einer Tasche verstaut oder auf einem tragbaren Regal befestigt, manchmal zu einer Kopflast getürmt: Toastbrote, Heckenscheren, Kissen, Kaubonbons, Videos, Fußmatten, Rasierer, Bibeln, Tomaten, Schuhcreme, falscher Goldschmuck, Suppentassen, schwarze Zwiebeln, Fernbedienungen, Lehrbücher, Macheten.

Der Stau nimmt auf der Eko Bridge, die das Festland mit Ikoyi, der Reicheninsel, verbindet, seine eigentliche, eingedickte Gestalt an, erschöpft und würgt die Stadt; Frank und Emeka sitzen volle drei Stunden im Wagen fest.

Der Fahrer erzählt, der Oba, König der Yoruba in Lagos, sei in der Nacht gestorben.

Frank registriert an Emeka eine nicht geringe Aufregung darüber, Emeka fragt mehrfach nach, Frank versteht wenig.

Es gelingt Emeka, am Autofenster eine Zeitung zu kaufen. Sie lesen von der Trauer und dem Klang der Totentrommeln rund um den Königspalast auf Lagos Island. Alle Märkte auf der Insel seien geschlossen, eine nächtliche Ausgangssperre verhängt worden, aus Angst, die Trauernden könnten übereinander herfallen und Unruhen auslösen. Emeka und der Fahrer unterhalten sich, bis die Fahrt endlich weitergeht, ein oder zwei Kilometer ohne Stocken, über die Brücke, nach Lagos Island.

Später im Bus zwischen CMS und Falomo: die Explosion einer alten Frau. Der Schaffner verlangte zehn Naira mehr Fahrgeld, als sie zu geben gewöhnt war; der Preis war erhöht worden. Sie geriet völlig außer sich, beschimpfte und beleidigte den Busschaffner, einen sanftmütig blickenden Jungen. Sie musste von mehreren Leuten fest- und davon abgehalten werden, sich auf den Schuldlosen zu stürzen, ihn zu schlagen und ihm das Gesicht zu zerkratzen. Jemand reichte ihr einen Zehn-Naira-Schein, aber auch das besänftigte sie nicht. Sie schien nicht ruhen zu können, bis sie den Busschaffner zur Strecke gebracht hatte. Sie kreischte offenkundige Obszönitäten, versuchte sich dem Griff der Männer, die sie festhielten, zu entwinden. Der Junge schaute sich ratsuchend um. Die anderen Fahrgäste, dicht gedrängt auf den notdürftigen Bänken, ertrugen den Ausbruch der Alten mit Gleichmut, wie sie alles andere auf dieser Fahrt notgedrungen ertrugen.

Die Sonne steht tief über dem *Five Cowrie Creek,* ihr mildes Licht färbt den Strand von Victoria Island rosa. Ein leichter Wind macht die Hitze, die auch abends kaum nachlässt, erträglich. Emeka und er sitzen in alten Polstersesseln am Strand, an der Rückseite eines flachen Gebäudes, unter ihren Füßen bräunlicher, faulig riechender Sand.

Von ihren Sitzen aus ist das gegenüberliegende Ufer zu sehen, Ikoyi, die modernen, vereinzelt hoch herausragenden Gebäude, daran geheftet, geklammert, unten am Wasser: Hütten aus Blech, Planen und dünnen Hölzern, teils auf Stelzen ins Wasser, in den Schlick gebaut, um sie herum schwimmen Reifen und glitzernde Inseln aus Tausenden auf- und abwippenden Plastikflaschen, Holzstücken, Tüten. Die Bewohner dieser Behausungen leben vom Fischen. Immer noch hat Frank nicht einen Ausschnitt der Stadt gesehen, in dem Schmutz und Elend gefehlt hätten.

Er lauscht auf das Glucksen und leise Klatschen der Wellen. Dass der Moloch, das lärmende, qualmende Stadtwesen hier vom Wasser begrenzt ist, beruhigt ihn. Ein Motorboot, von hier aus winzig, teilt mit steil aufragendem Bug das Wasser, reitet auf der Spitze eines

Wellenkeils Richtung Meer. *Five Cowrie Creek,* fünf Kaurimuscheln, notiert er im Kopf, Emeka fragen.

Jetzt, hier, am diesseitigen Ufer: angeschwemmte Tüten, im Uferbewuchs verfangen wie Erschossene. Ein Baum mit gefiederten Blättern wirft sein Schattenmuster auf den Strand, man ahnt etwas von der ursprünglichen Vegetation (wenn es nicht so stänke, der Müll nicht buchstäblich alles überzöge, erstickte): üppiges tropisches Grün, Pflanzen in der Art von Bananenstauden und niedere, buschartige Palmen.

Dazu die Fischerboote, die vereinzelt auf dem Wasser zu sehen sind, dunkel und nadelschmal, mit aufwärts gebogenen Spitzen gleiten sie über das Wasser der Bucht.

Der Verkehr auf der Falomo Bridge, die von Victoria Island nach Ikoyi führt, weht als gereiztes Summen herüber.

Am Boden, zu seinen Füßen und zum Wasser hin, zwischen den dümpelnden Flaschen, Dosen, gedunsenen Tüten, eilen kleine Krabben herum, strecken ihre Scheren aus, befingern hastig den Unrat, ehe sie weiterrennen und anderes Treibgut nach Werweißwas absuchen.

Je länger er hinsieht, desto mehr Gewimmel erkennt er im Schlick, angewidert kann er nicht anders als hinzustarren: Mit jeder Welle, die an den Strand schwappt, werden Dutzende farblos-durchsichtiger Tiere auf den Sand gespült und beginnen herumzuspringen, halb Fisch, halb Lurch, von fingerkuppen- bis daumengroß, die, kaum dass die Welle zurückfließt und sie an der Luft bleiben, in unberechenbaren Sätzen losspringen, sich mit ihren Vorderflossen, als wären es Füße, im Sand aufstützen und eine kammartige, mit dornenförmigen Spitzen bewehrte Rückenflosse bedrohlich sträuben, dann plötzlich scheinbar ziellos vorschnalzen, gemessen an ihrer Größe in erstaunlich hohen und weiten Sprüngen.

Frank und Emeka warten auf jemanden namens Ezekiel, von dem Emeka glaubt, dessen Kontakte könnten Frank zu Siever führen. Sie warten seit über zwei Stunden. Wenn Frank Emekas mehrstündige Verspätung am Morgen mitrechnet, und wenn er den Stau, in dem sie erst während der Taxi- und dann während der Busfahrt gesteckt haben, als eine Form des Wartens ansieht, geht ein Tag zu Ende, an dem er absolut nichts anderes getan hat als Warten. Die schon vertraute, nutzlose Wut auf alles und jeden steigt wieder auf. Frank lehnt sich zurück, bemüht, ruhiger zu atmen und weder auf den Geruch des Sessels noch auf die Springfische zu achten.

Er fühlt sich krank, das Klima bringt ihn um, er hat den ganzen Tag über praktisch nichts gegessen.

Ezekiel. Umringt von Gefolge taucht er am Strand auf, kommt näher, sein Auftritt: Klein und gedrungen, ist er in ein üppiges Gewand gehüllt, behangen mit verschiedensten Ketten, daran geschnitzte Tiere, Kreuze, Amulette; er trägt einen langen, moosartigen Bart und auf seinem Kopf einen voluminösen Turban. Er begrüßt mit ausgebreiteten Armen jede einzelne Person am Strand (der seinem Gebaren nach ihm allein zu gehören scheint, komplett mit dem Sand, den alten Sesseln, der Bar aus Holzlatten, dem Steg). Offenbar verwundert sich weiter niemand über ihn. Ezekiel kommt herüber, zusammen mit den ihn umringenden Leuten, er begrüßt Emeka. Frank ist abgestoßen, er empfindet die Stimme des Mannes als obszön laut und polternd; etwas Falsches, Übertriebenes haftet auch seinen Gesten an, leeres Gefuchtel, als wolle er immerfort eingebildete Menschenmassen lenken.

Ezekiel steht unter einem Baum und schwadroniert, sein Bart hängt voller Tröpfchen. Ein weiterer Sessel wird gebracht, mehrere andere Sitzgelegenheiten, Bier, bald darauf Essen. Die Gespräche verlaufen inzwischen in einer afrikanischen Sprache (Ibo? Wie viele Sprachen spricht Emeka?); erregt geht es hin und her, immer wieder von Gelächter unterbrochen. Irgendwann während der letzten halben Stunde ist die Sonne untergegangen. Ezekiel (Karnevalsmajestät, Kifferfürst, Tunte) hält einen riesigen Joint in der Hand, zieht lange mit halbgeschlossenen Augen, das angebrannte, dicke Ende glimmt auf, er reicht den Joint weiter.

Frank hört Lachen, Stimmen, sieht Lichter als helle Bewegungsstreifen, Sternschnuppen. Auf dem Steg, der ein Stück meerwärts in die Bucht hinausführt, sitzt jemand und schlägt beiläufig, wie in Gedanken mit langen Schlägeln auf ein hölzernes Xylophon; die Silhouette des Spielers ist nur schwach auszumachen, sein gar nicht voll ausgeführtes Spiel verrät, soweit Frank das beurteilen kann, meisterhaftes Können.

Die Wellen plätschern im Sand, eine Windfaser, die soeben Franks Wange entlang gefahren ist, eine Winzigkeit kühler als zuvor. Er muss lachen. Das Geplumper des

Xylophonspielers erscheint ihm wie die Untermalung zu einem albernen Stummfilm; er sieht Ezekiel reden und mit den Armen rudern, immer wieder unterbrochen von Gelächter, dann hebt er die Arme und beginnt seinen Turban abzuwickeln, wickelt und wickelt, das Tuch nimmt kein Ende, dazu plumpert das Xylophon, Ezekiel wickelt immer noch. Es ist zu komisch. Er wickelt jetzt schneller, als würde der Stummfilm schneller abgespult, ruckt dann und ändert die Richtung, wickelt den Turban wieder um seinen Kopf, wickelt und wickelt, bis der Turban wieder seine ursprüngliche Größe (unförmig wie ein Riesenkürbis) erreicht hat. Frank sieht Ezekiel das Turbantuch mehrmals mechanisch auf- und abwickeln, sich dabei um seine Körperachse drehen, Lachen schüttelt ihn durch, er sieht Ezekiel als Spindel, mit aufgeblasenen Backen und dem fusseligen Bart seinen Turban auf- und wieder abspulen.

Irgendwer hat ihm ein neues Bier gegeben, irgendwer hat sein Denken komplett fragmentiert, es muss an dem Joint liegen, dass er nie wieder wird aus diesem Sessel aufstehen können, wie Schmelzkäse ist er hineingeschmiert worden, wenngleich er absolut nichts dagegen (und doch nur ein-, zweimal gezogen) hat. Er wird von wechselnden Ereignissen ganz eingenommen, zuerst ist es der Xylophonspieler, dann Ezekiels Turban, jetzt ist es eine Männergestalt, die so schön ist, dass er in ihrem Anblick verglühen will: »Mein Freund Olu.«

Olu ist groß, sehr dunkel, sein Körper kraftvoll, er trägt ein knöchellanges, schmales Hemd samt Hose, bedruckt mit braun-goldenen Ornamenten. Frank kapituliert voller Freude; dieser breit lachende, vor saftigen Staudenwedeln in der heißen Nacht stehende Königsgöttersohn hat ihn eingefangen, er will nie mehr anders als ihn immerzu ansehen.

Olu hat etwas gesagt, er lächelt und wartet auf seine, Franks Antwort. Frank möchte im stinkenden Schlamm versinken, fiebernd, klebrig und bedröhnt wie er ist.

»Gut, ja, danke«, hört er sich mit stark in die Breite gezogenen Mundwinkeln sagen, in Froschsprache, er fühlt sich idiotisch, fast ist er Ezekiel dankbar, als der sich wieder mit vorgestrecktem Bauch in den Vordergrund schiebt und mit stolpernder Zunge vom toten Oba erzählt: Zweiundvierzig menschliche Köpfe, so Ezekiel, fordere der Geist des Verblichenen, ohne diese Grabbeigabe sei an die Bestattung nicht zu denken. Daher die treibenden Trommeln, die Ausgangssperre auf der Insel. Ezekiels Blick aus rot unterlaufenen Augen scheint auf ihm, Frank, liegend erstorben. So angestarrt kriegt Frank es mit der Angst; unter der ordnungslosen, rauen Oberfläche drohen noch ganz andere Gefahren.

Er sitzt im Fond, Olu am Steuer eines alten, schaukelnden Ford. Auf- und abfedernd mit den Unebenheiten der Straße sieht er vor sich Olus geschorenen Kopf und Nacken, die Hände am Steuer. Neben ihm sitzt Ezekiel, in seiner Zwergenwürde und seinen absurden Gewändern. Die beiden sind bester Laune, aufgekratzt wie Teenager fahren sie durch die Nacht, witzeln, wippen auf ihren Sitzen, der ganze Wagen federt mit. Die Stadt liegt gefährlich und lockend im Dunkeln, man sieht Lichter, menschliche Silhouetten, Brände.

Sie sind unterwegs zu einer Wahlkampfparty, zu der der Kandidat für das Amt des Vizepräsidenten eingeladen hat. In dieser Versammlung einflussreicher Menschen, so hat ihm Ezekiel versichert, fände sich vielleicht jemand mit Verbindung zu Siever.

Die Straßen sind frei, Olu rast die Awolowo Road hinunter. Sie fahren durch *downtown* Lagos. Am Fenster vorbei ziehen die Bankenhochhäuser, die Schiffe im Hafen, die nicht enden wollende Brücke über die Bucht, die Hochstraße. Franks Herz schlägt hoch, fast schmerzhaft, das Bewusstsein der Gegenwart füllt ihn ganz aus. Vereinzelt ist gelbliche Beleuchtung zu sehen, Straßenlaternen gibt es nicht, und auf jedem Flecken Gehsteig, unter jedem Stützpfeiler der Hochstraße sieht er Menschen, schlendernd, ausschreitend, in Gruppen zusammenstehend oder allein, sitzend mit dem Kopf in den Händen. Immer noch ist da diese wilde Freude, auch Angst vor der rasenden Fahrt. Er schließt die Augen und lässt, was er in Lagos gelernt hat, das Geschehen durch seinen Körper laufen.

Massige, bewaffnete Wächter stehen Spalier entlang eines Steges, der über ein brachliegendes Stück Erde hinweg zum Eingang eines großen Festzeltes führt. Durch die weiße Zeltbahn hindurch schimmert von innen Licht. Die Wachmänner zeigen keine Regung, als Frank an ihnen vorbei zum Zelt geht; er läuft hinter Ezekiel her, der seinen Bauch vorschiebt, voranwatschelt, dabei den Saum seines Gewands als Schleppe hinter sich herziehend.

Im Inneren des vieleckigen Zeltes sind von der Mitte zu den Rändern verschiedenfarbige Stoffbahnen gespannt. Reihen von Tischen sind aufgebaut worden, deren Plastikweiß unter Tischdecken und –schmuck verschwindet; aus Kunststoff sind auch die Stühle. Die Reihen sind voll besetzt mit festlich gekleideten Menschen, ihre Gewänder, ihr Schmuck noch verschwenderischer als sonst; manche Männer tragen Anzüge trotz der Hitze. Reste einer Mahlzeit werden abgetragen, auf den Tellern liegen abgegessene Spieße, Salatreste, ineinanderlaufende Soßen. Weiß behandschuhte Kellner eilen durch das Festzelt. Unter den Gästen breitet sich eine fröhliche Sattheit aus, die Luft summt von Stimmen. Gleichzeitig ist eine gespannte Erwartung zu spüren, die sich auch auf Frank überträgt. Er folgt zusammen mit Olu dem nach allen Seiten grüßenden Ezekiel. Er spürt, dass er Blicke auf sich zieht und spannt sich an, wappnet sich für ein Spiel, dessen Regeln er nicht kennt, nicht die Mitspieler, den Einsatz, das Ziel.

»Er macht sich Hoffnung auf ein hohes Amt«, sagt Olu gerade, zu ihm gewandt, und deutet mit dem Kopf auf Ezekiel, und leiser, näher an Franks Ohr: »Vielleicht sogar Minister.«

Was, will Frank ausrufen, Minister, dieser Clown? Stattdessen liest er beim Herumstehen hinter Ezekiel, der nach allen Seiten grüßt, sich unterhält, Kusshände auswirft, im Wahlprogramm des Kandidaten: *good roads,* steht in dem Faltblatt, *health program, better power supply.*

Sie erreichen einen Tisch, der offenbar für sie reserviert ist, an einer Flanke des Zeltinnenraums, von der eine geraffte dunkelrote Stoffbahn tief herabhängt. Olu und Ezekiel sind immer noch beschäftigt mit dem Begrüßen einer nicht enden wollenden Anzahl Leute. Er, Frank, ist froh endlich zu sitzen. Ihm gegenüber, unmittelbar unter der abrutschenden Stoffbahn, sitzt lächelnd ein alter Mann mit murmelrunden Augen. Auf dem Kopf trägt er ein schachtelförmiges Käppchen, knallrot, zu einem weißen Gewand, das durchwirkt ist von feinster Lochstickerei. Er wird Frank vorgestellt als Oberhaupt von Ezekiels Heimatdorf. Bei näherem Hinsehen scheint er vollkommen weggetreten, sein Lächeln eine versteifte Maske. Ezekiel nimmt dessen ungeachtet neben dem alten Häuptling Platz, er sieht mit seinem zwischen Turban und Wickeltüchern hervorquellenden Bart und seiner wichtigen Miene lächerlich aus.

»Aiiiiiii«, schrillt es aus zwei-, dreihundert Kehlen, die Zuschauer haben sich von ihren Stühlen erhoben. Durch die Verstärkeranlage kündigt ein Redner *»his excellency«*, den Kandidaten, an. Der Kandidat schreitet unter Gejubel herein, begleitet von Leibwächtern und einer schwer schmuckbehangenen Frau, winkt, dankt nickend für den Applaus, lässt sich an seinen Tisch geleiten. An der Stirnseite der Tischreihen ist ein Podest platziert, darauf steht ein Pastor im Talar mit ausgebreiteten Armen. Er wartet auf das Abflauen des Applauses, beginnt zu beten: *»My brothers, my sisters«*, beginnt er, *»let us raise our voices and pray to the Lord.«*

Seine Stimme senkt sich in ein beschwörendes Leiern, seine Augen sind geschlossen, *transparency* hört Frank heraus, *pragmatism,* der Mann erfleht von Gott demokratische Tugenden. Frank hört neben sich Olu stehend an den dafür vorgesehenen Stellen *Amen* und *Halleluja* murmeln, auf der anderen Seite des Tisches Ezekiel, der ähnlich verschleiert dreinblickt wie der alte Dorfchief unter seinem verrutschten himbeerroten Hütchen. Wen könnte er hier nach Siever fragen, überlegt Frank und gleitet mit seinem Blick über die Reihen. Immer noch stehend hören die Gäste von einem Tonband abgespielte Hymnen, danach singen sie religiöse Lieder, der Pastor macht den Vorsänger.

Bevor sie überhaupt richtig begonnen hat, empfindet Frank diese Parteiveranstaltung als endlose, ermüdende Prozedur, schon glaubt er vor Erschöpfung zu schwanken, während die anderen Gäste sich rhythmisch auf der Stelle bewegen, singen und klatschen. Wieder ertönt es: *»Ahiiiiiiii!«,* schrille Beifallsrufe, unter denen endlich der Kandidat die Bühne betritt. In gespielter Bescheidenheit hebt er die Hände, wie um die Begeisterung zu dämpfen, nimmt das Mikrofon aus dem Ständer und blickt zu Boden, dann auf, zur Decke, wie ein Schlagersänger, der das Intro abwartet. Das Publikum setzt sich. Der alte Chief ist mit einem Lächeln zur Seite gesunken, wie um ein Ohr an Ezekiels Mund zu legen. Die rote Stoffbahn über seinem Kopf ist noch weiter heruntergerutscht. Frank spürt die Ungeduld in sich rumoren, sein Körper rebelliert, dieser langwierige Unsinn, er wird noch verrückt.

Der Kandidat hält das Mikrofon umklammert, er spricht in einem schweren Pidgin, das die Zuhörer offenbar erheitert, dann wechselt er in eine afrikanische Sprache, reißt Witze, erkennbar an den Lachern in den kalkulierten Pausen. Er wechselt wieder in sein schwer verständliches Englisch. Nichts lässt darauf schließen, dass der Kandidat eine politische Rede hält. Diesem Mund entströmt eine Wortwolke ohne Anfang und Ende, die, so Franks Befürchtung, noch stundenlang weiterwallen wird. Dabei schreitet der Kandidat in seinen Gewändern mit grotesk geschwellter Brust auf dem Podest hin und her, seine Ketten baumeln und klirren gegeneinander. In Frank wächst von Minute zu Minute der Widerwille. Der Kandidat erweckt nicht den Eindruck, als sollte man ihm ein Land anvertrauen. So verschwenderisch die Ornamente seiner Reden, so frei scheint er von jedem Sinn für die Wirklichkeit. Frank blickt ungläubig in die Gesichter der Zuhörer. Niemand, keiner aus der Menge der gut gekleideten, aufgeräumten Großstädter, die Frank ringsherum zu sehen glaubt, teilt offenbar seine Wahrnehmung. Es ist ihm unbegreiflich, dass jemand wie Olu sich diesem Aufschneider so ernsthaft zuwenden kann.

Nach einiger Zeit erhebt sich Ezekiel, etwas treibt ihn, seinerseits eine laute Rede zu halten. Frank versteht ihn nicht, seine Zunge scheint schwer vom Alkohol, er schwankt, vermutlich ist er von der Rede des Kandidaten selbst zum Reden angeregt worden. Weder der Kandidat, der in seiner Darbietung unbeirrt fortfährt, noch die Zuhörer nehmen von Ezekiel Notiz. Das Publikum sitzt unverändert auf seinen Stühlen und lauscht dem Kandidaten, wie er in die Knie geht, die Augen aufreißt, flüstert, aufspringt, den Kopf in den Nacken legt und lacht. Frank betrachtet ihre gestärkten Hemden, ihre Haaransätze, Ohrläppchen, Dekolletees, Hände, die aus der Ruhe heraus nach einem Glas greifen, es zum Mund führen, wieder absetzen. Frank verliert jedes Zeitgefühl, seit Ewigkeiten, so scheint es ihm, sitzt er schon hier. Ezekiels Wortschwall ist inzwischen erstorben und er sackt in seinen Stuhl neben dem inzwischen schlafenden Dorfchief zurück.

Sein, Franks, Hiersein erweist sich als weiterer Fehlschlag, das ist inzwischen klar. Er vertrödelt seine Zeit, lässt zu, dass andere sie vertrödeln, müsste endlich aufwachen und die Suche richtig beginnen. Er hat ja keine Ahnung, was Ruben und den anderen zugestoßen ist, wo sie sind und ob sie vielleicht dringend Hilfe brauchen.

»Ich muss gehen«, flüstert er Olu zu, der nicht zu verstehen scheint, »ich kann nicht länger bleiben.«

Eine aberwitzige Idee, wie ihm sofort klar wird, allein kann er hier gar nichts ausrichten, kommt nirgendwohin, schon gar nicht bei Nacht. Es ist ihm peinlich, dass er Olu deswegen angesprochen hat. Der schaut ihn an, prüfend, nicht unfreundlich, eher etwas besorgt; ihm, Frank, tritt der Schweiß auf die Stirn, auf einmal fühlt er sich fiebrig. Er hat sich kindisch benommen, das ist ihm sofort klar, zu sagen, er müsse jetzt gehen, nichts als Gequengel.

»Ich meine«, fügt er an, während ihm der Schweiß übers Gesicht rinnt, »ich verstehe nicht alles, was er sagt.«

Er deutet mit einer Kopfbewegung auf den Kandidaten, der jetzt erst richtig in Fahrt kommt, wie es aussieht, auf der Bühne herumhampelt, sich vorwärts einkrümmt, dann wieder die Arme aufspannt, wie um zu fliegen, beinahe schielend vor Erregung nach einem Luftgespinst greift, dabei in allen Tonlagen spricht, wispert, flüstert, poltert, lacht; der Mann führt eine Darbietung nach ganz eigenen, ihm, Frank, bisher ganz unbekannten Gesetzmäßigkeiten auf. Wieder ist es aussichtslos, diese Sicht mit einem der Anwesenden zu teilen. Er holt seinen Schreibblock hervor und macht für alle sichtbar ein paar Notizen.

Er sieht, wie Olu sich zu Ezekiel beugt, dessen Blick unterdessen immer starrer und glasiger geworden ist, und mit ihm spricht. Neben ihm schläft noch immer der Dorfchief, unter der mittlerweile ganz abgestürzten Stoffgirlande ruht seine Wange auf den zarten Rüschen seines Gewands.

Ezekiel bewegt sich überraschend behende um den Tisch herum, ungeachtet der sich immer länger dehnenden Rede, und bedeutet Frank ihm zu folgen. Er geht voraus, zu den Tischen unmittelbar vor der Bühne. Dort sitzen, ihre Kinne teils auf Stöcke gestützt, auf Stühlen, die offensichtlich als Ehrenplätze gewidmet sind, einige würdig blickende Alte. Ihre Gesichter sind gefurcht von Schmucknarben und Falten, einer hat erblindete, weißlich zerlaufene Augen und an jedem einzelnen seiner breiten, erstarrten Finger breite Goldringe.

Es beginnt, nachdem er aufgehört hat, die ihm überreichten Visitenkarten zu zählen. Ezekiel spricht mit unzähligen Leuten, stellt Frank als deutschen Journalisten vor, das Interesse an seiner Person scheint echt. Frank wird schwindlig und plötzlich eiskalt, er kann nichts mehr sehen, obwohl es offenbar keine Sache der Augen ist, der Schweiß läuft ihm nun in Strömen. Er bekommt noch mit, wie der Kandidat, ebenfalls schweißnass, viele Hände schüttelnd, mit einem Siegerlächeln vom Podest herunter zu seinem Platz geführt wird. Frank kann sich gerade noch aufrecht halten, um einem weiteren Geschäftsmann oder Rechtsanwalt oder Fernsehmoderator die Hand zu reichen, »Ezekiel«, will er sagen, doch der Name kommt ihm viel zu kompliziert vor, als sich das Bild aus dem Zelt in Schlieren auflöst und sein Mitschnitt endet.

Er findet sich wieder auf einem Stuhl, immer noch im Festzelt, vier oder acht Männer stehen um ihn herum. Man hat einen zweiten Stuhl unter seine Beine geschoben. Olu, sein Gesicht schon ganz vertraut, reicht ihm Wasser. Jemand macht einen Scherz, vielleicht um ihn aufzumuntern, Frank versteht nicht, aber alle Umstehenden lachen. Er sitzt in der Ecke, am Ende der Reihe der Ehrenplätze, etwas abseits vom Tisch des Kandidaten und seiner Frau, direkt an der Zeltwand. Ezekiel kommt unter viel Stoffgeraschel näher, neben ihm ein riesenhafter Kerl in einem ganz glatten, dunkelgrauen Anzug. Ezekiel schiebt die anderen Männer, alle neben dem Riesen schmächtig wirkend, beiseite, breitbeinig, wie ein metallener Dschinn, bleibt der Mann im Anzug vor Franks Stuhl stehen.

»Frank«, sagt Ezekiel, »schön, dass es dir besser geht. Das ist Thomas.«

Thomas verzieht sein Gesicht, das voller vernarbter Poren ist, zu einem Lächeln.

»Ah«, macht Frank, um eine Reaktion zu zeigen.

»Thomas kann dir möglicherweise helfen.« Mühsam stellt Frank die hünenhafte Gestalt vor seinen Augen scharf.

Sich nicht einfach so beruhigen lassen. Vom Federn des Autohecks, der Kühle, den samtigen Polstern, den trockenen, an seinem Zwerchfell kratzenden Bässen. Es besteht Grund zur Unruhe. Er ist in dieses Auto gestiegen, obwohl es keinen Anlass gibt, den Insassen zu vertrauen.

Ein Mensch namens Chidi sitzt neben ihm, sein blassrosa Hemd muss ganz neu aus der Packung sein. Auf seiner Handfläche schimmert wie ein kostbarer Fund das Display seines winzigen Telefons. Frank spürt einen Sog, er will sich in diese Hände schmiegen, weil dieser Chidi so groß ist, so lebendig, weil sein Wimpernschlag so sanft ist, weil er Jeans trägt, die ebenso neu sind wie das Hemd.

Vorn auf dem Beifahrersitz lungert Thomas, den er auf der Wahlparty kennen gelernt hat. Grüßt knapp, sitzt mit gespreizten Knien hinter den verdunkelten Scheiben der Limousine und telefoniert, während Frank am Folomo Shopping Centre in den Fond des Wagens steigt. Jeder der drei Männer im Wagen ist ihm, Frank, an Körperkraft weit überlegen, wenn auch Chidi, der offensichtlich den kommunikativen Part übernommen hat, keinen gewalttätigen Eindruck macht. Der Fahrer ist eine starr blickende Maschinisten-Maschine, die ohne jede sichtbare Regung den Wagen lenkt, nur auf Thomas' Zeichen reagiert, unterm dunkelgrauen Anzug, der seinen Körper starr und glatt wie Blech bedeckt, der Brustkorb eines Würgers, mit entsprechenden Oberarmen.

Es ist früher Freitagabend. Vom Folomo Shopping Centre aus (das diesen Namen nicht verdient, eine handvoll Läden hinter desolaten Fassaden, Bettler, Lahme, Blinde, wahnsinnig Brabbelnde in Lumpen vor einem offenen Abwassergraben voller Fäkalien und Unrat) fahren sie in Richtung Osten. Entlang der Straße auch hier, auf Ikoyi, der Reicheninsel: schief zusammengenagelte Buden, in denen Mopedreifen geflickt, DVDs verkauft, Erdnüsse in alte Flaschen abgefüllt, Bananen gegrillt werden. Am Straßenrand gehen Frauen wie schwebend über den Unrat, prächtige, geschlungene Kleider, Babys auf dem Rücken, majestätisch auch das Balancieren der Kopflasten, ein Berg Früchte, ein großer Kochtopf mit Deckel, fünfzig Wassersäckchen.

Auf den Straßen Szenen des Irrsinns: Autos rasen auf die Gehwege, Passanten retten sich knapp, Rufe und Streitigkeiten, dazwischen summen wie Schmeißfliegen die *Okadas* mit ihren an die Fahrer geschmiegten Passagieren.

Frank hat sich mit der Auskunft zufrieden gegeben, die Reise führe in Thomas' Büro. Thomas sei im Außenhandel tätig, sagt Chidi, der vermutlich sein Angestellter ist. Er stehe im Kontakt mit teils sehr einflussreichen Leuten, auch Ausländer seien darunter. Diese letzte Bemerkung klingt, als verliehe das Beisein von Ausländern, *expatriates,* einer Unternehmung erst ihre Wichtigkeit. Die Bewohner der westafrikanischen Nachbarländer sind damit nicht gemeint, schätzt Frank, sondern Europäer und Amerikaner.

Thomas ist am Telefon in eine Kaskade erregter Beschimpfungen verfallen, sein breiter Nacken bewegt sich gegen den Hemdkragen, als wolle er ihn sprengen. Gleichzeitig betätigt der Fahrer jäh die Bremse, es zeigt sich, dass der Sicherheitsgurt, den Frank sich umgelegt hat, gar nicht in irgendeiner Halterung befestigt ist, Frank prallt mit Stirn und Unterarmen gegen die Nackenstütze des Fahrers. Der Wagen kommt zum Stehen, dicht vor einem mit Waffe und Schutzkleidung behangenen Polizisten.

Dieser versucht, was unmöglich scheint, unter Geschrei und Gefuchtel den gesamten Verkehr der Hauptstraße in eine schmale Straßeneinmündung umzulenken, was zu einem heillosen Auflauf von Fahrzeugen führt, knapp vor dem Aufprall gestoppt, auf die der Polizist, seine Maschinenpistole unter Drohgebärden schüttelnd, einbrüllt. Schon naht mit ungebremster Fahrt ein Konvoi, Motorräder voraus, darauf ein Tross schwerer, schwarzer Karossen, teils mit Sirene und Blinklicht. Frank fühlt sich außerstande, den sich ständig neu aufwerfenden Fragen nachzugehen.

Immer noch auf der Awolowo Road sieht Frank Minuten später (als sich die wütende Zusammenballung ebenso schnell aufgelöst hat, wie sie entstanden ist) eine Gruppe archaisch gewandeteter, von Kopf bis Fuß gelblich-grau eingestaubter Menschen durchs Straßengewühl schreiten, brennende Blicke unter zottigen, verfilzten Haaren. An Ketten führen sie große, furchteinflößende Tiere: struppige Paviane mit grimmiger Maske und obszön ausgestülpten Hinterteilen, die, vorn höher als hinten, auf allen Vieren gehen. Desgleichen gelbbraune, wolfsähnliche Tiere mit mächtigen Schädeln und Kiefern, wie der Vorzeit entsprungen, die mit schlurfendem Gang und gesträubtem Fell Pfote vor Pfote setzen.

Im heruntergekühlten Gangsterauto sitzend, diese Szene vor Augen, kriegt es Frank mit der Angst, es beruhigt ihn auch nicht, dass es sich bei den Wolfstieren laut Chidi um Schakale und dem Tross als Ganzem um einen Wanderzirkus handle.

Wieder erfasst ihn eine überwältigende, wie die Schwerkraft verstärkende Erschöpfung, ein beunruhigender Zustand, der ihn jetzt immer häufiger ohne Vorwarnung befällt. Etwas stimmt nicht mit ihm, sinkt er doch gerade dann, wenn er alle Sinne wach halten müsste, sämtliche Gefahren und möglichen Auswege prüfen, in ohnmachtsähnliche Zustände. Liefert sich jetzt ganz an Thomas und seine Untergebenen aus. Er hofft, dass sie es nicht so schnell merken. Er dämmert ein, und als er wieder aufwacht, wahrscheinlich nur Sekunden später, fühlt er sich besser.

Die Fahrt führt eine lange, gerade Ausfallstraße entlang, die Stadt franst am Rand der Schnellstraßen aus. Schwelende Haufen unweit der Fahrbahn erweisen sich beim Näherkommen als sorgfältig sortierte Halden, auf diesem Berg nichts als Plastikflaschen, dort Tüten, da Metall. Dazwischen eilen magere Hühner, stöbern Ziegen, stehen mit hängenden Armen halb nackte Kinder herum.

Weiter außerhalb erstrecken sich große Brachflächen; sie sind der Sumpfgegend an der Lagune abgetrotzt worden, erklärt Chidi, bereit für Investoren (die leider auf sich warten lassen). Stattdessen gebe es jetzt im Stadtgebiet Krokodile. Frank stellt sich die Krokodile vor, wie sie in den austrocknenden Sümpfen hocken, japsend, mit ihrer Warzenhaut in der gleißenden Sonne.

Kurze Zeit später passieren sie eine noch im Rohbau aufgegebene Siedlung, akkurat gesetzte Blöcke mit überdachten Eingängen, angedeuteten Wegen und Plätzen; es sind jedoch weder Türen noch Fenster eingesetzt worden, teils fehlen die Dächer. Zwischen den irgendwann aufgestellten und schon wieder verwitternden Betonteilen spazieren schwarzglänzende Rinder, strecken Kinder aufgedunsene Bäuche vor, oder hocken weithin sichtbar, ihre Notdurft verrichtend, am Boden.

An den Bauruinen lehnen zerbrechliche Schachteln, errichtet aus Planenfetzen und Pappen, die Behausungen der Armen. In Ansiedlungen dieser Art, erklärt Chidi, sammeln sich am Stadtrand die Zuwanderer aus den Dörfern (auch Flüchtlinge aus den Nachbarländern sind darunter), hier in den *sandfields* wandeln sie sich zu Großstädtern.

Weiter die Ausfallstraße aus der Stadt hinaus.

Links von der Fahrbahn taucht hinter einer unüberwindlichen Mauer (weiß, nach außen überhängend, darauf Rollen aus klingengespicktem Stacheldraht, weithin sichtbare Kameras) ein düsterer Gebäudekomplex auf, spiegelnd, schwarz, flach geduckt, futuristische Bauweise, mehrere gerundete Hohlkörper ineinandergesetzt. Wer verschanzt sich in diesem Bollwerk inmitten der Sümpfe?

»Die Zentrale von Chevron«, erklärt Chidi mit hörbarer Erregung in der Stimme. »An dieser Straße kannst du eine Menge über mein Land lernen. Achte auf das, was du siehst.«

Wenig später fahren sie an einer Tankstelle vorbei, die auf der linken Straßenseite liegt. Unter einem Abendhimmel, der die Kulissen aufzieht zum großen Finale (hochhängende längliche Gebilde, halb abgerollte Tuchballen von prächtigstem Lichtstoff, changierend zwischen Orange, Rot, Türkis, Violett) ballen sich um die Überdachung der Zapfsäulen und das hochstehende Schild herum Taxen, gelbe Kleinbusse, Privatwagen. Die Fahrer stehen herum, ein paar hundert Meter misst die Schlange wartender Fahrzeuge, ihre Schnauzengesichter fixiert auf die Tankstelle.

»Es gibt wieder mal kein Benzin. Unser Land ist einer der größten Ölexporteure der Welt, das Erdöl von hier ist leicht und daher besonders wertvoll. Wir hatten mal eine Raffinerie, aber die produzierte nur eine kurze Zeit lang. Seit zwanzig Jahren importieren wir unser ganzes Benzin, also reimportieren unser Öl, aus Europa. Stell dir das bitte vor: Der Verkehr in Lagos und im ganzen Land hängt komplett vom importierten Benzin ab. Es gibt weder Untergrundbahnen noch Vorortzüge. Dafür findet sich immer jemand, der den Benzinfluss absichtlich ins Stocken bringt. Jetzt steht die Knappheit wahrscheinlich im Zusammenhang mit den Wahlen. Den Unmut der Menschen gegen diese oder jene Partei zu entzünden, indem man sie nach Benzin dürsten lässt: das hat bei uns eine ungute Tradition. Sicher kursiert heute das Gerücht, es gebe wieder Benzin. Sofort schicken alle ihre Fahrer aus oder machen sich selbst auf den Weg zu den Tankstellen, mit allen Behältnissen, die in den Wagen passen. Sie hoffen, wenigstens etwas zu ergattern, vor Einbruch der Nacht oder bevor man sie wegschickt. So verbringen wir in Nigeria unsere Zeit.« Chidi lacht, und zwar so unbändig, dass Frank den Gesprächsfaden verliert und ihn anstarrt, den breit geöffneten Mund, die frischen Zahnreihen, den Schwung beim Lachen hochgeschobener Wangen.

»Oder hier …«, setzt Chidi wenig später erneut an, während sie immer noch die Ausfallstraße entlangfahren, die Farben werden langsam grau, und er deutet auf einen Verkaufshof an der Straße, auf dem übergroßen Bojen gleich mannshohe Blasen aus grünem und hellblauem Plastik lagern. »… Einen solchen Tank musst du auf dein Dach stellen, wenn aus deinem Hahn Wasser fließen soll, wenn du es brauchst. Dazu einen Generator, denn der Strom fällt ebenfalls ständig aus. Der einfachste kostet hundertfünfzigtausend Naira, ein Vielfaches dessen, was die meisten Menschen hier im Jahr verdienen. Wenn du dir das nicht leisten kannst, und so geht es, wie ich schon sagte, den meisten, bleiben dir Hitze, Kerzenschein und Wasserschleppen aus dem öffentlichen Brunnen.«

Wieder Chidis Lachen.

»Du kannst dir vorstellen, dass die Leute es satt haben. Wir werden sehen, wem sie ihre Stimme geben.«

Sie fahren weiter stadtauswärts, die untergehende Sonne im Rücken. Im Wagen das kühle Gebläse, ihn fröstelt. Da ist wieder das Jetzt-Gefühl: Er sieht das, was er sieht, intensiver, als müsste er jede Nuance seiner Eindrücke festhalten, bewahren für später. Gleichzeitig sieht er die Limousine aus der Vogelperspektive die staubige Straße entlangrasen, durch städtisches Brachland, Im Wageninnern er selbst mit den drei afrikanischen Riesen, wie schmächtig er ist im Vergleich, sein Hemd verschwitzt und knittrig, auf seinen Unterarmen kräuseln sich die neuerdings blonden Härchen.

Hat er sich nur auf eine vage Hoffnung hin in Gefahr begeben oder kann man sagen, seine Unvoreingenommenheit bringt ihn weiter? Weiß irgendjemand, mit wem er in diesem Moment unterwegs ist, kennt jemand, den er kennt, diese Leute?

Der Fahrer überholt einen Omnibus mit langer Schnauze, vorn stehen zwei Fühler ab. Der Bus hängt bedenklich nach rechts, wiewohl sich auf der linken Seite etliche Fahrgäste von außen an Türen und Fenster klammern, so vollgestopft ist das Gefährt. *More Blessing* steht auf das Busheck geschrieben, und auf die Seitenwand, schwer lesbar durch die vielen Roststellen und die sich anklammernden jungen Männer, deren Shorts und Hemden im Fahrtwind flattern: *You Shall Be Saved.*

»Was war das?« ruft Frank aus, der Wagen fährt inzwischen rascher. Das Gesicht an die Scheibe pressend erhascht er noch einen Blick auf die eigenartige Festung, die von einer Mauer umgeben ist. Innerhalb der Mauer steht eng gedrängt ein Durcheinander sandfarbener architektonischer Einzelteile: Säulen und Fries eines griechischen Tempels, neugotische Türme (auf die

Schnelle von Frank so klassifiziert), Kuppelbauten, eine Art verkleinerter Kathedrale, darum herum gruppiert unbestimmte Mengen und Arten von Türmchen, Säulen, Bogengängen; das Ganze ein äußerst merkwürdiger Prachtbau.

»Der *Elite*-Palast. Gehört dem größten Textilimporteur unseres Landes«, sagt Chidi.

»Sein Wohnhaus?«

»Kann man so sagen.«

Immer weiter stadtauswärts geht die Fahrt, Frank kann nicht einschätzen, wie viel Zeit vergangen ist, auch die Strecke lässt sich kaum überschlagen.

Als es gerade dunkel ist, erreichen sie ein Viertel von Neubauten. Die fast fertigen Villen stehen hellgrau hinter hellgrauen Auffahrten, von gleichfarbigen Mauern umgrenzt, ansonsten fehlt nahezu alles, der Straßenbelag, jede Art von Beleuchtung, Rasenflächen oder Gärten.

Vor einem solchen noch unverputzten Gebäude nimmt der Fahrer mit Tempo die Auffahrt, bremst, kommt vor einer überbreiten Garagenwand, die verschlossen ist mit einem einzigen Rolltor, zum Halten. Obwohl Frank nicht sagen kann, wie er zu diesem Eindruck kommt, wirkt es, als sei das Rolltor erst Sekunden vor ihrer Ankunft heruntergelassen worden. Hinter ihnen fällt mit metallischem Nachhall ein Tor ins Schloss, es ist eingelassen in eine glatte, übermannshohe Mauer.

Von der Hauswand aus strahlt ihnen aus mehreren punktförmigen Quellen ein so grelles Licht entgegen, dass das Haus, von dem dieses Licht ausstrahlt, im Dunkeln bleibt. Frank blickt hinter sich, wo sein Schatten als langes, am Ende geknicktes Elend den Parkplatz entlang und dann die Mauer hochkriecht. Als peinigender Drang ist die Angst wieder da.

Ebenso lange Schatten wie seinen, nur breitere, werfen die Gehilfen, sieben oder acht müssen es sein, die beflissen herumstehen, physisch vom gleichen Format wie Thomas und der Fahrer. Frank ist jetzt endlich wach, seine Sinne sind auf Alarm gestellt. Er muss sich in dieser Lage zurechtfinden, in der es nur Unbekannte gibt, er niemanden zu Hilfe rufen kann, die Gefahr jedoch mit Händen zu greifen ist.

Thomas springt aus dem Wagen, aufgerichtet wirkt er noch massiger und größer. Überraschend leichtfüßig rennt er auf den nächsten Gehilfen zu und erteilt ihm mit aufgerissenen Augen Befehle. Der Reihe nach bringt er so sämtliche seiner Leute auf Trab (ausgenommen den Fahrer, der starr sitzen bleibt, Blick geradeaus, als wäre er mit dem abgeschalteten Motor verbunden), die Adern an Hals und Stirn scheinen ebenso zum Platzen gespannt wie die Schulterpartie seines dunkellila Jacketts. Schließlich verschwindet Thomas im Haus, er telefoniert dabei in ebenso aufgebrachtem Ton wie zuvor. Frank bleibt zurück mit Chidi, der offensichtlich für ihn zuständig ist, auf dem im dunklen Viertel herausleuchtenden, mit Beton ausgegossenen Parkplatz.

Frank sitzt auf einem geschnitzten afrikanischen Thron aus schwarzem Holz, kaum höher als ein Kinderstuhl. Auf seinen Knien kippelt ein Teller, darauf ein Hühnerbein und dampfender Reis. Thomas sitzt ihm gegenüber, die Ellenbogen auf seine weit gespreizten Knie gestützt, die Schöße seines Jacketts hängen seitlich herunter. Er mustert Frank und scheint dabei angestrengt nachzudenken. Chidi sitzt auf einem Stuhl neben Frank, vier weitere Gehilfen folgen, ebenfalls sitzend, dem Geschehen.

Der Raum ist groß und mit hellen, spiegelnden Fliesen belegt, eine Treppe, die noch ohne Geländer ist, führt in das galerieartig offene Obergeschoss. Teils stehen verschlossene Pappkartons herum, teils in Folien verpackte Bilderrahmen und Möbel; wie der Thron, auf dem er sitzt, sind es vermutlich afrikanische Antiquitäten und Kunstschätze.

An einer Seitenwand des Raumes schaut ein handbreiter Streifen Estrich hervor, ein aufgerissener Karton und Werkzeuge liegen herum. Jemand hat angefangen, die Fußbodenfliesen in der Breite des Estrichstreifens zuzuschneiden.

Frank ist so sehr mit dem Kleinhalten seiner Angst und dem Hühnerbein auf dem Teller beschäftigt (das mit einer möglicherweise köstlichen Soße übergossen ist, an dem er aber ohne Appetit herumsäbelt), dass ihm erst nach einiger Zeit auffällt, wie unbeholfen und nervös Thomas und seine Gehilfen wirken. Minuten verstreichen, während derer alle Anwesenden auf Franks Hände und die unter dem Besteck wegrutschende Keule starren. Bis Thomas wieder einen seiner Leute hinausjagt und Frank wenig später einen großen, randvoll mit Weinbrand gefüllten Cognacschwenker in der Hand hält.

»Du bist also Journalist«, beginnt Thomas. Es ist, als säßen sie beim Kartenspiel und Thomas wäre an der

Reihe, müsste versuchen herauszufinden, welche Karten Frank in der Hand hält. Möglich aber auch, dass der Schein des Minderbemittelten trügt und Frank schärfer denn je aufpassen muss.

»Ich habe mein Geld einige Zeit als Reporter verdient. Eigentlich schreibe ich, ich meine, andere Sachen, Romane.«

Die Verrücktheit springt ihn an, dies hier und jetzt vor diesen Leuten auszusprechen.

»Romane. Reporter. Gut. Sehr gut«, sagt Thomas, wie in Gedanken.

An den Wänden im Obergeschoss und hier unten hängen vereinzelt vielfarbige Gemälde, in kubistischer Malweise, eine afrikanische Frau, eine Marktszene.

»Hier eröffnet also eine Galerie?« fragt Frank und nestelt seinen Notizblock heraus. Den Teller und das noch volle Cognacglas hat er auf den Fußboden gestellt. Thomas registriert es genau und schickt denselben Gehilfen wie vorhin hinaus, nach Bier.

»Thomas sammelt nigerianische Kunst. Das ist ein Teil seines Geschäfts. Import, Export. Die Bilder kauft er, weil er ein weiches Herz hat und seinem Bruder keinen Wunsch abschlagen kann.« Chidi zwinkert ihm zu, er, Frank, kann es kaum glauben: Thomas und Chidi sind Brüder.

»Du bist Künstler?«

»Maler, ja. Und Bildhauer. Auch Dichter. Ich schreibe Gedichte, Romane. Und Dramen.«

Frank macht mehrfach überraschte Geräusche.

»Ja, ich habe vieles geschrieben, was dich interessieren

könnte. Du sagtest, die Deutschen hätten ein falsches Bild von Nigeria.«

»Wenn sie überhaupt etwas wissen.«

»Dann denken sie negativ.«

»Nicht unbedingt.«

»Aber sie kennen unser Land nicht.«

»Das stimmt.«

Thomas scheint zufrieden, dass sein Bruder ein solches Gespräch mit einem Journalisten (oder was immer er sein mag) aus Deutschland führt. Er entspannt sich zusehends.

Frank kommt auf die richtige Idee, nämlich die beiden, Thomas und Chidi, zu fotografieren. Er dirigiert sie in verschiedene Posen, zusammen, einzeln, vor einem von Chidis Gemälden, als Brustbild und Ganzfiguren, ein Bein auf dem Karton voller Fliesen. Er hat Mühe, die Kamera ruhig zu halten, denn die Angst hält ihn weiterhin umklammert. Jedes Bild zeigt er Thomas und Chidi auf dem Display. Eines, das Thomas nicht zu gefallen scheint, löscht er vor dessen Augen.

Frank bemerkt, dass die Bilder von Thomas auf dem Display, wo sie gewissermaßen von der angespannten Stimmung im Raum bereinigt sind, einen im Grunde harmlosen, auf kindliche Art bestätigungssüchtigen Kraftmenschen zeigen. Chidi dagegen ist schwerer einzuschätzen; hinter seinem Lächeln könnten sich Überraschungen verbergen. Frank atmet durch und nippt an seinem Brandy. Er fühlt sich zusehends besser, auch wenn es vielleicht nur ein zeitweiliges Nachlassen der Angst ist.

»Sie stehen also in Kontakt mit Jost Siever?« fragt Frank, die neu gewonnene Zuversicht nutzend. Er sieht Thomas zusammenzucken, auch die Gehilfen setzen sich sprungbereit auf. Ein Fehler. Äußerlich behält er, Frank, die Ruhe, nur in seinem Bauch und in der Unterlippe spürt er ein eigenartiges, bodenloses Gefühl.

Thomas stürzt sich nicht auf ihn. Stattdessen lehnt er sich vor (in seinem Nacken bilden sich dabei dicke Falten) und spricht schnell und mit gedämpfter Stimme zu Chidi, nicht mehr Englisch, sondern in einer einheimischen Sprache. Dabei lässt er ihn, Frank, nicht aus den Augen.

»Möglicherweise gibt es ein Missverständnis«, übersetzt Chidi. »Vater Siwa, wie er auch genannt wird, steht nicht auf der Seite der einfachen Menschen.«

»Der Rechtlosen! Der Unterdrückten! Der ausgeplünderten Völker des Deltas!« platzt Thomas (auf Englisch) dazwischen.

»Er ist sicher ein tüchtiger Mann, wie ja überhaupt euer Land sehr tüchtig ist.«

Frank glaubt zu begreifen.

»Ihr beleidigt mich nicht, wenn ihr einen meiner Landsleute kritisiert. Nicht im Geringsten. Ich bin selbst skeptisch, was diesen Siever betrifft.«

Chidi und Thomas unterhalten sich halblaut, während Thomas ihm prüfende Blicke zuwirft. Hoffentlich hat er nicht wieder etwas Falsches gesagt.

»Bist du gegen die deutsche Regierung?« lässt Thomas Chidi fragen.

»Um Himmels willen, nein! Das heißt, ich bin auch

nicht für sie. Ich glaube ganz einfach nicht, dass es relevant ist, ich meine, was ich darüber denke. Mir persönlich geht es eher um …«

»Glaubst du an Demokratie?« unterbricht Thomas wieder auf Englisch.

Frank spürt, wie seine Verdauungsorgane das Hähnchen hin- und herwenden. »Doch, das heißt … nein.«

»An Jesus?«

»Also, das sind schwierige Fragen.«

»Wieso?« Thomas gestikuliert mit seinen riesigen Händen. Sein Interesse ist echt, dazu ist an seinem Gesicht Belustigung abzulesen, kein Zweifel, er sieht Frank als Freak, und seinen Gehilfen geht es ebenso.

»Was ist daran schwierig? Ich glaube an Jesus Christus. Das fühle ich doch. Ich weiß, woran ich glaube, und ich weiß, woran ich nicht glaube. Ich glaube, dass Jesus Christus Gottes Sohn ist, dass er Tote erwecken kann und so weiter. Oder ich glaube es nicht. Sag, was ist daran kompliziert?«

»Es fällt mir schwer zu sagen, ob ich an dies oder das glaube. Ich bin ohne Religion aufgewachsen, das heißt, nicht ohne Moral, aber ohne Gottesdienst und Gebete. Erst später fand ich zum Glauben, als ich jemanden traf, der …«

Thomas, Chidi und die Gehilfen, sie tauschen Blicke. Woran stören sie sich jetzt schon wieder? Man braucht die Sprache nicht zu verstehen, um zu wissen, was Thomas zu Chidi gesagt hat: Er soll ihn, Frank, fragen, was er hier eigentlich will.

»Warum bist du hergekommen?«

»Bei uns weiß man fast nichts über Lagos. Ich wollte es selbst sehen. Ich möchte darüber schreiben.«

»Gutes oder Schlechtes? Wer schickt dich? Mit welchem Ziel?«

Frank fühlt sich von der Schwierigkeit überwältigt, sich zu erklären; dass ihn Lagos als Phänomen interessiert, als eine Ausprägung der Gegenwart, er sich selbst, wie schon in Chongqing, in Shanghai, sein eigenes Sein im Kontrast zum Erlebten erforschen will, sich dem ganz Anderen aussetzen, die Übermacht der Nicht-Ichs spüren will. Dass keiner ihm einen Auftrag erteilt hat, dass er von nichts anderem sprechen kann und darf als davon, was er wahrgenommen, gefühlt und gedacht hat, dass er alles andere als Anmaßung empfände, dass er in seiner Empfindungsweise die (oder besser: eine) Wahrheit sucht. Und über diesen Vorsatz hinaus schwerlich blicken kann.

Thomas wirkt ernsthaft besorgt um ihn, Frank, und er wartet auf eine Antwort.

Das Problem ist nur: Er, Frank, steht seinen eigenen Überzeugungen und Plänen (und damit sich selbst) in diesem Moment ebenso verständnislos, auch ebenso mitleidig, gegenüber wie diese Afrikaner.

»Ich berichte für einen nationalen Radiosender«, sagt er, wahrheitswidrig, einer Einflüsterung folgend. Thomas, so besagt diese, wäre sicher nicht erfreut, einem Niemand gegenüberzusitzen.

»Außerdem suche ich jemanden.«

Keine Nachfragen. Thomas' Blick schweift durch den Raum, er wirkt mit einem Mal abgelenkt.

»Gut, sehr gut«, murmelt er schon im Aufstehen, jetzt erst bemerkt Frank, dass jemand hereingekommen ist, ein Typ, ebenso groß und muskulös wie Thomas, schwarz gekleidet, mit Sonnenbrille. Hinter ihm geht eine Frau, sie trägt einen engen, glitzernden Einteiler, der auf eine Weise, die Frank schockiert, ihre Körperformen betont, besonders die vorspringenden Brüste. Die Frau könnte nicht desinteressierter dreinblicken, vielleicht ist sie auch nicht echt, sondern eine Computeranimation. Ihr Begleiter umarmt Thomas, und es würde Frank nicht wundern, wenn er gleich das Geräusch brechender Rippen hörte oder erlebte, wie einer der beiden Giganten den anderen durch die Luft schleudert. Der Besucher tätschelt jedoch nur freundschaftlich Thomas' Trizeps. Frank fühlt sich wieder ausgehöhlt von der schon bekannten Schwäche.

Es gibt Begrüßungen, Herumreden mit den Besuchern, die, wie sich herausstellt, aus London gekommen sind. Auch ihnen wird Essen gebracht, randvolle Cognacschwenker und Bier. Franks Zeitgefühl setzt aus. Es gelingt ihm, so hofft er jedenfalls, einigermaßen neutral dreinzublicken. Er riecht seinen eigenen Schweiß. Glücklicherweise beachtet ihn niemand.

Der Abend ist keineswegs ausgestanden. Man gehe jetzt aus, teilt Chidi mit, als sich alle erheben und er schon hoffte, er würde jetzt nach Hause gebracht, zurück ins Art Centre oder zu Emeka.

Die Gesellschaft ist schon reichlich angetrunken, Frank wird mitgespült von ihrem gaumigen Gerede und Gelächter. Der Besucher aus London tritt mit Sonnenbrille hinaus in die Nacht, im Silberanzug seiner Begleiterin bricht sich das Licht aus den Scheinwerfern.

Sie ist tropisch heiß, diese Nacht, und als Frank auf dem Parkplatz steht, im Begriff, hinter dem besoffensten der Gehilfen in den Wagen zu steigen, hebt ihn das Freudengefühl empor, das er nun ebenfalls kennt; ganz anders als sonst vollführt sein inneres Pendel in Lagos gänzlich unberechenbare Ausschläge.

Die Hochstimmung hält an, während er auf der Rückbank sitzt, rechts neben dem in der Mitte fläzenden Londoner, der auf der einen Seite Frank, auf der anderen seine Freundin gegen die Türen quetscht. Chidi muss im anderen Wagen sein. Der Fahrer ist der kleinste, und, wie gesagt, von allen Mitfahrern scheinbar am stärksten alkoholisierte, neben ihm sitzt Thomas, blendender Laune, über die Schulter laut mit seinem Besucher redend, lachend aus seinem Rohr von Kehle.

Thomas, geht es Frank durch den Kopf, mag er ein Grobklotz und Schläger, vielleicht sogar ein Krimineller sein, so hat er doch menschliche Züge. An diese Ahnung muss er sich halten. Außerdem fühlt er sich in Thomas' Nähe sicher vor minderen Gefahren.

Ankunft in der *Whistle Bar:* Eine zweistöckige Bude, Holzwände, Holztresen, Tische und Stühle. Die Gäste sind jung und modisch zurechtgemacht. Insgesamt macht der Ort einen braven Eindruck, Samstagabend auf dem Lande, denkt Frank. Auf einer kleinen Bühne im ersten Stock mühen sich zwei Musiker, schwitzend in bunten Hemden. Ihre Kleidung ist abgetragen, das Haar des Sängers angegraut, er bedient Rasseln und ein Schellentambourin, seltener bläst er eine angelaufene Trompete, scharfe Melodiephrasen zerschneiden die Luft. Der zweite Musiker spielt eine verstärkte Schlaggitarre und singt ebenfalls, ihre Musik ist schnell und treibend, sie verausgaben sich, spielen für fünf, zwischendurch ruhen sie sich aus, spielen alte Rocksongs, die verglichen mit den vielschichtigen Rhythmen der afrikanischen Musik lachhaft simpel wirken.

Thomas und die anderen Kolosse sitzen um einen der Tische herum und machen sich über Teller mit dampfendem Essen her; sie lachen und kauen, trinken Bier und heften von Zeit zu Zeit Geldscheine an die schweißnassen Körper der Musiker, was diese, verbunden mit ein paar aufmunternden Scherzen, zu immer neuen Ausbrüchen treibt. Frank sitzt nicht weit von ihnen entfernt auf einem Stuhl, von dem er sich vielleicht nie wieder wird lösen können, mit dem Blick auf Bühne und Tresen. Zwischendurch wird er von Chidi mit einer kurzen Ansprache oder einem Bier versorgt, ansonsten zerfließt er im Raum, im vollen Einverständnis, geht auf in den aufstiebenden Funken der Musik, in den Handgriffen des Barkeepers, der wachsenden Zahl der Gäste, lässt sich einsinken in den Kampf zweier Schwergewichtsboxer, die einander auf einem Fernsehbildschirm, über der Bar hängend, krachende Schläge versetzen, sich umklammern, bis man glaubt, ihre Rippen müssten bersten, oder sich gegenseitig auf die Matte zu schleudern bis zum K. o.

Es ist ihm alles gleich, gleich lieb, die ersten Mädchen, in Jeans und einfachen Tops, die sehr verhalten, kaum mehr als angedeutet tanzen, sich dabei verlegen anlachen, ihre Hüftschwünge bremsen, und sogar ein schwitzender Weißer mit vorquellenden Augen, dem die jungen Frauen jetzt ungeniert zutanzen, und der sich deren Einsatz bestimmt etwas kosten lässt; an allen finden Franks Gnadenaugen Gefallen.

Er lächelt, lacht sogar auf, als die Kolosse zu tanzen beginnen, allen voran Thomas, der glucksend vor Vergnügen den Hintern herausstreckt, ein Taschentüchlein schwenkt, was ein allgemeiner Brauch zu sein scheint, denn auch die anderen Riesen gehen in die Knie und tappen Tüchlein schwenkend herum, lachen sich kaputt, ein Riesenspaß.

Frank ist sein eigenes Lächeln, auch dann noch, als Chidi auf seinem Stuhl an ihn heranrückt, mit ihm den taschentuchschwenkenden Tanzbären zusieht und gerade so laut, dass er, Frank, die Worte versteht, erzählt von einer Entführung, einem Flussdelta, Öl, einer Pipeline und einer Befreiungsfront, und dass für ihn, Frank, von Interesse sein könnte, wer die Entführten seien. Frank lächelt, versteht jedes Wort und bringt keinerlei Interesse auf, viel zu sehr bündeln, schmerzhaft konzentrieren müsste er sich, seine zerfließenden Ränder einholen wie ein Fischer sein Netz, er lässt sich alles bis ins kleinste erzählen, unverarbeitet fließt es wieder aus ihm heraus, lächelnd steigt er später in eine der Limousinen, driftet lächelnd weiter davon, bekommt am Rande einen Streit an einer Straßensperre mit, schwer bewaffnete Polizisten, denen Thomas ein herzhaftes *Motherfucker!* mitgibt, nicht ohne kurz aus dem Wagen zu steigen und sich zu voller Größe aufzurichten; Frank lässt sich vor dem Art Centre absetzen, wo hinter dem Zaun der Wachmann mit ein paar Kumpanen um eine Blechtonne sitzt, in der ein Feuer verglimmt; er sieht ihre Blicke, in denen sich die Glut des Feuers spiegelt, ihr misstrauisches Mustern der Limousine, zum Abschied lässt er sich von Thomas herzen, der Wachmann öffnet das Tor. Er kann sich später nicht erinnern, ob Chidi ihn bis zum Tor oder bis hinauf in sein Zimmer begleitet hat.

Frank [LAGOS]

Die *Masse*. Das *Meer*. Für die Menschenansammlung, die sich über den Horizont erstreckt, gibt es keine hinreichende Metapher. Die Luft flimmert vor Hitze, das Farbraster der vielen zehntausend, hunderttausend Köpfe schillert in Schwarz, Rot, Grün, Gelb, den Farben der Körper und ihrer Kleidung. Die von Menschen bedeckte Erdoberfläche brodelt, pulst, summt, stöhnt. Die Stimmen der Vielen mischen sich zu einem mächtigen Orgeln. Es scheint, als hätte sich hier ein maßgeblicher Teil der Menschheit versammelt, um den Erdball anzuhalten, seine Drehrichtung umzukehren, als trieben all diese Füße ihn bald im Gleichtakt andersherum. Die große Erweckung beginnt.

Die trockengelegten Sümpfe sollten einst Bauland für Fabriken und Wohnviertel werden. Stattdessen wuchsen struppiges Gras und die ärmlichen Hütten, gebaut von denen, die von überallher aus den Dörfern strömten, es müssen Zehntausende gewesen sein. Ihre improvisierten

Siedlungen hat Siever einebnen lassen, auf Geheiß des Gouverneurs schoben Bulldozer die Wände aus Pappe und leichtem Holz beiseite: Keine Ernte ohne ein Feld.

Schon Kilometer, bevor sich die Menge verdichtet, kommen Fahrzeuge kaum noch weiter. Trotzdem schieben sich Mopeds, Taxen, Lastwagen mit Ladeflächen voll lärmender Menschen heran, immer wieder aus Lautsprechern von biblischen Einpeitschern übertönt, weiter Richtung Bühne.

Vorüber ziehen die Elenden und die Hoffenden, man hat ihnen Erlösung versprochen. Sie gehen, schreiten, rollen, hinken, stützen sich, werden getragen. Ihre Augen sind wässrig, brennend, geronnen, tiefliegend, milchig, aufgerissen.

Kranke werden als Bündel gebracht, aus denen dürre, angewinkelte Beine ragen.

Vorbei kommen Einbeinige, Beinlose, Blinde, Gelähmte, Mütter mit kahlköpfigen Kindern, Schwangere, denen die Schwellung alle Kraft entzogen hat, sogar die Farbe der nun mattgrauen Haut.

Bettler jeden Alters, viele verstümmelt, Zerlumpte, Stammelnde mit abstehenden Filzfetzen statt Haaren.

Doch nicht nur sie strömen zusammen, auch Männer in langen, geraden Gewändern, bunt mit noch bunterer Mütze, Frauen in traumentsprungenen Kleidern: namenlose, satte Farben, üppige Muster, große Mengen geschlungenen Stoffs, auf ihren Köpfen wuchern Orchideen, bunter und wilder noch als die Natur.

Frank verliebt sich bei jedem Mal Hinsehen aufs Neue, in Augen und Lippen, große, großzügige Körper, den Schwung von lachenden Wangen.

Mehrstimmig singende, im Takt tappende Gruppen, auch sie prachtvoll gekleidet. Eine Trommelgruppe: die Musiker mit nackten Oberkörpern, dazu Tänzerinnen, die zu den Rhythmen einen rasenden Tanz vollführen. Ihr Furor, die Schnelligkeit ihrer Synapsen, triumphierende, knallende, sich auf- und abschleudernde, verbrennende, sich verschwendende Körper.

Das ist es, denkt Frank, darum geht es: das Brennbare mit Lust verfeuern, ein paar Momente Schönheit herschenken und Ende.

Fast ebenso zahlreich wie die Gläubigen sind diejenigen, die auf profane Bedürfnisse hoffen: Wasserverkäufer, Besitzerinnen kleinster Stände, an denen es Erdnüsse (in Flaschen) oder geröstete Maiskolben zu kaufen gibt, barfüßige Händler. Ohne ihre Allgegenwart könnten es die vielen tausend (einskommaeins Millionen, wie es später heißen wird) niemals so lange unter der brennenden Sonne, auf dem planierten Acker aushalten.

»All diese Menschen«, schreit Frank gegen Musik, Lärm und Stimmen, gerichtet an Emeka, »was wollen sie von Siever?«

»Hoffnung, Trost, Hilfe«, schreit Emeka zurück.

»Aber sie werden belogen«, schreit Frank, »und verschleudern ihr letztes Geld!«

»Das stimmt«, schreit Emeka, »aber es gibt niemanden, der ihnen mehr bietet. Willst du ihnen den Glauben nehmen, ohne die Aussicht auf ein besseres Leben?«

Frank weiß nicht mehr, was er denken soll, zuviel stürmt auf ihn ein. Es könnte ein Alptraum sein, ein Aufmarsch der

Verführten und Manipulierten. Aber die Einzelnen wirken nicht so. Sie haben allen Grund, hier zu sein. Sie nehmen viel dafür auf sich. Vielleicht ist Sievers Auftritt gar nicht entscheidend. Vielleicht geben sich alle gegenseitig etwas, wird in der Vielheit ein Überschuss produziert, an dem alle sich stärken. Wie könnte er, Frank, das beurteilen?

Emeka und er drücken sich zwischen Körpern hindurch, weiter, näher zur Bühne. Die Sonne steht schon tief, taucht alles in gefälliges Licht. Die Luft flimmert vor Hitze und vervielfältigt so nochmals die Gesichter. Menschen stehen, liegen, sitzen, lachen, rufen, brüten. Unter ihnen sind Sievers Helfer, die Schriften verteilen und predigen. Predigen heißt: Sie rollen die Augen, ringen die Hände, ballen die Fäuste, greifen die Luft, beugen sich dabei, strecken sich, schwitzen. Auch hier schafft das Hingeben des Körpers die Überzeugung. Erst nach einer Weile hört Frank darauf, was gesprochen wird.

Eine Entscheidung wird gefordert (für Gott oder gegen ihn), das Eintreffen eines neuen Wundertäters angekündigt (Jungfrauensohn, gottgesandt), bei entsprechender Glaubenshitze auch Heilungen, bis hin zur Auferweckung vom Tode. Niemand scheint sich an diesen großspurigen Versprechen zu stören. Ein Kreis von Zuhörern schließt sich um einen ehemals Blinden, der von der Wiedererlangung seines Augenlichts spricht. Frank hält in diesem Moment alles für möglich.

Riesige Lautsprecher, befestigt an Galgen, beugen sich vor: ein Räuspern. Vielfaches Echo des Räusperns, jetzt kracht es, dann Rauschen.

Der Ruf, vom Echo gefolgt: »Halleluja… luja!… luja!«

Starke Lichter flammen auf, ebenfalls von den Lautsprechergalgen, pünktlich zum Einsetzen der Dämmerung. Die nächsten Schauer schafft die Technik: Getroffen vom Licht, ergriffen vom Schall, schweigt der gigantische Platz.

Ein Lied wird angestimmt, angeführt von einem weißgewandeten Chor, der als sich wiegende Reiskörnerformation auf der immer noch weit entfernten Bühne zu erkennen ist. Eine langwierige Einstimmungsprozedur beginnt, aus den Lautsprechern tönen Begrüßungen, Geleitworte, Gesänge.

Bis ein Aufraunen sich fortpflanzt und ein Lastwagen auf einer sich vor ihm öffnenden, hinter ihm schließenden Schneise im Menschenmeer zur Mitte des Feldes, der Bühne hin kriecht. An seiner Spitze und im Gefolge fahren Motorräder, auch ein Jeep, auf dem Bewaffnete stehen.

Der auf dem Lastwagen steht, muss Ruben sein. Ruben, Lichtgestalt in Weiß mit ausgebreiteten Armen. Um ihn herum ein paar andere, Frank vermutet: Meimei, Agnes, Gordon, Adile. Dass es sich um einen Lastwagen handelt, lässt sich nur vermuten, so dicht behangen und belagert von Menschen, die aufgesprungen sind, sich dranhängen, die Arme nach Gottes Sohn ausstrecken, ist das Gefährt, auf dem Ruben Einzug hält.

»Lobet den Herrn!« dröhnt es aus dem Lautsprecher. Über das Menschenfeld hinweg, das Rasterpunkt an Rasterpunkt bis zum Horizont reicht, geht eine Welle der Begeisterung: Armeschwenken, Rufe, gellende Triller. Siever steht auf der Bühne. Soviel Frank sehen kann, trägt er Hemd und Krawatte, nicht weiß wie sonst, sondern hellblau, und graue, jedenfalls dunkle Hosen. Mit ihm auf der Bühne sind annähernd fünfzig Menschen zu sehen, teils in Gewändern oder Talaren, auch Weiße sind darunter.

»Im Namen des Vaters, des Sohnes und des Heiligen Geistes: Amen!« schreit Siever ins Mikrofon, sein ausgestreckter Arm und die Frisur federn mit jeder Silbe. Ein Rauschen, Tosen aus Tausenden Stimmen: »Amen!«

»Ich grüße jeden Mann, jede Frau und jedes Kind unter euch, die ihr heute gekommen seid, um gemeinsam das Feuer des Glaubens zu entfachen! Halleluja!«

»Halleluja!« echot die Erdoberfläche.

»Gemeinsam werden wir einen wahren Steppenbrand entzünden, denn es steht geschrieben: *Er macht seine Engel zu Winden und seine Diener zu Feuerflammen.* Jeder Mann, jede Frau unter euch wird eine Flamme, die sich für Gott verzehrt und auf andere übergreift. Betrachtet die Sonne: Gott ist so mächtig, dass er diesen Feuerball beherrscht. Brennt, und ihr braucht nichts mehr zu fürchten! Nur eine Kerze wird vom Wind ausgeblasen. Ein größeres Feuer lodert nur umso heller! Amen!«

Wieder dieses Stimmenrauschen. Arme, Rücken, Köpfe, Ohrläppchen um Frank herum schwingen sich ein ins große Ganze.

»Johannes der Täufer lebte in der Wüste, aß Heuschrecken und taufte mit Wasser. Er sagte: Der nach mir kommen wird, ist so groß, dass ich es nicht wert bin, ihm die Schuhe aufzubinden. Ihr werdet ihn erkennen, denn er tauft mit Feuer. Ihr Mädchen und Jungen, Männer und Frauen: Wo der Heilige Geist auf euch niederfährt, seid ihr mit dem Feuer Jesu Christi getauft. Das Feuer macht euch eins mit Gott. Wo ER ist, kann alles geschehen. Macht euch bereit für SEINE Wunder.«

Jetzt ist die Masse so still, dass Frank die Lautsprecher knacken hört. Gerade im Schauen und Lauschen offenbart sich die Macht, die vom Plural auf diesem Platz ausgeht. Frank kann sich ahnungsweise das Rauschgefühl vorstellen, das aus der Macht ersteht, von dieser Bühne aus ein solches Schweigen, Schreien, Singen aufzurufen. Siever badet schon darin, und Ruben wird es jetzt lernen.

Ruben. Sein Zug hat sich im Scheinwerferlicht den Weg zur Bühne gebahnt. Unter Jubeln tritt er nach vorn neben Siever, die anderen reihen sich hinter ihm auf. Ruben steht ganz gerade, von den Stürmen um sich herum wie unberührt, weißes knielanges Hemd, weiße Hosen, er scheint die Außenwelt kaum zu bemerken.

Siever fährt fort: »Meine Schwestern und Brüder, von hier aus strahlt heute ein Licht in alle Welt. Gott hat uns einen Boten geschickt, seine hellste Fackel. Wir werden erleben, wie der Herr zum Zeichen seiner Anwesenheit durch ihn Wunder wirkt. Ruben, der Jungfrauensohn zwingt den Teufel in die Knie und richtet die Gebeugten auf. Halleluja!«

Der Jubel scheint endlos, echot hin und her über das Feld, gellt in den Ohren. Ruben hebt eine Hand zum sparsamen Gruß. Er hat etwas um sich, in ihm und um ihn bündelt sich Kraft. Franks Knochen füllen sich mit etwas Betäubendem, Kühlem.

Er stößt Emeka an, der mit undurchdringlichem Gesicht und scheinbar kleiner als sonst neben ihm steht, in seinem afrikanischen Kittel mit jähen Farben und Mustern.

»Ruben«, sagt Frank zu Emeka und deutet auf den Pulk.

»Oh ja«, erwidert Emeka, als reiße man ihn aus Gedanken. Ein Lied, das Siever anstimmen lässt, schwebt aus verschiedenen Richtungen übers Gelände, die Liedphrasen spalten sich auf und legen sich zeitversetzt übereinander.

»Wir sind auch versammelt, weil wir Zeugnis ablegen wollen von Gottes herrlicher Gegenwart. Durch ihn sind wir erfüllt mit Geist und Atem. Durch ihn sind wir erlöst.«

Siever kehrt die Handflächen nach oben, seine Stimme senkt sich, er schließt die Augen (meint Frank, obwohl er es aus der Entfernung nicht zweifelsfrei sehen kann).

»Lasst uns beten«, raunt Siever mit bebender, fast tonloser Theaterstimme.

»Herr, wir danken dir.«

Frank hört dem Gebet nicht zu, er beobachtet die Umstehenden. Hatte er vorhin ihr Glühen, ihre Hingabe bestaunt oder fast bewundert, widern sie ihn nun mit einem Mal an.

Was könnten diese vielen bewegen, setzten sie ihre Kräfte für anderes ein.

Die Stille und Spannung erzeugen in der Luft über dem Gelände ein Druckgebiet.

»Herr, gib uns die Kraft, dem Satan abzuschwören«, hört Frank Siever sagen. Das Bebende, Drohende in seiner Stimme ist lächerlich überzogen, Kasperletheater.

Um nach kurzem Innehalten hervorzuschmettern: »Denn mit deiner Hilfe werden wir die Hölle plündern und den Himmel bevölkern! A-MEN!«

Der Jubel nach diesem Kampfschrei dauert Minuten.

Agnes [LAGOS]

Nicht weit von der Bühne werden mehrere Feuer entfacht, in das die Menschen Amulette und Götterfiguren werfen. Ein Spalier von weißgekleideten Helfern kanalisiert das Gedrängel, es bildet sich eine Schlange. Jeder, der seine Ahnenreligion wegwirft, wird aus Lautsprechern mit Namen gerufen, für jeden brandet Applaus auf. Der weißgewandete Chor aus Hunderten sich wiegenden Köpfen begleitet die Prozedur, die sich scheinbar endlos hinzieht, mit Gesängen. Siever läuft nach einem Trittmuster, das Gott ihm eingibt, die Bühne ab, er trägt sein Mikrofon herum und improvisiert auf dem Teppich der Ereignisse seine Suaden. Er variiert ein Immergleiches von Feuer und Heiligem Geist. Noch ist nicht klar, wann Ruben an der Reihe ist.

Agnes zweifelt inzwischen nicht mehr an Gott oder sonst einer Lösung, sie ist sicher, dass niemand zu retten ist. Keines dieser entrückten Gesichter, keiner aus ihrer Gruppe von Krüppeln, weder Ruben noch Gordon noch Adile, und am wenigsten sie selbst. Sie ist ruhig, fast heiter. Sie hat es wirklich versucht. Sie hatte immer das Gute im Sinn und herausgekommen ist stets nur das Schlimmste. Das Ende ist nicht mehr fern, nur anders als

Siever und Ruben behaupten, ist es ohne Trost und ohne die Chance auf einen Neubeginn.

Gordon [LAGOS]

Er kann kaum hinsehen, ohne dass ihm dieses Gewimmel, diese mit Menschen bestrichene Erdscheibe vor den Augen verschwimmt. Sie bewegen sich mit Macht auf die Mitte zu, werden ihn, Gordon, Ruben, jeden hier zermahlen und versprengen. Sie wollen alle etwas, können nicht länger warten, jedes Pünktchen lechzt und dürstet, will sich endlich das Seine holen, wenn nicht hier, dann drüben.

All die Sehnsüchtigen, Betrogenen, Zu-kurz-Gekommenen, die sich fragen, ob es das gewesen sein soll: geboren werden, die Welt schmecken und dann dieses Leben. Sie bilden ein unvorstellbar großes, übermächtiges Heer. Wie kann Siever so sicher sein, dass er diese Kräfte beherrscht? Wofür muss der Mann sich halten? Ob er wirklich glaubt, er kann den Leuten etwas geben? Und wie kommt Ruben dazu, ihm nachzueifern?

Gordon hat Angst, umso mehr, als er weiß, dass sein Gespür ihn selten trügt.

Frank [LAGOS]

»Halleluja!«

Nach einer Zeit, die Frank end- und formlos vorkommt (Singen, eine Massentaufe vor der Bühne, bei der etwas verbrannt wird, Sievers Endlosschleife vom Feuer im Dornbusch) und mit einem winzigen Überschlag in der Stimme spricht Ruben.

»Nur einer kann den Tod besiegen!«

Er kann jetzt sagen, was er will, die Masse kocht.

»Zeigt Gott, dass ihr bereit seid! Zeigt Gott, dass ihr die Zeichen seht! Tragt seine Botschaft weiter! Reißt alle Tore auf!«

Der Sog der massenhaften Beseelung erzeugt ein Grollen von eher fühl- als hörbarer Tiefe. Der Jubelsturm wird gleich übergehen in einen echten, Wolken ziehen über dem Feld auf.

In den Minuten, als die Stille und das vorgewittrige Vakuum jedes Geräusch breitziehen und damit bedeutungsvoll erscheinen lassen, muss es den Gläubigen vorkommen, als richte sich Gottes Fokus auf sie, als senke sich seine Anwesenheit fühlbar auf sie herunter.

Rings um ihn, Frank, und Emeka geraten Menschen außer sich, schütteln wie in Trance Kopf und Hände, lassen hohe, unkörperlich klingende Litaneien hören.

Franks Unwohlsein wächst, durch die Hitze, das lange Stehen und die Gewissheit, dass, je tiefer sie sich in die Menschenmasse hineinbegeben, sie ihr desto schwerer entfliehen. Der Schauder angesichts der Entgrenzung um ihn herum lässt Frank sich umso mehr auf seine eigene, einzelne Verspannung zusammenziehen, die sich in seiner Bauchmitte ballt. Sie ist seine Verschmelzungsabwehr, die immer dann einsetzt, wenn er in kollektive Euphorie oder Empörung einstimmen soll.

Erste Regentropfen fallen schwer auf Arme, Schultern und erhitzte Köpfe, die Gläubigen richten ihre Gesichter zum Himmel.

Was dem einen ein heraufziehendes Gewitter, ist ihnen zuerst der Heilige Geist und dann eine himmlische Taufe.

Die Menschen tanzen im Regen, der schwer und heftig herabstürzt. Das Gewitter scheint die Stimmung nicht im Geringsten zu dämpfen. Die Wasserwand durchzucken Blitze, gefolgt von Donnerschlägen, die in ihrer Heftigkeit wohl die Erdkruste aufsprengen wollen. An Predigen ist nicht zu denken. Das Rauschen und Donnern übertönt die Lautsprecheranlage, vielleicht ist auch der Blitz hineingefahren. In kürzester Zeit ist Frank durchnässt und steht knöcheltief in einer Lache.

Er schaut Emeka an, wie ihm das Wasser an Hals und Brust hinunterläuft und das Hemd mit dem vielfarbigen Muster auf seiner Haut klebt. Er wirkt mit sich beschäftigt, Frank ist ihm dankbar, dass er dabei ist.

Agnes [LAGOS]

Es geschieht wirklich, sie sprechen in Zungen. Auch Ruben hält den Heiligen Geist jetzt für anwesend. Mit ausgestreckten, aufwärtsgerichteten Händen spricht er, wie die Menschenmenge entrückt, ins Mikrofon Bruchstücke und halbe Sätze: *Sei bei uns – segne – gelobt seist du* – Agnes weiß nicht, wie es kommt, aber etwas Großes, sehr Starkes ist da, zwar nicht sichtbar, aber beinahe mit Händen zu greifen. Sollte etwa doch alles stimmen? Der Heilige Geist (letztlich sind ja die Bezeichnungen gleichgültig) fährt wie eine Windbö, begleitet von tiefem Brausen, in oder durch das Kraftfeld, das die vielen Menschen mit vereinter Glaubensspannung aufgebaut haben.

Die Reaktion ist überwältigend. Die Menschen tanzen, geraten in Verzückung, fallen auf die Knie. Lassen ein schrilles, hohles Geträller hören. Von dem Agnes nicht annimmt, dass es eine wirkliche Sprache sei; von etwas Höherem ergriffen oder erfüllt sind die Anwesenden jedoch ganz ohne Zweifel.

Agnes sehnt sich danach, an dem Erlebnis teilhaben zu können, mit einem Mal fühlt sie sich ganz unzureichend und allen hier unterlegen.

Warum muss sie inmitten der größten Gemeinschaft, die man sich vorstellen kann, allein bleiben? Wozu bis zum Verrücktwerden spüren, wie sie sich selbst blockiert und am Finden dessen hindert, wonach sie immer gesucht hat? Sich loswerden, einssein, verschwinden. *GOTT, lass mich BITTE dabei sein!*

Als der Regen beginnt, in großen einzelnen Flatschen zu Boden stürzt, macht sie es wie die anderen: Reißt ihr Hemd auf, reckt Gesicht und Hände in den sich gelb-lila verfinsternden Himmel. Sie spürt, wie es mit den warmen, immer dichter aufklatschenden Tropfen in sie hineinströmt, das Eine, Einende, Große.

Wenn nicht ihr Einzelgefühl langsam zerränne, ließe sich sagen, dass sie, Agnes, noch nie glücklicher war.

Tanja Schwarz

1970 geboren in Hechingen, aufgewachsen in Reutlingen. Studium am Deutschen Literaturinstitut Leipzig u.a. bei Hans-Ulrich Treichel und Josef Haslinger. Lebte in Norditalien, Berlin, Göttingen und Leipzig, seit 2003 mit Familie in Hamburg.

Veröffentlichte in Zeitschriften und Anthologien. 2001 Debüt mit dem Erzählungsband »Der nächtliche Skater« im Verlag Gustav Kiepenheuer. Arbeiten für den Rundfunk, Texte über zeitgenössische Kunst.

Erhielt mehrere Stipendien, z.B. das Arbeitsstipendium des Berliner Senats, Aufenthaltsstipendium in Schloss Wiepersdorf, Heinrich-Heine-Stipendium Lüneburg, Stipendium der Kunststiftung Baden-Württemberg. Reisen nach China und Lagos/Nigeria.

Impressum

Forum Hamburger Autorinnen und Autoren,
Forumsbuch 02
© bei der Autorin

Lektorat: Christiane Frohmann
Gestaltung & Satz: Anna Bertermann, Hamburg
Papier: Munken Print White
Schrift: DTL Romulus, Futura
Druck & Bindung: Druckhaus Köthen, Köthen

ISBN: 978-3-86485-216-9

Textem Verlag 2019
www.textem-verlag.de

www.forum-hamburger-autoren.de

Behörde für Kultur und Medien der
Freien und Hansestadt Hamburg

Dank

Die Autorin dankt der Kulturstiftung des Freistaates Sachsen, der Kunststiftung Baden-Württemberg, dem Literaturbüro Niedersachsen sowie der Behörde für Kultur und Medien der Freien und Hansestadt Hamburg für die großzügige Unterstützung.

Der Dank der Autorin gilt außerdem:
Uchechukwu Nwosu, dem Goethe-Institut Lagos, Kan Yujing, Xiaojun Hu, Marc Wortmann.

Die in diesem Buch beschriebenen Ereignisse und Figuren sind fiktiv.